韶华

袁和平　著

人民日报出版社
北京

图书在版编目（CIP）数据

韶华 / 袁和平著 . — 北京 : 人民日报出版社 , 2023.1
ISBN 978-7-5115-7666-8

Ⅰ . ①韶… Ⅱ . ①袁… Ⅲ . ①长篇小说－中国－当代
Ⅳ . ① I247.5

中国国家版本馆 CIP 数据核字 (2023) 第 001507 号

书　　名：韶华
　　　　　SHAOHUA
作　　者：袁和平

出 版 人：刘华新
责任编辑：张炜煜　霍佳仪
封面设计：元泰书装

出版发行：人民日报出版社
社　　址：北京金台西路 2 号
邮政编码：100733
发行热线：（010）65363531　65369509　65369512　65363528
邮购热线：（010）65369530　65363527
编辑热线：（010）65369514
网　　址：www.peopledailypress.com
经　　销：新华书店
印　　刷：三河市明华印务有限公司
法律顾问：北京科宇律师事务所　010-83622312

开　　本：710mm×1000mm　1/16
字　　数：310 千字
印　　张：24.25
版次印次：2023 年 3 月第 1 版　　2023 年 3 月第 1 次印刷

书　　号：ISBN 978-7-5115-7666-8
定　　价：96.00 元

目　录 Contents

第一章……………………… 001

第二章……………………… 007

第三章……………………… 013

第四章……………………… 019

第五章……………………… 025

第六章……………………… 031

第七章……………………… 038

第八章……………………… 042

第九章……………………… 048

第十章……………………… 054

第十一章…………………… 059

第十二章…………………… 067

第十三章…………………… 073

第十四章…………………… 081

第十五章…………………… 087

第十六章…………………… 096

第十七章…………………… 102

第十八章…………………… 109

第十九章………………… 115
第二十章………………… 121
第二十一章……………… 127
第二十二章……………… 133
第二十三章……………… 140
第二十四章……………… 147
第二十五章……………… 154
第二十六章……………… 159
第二十七章……………… 164
第二十八章……………… 169
第二十九章……………… 175
第三十章………………… 181
第三十一章……………… 188
第三十二章……………… 194
第三十三章……………… 200
第三十四章……………… 206
第三十五章……………… 212
第三十六章……………… 218
第三十七章……………… 223
第三十八章……………… 229
第三十九章……………… 236
第四十章………………… 242
第四十一章……………… 248
第四十二章……………… 254

第四十三章…………………260

第四十四章…………………268

第四十五章…………………274

第四十六章…………………282

第四十七章…………………288

第四十八章…………………295

第四十九章…………………302

第五十章…………………308

第五十一章…………………314

第五十二章…………………322

第五十三章…………………328

第五十四章…………………334

第五十五章…………………340

第五十六章…………………352

第五十七章…………………359

第五十八章…………………366

第一章

一九七三年，江南丹梁县。

清晨的阳光遍洒大地之时，整个丹梁县仿佛被激活了。

随着门板吱呀一声响，一道微微躬着的男性身影从里面走出。

他叫袁建刚，明明才只有二十五岁，却已经有些驼了背，此时他手中拿着一张有些粗糙的麸皮饼，正微微躬着身往门口走去，不过刚跨出大门，后面就传来了一声清脆的少女声："阿哥，你等等。"

袁建刚停下脚步扭过头去，见绑着两个麻花辫，一身粗布衣衫却难掩少女娇俏的大妹急匆匆跑出来，跑得太急甚至差点摔了跤，他连忙上前一步，扶住了对方的胳膊。

"建秀，你小心点，可不能带着伤去学校。"袁建刚的声音有点沙哑，明明未到而立之年，但不管是声音还是容貌，已经像是三十出头的中年汉子了，从他的那张脸上，甚至能看到许多沧桑的痕迹。

也因此，袁建刚有些难找对象，多少年了都说不上人家，整个袁家都为他的亲事发愁。

袁建秀咧嘴一笑，这笑容在她的脸上，仿如初晨的阳光一样，金灿灿的，绚烂又可爱，配上那一双小虎牙，让人瞧着就忍不住地心生愉悦。

"阿哥，我会好好念书的，你就放心吧。"

如今上学读书虽然还不能考大学，但是能上了高中，学习成绩好，还是有机会可以找到更好的人生出路的。即便不上大学，高中毕业的青年人在学历上也有很大的优势，在公社乡村里面竞争一些工作岗位时这份优势会更大。所以，想要子女能够脱离农村出人头地的人家，都会送子女去好好上学。

袁建刚的父亲是生产大队的队长，生产大队队长在那时的农村说话还是很管用的。他对子女读书的要求是比较严的，这种严格比起一般的农村家庭对孩子都重许多。

袁父一直认为在农村的孩子只有读书才有出路，孩子长大了在生产队干活挣工分是没有前途的。也因此才对于子女的教育抓得很严，要不是因为袁建刚实在不是读书的料，袁父也不会让儿子初中都没有读完，就辍学回家来干活。

而袁建秀，虽然是个女娃，但从小学入学后学习成绩就一直很好，因而在家里很受重视，一家子并不因为她是女孩就觉得读书没用，相反还下力培养。

袁父在外忙碌之时，监督家中两个女儿学习的任务就交到了大儿子袁建刚的手中，袁建刚这个做哥哥的也一直都很上心。

此时，他听着妹妹的话便笑了，露了一些牙齿出来，但比起少女的贝齿可爱，他的牙有些泛黄，那带起的笑容拉开的弧度甚至掩饰不住脸上的褶皱。这人看起来根本不像只有二十五岁本该风华正茂的年轻男子，却像是一个中年小老头了。

袁建秀看到大哥脸上的那一丝褶皱，眼神微微闪了闪，里面有一丝酸涩的味道滑过，但她并没有流露出来，反倒是笑得更加灿烂了。

“阿哥，一张麸皮饼哪里够哦？我这里还有半张，还有妈今天给我的两块山芋干，你都带着，多吃一些才有力气干活啊，你现在可是我们家最大的劳动力！阿哥，你可得把身体养得再壮实一些。”袁建秀说着，就将自己早餐省下来的半张麸皮饼、两块山芋干不由分说地全塞给了袁建刚。

袁建刚哪里可能要妹妹吃的东西，连忙推拒着道：“大妹，你别乱来，这山芋干咱家这几天也就你和小妹能吃上，是妈看你们念书累特意给你们吃的。你阿哥我皮糙肉厚的，哪里需要这些玩意儿。好啦，你别在这里让我烦，赶紧地把这些都吃掉早点上学去吧。”

说完，袁建刚怕妹妹还要纠缠自己，赶紧跑了。

袁建秀看着大哥的背影远去，手中的食物微微握紧，好一会儿后她深呼吸了几口气，转身回去了屋内。他们家现在也就三个孩子，她大哥、她，还有十岁的妹妹。妹妹现在上小学三年级，看到姐姐回来立刻便露出了笑容来。

“阿姐。”袁建美跑了过来，“你追上阿哥了吗？”

袁建秀轻轻摇头：“没有，大哥下地去了。妈去打猪草估计还要一会儿才能回来，我收拾下屋子，你去爸床边看看，问问他要不要喝水。”

走进里屋，只见父亲袁福林半躺在一张木板床上，床腿还是用土坯支起的，屋里潮湿黑暗，从窗户里透出的亮光也并不明媚。

两年前，袁家发生一件大事。袁福林在那时出了事故，双腿瘫痪在床整整两年了。其实以袁家这样的条件，袁建秀该念不起书了，但是，她母亲非常贤惠能干，是一个通情达理的农村妇女，更是支持丈夫培养女儿的好媳妇。

为了多挣钱，她不仅白天在生产队干活挣工分，下工后还会打猪草养猪，以养猪的收入给孩子交学费，加之袁建刚勤劳能吃苦，是个干农活的好手，就这样勉强能维持一家人的生计。

七十年代，正是“文革”后期，农村实行大集体，人民公社、生产大队、生产小队三级所有，队为基础。农民统称社员，以生产队为核算单位，全队社员进行农业生产，社员都按全年劳动所挣工分分配口粮和报酬，（每个劳动日计 10 分值 0.3 元到 0.5 元不等）家庭人口多，劳动力少的大都吃不饱肚子，只能在温饱线上挣扎，像袁建秀家这样孩子多的家庭经济条件都挺困难。

也正因如此，袁建秀从小在她母亲的教育和引导下非常懂事，成熟得比其他同龄孩子要早。

她母亲从小教育孩子要好好做人，人可以穷，但不能懒，懒惰会遭人厌，要学会吃苦、吃亏，吃亏是福。要做一个好人，要不失骨气，不昧良心。因而袁建秀在母亲的熏陶下从小就善于吃苦，乐于助人。每天去学校上学午饭自带，从来舍不得花一分钱供学校菜金，而是自己带点盐用水泡饭，菜的话也就家里带的咸菜。

她哥袁建刚为人老实，又能吃苦耐劳，在生产队干活是把好手，重活脏活干在前，像他父亲袁福林一样从不偷懒，为了照顾两个妹妹上学，舍不得花钱买肉吃。有一次为了吃上肉，他把邻居家扔在粪缸里的快要腐烂的死狗捞出来，扒了皮煮了吃了。为此，在当地出了大名，村里的人都称他“死狗子”。

袁福林虽说自己出了事故，但在子女的教育上依然不松懈。所以，袁建秀和袁建美都还在上学。姐妹两个其实都知道自己读书的不易，所以在上学的时候也比其他同学更刻苦几分，这一点，让袁家人也都很欣慰。

袁父自从瘫痪在床后，他的身体就一直是家里人轮流料理。只是如今两年过去，他的身体越发不好了，医生甚至说可能撑不了太久了。这让袁家人心底都沉甸甸的，但在袁父的面前自不会表现出来。

尤其是十岁的袁建美，嘴巴甜会说话，总能逗得袁父笑一笑，所以，袁建美照顾袁父更多一些。

此时，袁建美就应着阿姐：“知道了，阿姐，我这就去爸那里看看。”

早饭过后，袁建秀背起书包去上学，去往学校都会经过一片杨树林，杨树林旁边是一湾池塘，池塘里头的水清澈见底，每每炎热的夏日，总有一些青少年会下去游泳，很是热闹。

走着走着，慢慢地来到了学校门口。

这是一所初高中兼有的学校，坐落在距丹梁县县城东南十多公里的里巷镇上。里巷在历史上并不出名。清末民初时期，茅山香火旺盛，其时，从里巷桥下经过的鹤溪河里的香船络绎不绝。可是，这些香船路过里巷桥时都要挂桨抛锚，上岸后的善男信女们总要捎回几条里巷大糕、几瓶封缸米酒，还有里巷农民篮球，堪称里巷“三绝”。著名体育教育家夏翔、“篮球神投手”前国家田径队教练虞祺都出自此中学。

里巷地区盛产优质糯米，镇南有一南河，其水清澈甜润，是酿酒的天然佳料。据《丹梁县志》记载，“酒米出丹梁，里巷尤为最”。“糯稻、性黏、宜酒，唯邑东南乡近古荆城地，数十里糯米尤佳。”其古荆城指的就是里巷地区，封缸酒曾获国际金奖，被评为“国家级非物质文化遗产”。

里巷中学就坐落在盛产米酒的南河岸边，这里小桥流水，杨柳轻垂，酒香宜人。

“建秀。”

袁建秀顺着声音的方向侧过头去，看到叫住自己的人时顿时露出了一个灿烂的笑容。

“王玲。”

王玲，袁建秀的同班同学。王玲的学习成绩虽没有袁建秀那么好，但也不差，一直保持班级前五的水准。她的身材有点微胖，脸蛋还带着没有脱去稚气的婴儿肥，一双杏眼倒是大大的，眼神很是纯澈，干净得仿佛能让人一眼见底。

王玲看到袁建秀停下，快步走过去拉住了袁建秀的手，“刚才来的路上没见你，果然你走在我前面了。现在这大热天的，早上起来就是一身的汗，我还比较胖，这出的汗就更多了。倒是你，我怎么觉得你在这夏天还越长越白了啊？”

袁建秀戳了戳自己的脸颊，哈哈一笑，笑声爽朗：“白了吗？羡慕吧你，但这可不是羡慕就能羡慕得来的事，谁叫我从小就这体质，怎么都晒不黑呢？我记得我小时候天天被我妈还有我阿哥带到田埂上面去，一待就是一整天，结果愣是晒不黑，哈哈。不只这样，反而还越晒越白呢！”

王玲啧啧称奇：“你可真有福，多少女孩儿想要这样的体质都要不到。”

“那是。”袁建秀得意扬扬地笑，忽而眼角的余光瞥见了什么，于是扭头朝着那边看去，王玲顺着对方的视线看了过去，那是一群男生，他们班级里的男生。

王玲看了一眼后道：“是丁一飞他们。”

第二章

丁一飞是他们高中班级里的班长，是他们整个里巷中学里学霸一般的人物，不说初中了，从高一开始，全校年级第一就没有下来过。

他身上的书卷气很浓，不像一般男生那样贪玩爱闹，但性格也不孤僻。任何去问他学习问题的同学，不管男女，只要是他会的，都会尽心回答，也因此，他的人缘一直都不错。

袁建秀的目光在一群人中的丁一飞身上略略闪烁了一下，然后看向了身边的王玲，似是不经意道："没多久咱们就要高中毕业了，我听说，丁一飞他好像想去当兵？"

王玲点了点头，道："班里想去当兵的男生很多，有的是家里男孩多，有的是自己的人生理想。咱们班长应该是后者吧？以他在学校的学习成绩和能力，如果不去当兵的话，那么肯定会被公社当成干部对象来培养的，毕竟他的学习成绩真的是太好了。"

所以，对没什么志向，只想过安稳的日子、挣钱养家，让家里的父母生活能轻松点的王玲来说，她觉得丁一飞去参军真是有点可惜。

不过，人各有志，这一点她还是明白的。尤其，当兵若是能出人头地，那比在农村种地强多了！

在这个年代，苏南农村还是比较穷的，农村大多数人家完全靠生产队挣工分养活生计，虽然种植水稻等粮食谷物，但亩产普遍很低，而且劳动强度大，当兵还算吃香，所以想去当兵的年轻人不少。

有的人家子女比较多，当兵就是个出路，脱离农村，实现人生理想。另外，当兵也是一件很有荣誉感的事，可谓“一人参军，全家光荣”。通往学校的路上，到处都是“保家卫国，参军光荣”的标语！毛主席说了，全心全意为人民服务。人民解放军，更应该为人民服务！实现人生青春梦想，当兵是青年人以及家庭的荣耀！

丁一飞的家中有六口人，丁父、丁母和四个孩子，他爷爷和外公都是新四军老战士。他爷爷一九三六年参加地下党，在陈毅、粟裕开辟的茅山革命根据地做地下党的工作。他外公是新四军先遣支队的支队长，参加过淮安涟水战役、淮海战役，在渡江战役中壮烈牺牲。

丁一飞的母亲是革命烈士后代，丁一飞在四个孩子中排行老二，是家中独子。他的姐姐比他大了两岁，是干活的一把好手。也因此，丁家的自留地目前几乎不需要丁一飞去帮忙做什么，只要他好好念书。不过，因为只能靠生产队劳动挣工分过日子，全家人的生活过得还是十分艰难。

这个挣工分的年代，越勤快挣到的工分越多，家里生活也就能过得好一点。丁一飞既然是家中独子，去参军的话对家中还是有一定的影响。

听着祖辈爷爷奶奶故事长大的丁一飞，心中早就种下了参军的种子。丁一飞曾跟他的伙伴们公开说过，当兵参军是他的人生理想，班里的同学都知道。

袁建秀知道丁一飞家中的情况，此时听着王玲的话，心情忍不住有些复杂地喃喃自语了一句：“理想啊。”

王玲没听到袁建秀的这句低喃，她在侧了一下头后忽然拽了一下袁建秀的袖子，小声地说了一句，让袁建秀看过去，看到了他们班的副班长周豪杰。

这位周豪杰在他们学校里也挺有名的，并且名气不小，堪称“校草”级别！

如果说丁一飞出名是因为他的学习成绩年年第一，那么这位周豪杰出名则有更多方面的原因。

他的成绩虽说比丁一飞差一点，但是每次考试也都是年级的前几名，此外，他的相貌英俊，许多同学都说他貌比潘安！

一身时髦料子制成的中山装，左上方口袋插入一支金星钢笔，小分头乌黑亮丽，走路时腰背挺直，精神风貌只有“帅气”两字可以形容，常常能引来许多女生的视线。

他是家中的独子，从小受尽宠爱，周豪杰父亲是人民公社书记，母亲还是村大队会计。他家境优越又相貌英俊，本人还十分能说会道，所以自从上了高中以后自然就成了全校男神一般的人物。

这些种种的外在条件都给周豪杰带去了强大自信，让他整个人在许多时候就跟发光体一样，吸引着众多人的目光。这样的男生无疑是让人非常喜爱的，尤其是十七八岁的女生，花样年华，年少慕艾，对这样的男生心动就更不是什么稀奇的事了。

但是，袁建秀对周豪杰并无好感，若让她选择自己喜欢的人，她会选择丁一飞那样的。宁可对方稍许木讷一点，但至少诚恳又真实，而那周豪杰……袁建秀觉得那人过于张扬了，在同班男生中人缘也不是很好，因为太高傲！

不过，这些都不是袁建秀不喜欢他的最大理由，最重要的还是目睹过一件事。

袁建秀始终记得在去年一次考试之后，周豪杰落后了丁一飞几分，于是在大家都去上体育课的时候，他在经过丁一飞的课桌时狠狠踹了一脚丁一飞的桌子。

这一幕，正好被袁建秀收入眼底，从那之后，她对这周豪杰就有种本能的不喜欢。你考不过人那你努力就是了啊，这踹人桌子算是怎么回事？

因此，此时见王玲让自己看周豪杰，袁建秀便不在意道：“是周豪杰，怎么了？”

“你没听说吗？有人看见昨天周豪杰跟我们的校花在我们校园北边那处杨树林里面一起说了好久的话呢，大家都在猜他昨天是不是对我们校花告白了。”王玲压低了声音，有些八卦地说道。

袁建秀听着这话微微一愣：“芳华？”

林芳华，学校的校花，清纯漂亮，气质很好，别说学校里那些十七八岁的男生了，就是许多女生也挺喜欢她的。因为林芳华不仅貌美，性格也很好，从不“恃美行凶”，对任何人都和和气气的，因此一众男男女女都挺喜欢她的。

“是啊，周豪杰喜欢我们校花，这不是大家早就知道的事吗？就是没听周豪杰告白过，嘿嘿，这不是昨天他们在杨树林那边时间太长了嘛！所以大家就在猜是不是周豪杰在告白我们校花了！”

袁建秀无言地摇头：“应该不会，就算周豪杰告白了，芳华也不会答应的。她跟我说过，现在大家年龄都还小，应该好好读书，根本不是谈情说爱的时候。”

袁建秀和林芳华一个班，两人是不错的朋友关系。

王玲摸了摸脑袋，有点不好意思地说：“也不是说他们谈恋爱啦，家里也不许我们这时候就乱来。就是别人这么说，我这不也就跟着八卦了一下嘛！”

袁建秀失笑地摇头："你啊，看来你还是在家里干的活太少，要不你怎么会有心思在这里八卦呢？"

袁建秀这话是开玩笑的，因为整个学校谁都知道王玲是学校所有女孩当中干活最多的一个。因为她是家里的老大，而且家里的弟弟妹妹年岁小了她不少。同时又因为家中人口多，王玲不只要帮父母在自留田里干活，放学回去还要去生产队干活挣工分，家里最小的两个弟弟妹妹都需要她带着，把屎把尿这些全都少不了。

家里之所以让她上完高中，那是为了让她有个好学历，这样的话毕业后不要在农村干活挣工分，可以有机会去县城找个工作。收入高一些自然能给家里更多的贴补。若是学习成绩突出的话，兴许到时候能被看上，得到更好的工种，所以她学习也十分努力。

在这样的环境和重大压力下，王玲还能大部分时候都乐呵呵，甚至还有点没心没肺的，同学们都称她是"开心果"，袁建秀真的是挺佩服她的。

家中的重担竟没能将这个身材并不高大的女孩给压垮，反而让她笑得这么灿烂，这本身就是一件很不容易的事，不是吗？

此时，王玲连忙摆手，"我在别人面前从不八卦的，这不因为你是我最好的朋友吗？嘿嘿，我也就跟你说说了。"

袁建秀当然知道王玲的性子，她是学校有名的"开心果"，平时爱笑，性子温软，还有些害羞，若不是自己是对方最好的朋友，怕是根本不会"八卦"别人，这人很多时候都安静得很！

两人一边说着话的工夫，已经进入了校园，来到班级后，正碰到了刚才八卦的主角之一：林芳华。

林芳华其人真的就跟她的名字一样，芳华绝代。

外貌漂亮，皮肤雪白细嫩，身材修长，亭亭玉立，她两只眼睛黑亮有神，一头长发乌黑柔顺，走动间，辫子飞扬。她的脸有那种典型的江南女子的婉约，可性格中却带着热情如火的味道。

总之，这是一个你看过一眼就难以忘记，男生女生都会喜欢的女孩，要不，她也不会有“校花”之称了。

她虽不是家中独女，但在六年前的十多年人生里，一直是家中唯一的孩子。她的弟弟是六年前才出生的，而她的家境比起一般人家来说好了许多，她的父母虽然不是干部出身，但他们家有当干部的亲戚，所以两人的工作岗位都很不错。

他们对林芳华的教育也很上心，所以林芳华从小独立又自信，人美丽、性子好，人缘更好，从小学开始到初、高中一直都是学校的校花。她和袁建秀在初中的时候就做过两年同桌，成绩也是不相上下，彼此性子还有点互补，因此两人关系挺不错的。

此时，看到袁建秀走进班级门，林芳华就笑着走了过来：“建秀，我昨天上午去你家找你了，你不在家，你妹妹说你下地去了。”

第三章

★★★★★

昨天是星期天，学校放假，袁建秀在家里自然就帮着下了地，还帮着母亲一起出去打猪草了，她妹妹年岁不够，还要照顾父亲，所以倒是一直在家。

此时听到林芳华这么说，袁建秀有点惊讶：“啊，你去找我了？建美没跟我说。”

她妹妹想来应该是忘记了，这让袁建秀有点不好意思。

“不是什么大事，就是找你玩的，建美估计是忘记了。”林芳华不在意地笑着摆手，没有一点不高兴的样子。

袁建秀知道林芳华的脾气，知道对方是真的不在意，便笑着道：“今天放学你想找我玩的话去我家好了。”

林芳华闻言却摇了摇头，有点遗憾道：“今天恐怕不行，我下午要去我妈那里，我妈说今天我们要去小姨家吃晚饭，得早点过去。怕是没时间去你那儿了……”

“那行，改天好了。”

一起玩的事情也不是大事，而且说实在的，他们现在也真没有多少玩的时候。若是有时间，袁建秀情愿给家里多干点活儿，这样她母亲能少点辛苦。

“行，改天。”林芳华也笑着道，“我先回位子了。”

袁建秀笑着点头，也走向了自己的座位，忽然，右侧方旋风一般跑来了一道身影，那人虽然没有直接撞到袁建秀，却也擦到了她！

猝不及防被剐了下，袁建秀整个人没站稳，顿时就朝着一边倒去。

也要一起回座位的王玲一声惊呼，正要去扶，另一道从这边经过的身影却更快一步地扶了一把袁建秀，可谓险之又险。

袁建秀的身体刚倒进了对方怀里，就听到一道清亮的少年音在头顶响起:“没事吧？”

有点熟悉的少年音，袁建秀猛地抬头，看到扶着自己的竟然是丁一飞，而她还靠在对方怀里，顿时羞囧得脸都红了，她连忙摆手，站直了身体:“没事，没事，多谢班长。”

丁一飞点了点头，并没有多说什么，然后他直接朝着刚才跑太快撞了人的男生走了过去。

这男生名叫郭超，身形在一众高中男生中绝对算得上魁梧，他一把子力气，身上的肌肉非常紧实。这样的人，看着像是个校霸，但其实……是个憨憨。

此时，这憨憨已经知道自己做错了事，尴尬地挠着自己的后脑勺。看到丁一飞过来便赶紧讷讷道歉：“对不起啊班长，我不该在班级里跑的，差点撞倒了女同学，我错了，我认错。”

说着，还双手合十，脸上更是做出讨饶状。

丁一飞见状不由得叹了口气，这个憨憨最大的特性就是：他做错了就认错，认得非常爽快，态度还十分好，可偏偏就是不长记性，因为下次还会再犯！这样的性子让人真是不知道说什么才好。

虽然心里无奈，但说还是得说的！丁一飞严肃地看着郭超：“你不要每次都只是认错却不改正。还有，你向我道歉有什么用，你要道歉也该向袁建秀同学去道歉！”

郭超连忙点头，一阵风似的又要跑，好歹想起了自己才犯了错误，于是控制着速度大跨步地来到了袁建秀的跟前，“袁建秀同学，对不起，我、我刚才不小心撞到你了。”

袁建秀笑了笑，对郭超这憨憨的性子自然也是了解的，她摆了摆手，只道：“没事，不过你下次还是小心点吧，免得又撞到其他人。”

郭超嘿嘿一笑，表示自己知道了，举手发誓以后决不再犯，然后赶紧一溜儿烟跑了。看得袁建秀身旁的王玲都不禁翻了个白眼，轻声问：“建秀，真的没事吧？”

袁建秀笑着摇头：“没事的，放心，没怎么碰到，快上课了，赶紧去座位上吧。”

看袁建秀真的没事，神色也并没有勉强的样子，王玲这才笑着点了点头，往自己的座位走了去。

袁建秀没将这事放心里，刚才虽然受到了点小惊吓，但她并不是胆小的女孩，郭超也真不是故意的，所以没什么好计较的。

回到自己的座位上，将书包放进了书桌里，袁建秀却不期然地想到了刚才撞在了丁一飞怀里的事，别看丁一飞身形体形比郭超差远了，但是那怀抱……还挺有安全感的。

这么想着，袁建秀脸颊微微有点燥红，她赶紧拍了拍自己的脸，将那些乱七八糟的思绪赶出自己的脑海。

不久，学校的铃声响起，上课开始。

这是一节政治课，老师笑眯眯地看着底下的一众学生们：“你们都是高中学生，也即将毕业了，然后，你们要走向社会。同学们对人生理想有什么考虑呢？你们长大了想做什么呢？今天这节政治课，我们就好好说说这方面的事。”

老师的话音刚落，底下的同学小声地议论了起来，老师笑眯眯地看着，也没阻止，只是过了两三分钟的时间，她示意大家安静，教室里顿时静了下来。

“好了，刚才看你们也都讨论过了，现在大家就来说说自己的人生理想，或者更贴近一点地说，是你们对未来人生的规划，现在开始，举手发言。”

班里的学生都是挺积极的，举手的有一大半，袁建秀、林芳华、王玲都在其中。男生当中，丁一飞和周豪杰也没有落下，全在举手的行列。

老师先点了丁一飞的名字：“丁一飞，你是班长，你先回答吧！”

丁一飞站了起来，少年身形并不粗壮，甚至有些消瘦，但站得笔直，犹如松柏。老师在丁一飞起身的时候眼中带着明显的满意和喜爱之色。

这其实也是一种常态，一名教师对于学习上进、每次都是前几的尖子生自然是更为喜欢的。

“我想在毕业之后去部队当兵，保家卫国；到边疆去，为保卫祖国站好岗，如果能有上前线的机会，我想体验一下，看一看那些保卫祖国的将士在前线是如何挥洒热血保卫人民安宁的。”丁一飞的声音并不是很高，却掷地有声。

老师满意地点了点头，眼睛里都带着一丝赞赏的笑意：“那老师祝愿你的人生理想能实现。不管是当兵也好，做其他的工作也罢，我们都不能虚度年华，要做对国家和社会有用的人，要励志奋斗，为国家为人民做贡献。”

“是，老师。”丁一飞高声应。

“坐下吧。”老师示意丁一飞坐下，然后喊了其他同学。

大家的人生理想是多种多样的，说想当兵的竟然不在少数，不过当老师叫到郭超的时候，这个憨憨竟然这么说：“老师，我的梦想是以后能吃饱饭，最好每一顿都有肉吃，肉真的是太好吃啦，毕业后做什么我还没想到呢，但我一定要做能挣到很多工资赚到钱的工作！我想让全家人吃饱饭过上好日子，让全家人都顿顿有肉吃！”

话落，全班哄堂大笑，老师无语凝噎，指着郭超这个憨憨都不知道说什么才好了，片刻后，只能心塞得让他坐下。

不是说这样的“梦想”不好，只是太朴实了，和其他同学的发言明显是两个风格，让她一时无言以对。

随后，老师眼睛环视了一圈，叫了座位靠后的一位同学：“朱平，你来说一下自己的梦想或者人生目标吧。”

被叫到的朱平站起身来，“我想搞研究发明，当一名工程师，好好发展国家工业，前一阵看报纸的时候，见到上面说，以前我军在战斗中有一些装备被敌军的武器破坏，导致了我军出现很严重的伤亡。我在想，如果我能搞科学研究，发明先进工业材料改善我军的武器装备，那么敌人的炮火是不是就不能轻易摧毁我军的装备了？那样，我军就能战胜敌人了！也不会有那么多战士在战场上伤亡了。”

“所以，你想做个科学家？”老师饶有兴趣地问。

眼前的少年在班里一直比较沉默寡言，而且不管是吃饭还是下课，他的身边都没有其他人，显得有些另类和孤僻。老师自己也没想到这个少年的理想竟然这么伟岸。

朱平想了想，不确定自己的理想跟科学家是不是一个概念，他本能地觉得不是，但受所学知识条件限制，对于这方面他了解得其实并不多，所以只能沉默。

老师以为对方沉默就是默认，于是让他坐下了。

“袁建秀。”老师在又喊了两个同学的名字后喊到了袁建秀。

袁建秀站起身来，少女的声音清脆明亮：“老师，我的理想是做一名老师，我想教的是七岁到十岁的孩子。我觉得，这个年龄段非常重要，是孩子们人生的起点，如果能在这个时候告诉他们以后要做个怎样的人，那会对他们的人生影响很深刻。”

确实，袁建秀自己就是在那个年龄想要好好读书的。她想要好好读书，想要让家里生活过得更好，让父母不用那么辛苦，让哥哥可以轻松一点，也想帮助别人家一起变好。

“你说得有道理。”老师点了点头，“七岁到十岁的确是人生很重要的一个年纪，老师希望你的梦想能实现。”

随后，老师叫到了王玲的名字。

王玲淳朴地笑了笑，老实道：“我没有太大的志向，我只想以后好好劳动，通过我的双手能让家里的人吃饱饭，让他们都过上好日子。”

有一些同学笑了，理想，那应该是一件不太可能完成但又有希望完成的事情，应该是很美好、很伟大的一件事情。王玲说得太实在太朴实了，感觉就不那么上档次，让这个年龄的其他少男少女有点想要嘲笑她。

王玲听到了那些低低的笑声，脸色有些涨红了。

老师却没笑，而是很严肃地看着大家：“你们笑什么？这有什么好笑的？我觉得王玲的这个理想就挺好的，理想虽然是理想，但也更该贴近现实一点。你们扪心自问，在这里上学难道不是为了让自己、让自己的家人以后日子过得好一些吗？”

老师这带着教训的口吻让下面的同学们顿时不敢笑了，有些人更是有点尴尬地低下了头，还有些人则是若有所思的样子，不过依然有人是有些不屑的，但在老师的面前不敢表现出来。

一个班级的学生，也足以体现出人生理想的百态了。

第四章

★★★★★

政治老师的目光在底下的一众学生脸上扫过，然后才淡淡说道："人都应该为了自己的理想而努力拼搏和奋斗，太过崇高的理想仿佛天边的明月让你看得到却摸不到，时间长了的话，那就有可能让你懈怠。我们应该脚踏实地，只有你的理想贴近现实，踮着脚能够到，才能不断激发你自身的斗志，人生的路，或辉煌或平凡，既然选择了，就要坚定地走下去，关键是要在今生做一个最好的自己，让自己此生无悔。我觉得王玲同学的这个理想非常好。同时，这也该是我们每个人的人生理想！"

"是！老师！"全班同学异口同声地回答。

这时，外面下课铃声响了，老师让所有学生起立，宣布下课。

"豪杰，你在做什么呢？"下课后，王兵和张华两个人过来找周豪杰，关系好的男生就算上厕所也喜欢走在一起，这就是这个年代男生的友情。他们就是过来找周豪杰去上厕所的，但来的时候看到了周豪杰脸色不好看地用笔画着桌子，这才问了一句。

周豪杰心里很不高兴，刚才上课老师竟然没叫到他的名字，让丁一飞和朱平他们出尽了风头，这让他很不爽。但这样的话他不会说出来，于是随意把铅笔一丢："没做什么，走吧，去上个厕所，出去透透风。"

王兵和张华也没有多问，只是王兵在出门口的时候撞到了一个人，那人被撞得差点摔倒，扶住了门框才没真摔。

王兵本来是要道歉的，但在看到被撞的人后就不在意地笑了，反而倒打一耙："蒋勤业，你怎么回事啊，走路都没长眼睛的吗？"

蒋勤业微微蹙了下眉头，想说这不是他的错，他走得不快，并且刚才已经进来了，是王兵一边和人说话没看路才撞上他的。但他不是个会为自己辩驳的性子，而且这样的事不过是件小事，无伤大雅，于是蒋勤业淡淡地说了句"抱歉"，然后就抱着书经过王兵他们身边走开了。

王兵嗤了声，"那个榆木脑袋，也不知道到底怎么从初中过来的。"

张华也嗤了声，一手搭在了王兵的肩膀上，不在意道："行了，也亏得有他，不然我们值日找谁帮忙？对了，今天轮到我们值日了吧？"

王兵点头，不怀好意地笑道："一会儿我跟那小子说去，让他今天帮我们仨值日。"

周豪杰对于这样的小事从不放心上，别人帮他值日他觉得是理所当然的，更何况，他还会带点零食给对方，想帮他值日的人多了去了，所以蒋勤业能帮他值日那是蒋勤业的荣幸！

三人走远了，蒋勤业往自己的位子走去，经过王玲的书桌时不小心碰掉了王玲的一本书，蒋勤业连忙去捡，王玲也去捡，两人的头撞到了一起。

"哎呀。"王玲惊呼了一声。

蒋勤业脸色微微一白，连忙道歉，"对不起，对不起，我不是故意的，有没有撞疼你？"

王玲有点婴儿肥的脸上露出一个大大的笑容来，那双杏眼都笑得眯了起来。她摆了摆手，不在意道："没事啦，我的头是铁做的，不会被撞坏的。"

蒋勤业闻言不禁也挠挠头不大好意思地笑了。

王玲其实刚才看到了门口发生的事，她顿了顿，笑着道："明明是王兵跟人说话然后才撞的你，你还跟他道歉，你性子是不是太软啦？"

蒋勤业摇了摇头，也笑了一下，老实道："因为不是什么大事，王兵的性子就那样，我要跟他掰扯的话是浪费时间，反正说一句抱歉也不会怎样。"

王玲想了想，觉得还挺有道理的，王兵不爱学习，在学校里根本就是混日子的，而且平时还流里流气的，虽说是他的错，但如果蒋勤业非要跟人对上的话那的确是浪费时间，王兵那家伙不管不顾闹起来也是不好收场，对蒋勤业更没什么好处。

不是怕了谁，而是他们有功课要做啊！马上都要毕业了，大家都很在意最后的一次考试，虽说高考还没有恢复，但他们的成绩同样重要，谁有空理会找事的啊。

这么一想，王玲真心实意道："还是你聪明，吃亏是福是吗？哈哈。"

蒋勤业看着王玲脸上那灿烂的笑容，心底被什么微微触动了下，他轻轻"嗯"了声，给王玲把书放好，走了。

王玲以前一直觉得，这蒋勤业就是个谁都能欺负的老实人，现在发现这人老实的确很老实，但也不是没有自己的想法的。蒋勤业也是家中老大，家中的弟妹比她家还要多，这生活也是很不容易啊。

王玲忽然想到，之前的那节课，老师也有问到蒋勤业的，那时候蒋勤业说什么来着？唔，好像是对方也想去当兵，但是，蒋勤业家的那种情况，要是他也去当兵的话，家里那么多活儿谁做？会让他家里更困难吧？

王玲这么想着，不禁有点为蒋勤业忧心了起来。

…………

很快，时间就要进入十月。

十月一日是国庆节，每年国庆节公社和学校都会举行庆祝活动。今年的国庆节，全国正在开展批林批孔运动，庆祝活动会更加隆重热烈，在校的学生都可以看到活动仪式。这对学生们来说是十分激动的时刻，此外，学校为了庆祝国庆节的到来也会有节目安排。

袁建秀他们所在的这个班级分到了两个节目，一是集体大合唱，另外是几个人的诗朗诵。

集体大合唱每个人都有份儿，诗朗诵只需要八个同学。男生四人，女生四人，这就需要在班级里好好选了，而且时间已经很紧张，人选尽快敲定后就得在最后的几天时间里进行排练，如此才能登台。

林芳华是班级的文艺委员，这人选应该是她做主的。但是这个人选也确实让她有点为难，女生这边没什么问题，但是男生那边的话，周豪杰和丁一飞这两个人选确定下来后，丁一飞推荐了朱平，而周豪杰有两个想要推荐的人——王兵和张华，这样男生就多了一人。

周豪杰不依不饶非要把朱平给刷下去，这让林芳华有点烦恼。

这天，第一节课下课后，林芳华找到了袁建秀，袁建秀当时正和王玲在一块儿，于是三个女生便一起聊起这件事。

操场上，林芳华长长地叹了口气后说出了自己的苦恼："周豪杰想要王兵和张华两个人都上台，丁一飞推荐了朱平，其实从外形上来看的话还是朱平更合适一点，王兵并不合适。但周豪杰无论如何都不肯，还说如果不选王兵的话他就不上了，你们说，这可怎么办啊？"

这样的活动机会并不常有，这一次又如此特殊，活动日那天，他们的家长都会到校看学校的节目，林芳华对于节目的事还是看得很重的，想要做到尽善尽美，也正因此，才会更加烦恼，毕竟现在时间实在是不多了。

袁建秀闻言其实有点想说，周豪杰不上就不上呗。但是想想对方

“校草”的身份，想想对方那个做书记的父亲，到时候他们学校的晚会可是要请许多干部一起观看的，周豪杰的父亲肯定也在其中，并且还是公社的“一把手”，这要是不让周豪杰上场那是无论如何都说不过去的。而且，他那张脸也的确是加分项。

于是，吐槽的话被袁建秀吞回了肚子里。

一旁王玲开口道：“我也觉得朱平比王兵要合适得多，王兵个头太矮了，感觉他们几个男生站在一起不搭啊。”

周豪杰、丁一飞、朱平、张华四个人个子都差不多，他们站在女生的身后从整体视觉效果来看肯定更为合适一些。

林芳华也跟着点头：“可不是嘛！但周豪杰这么坚持，我已经做过他的思想工作了，但他不乐意听，我也真是没办法了。”

说着，林芳华忍不住皱了皱眉，显然是真的很发愁。

“要是你去做工作他都不听的话，那么别人说话他就更不会听了。”袁建秀也皱了皱眉头说道。

毕竟谁都知道周豪杰是喜欢林芳华的，连喜欢的人说话都不听，周豪杰性子那么高傲，也不是个能听得进别人话的，此时换谁劝都没用啊！

可不是嘛！王玲也心道：这可是校花啊，而且还是周豪杰一直喜欢的校花。她去做工作都没做通，那么别人肯定就更不行了。

这课间时间也没多久，林芳华询问了好伙伴，却也没得到什么好的建议，只得郁闷地去上课了。

袁建秀看着林芳华的身影走远，目光闪了闪，忽然一个主意涌上心头。

又过了两节课之后，袁建秀来到了周豪杰的跟前：“周豪杰同学，我有几句话想跟你说，可以去操场上说一下吗？”

周豪杰看了看袁建秀，不明白对方有什么好找自己说的，他们虽然一个班，袁建秀也是学习委员，但是他俩平时很少交流。说到底，根本没什么交情！

似乎是看出了周豪杰不大想去，袁建秀微微压低了声音：“是关于芳华的事，很重要。”

林芳华？周豪杰心中微微一动，终究是同意了。

要是关于别人的，他肯定没什么兴趣的，但如果是关于林芳华的，那是自己喜欢的女孩，袁建秀又说事情很重要，他想去听听。

第五章

★★★★★

穿过教学楼，两人来到了操场，周豪杰也看向了袁建秀，道："好了，你有什么想说的可以说了，是芳华让你来找我的？"

袁建秀点了点头，又摇了摇头："不是她让我来找你的，但事情跟她有关，你应该不知道吧？前面一节课的时候，芳华跟我们在这里说话，都急得哭了。"

周豪杰一愣，然后立刻紧张了起来，忙问："芳华哭了？这是为什么？"

袁建秀看着周豪杰，神色似乎有一丝微妙："你真不明白？自然是为了朗诵人选的事。"

周豪杰皱起了眉头，脸色有点不好看的样子，显然他是明白了，但既然皱着眉头，看来是真的不愿意朱平上场的，至于原因的话，恐怕也只有他自己知道了。但袁建秀其实也有所猜测，就凭她对这人的了解，恐怕这人不愿意朱平上场的最大原因，还是在于朱平跟丁一飞走得挺近的！

但这一点，袁建秀自然不会在这个时候说，所以，她刻意放柔了声音，看着面前的人轻轻道："其实我们大家都知道，朱平比王兵要合适一点，不是说王兵不好，就是身高和外貌，朱平要比王兵更合适一些。

芳华会选朱平也是因为这两点，但是你不希望朱平上场，那么坚持……芳华她是文艺委员，要是完不成任务，让我们的朗诵排练进行不下去的话她自然会被老师骂的，这不就急哭了嘛！”

说着，袁建秀顿了顿，又补充了一句：“而且你也知道，这一次会有很多家长来看，芳华就更想把事情做完美一些了。让朱平上也是因为他身高和外形更好，如此，你们几个人站在一起画面感不是更好吗？”

言下之意是，林芳华让朱平上又不是因为你的“对头”丁一飞的关系！

不得不说，这话劝到了周豪杰的心坎里，他的确是不希望林芳华选择丁一飞推荐的人才那么排斥朱平的，但袁建秀说的也很有道理，这一次他爸也会过来，要是他们的节目更完美些，那总归也是好事。

所以，周豪杰沉默了一会儿后，握了握拳头，算是点头答应了下来，他道：“我知道了，我这就去告诉芳华她想选谁就选谁吧！”

随后，周豪杰就跑开了。

袁建秀看着周豪杰跑远的背影，露出了一个笑容来，解决了！

往教室走的时候，袁建秀的心中忍不住浮现出一个想法来：丁一飞若是知道上台的是朱平，应该会很高兴吧？

这么想着，少女的脸微微带上了一丝红晕，眼中也有羞涩一闪而过。

这天放学的时候，王玲和袁建秀走到了一起，两个女孩一起回家。

王玲眨着大大的杏眼，转头好奇地问身边的人：“建秀，周豪杰怎么改变主意了？我听说他同意朱平上台了，芳华很高兴的样子。”

“这个啊。”袁建秀想了想，也没隐瞒，把自己在操场上跟周豪杰说的话说了一遍。

王玲惊叹道：“建秀，你可真聪明。但我有点不明白，之前芳华跟周豪杰说想要朱平上台，但是周豪杰直接就没同意啊，还放出了那样的狠话来。现在怎么你一说周豪杰就同意了呢？”

袁建秀微微笑了笑：“周豪杰喜欢芳华，芳华却为朱平说话，周豪杰能高兴才怪。而且当时丁一飞也为朱平说话，周豪杰这人，我们大家都知道，他比较高傲，本就跟我们班长不大对付，喜欢的人还为自己讨厌的人说话，他能高兴得起来吗？但是我私下里跟他说的话，他肯定就不会是同样的想法了，冷静过后他也知道选择朱平只是因为朱平合适，他自然也就答应了。”

袁建秀有一点没有说，那就是自己都说了王兵的身高和长相真不合适，周豪杰要是硬选了这么个人上台，到时候舞台画面感太差，这岂不是会被说嘴吗？这种事情影响毕竟不怎么好，到时候他爸爸可是要来看晚会的！周豪杰肯定也是想要一个精彩和完美的节目吧？

王玲听着袁建秀的话只能再次感叹道：“建秀，你懂得可真多，怪不得成绩这么好，我要向你学习。”

袁建秀呵呵地笑了，两个女生往前面远去，留下俏丽的背影。

她们不知，不远处，丁一飞此时被朱平碰了一下胳膊：“你在看什么呢？”

这么问着，朱平顺着丁一飞的目光看向了那边：“是袁建秀和王玲。”

丁一飞轻轻“嗯”了声，收回了目光，看向朱平：“明天开始要排练，我们努力点。你家里那边也说一声，因为我们会晚回去一个多小时的样子。”

朱平闻言立刻点头，道：“我家里会同意的，对了，听说袁建秀和周豪杰说了什么才这么快确定人选的。之前周豪杰可是放话说如果选我的话他就不上台的，你知道袁建秀跟周豪杰说了什么吗？”

丁一飞摇了摇头：“不知道。”

“明天有机会我去谢谢袁建秀，你一起吗？”朱平又道。

丁一飞闻言顿了顿，然后笑了一下，点头："行，一起好了。"

…………

第二天，一直到学校下午放学，他们这边也要开始诗朗诵的排练，朱平才找到了机会，他找上了丁一飞，两人一起到了袁建秀跟前。

现在，周豪杰和林芳华都不在教室里，他们说话也能随意一点。

朱平直接道："袁建秀同学，这次的事情多谢你了。"

在学校里，大家上台表现的机会是很少的，所以这次大伙都是争抢着上台。尤其这一次是国庆！他们高中班同学寒假就毕业了，前来观看的家长和公社领导都很多！因此，这样的上台节目大家更为重视，都想在领导面前露露脸。

今天的这一整天，王兵的脸色都不好看，可见没有这个比较显眼的上台机会，对方多么不高兴！所以，朱平道谢才会道得这么真诚。

袁建秀看到朱平和丁一飞两人竟然一起过来道谢，连忙摆手："不用不用，我没做什么，朱平，你真的比王兵合适，大家都明白的。"

丁一飞笑着道："虽说如此，但是周豪杰的性子大家知道，他若是真执拗起来，朱平恐怕上不了台，还会影响我们排练。袁建秀同学，这次是真的要谢谢你了。"

丁一飞的班级荣誉感还是很强的，他希望这个诗朗诵能让学校的老师、领导和其他观众都留下深刻的印象。这会是他们整个班级的荣耀，如果训练时间不够的话，对演出效果的影响也是很大的。

听到丁一飞这么认真地道谢，袁建秀不好意思地连连摆手，正要说什么，林芳华和周豪杰一起往班级里面走了进来，她拍了拍手，笑着高声道："同学们，马上开始排练，都过来集合。"

于是，袁建秀也不好再说什么，与丁一飞他们一起走向了林芳华那边。

此次诗朗诵的内容是毛泽东主席的《沁园春·雪》。

四个男生在后排，四个女生在前排，袁建秀和林芳华站在中间的位置，两人旁边各有一个女生。在后排，周豪杰，张华，丁一飞，朱平，如此排列。

北国风光，千里冰封，万里雪飘。
望长城内外，惟余莽莽；大河上下，顿失滔滔。
山舞银蛇，原驰蜡象，欲与天公试比高。
须晴日，看红装素裹，分外妖娆。
江山如此多娇，引无数英雄竞折腰。
惜秦皇汉武，略输文采；唐宗宋祖，稍逊风骚。
一代天骄，成吉思汗，只识弯弓射大雕。
俱往矣，数风流人物，还看今朝。

这诗朗诵还并不是集体朗诵那么简单，其中，还加了许多变化的步伐，比如，一开始上场的时候四个女生是依次竖排走出，男生上场是两两向前径直走到女生后面。

队形变化比较多，高潮部分才是集体朗诵。

练习着编排队伍，琅琅少男少女音在教室里响起，回声缭绕。有老师从教室门外走过，看到里面的场景都会露出会心一笑，还有的会直接比个拇指，让他们加油。

转眼，就到了晚会开始的前日。

这天，丁一飞回家的时候就见到他大姐兴奋地拉着他的手："一飞，明天你们学校要举行庆祝晚会对不对？是你们各个班级的比赛？"

丁一飞笑了："嗯，你才知道？我之前不是就说过了嘛，明天你和大妹一起来学校看吧。"

丁一飞的大姐丁小洁已经二十一岁，到了谈婚论嫁的年纪了，家里已经在相看对象。下面除了有大妹丁小敏，十二岁，还有最小刚断奶的小妹，丁小息。丁小息是他妈四十五岁时生下的“拉叭子”，丁一飞是家里的独子，父亲丁吉生还想生个男孩才罢休，结果又生下个女孩，所以取名丁小息。那时还没有实行计划生育政策，生完丁小息后，他妈觉得无论男女再不能生了，赶紧做了绝育手术。

他姐和大妹肯定是能一起带过去看节目的。

“我们肯定去的，对了一飞，爸刚才从外面回来问你了，我说你还没回来。爸应该找你有事，你去找他吧。”丁小洁又道。

丁一飞点头，应了声：“知道了，姐，我这就过去。”

丁一飞来到屋里，父亲丁吉生正在修一个坏了的板凳脚，看到这个引以为傲的儿子进屋来，他少见的没什么笑容。丁一飞顿时明白这肯定是发生了什么事，而且还是跟他有关的，他走了过去，放下书包后就帮父亲一起修板凳脚。

“爸。”

丁吉生看了眼儿子，脸色不是很好看地道：“你要去当兵？”

第六章

★★★★★

丁一飞微微一怔，顿了顿，缓缓点头："爸，我的确有这个想法，想去部队参军。"

丁吉生闻言顿时皱起了眉头："我们家孩子不少，但也不算多，你两个妹妹还小，你姐姐又要嫁人了，你去当兵，家里就连个干活的人都没有了。"

丁一飞闻言有些奇怪地看着父亲，说真的，平常自己在家做的田地里的事情是最少的，因为他爸妈不让。姐姐虽说现在已经在相看人家，但是结婚也要等一段时间。而且，自己去当兵，这也是全家一件光荣的事不是吗？

丁一飞其实没想过自己的父亲会不支持，他以为就算家里有人不同意，那个人也该是妈妈才对。因为他妈一直都不舍得他离家。而他父亲，在提到祖父祖母的时候，每每脸上那骄傲自豪的表情可不是假的，所以，他父亲该是最支持他当兵的才对啊！

大约是丁吉生自己都觉得这个理由站不住脚，便有些不耐烦了，直接道："你去当兵的话，浪费的时间太长了，还不知道未来发展会怎样，在部队有没有前途呢。但是你留下的话，你的学习成绩那么好，大队李书记跟我透露过，有培养你做干部的意思。到时候，等你真的做了干部，羡慕我们家的人多了去了！”

这同时，只要他儿子做了干部，家里的条件就能一下好很多。这做了干部，以后对象也好找啊！这该是多荣耀的事，相反的，去当兵的话，这活计虽然也不算差，但是丁吉生觉得比起留下来做重点培养的干部，那是差远了。毕竟去当兵的话，前途还不可期，他见过许多当了几年兵的，最后还是回到家乡种地，根本没有什么好的前途。

丁吉生自认自己就是个老农民，没有那么高的境界，他不想让这个从小就励志好学，“神童”般的，自己最看重的儿子去当兵，当兵几年回来还是当农民种地。同时，他的心里还有点后悔了起来，不该从小跟儿子讲那么多他爷爷和他外公参加革命的事情，虽然自己也以父母为骄傲，可是……比起那份骄傲，他现在更想家里过得好一些，过得安稳一些。

当兵，不可控的因素真的太多了！他真的怕耽误了儿子！

原来是李书记跟他爸说了这话。干部吗？丁一飞垂下了眼睑，忍不住暗想：就算是干部，那也是在农村，而且只是村里的干部。可他想要走出去看看，想要见识更多的世面，想要趁着年轻，对得起自己的梦想。

所以，丁一飞抬起头来，坚定道：“爸，我的学习成绩还好，以后去了部队，只要我多努力也能成为被培养的重点对象的。虽说留下来短时间里看着还不错，但是日后的话，肯定是在部队里更有前途的。爸，你相信我，我不会虚度年华的，我会努力让我们家过得更好的！”

丁一飞说得斩钉截铁的样子，少年的目光直视着自己的父亲，那眼里的坚定让丁父微微皱眉，却又忍不住泛起自豪感。

他这儿子从小主意就正，一直都没要他费心过。现在他儿子让他相信他的选择，那他这个做父亲的要怎么做？

丁吉生一时间没了主意，低下头，重重地用榔头敲击着板凳腿上的螺丝钉，反正征兵工作还没有开始，他打算暂时回避这个问题。兴许到了临头，他儿子就改变主意了呢？又兴许，他儿子过不了体检那一关呢？还是等等再说吧，他自己也要好好想想……

晚会举行的这一天，学校里非常热闹，来来往往的人将校园都快要塞满了。

晚会的临时大舞台就搭在学校的大操场上，去看晚会的则可以将自家的小板凳搬过去。

这天，丁小洁带着妹妹丁小敏早早地就去了，丁小敏一直在找丁一飞，但这么多人哪里能找得到呢。

晚会开始的时候，第一个上台的是丁一飞他们学校的高三（2）班，他们表演的是大合唱《歌唱祖国》，青春的少男少女，嘹亮的歌声通过音响传出，也彻底地带活了场内的气氛。第二个节目是舞蹈《北京的金山上》，是高三（3）班男女同学表演。

“北京的金山上光芒照四方，毛主席就是那金色的太阳，多么温暖多么慈祥，把翻身农奴的心照亮，我们迈步走在社会主义幸福的大道上，哎巴扎嘿。”台下的观众们会唱的也跟着高唱起来，顿时，会场的气氛更加热闹起来了。

丁一飞所在的班是高三（1）班，他们表演的节目是诗朗诵，还未排到上场。

丁小敏一直在等哥哥丁一飞上场，她已经知道了，她哥是有诗朗诵节目的，这不像班级集体大合唱，这个节目只有八个人，也不像舞蹈表演，要穿舞蹈服装，所以在场下的观众能看得很清楚！

终于，当丁小敏等到了丁一飞他们上台的时候，她站在小板凳上高呼了起来：“哥！”

丁小洁吓了一跳，连忙把妹妹给拉了下来：“小敏，你不能这么喊，会影响到台上的！”

丁小敏闻言也被吓了一跳，连忙捂住了自己的小嘴，但是神色间还是难掩激动。

“啊，那，那没事吧？我就是看到大哥上场了所以激动。”

丁小洁没好气地敲了一下妹妹的脑袋：“下次就算再激动也得看看场合，知道吗？”

丁小敏调皮地吐了吐舌头：“知道了，知道了。”

虽然被姐姐教训了一通，但是丁小敏的激动和热情一点都没有减少，她站在小板凳上挥舞着小手，不算大声地喊：“好！朗诵得好！太好了！”

旁边的家长们看着丁小敏这小模样顿时都乐了，这“小不点”也就勉强刚上学，这就知道好坏了？估摸着是自家兄弟姐妹在上头呢。

不得不说，家长们都猜着了。

丁一飞他们班的八个男女同学表演结束的时候得到了台下的热烈掌声，可见他们的这个诗朗诵是真的不错，不然掌声不会这么热烈。

丁小敏更是把自己的双手都拍红了还在使劲拍。

又看了两个节目后，丁小洁拉了一下丁小敏的手说：“妹，姐姐去上个厕所，你在这里看着，不能乱跑，知道吗？”

丁小敏乖乖点头：“知道知道，大姐放心，我绝对不乱跑。”说着，还保证似的拍了拍自己的胸口，小模样很是可爱。

丁小洁离开前对身旁的王大娘说：“大娘，我去上个厕所，你帮忙看着点小敏。”

大娘答应了一声，丁小洁这才离开。

丁小洁这边找到了学校里的女厕所，因为今天来的人实在多，这上厕所都需要排队。丁小洁在外面站了好一会儿才轮到她，小解完之后，丁小洁担心一个人坐在那儿的妹妹，赶紧往回跑。然而，刚跑没两步，右斜方撞过来一个人，是个男生，力量很大。丁小洁猝不及防，直接被撞倒在地，她双手着地，就被下面的石子擦破了皮。

“嘶！真痛！谁啊！走路都不看路的吗？”丁小洁忍不住出声抱怨，实在是摔疼了。

撞着丁小洁的男生正是王兵。

王兵本来就对自己被朱平挤下来的事情不满着呢，而谁不知道朱平是丁一飞推荐的！尤其今天丁一飞看着出足了风头，他听到有好几位老师都说到他，那满口的夸赞真是刺耳极了！这让王兵更不高兴。

此时，听到丁小洁的抱怨，王兵本来还没想怎样，只打算走人，但在看到竟然是丁一飞的姐姐的时候，王兵当即冷笑了一声，人也不走了。

“走路不看路？是你走路不看路吧？你的眼睛是长在头顶上的吗？我好好地在这里走着，你自己撞上来还要恶人先告状，你是什么人啊！”

丁小洁闻言顿时大惊，然后脸都气白了，她颤抖地伸出手指来：“你、你胡说！才不是我撞的你，是你撞的我！”

“什么我撞的你，是你撞的我！”王兵的声音大了许多，他扬声的同时人还逼近了丁小洁一些，这样的压迫感让丁小洁忍不住又后退了两步。

顿时，这边的动静引起了许多人的注意，好些人都往这边围了过来。

王兵狠狠地瞪着丁小洁：“你是丁一飞的姐姐吧？呵呵，你可真够嚣张跋扈的啊，明明自己撞了人却还要诬赖人，你这模样，怪不得那丁一飞也不是什么好鸟呢。”

人群中的同学们听到王兵的声音，尤其还听到了丁一飞这个全校学霸的名字，不由得窃窃私语了起来。

第七章

★★★★★

“这是丁一飞的姐姐？”

“咦？丁一飞啊，这人在学校高中部可是挺有名的，一直都是全校数一数二的吧？”

“不过这丁一飞的姐姐看起来就不怎么样了啊，是她撞了王兵吗？我好像听到王兵喊是她撞的人。”

“这我不知道啊，我没看到啊。”

“我也没看到，到底谁撞的谁啊？”

“王兵应该不至于说谎吧？我看多半是这女孩撞的人。”

丁小洁听到人群的窃窃私语，还有一些人手指指着自己，她顿时觉得自己是给弟弟丢脸了，明明不是她撞的人，这个男生怎么这么可恶！一时间，丁小洁又气又急，眼泪都在眼眶里打转了。

这时，一道女声响起：“王兵，你这就过分了吧？我刚才亲眼所见，是你跑得太快撞到了这位姐姐，你还把人直接撞倒在地上，我看这位姐姐的手掌都磨破了，你却倒打一耙，你这样不好吧？要是被老师知道了，别人以为我们学校的学生都是这样的素质，这多影响我们学校的形象。”

说话的是袁建秀，她一边说着，人已经走到了丁小洁的跟前了，然后，她拉过了丁小洁的手摊开给围观的群众看："你们看，这位姐姐的手受伤了。王兵，你不跟人道歉就算了，还这样反过来欺负人，是想要别人去告诉老师让老师来评理？今天来的人很多呢，相信老师一定会好好评理的。"

王兵的脸色终于变了变，他也不是真的没脑子的，像今天这样的情况，要是真的告到老师那里去，老师会怎么处理还用说吗？哪怕只是为了给家长们一个好印象，自己这个"坏学生"也一定会受到严厉的批评的！

想着，王兵的脸色顿时更加难看了。然后，他恶狠狠地瞪了一眼多管闲事的袁建秀，也没道歉，直接就跑了。

袁建秀微微皱眉，也没追去理论什么，今天这种场合并不合适。

丁小洁激动地一下抓住了袁建秀的手："这位同学，真的太谢谢你，太谢谢你了啊！要不是你刚才看到是那人撞倒了我，我还不知道要怎么被人冤枉呢！我一定要好好谢谢你。"

袁建秀拍了拍丁小洁的手背，拉着人走到了一边，围观的人对刚才王兵那样跑开有些指指点点，看到没有热闹可以看也就都散开了。

袁建秀拉着人走到一边后才小声道："我其实没看见他撞的你。"

"啊？"丁小洁顿时一愣，眼睛都瞪大了，不敢置信地看着袁建秀。

既然对方没有看到刚才那个男生撞的自己，那为什么要那么说？为什么要帮她？

袁建秀迎着丁小洁疑惑的眼神笑着道："刚才撞你的那个人叫王兵，跟丁一飞有些过节，这一次他没能上台表演，所以记恨上了丁一飞，他是认出了你是丁一飞的姐姐才故意那样说的。我虽然没看见，却了解他的为人，这才会直接说看到的。"

"啊，竟……竟然是这样……"丁小洁喃喃，"那，那你也是一飞的同学吗？”

“嗯，我叫袁建秀，很高兴认识你。”袁建秀落落大方道。

“袁建秀……”丁小洁念了一遍这个名字，高兴地抓住了对方的手，“嗯，你好，我叫丁小洁。”

这时，庆祝活动和演出也到了尾声，一曲《大海航行靠舵手》响彻校园，“大海航行靠舵手，万物生长靠太阳，雨露滋润禾苗壮，干革命靠的是毛泽东思想，鱼儿离不开水，瓜儿离不开秧，革命群众离不开共产党，毛泽东思想是不落的太阳……”

紧跟着，是几乎响彻云霄的热烈掌声。

…………

第二天早上，丁一飞要去上学的时候，被从外面打了猪草回来的丁小洁叫住了。

“一飞！”

丁一飞转过了头去，看到自家大姐，微微笑了下，喊人：“大姐。”

丁小洁笑着拿了一样东西交到了弟弟手上，微笑道：“给，帮我把这个带给建秀。”

那是两根刚扯的红头绳。

丁一飞看着这应该是刚扯的红色头绳，一愣，不解道：“为什么要送给建秀？”

难道他姐姐竟然是认识袁建秀的？而且关系还好到这般地步？但怎么之前不曾听说？

“昨天我去你们学校看晚会，遇到了一点小事，多亏了她帮忙，这个女孩子可真机灵啊，姐姐真是太喜欢她了。”丁小洁笑意盈盈地说。

“姐姐遇到了什么事？”丁一飞连忙问。

丁小洁也没隐瞒，将昨天碰到的事情说了，昨天因为没跟丁一飞一起回去，而她在回去后还要帮妹妹洗脸什么的，所以也没机会跟弟弟说话，今天才找到了机会。这红头绳是她前几天扯的，本来自然是给自己准备的，但现在的话，她想送给袁建秀。

丁一飞听完后眉头顿时微微一皱道：“那王兵太不像话了。”

丁小洁闻言忙道：“我告诉你可不是为了让你去给我出气的，昨天建秀已经帮我出气啦，哈哈，你都不知道建秀说要找老师评理的时候那个叫王兵的脸色有多难看呢，那真的是太逗了！”

丁一飞看丁小洁说得眉飞色舞，也是真的不生气的样子，这才略松了口气，他收起了红头绳道：“我知道了，姐，我会交到袁建秀手上的。”

“行，那就谢谢啦。”丁小洁说着，走进了屋内，还冲丁一飞挥了挥手，让他赶紧去上学。

丁一飞见状也挥了挥手，走了。

巧的是，在校门口的时候丁一飞就遇到了袁建秀。

“袁建秀同学。”丁一飞连忙出声叫住了袁建秀。

袁建秀看着丁一飞，虽有点意外，但脸上却带着灿烂的微笑：“怎么了，有事吗？”

丁一飞点了点头：“是有点事，我们去操场那边说好吗？”

袁建秀愣了一下，但还是立刻点了点头：“好啊，我们去那边说好了。”

现在时间还算早，他们也不担心自己迟到，两人来到了操场僻静的角落边上，然后，丁一飞直接从书包里拿出了那两根红色头绳。

袁建秀在看到这两根红色头绳的时候，心脏当即不争气地狠狠跳动了起来，她猛地看向了丁一飞，少女淡粉色的唇瓣动了动，正要说什么，就听丁一飞道：“这是我姐姐让我转交给你的，说是多谢你昨天的帮忙。我也想谢谢你，谢谢你，袁建秀同学！”

丁一飞说着，还微微躬身。

袁建秀闻言连忙摆手：“不用，不用，真不用这么客气的，你姐姐真的是太客气了，我就是随嘴说了句公道话而已，这哪里能算得上帮忙？”

丁一飞浅浅地笑了一下，道：“要谢的，当时就你帮我姐姐了，这是我姐姐的心意，你收下吧。”

袁建秀看到丁一飞那么诚恳的样子，还举着双手将红色头绳送到了自己的跟前来，她的脸不禁红了红，终于还是收下了。

收下红头绳，袁建秀不好意思道：“那，那我就收下了。”

丁一飞点头，露出来松口气的表情，笑道：“嗯，我们回班上吧。”

“好。”袁建秀也笑着点头，眉眼弯弯，丁一飞看着少女笑得明媚的样子，略愣了一下，似乎有什么从心尖滑过。

有些触动，有些微痒，这时候的丁一飞自然还不明白那是什么。

…………

随着时间进入十二月，全国征兵工作开始。

从现在起就可以报名了，经过报名、体检、政审等程序能入选的，很快就会参军入伍。丁一飞他们所在的班级想去当兵的同学很多，但现在也不是谁想当兵就能去的，还须经过各个程序和审批环节。

首先，体检这一关就很严格。

丁一飞在此前终于还是说服了父亲丁吉生，所以他顺利地报了名，就等接下来的体检等环节了。

报名的那天他们班的好些男生都是一起去的，蒋勤业、朱平都在其中。

完成了报名后，几名男生回到学校坐在操场上聊天说话。

蒋勤业笑着道：“一飞，你说我们都报上名后，去参军，能不能分到同一个部队？”

旁边的同学也很关心这个问题，忙跟着道：“是啊，我们大家能分到一起吗？要是大家能在一起就好了。”

人在不熟悉的环境，总是希望身边越多认识的人越好。

“应该是能的吧。”朱平猜测道，“我们都是从一个地方过去的，即便不能在一个班，但是一个连问题应该不大。”

“这就好。”有同学松了口气，虽然他们也不能确定朱平说的一定是真的，但他们愿意这么相信着。

“去往人生地不熟的部队，还是跟自己认识的人在一起好一点。”有人感慨道。

旁边的人也都很赞同，纷纷附和。

体检的那一天，蒋勤业和丁一飞排到了一起，他们都通过了。蒋勤业看到被打“合格”通过的体检表很是高兴，他兴奋地说道：“一飞，体检过了，我们都过了，太好了！”

丁一飞也笑着点了点头，四处看了看，想到了什么，忽然道：“蒋勤业，你看到朱平了吗？”

“咦？朱平？”蒋勤业一愣，连忙四周看了看，皱眉，“没看见，奇怪，我怎么没见到朱平的人，上一次报名的时候我们还排在一起的。”

第八章

★★★★★

丁一飞也是皱了皱眉头："我也是一开始就没见他，我们找人问问吧。"

没有看见朱平，这让丁一飞略微有一种不妙的预感，此时也只想先把人找到再说。

"好，那我们赶紧去吧。"蒋勤业忙道，他也觉得有点不对。于是两人很快去找朱平了。

随后，丁一飞目光扫了一圈，发现了一个人，孙兵。

孙兵是住在朱平家附近的，就隔了两户人家，丁一飞走过去很快来到了对方跟前对他说："孙兵，你今天看到朱平了吗？我怎么没看到他。"

朱平家住在公社的集镇上，是古旧式的老楼房，门前有一条长长的弄堂，是一条步行街，平时来往的行人很多，每当赶上集镇集市，街上的行人来来往往，很是热闹。

"啊，他今天应该不来了。"只见孙兵满头是汗，其实也不是热，这都十二月底了，哪里热得起来，他就是紧张的。他这人一紧张就容易脸上冒汗，从小就这样，改不了的毛病。他的体检还有最后两关，看前面检查挺严格的，而他一只眼睛的视力不如另一只好，很担心自己过不了，所以现在紧张得直冒汗。

“不来了？”丁一飞和随后赶到的蒋勤业闻言都大吃一惊，蒋勤业更是忙问，“这是怎么回事？怎么会不来了？”

孙兵压低了声音，小声道：“你们还不知道吧，朱平的父亲前几天被公社保卫干事带走了，说他破坏批林批孔运动，他父亲把家门口街上弄堂的批林批孔标语撕掉了，现在正接受审查。在问题没有查清楚前，朱平当兵可能是去不了，因为当兵的名额本来就有限，想去的人很多，他父亲的问题还未查清楚，政审这一关过不去，这样肯定是去不了了。”

“我也是昨天晚上的时候听我妈说了一嘴，说是朱平当兵去不了。反正朱平年纪轻，明年照样可以报名。到现在都没有看见朱平来，应该是不会来了。”孙兵接着说。

丁一飞和蒋勤业面面相觑，实在没想到会是这样的原因，一时间不知道该说什么才好。

告别了孙兵，这边结束后，丁一飞和蒋勤业还是决定去朱平家里跑一趟，看看情况到底怎样。

他们到朱平家的时候就看到朱平正在切猪草准备喂猪。

“朱平。”丁一飞和蒋勤业一起走了过去。

朱平停下了手边的活，有些惊讶，但很快又了然了，他笑了笑，眼底并没有一丝阴霾，倒是有些感动，为这两个同学的到来而感动。

“你们怎么来了，体检完了吗？”

“体检完了，我们没看到你过去，倒是遇到了孙兵，孙兵说……”顿了顿，丁一飞有点难以启齿的样子。

对比丁一飞的欲言又止，朱平心里很不是滋味，本来当兵还是很有希望的，结果突然出了父亲被公社带走审查的事。不过他相信父亲的事肯定是会查清楚的，他拍了拍丁一飞和蒋勤业的肩膀：“既然你们都听说了那也不用我说了，你们不用难过，不过是晚一年而已，你们放心，你们且先去着，明年我肯定会去部队找你们的。”

蒋勤业勉强笑了笑，脸上藏不住的失望：“这么说，你不能跟我们一起去部队了？”

“今年怕是真不行了，征兵每年都有，明年我一定能去，你们在部队里等着我。”

蒋勤业和丁一飞对视了一眼，丁一飞率先郑重道：“好，朱平，今年我和蒋勤业先去，我们会在部队等你的。”

朱平无奈地笑了，伸出拳头：“好，一言为定！”

“一言为定！”蒋勤业和丁一飞同时说，然后跟朱平一起碰拳头约定。

少年的约定在此时成立，虽不知未来大家都会走向哪方，但此时此刻他们约定好了在部队重聚，也同时希望都能达成这个美好的愿望。

…………

体检过关也就意味着不用多久，他们这些报名参军的同学就要踏上离开家乡的旅程。

学校里这一届的冬季毕业生，因为要去当兵的同学不少，还特意组织了一场欢送会。

这热热闹闹的欢送会，似乎将那种离别之情渲染得更添了一分萧瑟的味道。现在有多热闹，离别的时候，远走的人就会有多落寞。

丁一飞背着书包绕着学校的大操场走了好几圈，就要去部队当兵了，至少要四年才能回来。这个自己上了好些年的学校，得离别了。

丁一飞有些不舍得，他的目光有些眷恋地在校园里的各处一一划过。

“丁一飞同学。”

听到有人喊自己，丁一飞转了一下头，发现竟然是林芳华，他有些意外，但还是停下看了过去。

“林芳华同学。”

林芳华的脸略有一点红，但她向来开朗、大方又自信，所以，此时林芳华在叫住了人后大大方方道：“丁一飞同学，等你去参军，到了部队后，我能给你写信吗？”

丁一飞一愣，然后立刻微笑着点了一下头：“这是当然。”

林芳华的双目亮了一些，露出了一个属于少女的格外明媚的笑容：“那就这么说定啦！到时候我给你写信，你可不能不回哦。”

丁一飞点头，笑道：“不会不回的，能有家乡的同学给我写信，我高兴还来不及呢。”

“哈哈。”林芳华爽朗一笑，也没多说别的，摆了摆手，走了。

不远处，一个男生脸色阴沉地看着这边的丁一飞和林芳华两人，那是周豪杰。他本来就是跟着林芳华过来的，原先只是想跟对方说说话，看她走得飞快，他有些好奇林芳华想干什么，没想到，对方竟然是来跟丁一飞说通信的事！

周豪杰狠狠地瞪了眼丁一飞的方向，转而往林芳华那边快步追了过去。

很快，周豪杰就追到了林芳华，从后面一下拉住了林芳华的胳膊。

“芳华。”

林芳华被吓了一跳，这突然被抓住，让她惊吓不小，转头见是周豪杰，有点生气。

“周豪杰，你怎么回事啊，吓死我了！”

林芳华是真的被吓了一跳，惊魂未定地拍着自己的胸口。周豪杰的目光跟随对方的动作在她的胸前视线一转而过，这时候的周豪杰虽然喜欢林芳华许久了，但是对于这样的两性关系还是很模糊的，所以见到林芳华起伏的胸口会觉得不好意思。

周豪杰没敢多看，微微别开视线，但他很快想到了刚才林芳华跟丁一飞说要写信的事，于是立刻转过头来盯着林芳华道："芳华，我刚才看到你去找丁一飞了，你要给他写信？"

林芳华眨了眨眼，"啊"了声，讷讷道："这……我也不止跟丁一飞这么说啊，我们班还有其他的几个男生，像是周民和王亮……我也说了，你们去那么远的地方参军，给你们写信不是应该的吗？"

周豪杰闻言死死地盯着林芳华的眼睛看，他道："芳华，你还跟周民他们说要写信了？那你怎么没跟我说？"

林芳华闻言又短促地"啊"了下，有些尴尬地说："这……这不是之前没看到你吗？"

"那我现在来了，你总看到我了吧？"周豪杰有些咄咄逼人地道。

林芳华有些不自在，勉强笑了笑："看，看到了，周豪杰，我也会给你写信的。"

周豪杰这才满意地点头："嗯，芳华，我也会给你写信的。"

…………

丁一飞等当兵的同学要出发的前夕，袁家。

"欸？建秀，你往哪儿去啊？我看这天气不大好，要下雨了，你还出去呢？"袁建秀的母亲叫住了袁建秀。

袁建秀看了眼外面的天色，笑着道："妈，我出去一下，有点事情，一会儿就回来了。"

"那你带把伞，姑娘家家的，别淋湿了，会感冒的。"袁建秀的母亲絮叨地叮嘱。

"我一会儿就回来了，不用带伞。"袁建秀说了一句，怕再说下去，耽误时间，一扭身赶紧跑了。

“这孩子。”她母亲无奈地摇头，不明白女儿这么心急是要干什么去。

袁建秀一路往丁一飞的家中跑去。

就要靠近丁一飞家的时候，袁建秀不跑了，脚步变得有些踌躇。

她一个女孩子跑到男生家里去，是不是不好？袁建秀迟疑地想着，这时，刚好看到丁一飞抱着一捆柴从北面过来。她顿时眼睛微微一亮，赶紧叫了丁一飞的名字：“丁一飞。”

丁一飞听到喊声，转过头去，看到袁建秀的时候不由得微微一怔。

袁建秀快步走到了丁一飞跟前，有一点急喘地喊着丁一飞的名字：“丁一飞。”

“袁建秀同学。”丁一飞眨了眨眼，有些疑惑，看着袁建秀跑得似乎很急的样子，又不由得放轻了声音道：“你找我有事吗？”

第九章

★★★★★

袁建秀微微一笑，刚才的踌躇已经不见，虽然还是带着一丝急喘，却大大方方道："嗯，就是想问你，你去当兵，我可以写信给你吗？"

写信？丁一飞想到了林芳华，他是怎么回答林芳华的现在自然怎么回答袁建秀："当然可以。"

袁建秀脸上的笑意深了一些，然后从裤兜里拿了一根红绳出来，这红绳上面还有一个小小的、看着有些古朴的核桃。

"这个送给你，红绳是我随手编的，这核桃是开过光的。小时候我身体不好，容易惊着，奶奶去庙里求来的，很是灵验。我想着，你去当兵，各种情况都可能发生，兴许还要上战场，兴许会碰到许多其他的危险，这核桃能帮你挡灾，保佑你平安，你留下吧！"

"这……这不行。"丁一飞连忙拒绝，"既然这核桃是你奶奶留给你的，还是开过光的，我怎么能要？你自己留着吧，太贵重了。"

也许核桃本身的价值不高，但是袁建秀的奶奶已经去世了，丁一飞是知道的，所以，这东西不只开过光这一个价值，这还寄托了袁建秀对奶奶的思念吧？这价值就不一样了，丁一飞感觉自己不能拿。

袁建秀却直接抓住了丁一飞的一只手，将核桃强硬地放在了对方的手掌心中。此时的袁建秀在碰到丁一飞手的时候全身像触电了一样，不好意思起来，于是飞快道：“丁一飞，你要是真的觉得这个贵重，那就不算我送你的，而是我放在你那里让你保管的，等你从部队平安回来，你再将这个还给我。”

丁一飞一愣，看着少女覆盖在自己手上的那只手，只觉得这一瞬间心尖有些酥痒，他忍不住看向了少女的眼睛，然后，看到少女笑得弯起了眉眼，眼睛都变成了月牙的形状。一时间失了言语，连拒绝都忘记了。

袁建秀怕丁一飞再度拒绝，飞快道：“就这么说定了，一路顺风，祝你心想事成，梦想成真啊！”

说完，也不等丁一飞这边有什么回应，少女那边便一溜烟儿地跑了。

丁一飞静静地看着少女跑远的身影，好一会儿后他才低头看向了自己的手掌心，红色的编绳，古朴的核桃。那红绳红艳艳的像是……少女的心血。

丁一飞忽然觉得掌心的这红绳有些发烫，他不知为何，觉得有些脸热，眨了眨眼后，他赶紧收起了这红绳装进了自己的口袋里，抱着柴火继续往家走去。却有点不自觉地乱了心神，少女刚才脸红的一幕总是在脑海里像是放电影一样不断地盘旋、回放着。

因为丁一飞就要出去当兵了，他想帮助家中多干点活，替父母减轻点负担，也能减少他们对他的牵挂。

此时，路边上随处可见“一人参军，全家光荣”“自觉履行兵役义务，保家卫国”“适龄青年踊跃接受祖国挑选，到边疆去，到祖国最需要的地方去”等大红纸写的标语。

没等几天，很快被批准当兵的同学都收到了入伍通知书。这时的周豪杰全家像过节一样，无比地高兴激动，在当时能够批准参军的一家人都非常荣耀，他的父亲又是公社书记，所以就更加光鲜荣耀了。只见在他家门口人声鼎沸，前呼后拥的，周围全是赶来为周豪杰参军表示祝贺和送行的人。

这时，只见周豪杰父亲周志宏把他叫到身边叮嘱他："豪豪，到部队后一定要好好干，不想当将军的士兵不是好士兵，要在部队争取立功入党，提干当将军！为全家人争光啊！这样我们周家才能光宗耀祖啊！"周志宏越说声音越大，很是激动的模样。

周豪杰不时地点头，向父亲表示致意，表示自己到部队一定会好好干的。

周围的人纷纷说周豪杰多有出息，在学校里就表现怎么怎么好，到了部队后完全是做将军的料子啊！

周志宏被捧得越发地高兴了。

第二天，周志宏带着儿子周豪杰在他所在的公社逐个办公室，与公社里的干部见面告别，以显示他儿子参军的荣耀，更加显摆他自己教子有方和他周家的荣光。

次日，新兵们就要集合了，公社武装部大门口一早，已是人山人海，欢呼声口号声不断，锣鼓喧天，热烈欢送新战友光荣入伍！

新兵们到齐后，公社组织人给每个新兵都戴上了大红花，乡亲们敲锣打鼓站在道路两侧欢送新兵，丁一飞、周豪杰和蒋勤业的父母及兄弟姐妹都在人群当中。

这时，只见丁一飞的父亲把丁一飞拉向身边，把一个笔记本塞进他的口袋里，叮嘱道："这是你妈把家里 20 个鸡蛋卖了，给你买的本子，让你到部队努力学习，好好干！像你祖辈一样杀敌立功！"顿时，只见丁一飞一边擦着泪水，一边向母亲挥手告别！

就在这时，丁一飞的大妹丁小敏飞快地跑到丁一飞身边，紧紧地拉住丁一飞，亲昵地高喊："大哥，抱抱我，抱抱我！"丁一飞紧紧地抱起丁小敏，丁小敏深深地在丁一飞脸上吻了两口。

在欢送新兵参军入伍的人群里，有三个俏丽的女孩特别醒目，他们身穿艳丽的服装，像过节一样激动，每个人的眼眶里都充满着泪水，袁建秀、林芳华、王玲她们也都来为同学参军送行。

路上这一群人，簇拥着新兵们登上了卡车，把他们送到了县委党校大院。然后，由各公社武装部长带着各自新兵换了军装，领了被褥，换装后又到照相馆照了张军装相，留给家里作为参军纪念。

当天晚上，县政府组织全体新兵观看了电影《闪闪的红星》，“红星闪闪亮，照我去战斗”的歌声回荡在夜空中，激励着刚刚换上军装的新兵们去战斗。

第三天的时候，丁一飞等同学就踏上了前往大西北军营的火车。

上车前接兵军官要求人人都排一次大小便，新兵们不知道是什么意思。

只见站台上停着一列黑黝黝的长龙，火车头不时地发出“呜呜”的吼声，这是专门用来运送新兵的军列。

新兵们上车一看，车厢底铺了一层稻草，车厢壁上还沾着煤灰粉尘，接兵班长指挥新兵们把被子和床单都铺在稻草上，新兵们就这样一个挨一个地躺在车厢里，等着火车开动出发。

“要开车了。”只见新兵班长把车门一关。火车头“呜，呜呜”……一声长鸣，火车渐渐地开动了。

车厢里边漆黑一团，确实是伸手不见五指。丁一飞等新兵们坐的叫闷罐车，车内照明只有接兵班长带的手电筒。

这些刚刚去当兵的青年在这火车上还是觉得很新奇的，他们坐在一起看着外面，虽然什么也看不到，但对于自己的未来充满了无限憧憬，这些即将入伍到部队的新兵对眼前的一切都感到很新鲜。

他们似乎有说不完的话题，有释放不完的热情。

就是周豪杰，这时候也放下了对丁一飞的那点意见，一群新兵围在一起说着关于大西北的种种话题。

“听说西北那块地方现在的条件很不好，我们去那里不知道能不能习惯啊？”有人担心道。

“这有什么不习惯的，在哪里不是一样啊？”有人不以为然，他的热情一直很高昂，现在依然处于激动状态中。

“豪杰。”有人拱了一下周豪杰的胳膊，“你说，我们以后会住在怎样的地方啊，肯定是军营吧，真想知道军营是什么样子。”

周豪杰大笑了两声：“到了那儿就知道了，现在有什么好说的。”他故作老练的样子，想把周围的人衬得不成熟一些。

不过他的这些心思旁边的人没能体会到，他们依然热切地讨论着刚才的话题。

“就是有点担心啊，之前我家隔壁就回来个去南方参军的，回来跟我说那边条件可艰苦了，他们那边气候非常潮湿，感觉盖在身上的被子就从来没干燥过！这西北倒是不潮湿，就是不知道其他情况怎样了。”说着，真的有点担忧的样子，旁边的人则立刻问他是具体哪个说的，那边是不是真的这个情况，一时间气氛更热闹了。

丁一飞看到大家都在车上说得很热闹的时候，他悄悄地把母亲送给他的笔记本打开，只见笔记本里夹着一张新四军军人泛黄的照片，这军人是他外公，身着新四军军装，腰带上还挂着一支驳壳手枪，显得很威武。这是他外公在牺牲前留下的唯一一张照片，此时，丁一飞不由得热泪盈眶。

丁一飞从小听着爷爷的故事长大，不止自己的爷爷，还有奶奶和他妈妈，对于他们那个年代的事迹丁一飞都十分感兴趣，十分憧憬，所以他才从小就有当兵的梦想。

如今，自己也要变成一个军人了，他发誓，一定不会给祖辈抹黑的！

就在丁一飞心中定定地这么想着的时候，有人推了推他的胳膊，喊出了他的名字。

“丁一飞，你对西北那边了解多少啊？尤其是那边的部队，说说呗。”

其他人闻言顿时也忙起哄，让丁一飞说说。

丁一飞收敛了一下刚才激动的心情，摇了摇头，声音有些暗哑道：“不知道，周豪杰说得对，到那儿就知道了。”

其他人觉得他挺没劲，很快又说起了其他的话题。

白天新兵们围在一起又说又笑，激动过后到了晚上不免有些疲惫，所以到了晚上一躺下很快就进入了梦乡。

深更半夜一个新兵要小便，接兵班长想的办法是，手电照着把车门拉开一条缝，两人架着要小便的新兵这样小便，这时新兵们才知道要求他们提前排便的原因。

现在的这群新兵还不会想到，他们所憧憬的大西北，所憧憬的军营，跟他们预想中的其实是有很大差距的。

就这样，坐了四天五夜的火车后，这群尚且天真的新兵终于到达了大西北。

刚下火车的时候倒是也没什么，因为他们是在省城下的火车。所以这群新兵很是稀奇地看着不同于家乡江南的风光。

但随后，又坐了好几个小时的卡车，随着所去往的地方越来越偏僻，高山深沟，风沙越来越大，风沙吹在他们的脸上，打得他们脸颊生疼的时候，他们就真是有些受不了了。

新兵们不由得面面相觑，终于后知后觉地感到似乎有哪里不大对。

第十章

★★★★★

被风沙吹得脸实在太疼，有人终于忍不住开口："我们的军营，竟然在这么偏远的地方！"

当即有人跟着道："这大西北，怎么这么大的风沙啊，平常难道每天都这样吗？还是今天的风沙格外大些啊？"

虽然在火车上就知道了大西北有风沙，但是真的没想到风沙这么大啊，跟自己预想中的完全不一样啊！

"呸呸，哎哟，我刚想说话竟然就吃了一嘴的沙子。这里的风好大啊，怎么这么大风沙啊！"周围的新兵接二连三地跟着一起抱怨。

一直生活在江南的新兵们真的是没有经历过这样的大风，尤其风中还带着沙子，嘴巴张大点都能吃满嘴沙子，一众新兵被吹得眼睛都不敢瞪大，就怕不小心沙子也会飞到眼睛里去，到那时候觉得更加糟糕！

并且，这带着他们过来的卡车也是摇摇晃晃的，路是越来越难走，他们觉得自己的身体都要被晃散架了。经过这样长时间的颠簸，还有几个新兵是直接晃吐了！他们趴在卡车的栏杆边沿，对着外面大吐特吐。

但因为之前好多人吃得不多，如今也都消化光了，所以现在就算大吐特吐，吐出去的也都是一些酸水而已。

丁一飞的脸色也十分苍白，他虽然没吐，但是现在也不好受。

周豪杰现在被晃得一点小少爷的帅气都没有了，那张脸，比丁一飞还白！

当卡车总算停下的时候，车厢里的这些新兵几乎站都站不稳了，只能狼狈地彼此挨着坐在那里。

“下来了，新兵战友们！”接兵军官高喊了一声。

新兵们踉跄地爬起，从卡车下去的时候，有好些个都腿软得差点没站稳。那人高马大的军官虽然在旁边扶了一把，口中却是骂骂咧咧的：“这身体素质可真是太差了啊！瞧瞧你们，不就是坐了一会儿卡车吗？怎么一个个都变成‘软脚虾’了，这可不行啊！”

被说成“软脚虾”的新兵们自然很不服气，周豪杰第一个道：“我们可不是‘软脚虾’，就是坐得腿麻了而已，坐了那么长时间的车能不麻吗？”

“没错，没错，我们就是腿麻了而已。”很快有人帮腔，大家都不愿意承认自己是“软脚虾”。

作为还是新兵的他们，现在的自尊心可强着呢。

那接兵军官直接嗤笑了一声：“行了，腿麻，新战友们，你们就自己骗骗自己吧。行了，快点走，天要黑了，我们要在天黑前到达军营呢。”

这接兵军官提到军营，新兵们顿时眼中又多了期待的光芒。这是终于要看到自己期待已久的军营了吗？

不过很快，新兵们心里多了一抹疑惑。他们这是在……爬山吗？

难道营房还建在山上？他们以为，偌大的军营营地应该建在平地上才对，这怎么还建在山上呢？

而且，这山上的石头好多啊，这路真的是太难走了。

“哎哟。”一个新兵崴了脚，摔了一下。他不是第一个了，事实上在他之前，爬山的这一段路，摔着的新兵已经有好几个。

“小战友，你没事吧？”这摔倒的新兵旁边的同伴扶了对方一把，将人从地上拉了起来。

只见刚摔倒的新兵摇了摇头，“没事，就是崴了一下。”

那接兵军官是走在队伍最前头的，此时，他朝后面看了眼，冲着新兵们大喊：“新战友们，加油！速度都加快点！我们的军营很快就要到了！”

新兵们经过这样的长途跋涉，一点力气都没有了，实在是这山太难爬了，这山上的石头还多，一不注意就会摔倒。所以，新兵们只能咬着牙坚持前行。

如此，又前行了许久的时间。

“我们什么时候能到啊？”终于，有新兵忍不住地问。

“是啊，我们这已经爬了有两个多小时了吧？这怎么还没到啊，而且我也没有看到军营啊，这军营到底在哪儿呢？”

对于他们的询问，前面那位接兵军官只是又哼笑了一声：“你们也知道两个多小时了啊，大家再坚持一会儿就要到了。”接兵军官带头唱起毛主席语录“下定决心，不怕牺牲，排除万难，去争取胜利！”的歌曲。

他的嗓门嘹亮，倒是真的让许多人又振作了精神。然而，也没坚持太久。

又过了段时间，新兵们实在坚持不住了，因为他们大部分都刚从学校出来。

“不会还要很久吧？”

“我，我都爬不动了。”

“实在是不明白，为什么这山上的碎石这么多。”

“我这鞋子根本不适合爬山，大头皮鞋太重了。”

不过，不管新兵们怎么抱怨，山还是要继续爬，又过了半个多小时，只见不远处路的两边站着欢迎他们的老兵，有的敲锣打鼓，有的高喊“欢迎新战友”“欢迎新战友光荣入伍”的口号，有一些老兵则赶紧跑过来争着抢着把新兵的行李提到他们的手里，另一只手拉着新兵们的手进了营区。进营区后，接兵军官先让新兵们坐在背包上休息。

看到这所谓营区，一众对于军营充满期待的新兵顿时傻了眼。

眼前这……这就是部队营房吗？

这营房，竟然是一个个的窑洞……没有气派的青石大屋，就是连成一片的窑洞，而且，一个个都还是在山底。

“这，这里就是军营？”新兵们全都不敢置信，彼此面面相觑。

有一种梦幻破灭了的感觉，只觉得刚才爬山时候的火热都变成了冰冷。

军官呵呵一笑，好像还带着一抹幸灾乐祸的味道，笑着道：“是啊，这里就是我们的军营，今天时候不早了，新战友们，你们的运气不错，刚来就可以吃上东西了，走吧，看在你们刚来的份儿上，我们先开饭。”

新兵们听到先开饭的喊声都像嗷嗷待哺的婴儿，急不可待地取出自备餐具。爬了这么久的山，大部分新兵在卡车上还吐得稀里哗啦，现在早就饿坏了。

那军官说完之后就领着这群没吃过苦头的新兵前往食堂的方向。

兴许现在距离饭点还有那么会儿时间，总之，食堂那边空荡荡的，所以这个军官轻松地就把他们领进去了，但是，当属于他们的晚饭摆在他们面前时，新兵们不由得又是面面相觑。

只见这摆放在他们面前的，也就一盆稀糊的粥，并且这个粥也不知道是不是掺了黑米的缘故，黑乎乎的。另外，就是每人一个……发糕？

没错，发糕，甚至很多新兵都认不出这东西是什么。

军官筷子在桌上敲了下：“好了，今天也不用你们开饭前唱军歌了，吃吧，可以动筷子了。”

饭前军歌？所以，如果是平时吃饭的话，还需要饭前唱歌？

新兵们终于动起了筷子，他们在车上坐了那么久，而且还爬了两个多小时的山，早就累得不行，也饿得不行了，有些新兵直接吃了起来。

粥是能喝得下去的，就是习惯了江南大米的软糯，觉得这个粥里面的米粒有点粗糙，但总算是能咽得下。可是那个发糕的话就不行了，一口咬下去，感觉就跟咬了什么渣一样，而且还很黏牙。这对从江南来没吃过这东西的新兵们来说简直太不友好了，好多人差点都吐了。

这时，就听军官在那边朗朗道：“谁要是不小心吐了，浪费了粮食的话就罚他以后一天不许吃任何东西！”

于是，本来要吐的新兵们顿时捂住自己的嘴，然后飞快喝了一口稀粥，将嘴巴里的东西硬生生吞了下去。

有的还因为喝粥喝得猛呛着了，咳嗽咳得那叫一个惊天动地啊！

难挨的晚饭吃完后，接兵军官就地宣布把新兵们分到各班排。

新兵们带着自己的行李来到了各自班排的宿舍，看着这宿舍的环境，一个个都沉默了。

这个所谓宿舍，真的是连他们家的柴房都比不上。因为是地下窑洞的关系，所以整个都是逼仄在里面的，这给人的感觉就很压抑。更不用说，这不大的宿舍里还要住十个人，大通铺十个新兵都睡在一个炕上，里面的拥挤可想而知。

可真是当兵之前有多期待，现在就有多失望。

这恶劣的环境，跟自己预想中截然不同的军营生活，让他们对自己的未来只觉得还未开始就先迷茫了起来。

第十一章

★★★★★

大西北的山坡上，一群战士在热火朝天地训练着，教官的呼喝声在这山风下竟有些飘飘忽忽。

在当时把加强战备、准备“大打、早打、打核战争”，准备打仗压倒一切的年代，提高警惕，保卫祖国，备战备荒为人民，这不仅仅是口号，还需要落到实处。

而一个新战士，由老百姓要成为一名合格的军人，必须经过严格的军事训练，才能努力缩小由老百姓到军人的距离。

新战士们开始了紧张的基础训练，队列训练是以最基础的站队、立正、稍息，向左、向右、向后转，直到最后进行齐步走、跑步走、正步走开始的。时值数九寒天，寒风刺骨，站在冰冷的沙滩上，一练就是三四个小时，几天下来新战士们的手腿冻伤了，嘴唇干裂，有的战士眩晕过去了，有的战士鼻子出血了，战士们不叫苦不叫累，一个比着一个练，一个更比一个强，吃大苦耐大劳，刻苦训练，自觉磨炼和摔打自己。

新战士们除每天安排正常高强度的军事训练，还要每人每天完成“四个一百”，即一百个俯卧撑、一百个仰卧起坐、一百个单杠引体向上、一百个正步踢腿。每天凌晨五点多起床，晚上十点熄灯后还有新战士在练，不用号召，各班排之间暗中开展训练竞赛。

带兵的班长对新战士说："谁的军事技术不过硬就得不到表扬嘉奖，以后就当不了班长，入不了党。"

丁一飞、蒋勤业几天下来胳膊练得肿了起来，吃饭时难以端起饭碗，其他一起入伍的新兵同学一个个明显地黑了、瘦了，可一举手一踢腿，都越来越像一个兵了。

一整个上午的训练过去，当前方的战士有序地往食堂进发，后方的战士终于有了少许的休息时间。

无须正步，只需站立，然后静静地等待着他们的用餐时间到来。

丁一飞的眼神中少见的有些茫然，这种茫然，是针对目前自己所处的境况。算算时间，他来到这军营已有二十天了。

身边熟悉的同学都分到了不同的班排，有的连吃饭睡觉也不在一起。

这个大西北的环境很恶劣，恶劣到他们以前根本无法想象。

在这二十天的时间里，训练艰苦也就罢了，最重要的问题是，他们南方来的新兵根本就不适应这里的饮食生活和恶劣的环境。

大西北严重缺水，部队吃水要用车到几十公里以外拉水，新战士在野外训练满身汗水，回到营地也不能洗澡，只能用盆烧点热水擦澡。部队一日三餐饮食"早吃黄（黄面发糕）、午吃黑（黑面馒头）、晚吃稀（小米稀粥）"。

所以，对于即将到来的午餐丁一飞也压根生不起任何期待的心思。

那些窝窝头太硬，那些发糕太硌牙，就是粥里面米的味道跟南方的也不一样。他的身体还算不错，但是和自己一起过来的那些南方同学，听说在这十多天的时间里面，就有好几个都肠胃不舒服。

终于，前面的队伍走完了，轮到了丁一飞他们这边。

在吃饭之前需要唱军歌，嘹亮的军歌自然是为了激励士气，但是此时，丁一飞觉得自己有些像是在完成任务。

饭后有一个多小时的休息时间。每当这时，丁一飞都会在自己的班里拿出母亲送他的笔记本看看外公的照片，写日记稍做休息，跟他一样做的也有一些其他的战士，毕竟一个上午的操练，对他们这些新兵来说强度还是很大的。

不比那些在这里已经许久的老兵，之前他们这些新兵可都是学生，在学校里面最多也就上上体育课，在家里也就是帮着做点力所能及的活，这跟军营里的训练完全是两种不同的概念，所以，即便到现在已经有二十天时间了，可是不适应的人依然还有，有的甚至累得爬不起来了。

新兵们入伍后除了接受严格的军事训练外，还要进行必要的政治教育，上政治课让新兵们很快适应部队生活，提高政治思想觉悟，缩小由老百姓到军人的距离。

七十年代中期，部队对政治教育是极其重视的。如果说军事训练是强新战士的“筋骨”，那么政治教育就是强他们的“头脑”。

新兵到部队第一堂政治课是“忆苦思甜”教育，让新兵们感受旧社会的苦难生活，激发新兵们的爱国热情，对于他们形成正确的人生观价值观也是极其重要的。

这天，新兵们早早就集合来到饭堂，饭堂的正前方悬挂着“不忘阶级苦，牢记血泪仇”的横幅。连队聘请了当地一位老矿工来做“忆苦思甜”的报告。

“在那万恶的旧社会，地主老财根本不把我们穷人当人看待，吃野草，啃树皮，还要逼迫穷人下地干活，下井挖煤，有的穷人都累死在煤井里。”老矿工说得泪流满面，这时，一位老兵班长情不自禁地振臂高呼：“打倒地主老财！”“不忘阶级苦，牢记血泪仇！”“社会主义好！”“共产党好！”“毛主席万岁！”

这时，丁一飞也悲伤得不停地擦着眼泪，小时候家里老人也多次给他讲过穷人受压迫受剥削的苦难故事。

中午，新兵们在连队军官的带动下，吃忆苦思甜饭，忆苦思甜饭是麸皮和粗糠做的。丁一飞盛了满满一碗，边吃边思念着过去那万恶的旧社会，思念着小时候母亲给他讲过的外公在新四军队伍里艰苦斗争打仗的故事。

这天，丁一飞午饭后照常午休，他在看外公的照片写日记的时候，蒋勤业过来了。

“一飞。”

丁一飞一站而起，有些惊讶地看着蒋勤业：“蒋勤业？你怎么来了？”

之前分班的时候，他和蒋勤业就没能分到一起。蒋勤业和周豪杰倒是分到了一个班，至于其余的几个同学，如今也都不在一块儿，有的甚至都不在一个连队。

也因此，丁一飞和蒋勤业他们这些同来的同学现在的联系少了很多。

“周豪杰已经绝食两天了，今天中午忆苦思甜饭他也没吃，我实在担心他的情况，来找你想个办法。”蒋勤业在丁一飞这边坐下来后便苦恼地说道。

“什么？绝食？”丁一飞惊愕，惊得都直接站了起来。

蒋勤业苦笑：“他实在不适应部队里紧张的环境，也不适应这里的生活饮食，从刚开始来没几天就吵着要回去，被我们教官说了一顿还揍过一顿，但他就是不听。两天前，他闹起了肚子，我本以为他请一天假也就可以了，没想到他竟然绝食。这两天来他可以说是一粒米、一滴水都没进肚子。”

丁一飞皱起了眉头，他倒是没想到，周豪杰竟然会出这样的问题。

蒋勤业苦笑了一下，继续道："我看他现在就想回家，一门心思的只想回家，你看这可怎么办呀？"

丁一飞也不知道怎么办，他抿了抿嘴角，虽说他现在对于来部队的前途也很茫然，但他也并未想过回家的事。

不过，其实仔细想想，周豪杰有这样的举动也不意外，他从小家境就非常好，现在这个军营里面这么艰苦，对方耐不住想要回去也是正常的。

这时，宿舍门口有人探头："丁一飞，有你的信。"

丁一飞一愣，忙走了过去。

信？他想到了什么，连忙问："请问有三班周豪杰的信吗？"

"周豪杰？"送信的战士看了看，拿了一封出来，"有。"

"太好了，能给我吗？我等会儿给他送过去。"

送信的战士无所谓地笑了一下，把信直接就给了丁一飞。

蒋勤业走了过来，看着丁一飞手中的信，刚才丁一飞说的话他虽然听见了，却有些不解："周豪杰家里的信？"他不明白丁一飞拿周豪杰的信做什么。

"是林芳华的。"丁一飞看过信封后，道。

"林芳华？"蒋勤业一愣。

"嗯，这下周豪杰该振作了吧，走，我们去看看他。"丁一飞笑着道。

蒋勤业自然没什么不同意的，于是，两人很快离开。

他们来到了周豪杰的宿舍，就看到周豪杰蜷缩着背对着他们睡着，走进去后，丁一飞直接开了口："周豪杰，有林芳华给你的信，你要看吗？"

林芳华？周豪杰微微一愣，蜷缩的身体也微微动了一下，但没有立刻转过身来。

丁一飞继续道：“我们来部队个把月，这跟我们在家里想象的确实不一样，在这里大家都很艰苦，但我相信只要坚持下去一切都会好起来的。”

周豪杰没理会丁一飞，动也没动。

蒋勤业看了看丁一飞，又看了看周豪杰，道：“周豪杰，人是铁，饭是钢，你一直不吃饭的话，身体也受不了呀！还是先吃点东西吧。”

周豪杰还是不吭声。

丁一飞和蒋勤业对视了一眼，最终，两人无奈，丁一飞只能道：“我把信就放在这里了，你好好看看，我想，你肯定不愿意让林芳华失望的吧？”

周豪杰依然动也不动，就仿佛什么都没听见，什么都不能入他的耳朵一样。

丁一飞和蒋勤业离开了屋子，不久后，休息时间结束，丁一飞他们也只能各自归队。

等到下午的训练结束，今日没有被安排值日，丁一飞在晚饭后去了蒋勤业那里。

蒋勤业看到丁一飞的时候把人拉到了外面说话。

“周豪杰怎么样？”丁一飞问。

“林芳华的那封信还是放在原地，我看了一下，根本就没有拆开的迹象。连林芳华都不在意了，我看他是铁了心要绝食。”蒋勤业很是苦恼地说，说完，还长长地叹了口气。

丁一飞皱眉。

蒋勤业又叹了口气：“我是真的没办法了，跟他说了不少的好话，但他根本听不进去呀。你说这事情要不要汇报给连队首长？我就怕连队首长拿他也没办法。”

丁一飞沉默了许久，咬了咬牙道：“再等一等，等他饿到一定的程度自然会吃的。”

他就不信周豪杰还真能把自己饿死了！要是真的饿死的话，这样的死法那也太窝囊了吧？就以周豪杰以前表现出来的心气，他能接受得了？

“希望如此吧。”蒋勤业也没有其他更好的办法，只能再次叹了口气说道。

让丁一飞没有想到的是，第二天，自己刚要往蒋勤业那边去的时候，对方急急地跑了过来：“不好了，丁一飞，周豪杰不见了！”

“不见了？”丁一飞一惊，“怎么会不见了？”

“不知道，林芳华的那封信还在，就是周豪杰不见了！”

这时，他们原先南方入伍班排另外两个同学来了，这两人本也是来看看周豪杰的，他们只知道对方生病，并且有超过两天的时间早晨都没出操了，以为对方是生了很重的病，所以才趁着午休时间一块儿过来看看。

看到这两人，蒋勤业当即说了周豪杰不见的事，大家都为此大惊。

丁一飞想到了什么，脸色一变，忽地道：“他会不会往家跑了？”

大家一愣，齐齐瞪大了眼。

“这……”蒋勤业失声道，“他身上连钱都没有，更何况他能够从这里下得了山吗？就算从这里能够下去，他又要去哪里坐火车呢？”

“会不会偷爬火车？”来的两人中一人想到了这个可能性。

大家脸色变了又变，只觉得这个可能性很大。

于是，丁一飞忙开口：“我们赶快下山找，大家先回班里去请个假。”

大家纷纷同意。

不多久后，几人聚集到了一起，并且拿到了下山的通行证。

当丁一飞他们跑出去后，两个连里教官出现在了山头。

“啧啧，这每一年的新兵都能碰到这样的事啊。”

“逃兵嘛，正常，一群没有断奶的娃，一点苦都受不了。”

“那周豪杰好像是你班里的哦？”

“嗯，我班里的，欠收拾的小子。”

“你不去找找？”

“这么多人去了还需要我去？等人找回来再收拾就是。”这位教官不以为然道。

“哈哈。”另外的那名教官哈哈地笑了起来。

第十二章

丁一飞等人当然不晓得周豪杰逃跑的事情已经惊动了教官，他们飞快地往山下跑。

这山也不是那么好下的。

正所谓天上不飞鸟，地上不长草，风吹沙子飞，山下石头跑。这几句话十分贴切地形容出了这山上恶劣的现状。

丁一飞他们跑在下山的路上只觉得眼睛都被沙子糊得睁不开了。地上的石头又多，你跑得越快，摔跤的风险也就越大。

从半山坡跑到山下，几个人也不知道摔了多少次，手掌全都被石头给磨破了，终于跑到了山下。

他们的运气还算不错，碰到了一个拉煤车的老乡，这老乡的车上东西很多，但是带上他们几个的话也没问题。

蒋勤业前去跟下山的老乡交涉，对方同意带他们一程。于是，丁一飞等人连忙爬上了车。

车子的速度总归是快过他们两条腿的速度，外面的风越来越大，他们在这后车厢里头被吹得眼泪直掉。

车子往县上开去，一路摇摇晃晃十分颠簸，好像能把人的心肝脾肺都给颠出来似的。

终于，到了县上，丁一飞他们从车上下来，对老乡千恩万谢，老乡大叔摆了摆手，不以为意道：“得了，忙你们的去吧。”

虽然不知道这几个小伙子下山为了什么事情，但是每个人脸上都很急，老乡也不想耽误他们的时间，丁一飞等人辨别了下方向，赶紧离开。

虽是到了县上，但这里并没有火车，如果周豪杰真的要偷爬火车回去的话，对方肯定还在前面，丁一飞他们选择了方向后继续往前追。

终于，遥遥地看见一处站台时，丁一飞他们激动得都跑了过去。

这火车站是距离那山上军营最近的了，如果周豪杰要离开，那么这里会是他的首选。

“我们大家分开来找找，现在还没有火车进站，我们找找看。要是找到了，那人就吹一声口哨，吹大声一点。”丁一飞道。

大家都没意见，连忙分散开找人。

火车进站会在这里停十分钟的时间，要说他想上车的话，那这肯定是唯一的机会。

此时这里还没火车进站，那周豪杰不知道是不是在这里，也不知道对方躲在了哪里，丁一飞他们分开寻找了好一会儿都没有找见，直到一趟火车进站，停了下来。

终于，蒋勤业发现了手脚并用、正在偷爬火车的周豪杰。

蒋勤业怕自己一个人制不住周豪杰，连忙吹响了口哨，一连吹了好几声。

丁一飞等人都听见了，连忙往那边跑。

等到蒋勤业看到大家都快跑到的时候，他才先一步过去，按住了周豪杰。

“滚开！”周豪杰怒吼着蒋勤业，要把人给甩开，想继续爬火车。

蒋勤业被摔得一个踉跄，但他从地上很快爬起，继续去扯周豪杰。

“周豪杰，你不要冲动！不管怎样，我们不能做逃兵啊！”蒋勤业急切地喊着。

“滚开！谁要你多管闲事！”周豪杰怒吼，但他要继续爬的时候，丁一飞和另外两个人赶到了。

几个人合力将周豪杰死死地按住。

周豪杰拼命地挣扎，跟丁一飞他们扭打了起来，但他只有一个人，哪里能打得过丁一飞等人，再加上他许久没吃东西，所以被按得死死的。

等看到进站的火车离开后，周豪杰号啕大哭起来。那是一种希望破灭后的宣泄，丁一飞等人听着这哭声也都不好受，一个个眼睛都红了。

当天下午，丁一飞他们回到了山上军营，迎接他们的自然是各个班的教官。

而周豪杰，因为偷逃被全新兵连点名批评了。

…………

丹梁县。

又是一年的夏日炎炎，袁建秀背着书包回到阔别了几个月的丹梁县，只觉得心里归家的急切抑制不住。

“建秀。”

听到有人喊自己的名字，袁建秀看了过去，顿时眼前就是一亮：“王玲？芳华？”

林芳华和王玲两人一起笑着走了过来。

“我就说没看错，果然是你。”王玲笑着道，“你这大学生回来啦？”

半年前，袁建秀和林芳华作为贫下中农子女，被推荐为工农兵大学生上了大学（当时还没有恢复高考），不过两人上的大学所在地不一样，性质也大不一样。

林芳华上的是农业专科学校，不带城市户口，她上完学后还得回到农村里来，是社来社去性质的中专学校。而袁建秀上的是省城名牌大学，她的户口能迁到城市里去，能真正地变成城市里的人了，所以当时可把许多人给羡慕坏了。

只是王玲，她没能推荐上大学，还在家，不过她现在还不错，劳动之余还能照顾家里，这让王玲已经很满足了。

“别取笑我了。”袁建秀捶了王玲一下，“芳华，你也放暑假啦。”

“是啊。”林芳华笑着道，“前天回来的，今天约王玲转转，没想到就看到你了。”

“这可真是太巧了，我们找地方坐坐吧。”袁建秀当即道。

剩余的两个女生自然没什么不同意的。

找了地方坐下，女生在一起聊学习聊生活，聊自己身边的见闻，除此之外，自然也免不了聊到了男生。

“建秀，你在大学里，可有交到男朋友？”王玲笑嘻嘻地问。

袁建秀笑着摇头：“没有呢，哪有时间交男朋友。”

“真的是没时间？”王玲挑眉，“上次我可是瞧见有人给你家送信的，我听你哥说，是丁一飞。”

“上次？”袁建秀一愣，她并不知道这件事情。同时，心中微微一跳。

“许久了，在这一次开学前。”

“啊。”袁建秀眨了眨眼，有些不好意思，她的信，刚开始丁一飞是往她家寄的，后来她去上学就改地址了，估计上一封是还没改地址的时候。“是嘛……我不知道，一会儿回去看看。”

林芳华跟着眨了眨眼，笑着道：“建秀就跟丁一飞联系吗？”

袁建秀看向了林芳华：“唔，一开始还有其他人，不过最近的话，只有丁一飞了，你呢？”

林芳华顿了顿，笑了一下：“我啊，嗯……丁一飞我也写过信，不过不大频繁。倒是周豪杰……他那边出了点问题，我跟他通信频繁了一点。”

“咦？周豪杰出什么问题了？”王玲不解地问。她是真的不知道周豪杰出了什么问题，也没听别人说过。

林芳华叹了口气：“你们也知道，周豪杰从小家境就很不错，父亲又是公社书记。这军营里……我听说可苦了。吃得不好，睡得不好，洗不上澡，管得非常严格，他刚到那就生病了，他几次跟我说实在坚持不下去了。我也不知道怎么办才好，只能安慰他坚持就是胜利，一次次的……通信就多了。倒是丁一飞和蒋勤业，还有几个其他的同学，我看他们都适应得不错。之后联系也就少了许多。”

王玲有些感慨，想了想周豪杰以往的性子也不奇怪了，只道：“丁一飞能适应我倒是一点都不奇怪，他在我们一块上学的时候老师都说他有毅力，能吃苦，成绩又好，平时人也稳重，就算军营里辛苦一点，他也是能坚持下来的。周豪杰……那他现在怎样了？这都一年半的时间了，他肯定也适应了吧？”

“嗯，最近他来信，我能感觉出来，他应该是习惯了。”林芳华点了点头，呵呵地笑了一下，“真是不容易啊，别说，我现在还挺有成就感的。”

“成就感？”袁建秀和王玲不解地看着林芳华，不大明白这所谓“成就感”从何而来，是怎么说的。

“是啊。”林芳华笑着道，“之前周豪杰可是不愿意坚持的哦，我真的是说了好多鼓励的话，都担心他一气之下会不会当逃兵直接逃回来，现在他真的习惯了，不会当逃兵回来了，我可不就觉得有些成就感嘛，我觉得我的功劳还是挺大的。”

这话说得王玲和袁建秀都哈哈地笑了起来。

都笑过后，林芳华看向了王玲：“王玲，那些当兵的男同学，你跟谁通信啊？”

“我啊，一开始都写过，现在嘛……好像也就跟蒋勤业保持着通信。”王玲也坦然，并不隐藏，直接这么说道。

“蒋勤业？”袁建秀好奇道，“蒋勤业现在怎样？”

王玲笑嘻嘻地道：“他一直都报喜不报忧的，我也没听他跟我怎么诉过苦，所以我都不知道军营里面有多么辛苦呢。他那个人你们也知道，平常话不多，如果我想等他诉苦的话，还不知道得等到哪天呢。”

这倒也是，林芳华和袁建秀想到蒋勤业的性格，都深以为然。

第十三章

★★★★★

被三个女生聊着的当事人，现在正顶着炎炎夏日在训练。

头顶上的太阳很毒辣，战士们个个都汗流浃背，经过这一年多时间在军营的锻炼，丁一飞等这批从江南入伍的战士，皮肤比起刚来当兵的时候都黑了不少。

而他们也脱离了“新兵”这个名头，在军营里可以说已经是老兵了。

这在军营里一年时间以来，丁一飞的表现还算不错，两次得到连队首长的嘉奖。连队里面有风声，到年底老兵退伍的时候，兴许丁一飞能提升当班长了。

这风声出来的时候，蒋勤业当即找到丁一飞说恭喜，丁一飞无奈，只说这根本是没影儿的事。

而周豪杰自然不怎么高兴了，在学校的时候他就被丁一飞压一头，现在如果丁一飞比他先当班长的话，他觉得自己的脸有点没处搁。

不过，周豪杰自己知道自己的事，这一年多来，如果说丁一飞是屡次被表扬的话，那他就是挨批不知道多少次了。这让他郁闷又烦躁，现在的他只有每次看到林芳华的来信时才是最高兴的，平时在连队工作也不够积极，认为干得再好也没有用了，便存在混日子的心思。

这天晚饭后，蒋勤业和周豪杰一起过来了。

丁一飞看到一起过来的两人有点惊讶："你们怎么一起来了？"

"明日是星期天啊。"蒋勤业咧嘴一笑，"我们来问你要不要一起去矿上。"

丁一飞并未多思考就点了点头："行，正好要去买牙膏，还得买点其他生活用品，一起去好了。"

"那成，我们回去了，明天我们一起去。"

蒋勤业这话刚说完，外面送信的通信员到了，这一次除了信之外，周豪杰还有家里寄来的一个邮包。

周豪杰当着丁一飞和蒋勤业的面拆开了邮包："哎呀，又是饼干和甜糕，我都吃腻了。"

嘴里说着"吃腻"的话，但是周豪杰表现出来的可不是这样，那得意扬扬的味道还是一听就能听出的。他小分头一甩，说着，自傲地把邮包扔在地上。

没办法，也就周豪杰家里条件好，在那个物资匮乏的年代，平常其他士兵家里哪里会寄高档的饼干和甜糕过来啊。这些食品可是要不少钱买的，如今当兵的战士家庭普遍都穷，蒋勤业家里更是从来没给他寄过东西。所以也怪不得周豪杰会得意扬扬了。

"喏，这袋饼干给你，蒋勤业，拿着。"周豪杰丢了一袋饼干过去。

蒋勤业接了，咧嘴一笑："多谢啊。"

"不用客气，明日刚好轮到我值卫生，交给你了。"周豪杰毫不客气地说。

这一年来，周豪杰没少支使蒋勤业做事，甚至连军装、帽子、床单等许多物品都是蒋勤业帮着洗的。蒋勤业这个憨憨不晓得什么是拒绝，好在周豪杰良心也没坏，虽然支使着蒋勤业给他做了不少事，但是平常家里寄来的吃的用的他也没少跟蒋勤业分享。

此时，周豪杰虽然入伍一年了，连“帽子吹起来当球晒”都不会。“帽子吹起来当球晒”是部队里的一大特色，当时的军帽是里外两层，外面是绿色，里面是浅黄色，也叫帽衬。一般军帽洗好后，都要在脸盆里揪起帽衬，对着帽衬吹气，军帽慢慢鼓起，吹得像气球一样，用夹子夹着帽檐晾晒。

所谓一个愿打一个愿挨大概就是这样了。

所以，听到周豪杰说值日卫生交给自己，蒋勤业也习惯了，笑道：“行，交给我。”

周豪杰又拿了一块甜糕扔给了丁一飞。

“别说我厚此薄彼，给你的。”那姿态，带着那么一点高高在上自傲的口气。

丁一飞笑了笑：“不用了，也不多，我看你都不够吃呢，我就不用了。”

周豪杰有一个条件优越的家庭，连队的伙食他根本吃不惯，家里经常给他寄零食，但就这样，他还很不满足，前几天就发生了这样一件让周豪杰又“出名”的事。

连队炊事班班长向连长报告，连队昨天宰杀一头猪，晚上把猪肉煮在锅里了，一早起来，发现猪头上的耳朵和舌头被人“偷”吃了。一个“偷”字，连长顿时激起了怒火：“他妈的，把司号员叫来，全连集合。”

要知道在那艰苦条件下，连队要想吃上一小口整块肉像过节过年一样开心，一个战士一个月能吃几钱几两的肉。连队一两年好不容易才养大一头猪，连队连人都吃不好哪有饲料喂猪，养的猪像只狼一样干瘪干瘪的，连队能宰杀一头猪是很难的。

连队集合好后，连长站在队伍中央不断地发问：“你这样做跟喝兵血有什么区别，谁偷的？你有种偷，就要有种承认，你偷掉了人民军队的优良传统，偷掉了我们军人的高尚品质，要是营里知道了，你偷掉了我们连队的荣誉。”

“谁偷的，只要你站出来当众认个错，可以既往不咎。但要你不出来承认错误，我非要查出个水落石出，不信你试试，哪怕掘地三尺，也要把你挖出来，即使你吃了消化了拉出来的稀屎也要把它揪出来，不信，你看我有没有办法把你挖出来。谁偷的，赶紧站出来。”连长还在不断地发问。

这时，周豪杰心怦怦地跳，满脸通红，身体里的汗珠直往外冒。紧接着，只见有人举手大喊：“报告！”连长一看是周豪杰，命令他：“出列！”周豪杰两腿颤抖，向前“三步走”，站到队列前。连长命令他说话，周豪杰面对全连官兵公开承认了他晚上轮岗时，偷吃了炊事班煮熟的猪耳朵和舌头，他自己违犯了纪律，损坏了连队的荣誉，并表示以后决不再犯，遵守纪律，重新做人。

连长当即对全连宣布：“周豪杰这次偷吃连队的猪头，情节恶劣，事实清楚，影响很坏，但他敢于承认错误，态度端正，勇于认识问题，改正错误。同时考虑他也还是入伍不久的新兵，这次免除对他的组织处理，希望大家引以为戒。”

听了连长宣布的决定，周豪杰这才松了口气。连长命令他：“入列。”

这次周豪杰偷吃连里猪头的事，又在部队引起了很不好的影响，丁一飞和蒋勤业等同学战友都为此感到内疚和难受，想着这次周豪杰肯定会痛改前非，改掉他自己身上这好吃懒做、刺头捣蛋的恶习了吧。

这时，蒋勤业问丁一飞：“你说他能改吗？”丁一飞闻言能说什么。

至于周豪杰的态度问题，都认识这么久了，对于这个人也很是了解，他也懒得计较，只能无言。

次日，他们的运气不算好，走了很久都没有遇到可以载他们一程的当地老乡的煤车，所以三人只能继续迈着双腿往矿上走去。

走了一段，看到几个新兵在拉拉扯扯。

“徐浩！你疯了吗？这几个月，我们好歹是坚持下来了，这时候你想做逃兵？”一个圆脸的新兵低声喊着，一边喊还一边扒拉着旁边一个个子比他高一点的另一个新兵。

“不用你管！放开我！我要回家！我要回家！”被他扒拉的那个高个子新兵愤怒地喊着，要甩开圆脸新兵。

“浩子！你知道当逃兵有多羞耻吗？你知道你这样逃回去，你全家都会被人笑的，你就是回去了，你也别想抬起头来了，你知道吗！”另一个新兵一边跟着压制高个子新兵，一边这么喊了起来。

然后，几个新兵继续拉拉扯扯，一声声地吼着，随后，竟然扭打在了一起。

丁一飞和蒋勤业两人刷地看向了周豪杰，周豪杰脸都红了，气的，羞的，怒的，然后他狠狠瞪了眼丁一飞和蒋勤业两人：“看！看什么看！还不快走！”

丁一飞和蒋勤业两人忍下了从喉间溢出来的笑意，抬步追上了前面疾走的周豪杰。

他们当然知道对方为什么会走这么快，自然是不好意思了啊！

毕竟，这样的场景多么熟悉啊，曾经，周豪杰也是逃兵一员啊，为此没少挨批评！

一年多的时间，看到新兵们身上发生的“逃兵”事件，丁一飞和蒋勤业瞧着竟然有一种恍如隔世之感，明明……也只有一年半的时间而已。

从那日的休息后没两天，山上下起了大雨。

一连下了三天，雨点从来都不小，所以战士们不能到山上去训练了，训练只能在室内进行。

部队适当地放松了一些管理，此外，班与班之间，连队和连队之间的训练比拼都进行了好几次。

这天，休息的间隙，丁一飞和隔壁班的蒋勤业在说话，蒋勤业笑呵呵地道："一飞，你刚才好牛啊，跟你对战的那个可是四连五班的副班长，你竟然把他给打败了。"

丁一飞笑了笑，谦虚道："侥幸罢了。"

蒋勤业摇头，拍了拍自己的胸口："哪有那么多的侥幸，那是实力！我就不行了，可累死我了。"说着，夸张地往地上一躺，一副累瘫了的样子。

丁一飞失笑，正要说什么，被人从后面推了下，他被推得差点头碰到地上，丁一飞顿时有些怒，不过在转头看到是周豪杰的时候怒气又变成了无奈。

"周豪杰！"蒋勤业倒是皱了皱眉头，直接坐了起来，"你做什么呢！开玩笑也得有个限度！一飞头都差点磕碰到地上那块石头上！"

周豪杰嗤笑了一声，不以为然道："我可没用多大的力气，我要是往死里用力气他还不磕死了？"

蒋勤业和丁一飞都是无语。

周豪杰硬是挤到丁一飞和蒋勤业的中间坐了下来："喂，丁一飞，你刚才好像挺威风啊！"

这话说得像是夸赞，但是周豪杰是会夸赞丁一飞的人吗？丁一飞自己都不信，所以，他只是微微挑眉："是吗？"

蒋勤业呵呵地笑了笑："不是好像，是真的很威风，那可是副班长！"

周豪杰瞪了蒋勤业一眼，撇嘴："不就是副班长吗？有什么了不起的啊！丁一飞，我们比比啊。”

原来是这个目的！丁一飞当即摇头：“现在可没时间，马上休息时间就结束了。”

周豪杰不高兴地嚷嚷了起来：“喂，丁一飞，你是不是怕我啊？怕我你就直说啊！”

丁一飞无奈，这周豪杰，很多时候就像个霸王一样。

这时，教官吹口哨了，蒋勤业连忙一把拉住了周豪杰：“周豪杰，别闹了，我们赶紧回去，不然等会儿又要挨训了。”

周豪杰很不高兴，但还是被蒋勤业给拉走了，他也怕被教官训斥，太丢脸了！

丁一飞看着两人的背影走远，手上握紧了拳头，心想：“人生最强劲的力量都是你对手给的，对手多强，你就有多强，甚至更强。”这周豪杰，入伍当兵都一年多了，性子还是那么冒失，太不像话了。

外头的雨还在下，连续下了一个星期了，而且越下越大。

山洪暴发，洪水从山顶方向冲泻下来，饱含大量泥沙的泥石流，吼声如雷，接着汹涌的洪水很快覆盖了几公里宽的沙滩，洪流滚滚，洪流湍急。

这天的深夜，丁一飞正在睡眠中，先是感觉到了晃动，紧跟着，嘈杂的声音响起，伴随着的还有紧急的口哨声。

丁一飞猛地睁开了眼睛，宿舍里的其余人也都从睡梦中惊坐而起。

“怎么回事！”有人心慌地喊。

“地震吗？”有人惊魂未定。

“该死，是地震！”更多的人则是咒骂了起来。

“值班首长叫集合。”一道声音大喊了起来。

于是，大家迅速地穿衣，可就在这时，晃动的感觉更明显，有两个宿舍内的战士直接摔倒了。

这是集体宿舍，里面的人本就多，地震之下，桌椅倾倒，上面的水壶等更是全砸在了地上。

混乱之中，有人在持续的震动中摔在了瓷器碎片上发出有些凄厉的哀号。

丁一飞也险些摔倒，好在及时抓住床板稳住，紧跟着，他也快速地往外跑去，还顺便捞了隔壁床铺的人一把。

都冲到了外面后，外头已经人山人海。

各个班的班长在维持秩序，点名，报数，最前方已经有战士往外撤退。但是被堵在里面还有好多的战士。

在人多的时候最害怕的便是踩踏事件，好在这里毕竟是军营。

即便有新兵在，但是现在的新兵也是到了大半年的，其余的也就是丁一飞等这样的去年的新兵，他们在这里接受训练已经有一年半的时间。

所以，战士们在各自首长的指挥下并没有出现太慌乱导致的踩踏乱跑事件。

甚至，大家的情绪还因为都聚集在一起稳定了一些。

第十四章

★★★★★

丁一飞本以为今夜只是地震，但当洪水从东边山头灌入，湍急的洪水往人群中淹没而来的时候，他才知道今夜不只是地震！

而这个山洞内住的战士比较多，这可是挖空了半座山的窑洞啊，里面住满了战士。纵然前面的部队已经在往外面撤退，但是就从丁一飞这边看的话，他还是只能看到前方满满的人头！

这一瞬间，丁一飞的心沉到了谷底。

同样心情沉到谷底的还有许多人，指挥官疯狂地吼着："不要乱！谁都不准乱！现在水还没办法把大家立即淹死，踩踏却能把人给踩死！有序地往外撤退！"

军官平时对战士要求就很严厉，此时这么吼着，自然也能压制住自己底下的战士。在一众军官的努力下，前方往外撤退的战士速度更快了一些，后面还被堵着的那些战士各个都在排着队等着往外撤。

洪水灌注而下，很快，这水就淹没到了大家的膝盖，如此还不算什么，经过洪水的冲注，有些建筑竟然直接倒塌了。

距离洪水近的一些战士有的被直接掩埋在下面！

"救人！"

有附近的指挥官在那边吼着，好些战士赶紧去帮忙，有的战士被捞起来了，有的战士被压住了。

丁一飞这边距离后面出事的战士人群比较远，他们这边也不被允许过去救援。此时这种危急关头，越乱危险性就越高，所以允许救援的只有出事的那群战士周围的一些人。

“我，我害怕。”丁一飞的身边，有人忍不住道，声音带着一丝哆嗦的味道。

这话道出了许多人的心声，大家的眼睛都有些红了。

后面的嘈杂声很大，是呼喊新战士名字的声音，还有指挥员的指令声。

当水快到自己大腿的时候，丁一飞这边终于可以开始跑动。但是这么多的水，与其说是跑不如说是游，好在丁一飞是会水的，不然的话，这样的水只会令人更害怕。

“都不要急，不要急，大家手拉着手，前面拉着后面一些！”指挥员在指挥，喊得很大声，但是声音因为持续的大喊已经有些破音了。

丁一飞本能地拉住了身边战士的手，前面是别人拉着自己，两手都被拉住的时候，丁一飞略有了一些安全感。

“不要往后看！往前面走！往前面走！谁也不许回头！快走！”

指挥员的声音虽然已经似破锣却吼得震天响，丁一飞不敢往回看，但即便不看他也能想到后面是怎样的情景。

等到前面可以爬出窑洞的时候，丁一飞是硬被人拽出去的。

此时外面的山下也是汪洋一片，还有水流从山上下来，滚滚的洪水把人往山下直冲。丁一飞这才发现，自己之所以能被人拽出来全靠外面的一堵人墙。这堵人墙是用绳子串联在一起的，两头都牢牢地绑在了电线杆子上。

但是那电线杆子看着都歪斜了，也不知道还能撑多久。

“跑！往山脚跑！”前面的指挥官在大声吼。

丁一飞本能地拼命跑，其实都不能说是跑，确切地说是滚更恰当一点。因为水还在往下，那巨大的冲劲让他站立不能，所以只能半跑半滚。

那一夜的混乱还在持续，丁一飞都不记得自己是如何来到山脚的，他只知道自己在来到山脚后就虚脱了，紧跟着便失去了意识。

…………

当丁一飞再一次醒来的时候发现自己在矿上的卫生院里，他所在的这个大房间连病床都没有了，人都是睡在地上的大通铺上，他身边的人就很多。

此外令他惊讶的是，蒋勤业和周豪杰这两个人竟然也都在，并且就在他旁边。蒋勤业和周豪杰的头上都有绷带，上面还洇着血迹。

除了蒋勤业和周豪杰外，周围躺着的也都是他认识的战士，跟自己同班的就有三个。如此多的病号在这大房间里躺着，可见洪水的影响范围有多广。

这时，蒋勤业和周豪杰几乎同时睁开了眼睛，丁一飞连忙看了过去。

“你们醒了。”

丁一飞开口的时候才发现自己的声音有些沙哑。

蒋勤业一坐而起，牵动了脑袋上的伤，顿时呻吟了一声。

丁一飞连忙道：“你小心些，头上还有伤呢。”

蒋勤业撑着自己的额头，慢慢坐好，过了会儿他这才想起什么：“啊，周豪杰，我看到他摔倒了，被水淹没了，他怎么样？”

“你放心，他没事，你往你右边看，他在那儿躺着呢。”

蒋勤业连忙往右边看去，看到周豪杰在那儿躺着，眼睛也睁开了，他大大地松了口气。

“吓死我了，我还以为他被洪水冲跑了。”蒋勤业拍了拍胸口，之前是真的被吓到了，现在看到他安然无恙地躺着，眼睛也是睁着的，顿时是真的松了口气。

“不要自己吓自己，我们都没事。”丁一飞道。

周豪杰哼哼了一声，人也坐了起来：“嗯？这是哪里？”

丁一飞回答道：“这应该是矿上的卫生院，之前我陪战友来过一次。”

“嘶，头好痛。”周豪杰摸着自己的头，脸色不好道，“我好像被东西砸了，该死的，真疼。”

“我们都算是福大命大了，好歹现在大家都在这里躺着呢。还不知道其余的战士怎么样了，我出来的时候还有好多人在后面呢。”蒋勤业忧心道。

这话说得大家也跟着都忧心了起来，是啊，还不知道其他人怎么样了呢……

一直到三天后，丁一飞和周豪杰他们能出院的时候才知道当日的一些具体情况。

那一场洪水发生后，有一百多个战友被淹在里面。有一名战士被洪水冲走，壮烈牺牲；有二十多个战友受重伤，被送到医院去接受治疗，还算好，像丁一飞和周豪杰、蒋勤业这样受轻伤的已经很幸运了。

而他们训练的那座山，山下的宿舍，窑洞，训练场，全都被淹掉了。

伤好后的丁一飞他们就加入了重新整修建设营区的队伍中，这一干，就是一个多月。

这天，当蒋勤业找上丁一飞的时候，丁一飞正在写信。

信是写给袁建秀的，如今，他和袁建秀已经经常通信。两人一来一往地交流，丁一飞已经习惯了将自己身边发生的一些事说给对方听。

尤其是这一次的洪水事件给丁一飞的感触太深了。

活生生的战友倒在眼前，那些被洪水淹没的战友，那些为了拉身边的战友一把，自己却被洪水淹没受伤的战友……

这些种种，给丁一飞的感触太深了，所以他想说给袁建秀听。

“一飞，你在写信？”蒋勤业走了进来。

丁一飞点了点头，随手将信塞在了枕头下面：“你怎么来了？”

“就是来看看你，听说你这段时间整修营区努力过了头，山上冲下来的大石头没人背，都是你背的，你可真能干，但你这样太不注意身体了吧？我听说你前两天还在背石头的时候晕过去了。”

丁一飞沉默了一下，摇了摇头：“没那么夸张，我没晕过去，就是当时没站稳，所以晃了一下而已。”

“别这么拼命。哎，你这样，那周豪杰最近这段时间也有点不对劲，我看他在整修营区建设中也很拼命，不知道是怎么了。”蒋勤业有些不解地说。

“周豪杰？”丁一飞闻言一愣，最近是真的忙，歇下来的时候通常就累得直接睡了，所以关于周豪杰那边，他还真是许久没听到什么消息了。

“是啊，而且平常有空的时候都在发呆，我刚开始还以为他是在想林芳华呢，后来才发现不是，也许是有了其他什么心事。”蒋勤业道。

丁一飞闻言又沉默了一下，片刻后才道：“那我跟你去看看周豪杰吧，要是有了什么困难，大家都是战友，彼此互相帮助一下。”

“也好。”蒋勤业想了想，便也就直接点了点头，“我问他怎么了他也不愿意说，兴许你问的话他愿意说。”

在蒋勤业的印象中，一些自己办不到的事情到丁一飞这里通常轻易地就办成了，让人不得不服气，此次就算事关周豪杰，说不定也一样呢？

丁一飞苦笑了一下："我跟他的关系可不如你。"

蒋勤业眨了眨眼，笑了下，忽然道："都说最了解你的是你的对手，你们俩在学校就互不服气，不一直是竞争对手吗？要说亲近的话或许我比你强上一些，但要说猜对方心思，了解对方，那肯定只有你啊！"

这话说得好对，丁一飞竟觉得无言以对，只能笑骂了蒋勤业一句："滚蛋吧你。"

蒋勤业憨笑："我就开个玩笑。"

第十五章

★★★★★

丁一飞和蒋勤业找到周豪杰的时候周豪杰果然在发呆。

蒋勤业于是碰了碰丁一飞的胳膊肘："看吧，又在发呆，我不过去了，你过去问问吧。"他们休息的时间本就不多，蒋勤业既然没办法让周豪杰开口，就不要过去浪费时间了，赶紧换个人试试吧。

丁一飞只得点了点头，朝着周豪杰那边走了过去。

"你在想什么？"

周豪杰本来正走神，听到死敌丁一飞的声音还被吓了一跳。他回过神来，皱眉瞪了一眼前来的丁一飞："这猫步子，你故意吓我的？"

丁一飞没好气地摇头："我要故意吓你干什么，我只是听蒋勤业说你最近总是走神所以来问问而已。"

"谁要你问。"周豪杰撇嘴。

丁一飞抿了抿嘴角："行，我不问，我走了。"

说着，真的转过了身去，一副要走的架势。

"喂！"周豪杰不敢置信地瞪眼，一下拽住了丁一飞的胳膊，"你什么人啊，这就走了？"

"你不想说我当然不能勉强了。"丁一飞淡淡道。

周豪杰冷哼了一声，很不满意的样子。但他扭捏了一阵，还是开口：

“我听说你最近也很努力啊，整修营区背石头的时候差点把自己给整晕了。”

丁一飞有点无奈，这军营里还真是一点秘密都没有。而且还老是以讹传讹！自己真的是没站稳，哪里就晕了！

“我没晕，就是没站稳。”虽然觉得解释也没大用处，但是他还是说了一句。

周豪杰嗤笑了一声，果然是不信的。

丁一飞懒得对此多做解释了，只淡淡道：“我只是想为连里多做点事情而已。这次洪水连里还有战友受伤了……我有些不是滋味。”

周豪杰闻言沉默了，收起了嗤笑的表情，忽地长长地吐出了口气：“我也有些不是滋味。我还记得我被水淹了的时候，我以为我完蛋了，那时，我的脑袋还被什么东西砸了，那时……我真以为我完蛋了。然后，我被拽起来了，拽我的人还挺多。我后来……其实是被人拖着跑的。可我连谁拖我跑都没看清，只记得不是我这个班的，也不知道那人……是不是老兵，是不是不在了。”

丁一飞看向了周豪杰：“你没问问当初谁拖的你？”

“当时太乱了，我也只能问我班级里的人，但蒋勤业他们都说不知道。”

“那人既然可以拖你走，自己肯定不会有事的。”丁一飞斩钉截铁道。

周豪杰闻言顿时一愣，狐疑地看着丁一飞：“你怎么知道他没事？”

“我就是知道！”丁一飞站了起来，“难道你还希望自己的救命恩人有事？”

周豪杰顿时气坏了，大喝：“你胡说什么呢！”

“我没胡说什么，说实话而已。反正你的救命恩人肯定是没事的。”说完，也不等周豪杰继续回应什么，丁一飞转身就飞快地离开了。

“喂！”周豪杰在后面大喊，但是丁一飞很快就不见了人影。

蒋勤业愣了下，小心地走来了周豪杰这边：“吵架了？”

周豪杰瞪了眼蒋勤业，没好气道：“胡说什么，我跟他有什么好吵的！”

蒋勤业呵呵地笑了笑，憨憨道：“行，没吵就好。”

要是真的吵起来的话他就该觉得抱歉了，毕竟是自己过去找的丁一飞。

周豪杰翻了个白眼，不理会蒋勤业了，他打算跟林芳华写信。他得说说自己有多惨，还得给丁一飞多上点眼药！可忙了！

时间到了一九七六年九月，丁一飞等同学参军入伍一年多了，这时连队接到紧急命令，部队进入“战备状态”。“战备状态”别说对入伍不久的新兵，就是入伍几年的老兵也都未经历过，部队上上下下非常紧张。

丁一飞所在的连队从上到下，从战斗班到炊事班，从连部的卫生员到饲养员（养马的）个个都在做好战斗准备。

就在这天晚上，中共中央、国务院、中央军委发布《告全国人民书》，“全国人民的伟大领袖毛主席逝世！”全国人民陷入万分的悲哀之中。

部队上下悲伤之余加紧做好各种作战的准备。蒋勤业正在擦拭着班里配发的武器，周豪杰也在擦拭着自己配发的装具。此时，周豪杰突然发问道：“勤业，是不是要打仗了，敌人趁我们伟大领袖毛主席逝世，入侵我国，我们可以参战立功了。”“你真的想参战立功？你不害怕吗？”蒋勤业反问他。“不怕！我真的不怕，军人如果害怕打仗，那军人还有什么存在的价值呢。”周豪杰回答得很坚决。

这时的周豪杰，真是想上前线打仗杀敌立功，能以他自己的好表现压过丁一飞。这天他来到丁一飞所在的班，看到丁一飞整理的内务，被子叠得像豆腐块一般方方正正，有棱有角，有折有面，特别整齐，他翻开丁一飞的枕头，看到下面压着的背包带。他突然想到了部队进入“战备状态”，连里要搞紧急集合拉动演练。于是，他把丁一飞的背包带悄悄地拿过来，藏到了床铺垫子底下，便悄无声息地离开了。

这天晚上，熄灯号响过不久，丁一飞刚刚睡下，连部司号员吹响了紧急集合号，一连串令人毛骨悚然的紧急集合号声，震落了满天的星斗。丁一飞急忙爬起，紧急集合不能开灯。

风在动，云在流。丁一飞借着透过窗户的微微月光，赶紧整理自己的战备物品，坏了！不好了，自己压在枕头下面的两条背包带不见了，丁一飞赶紧问睡在他身旁的另一名战士。

排长、班长“快、快、快”的催促声，找不到鞋帽的怒吼声，碰落茶缸物品的震动声，声声充塞于耳。

此时的丁一飞急得汗珠直流，挎上挎包、水壶，背上装具，看到其他的战士都已打好背包冲向门外。丁一飞无可奈何，抱起被子直冲到门前集合。

“稍息！立正！”排长集合好队伍，把全排带到连队操场集合。

副连长站在了队列的前方中央：“稍息！立正！报数！”整队完毕。然而，又见他来了一个九十度向右转，又一个立正，一个敬礼！“报告指导员，连队集合完毕，请指示！”

指导员坚定地站在队列中央：“稍息！立正！同志们，刚刚接到上级通报，敌人亡我之心不死，虎视眈眈，趁我们伟大领袖毛主席逝世，企图侵犯我国。我们的神圣领土，岂容敌人肆意践踏，是可忍孰不可忍。上级命令我们，全副武装进入防御作战地域，把所有的来犯之敌彻底地消灭干净。同志们，上级考验我们的时候到了，我们要发扬一不怕苦、二不怕死的革命精神，不获全胜，决不收兵！”

“同志们，大家有没有决心？”“有！”“——好！——向右转、出发！”

真是怕啥来啥，丁一飞抱着被子跟着队伍跑了出去。顿时他的大脑一片空白，心头一紧、两眼发直、两腿发软。心想：狗日的，是谁把我的背包带拿走了，你想干吗呢？我真的好狼狈啊！

指导员带着队伍在阵地前的戈壁滩上跑了几圈，队伍又回到了连队，这时大家看到丁一飞狼狈丢人的样子。指导员在讲评这次紧急集合时，批评了丁一飞，战备物资准备不到位，战备观念不强。此时的丁一飞心里很不是滋味。

一早天亮了，丁一飞突然发现背包带就在自己床铺的垫子底下，是谁做了手脚，把自己压在枕头下面的背包带换了位置？

两天后，丁一飞碰到蒋勤业，蒋勤业告诉他，周豪杰这两天特别兴奋，像吃了枪药一样开心。这时的丁一飞心里也有数了。

…………

“哗……”

热烈的掌声后，丁一飞从台上下来了。

这时候的他已经入伍两年多了，就在一个月前，他已经光荣地加入了中国共产党，而且被提升当上了班长。此次发言也是他代表班里的，他下来后刚坐在位置上，一旁班里的战士小何就对他笑，还竖起了大拇指。

“班长，牛！”

丁一飞好笑地摇头：“专心听！”

“是，班长！”

大会结束后是大家的自由活动时间，丁一飞夹着本子快步往宿舍去，不过没走多远他就被蒋勤业叫住了。

丁一飞转过了头去：“怎么了？”

“你的三等功表彰也下来了，今年年底的时候你一定能正式提干了吧？”蒋勤业笑着问。

丁一飞摇了摇头：“不知道，指导员没有说。”

“我觉得肯定能行！一飞，我们再过半年就能回去探亲了！”蒋勤业说着，有些激动的样子。

丁一飞闻言轻轻地“嗯”了声，心中也是有涟漪闪过。

“你想回去吗？”蒋勤业问。

丁一飞点头：“自然想的，去年我妈来信说我姐结婚了，我都没能回去参加她的婚礼，可遗憾了。”

“那的确是挺遗憾的。”蒋勤业叹了口气，“也不知道我家里现在怎么样了，上次我妈给我写信说家里关于田地好像有了新政策，农村实行联产承包责任制，都分田到户了，详细怎么回事我也不知道。希望是好事。”

丁一飞闻言顿了顿，道：“这我倒是知道一点，现在实行分田到户政策了。家里的田地按人口分配和劳作，你家里的人口挺多的，怕是……会有些麻烦。”

蒋勤业脸色顿时一变：“什么？到底怎么回事？”

丁一飞详细解释了一下，蒋勤业的脸色立刻更加难看了。

简单地说，蒋勤业现在家中的人口很多，却是女孩多，真正的能干活的劳力很少。可是他们家分到的那么多田都需要劳力去做，做得不好的可是会被罚的！蒋勤业本该是家里的壮劳力，如今却在部队当兵，不能帮到家里，这让蒋勤业的脸色如何能好看，训练中他有时都走神。

丁一飞看到蒋勤业如此难看的脸色也只能叹气，不知道该如何安慰对方才好。最后，蒋勤业失魂落魄地离开了。

丁一飞想叫住对方，但张了张嘴，最终也没说什么。

丁一飞从信中也知道了自家的事，如今，除了父母之外，他家中还有两个妹妹，父亲身体不是很好，大姐出嫁了，农忙时能回来帮衬一二，比起人口来说的话，他家比蒋勤业的家中要少些。

所以，分田到户政策对他家来说，目前影响还不算太大，但是像蒋勤业那样的人家就是真的麻烦了，所以他也真的不知道说什么才好。

如此，过了几天的时间，一次饭后，周豪杰叫住了丁一飞。

“喂！”

他还是这么不客气，喂来喂去的，但丁一飞也习惯了，不以为意地朝着周豪杰看去：“嗯？有事？”

“前两天我看到蒋勤业高高兴兴地去找你，回来后他就失魂落魄的，这几天训练的时候都走神，你们吵架了？”

丁一飞摇头：“没有，我们怎么可能吵架，是家里的一些事。”

“谁家？蒋勤业家？”

“是我们那里……”丁一飞解释了一下事情的来龙去脉。

周豪杰撇了撇嘴：“谁让他妈生那么多孩子，还都是女娃。”

丁一飞淡淡道：“不是谁都像你家一样人口简单的。”

周豪杰哼哼了一声，也没拌嘴，只皱眉道：“他要回去探亲得等至少半年后，而想要退伍回家的话得至少一年，现在他总不能半途而废吧？等到退伍的话他就算回去，能找的工作都会好很多，现在回去可就什么都没了。”

“嗯，我也不赞同他现在回去……他说要回去了？”丁一飞忙问。

“没呢，我这不是猜猜的嘛。”

“哦。”丁一飞应了声，道，“那你注意点蒋勤业的情绪，训练的时候还是得专心，被教官训斥就不好了。”

周豪杰哼了声，离开了。

丁一飞已经习惯了周豪杰的坏脾气，暗暗为蒋勤业叹了口气，也离开了。

丁一飞本以为蒋勤业应该会失落很久的，没想到不到两天，对方就恢复了正常，而且脸上还带着傻乎乎的笑容。

这让丁一飞摸不到头脑，还以为是周豪杰用什么办法安慰了蒋勤业。

这天，丁一飞拉住了蒋勤业的胳膊。

“欸？是你啊，一飞。”蒋勤业扭过了头来，看到丁一飞就傻笑了一下。

丁一飞看着对方这傻乎乎的样子不由得嘴角抽了抽。

“前几天还失魂落魄、忧心忡忡的，现在怎么就会傻笑了？”丁一飞好奇道，对于蒋勤业这样情绪的改变是真的挺好奇。

“嘿嘿，前天收到了王玲的信。王玲说，我家里现在的地问题不大，她在帮忙呢，呵呵，呵呵。”

“王玲？”丁一飞挑眉，上上下下地打量了一眼蒋勤业，“王玲在你家帮忙？”

“嗯，她经常去我家帮忙，有时候还带着她大弟一起，所以我们家田顾得过来。她还帮着带我们家两个小妹，嘿嘿，她让我放心呢。”说着，蒋勤业忍不住又傻笑了起来。

这般傻傻的表情，让丁一飞看得差点翻了个白眼。

“她为什么这么帮你？你们在谈对象？”

“没……没呢……”蒋勤业猛地瞪大了眼睛，像是受到了惊吓一样，同时，他的脸还变得爆红。

丁一飞的嘴角又抽了抽，无语道：“你这样子，说没有谁信呢？你要是没和人谈对象的话，你的脸这么红干什么？”

蒋勤业猛地捂住了自己的脸：“我脸红了？没、没有吧？”

丁一飞这一次终于忍不住了，直接翻了个白眼：“呵呵！”

蒋勤业咳嗽了声，有些扭捏道：“我、我倒是想跟人处对象来着，就怕、就怕人家不愿意啊。”

“你告白了吗？”丁一飞没好气地问。

蒋勤业连忙摇头：“没、没有。怎么能胡乱告白，太不郑重了，就算要告白也得等我回去啊！”

“哦……”丁一飞故意拖长了音调，“原来是早就计划了，就等可以回去探亲了。”

怪不得这家伙上次跟自己说还有半年就可以回去探亲的事呢，原来是一直等着那天的到来啊！

蒋勤业一直被取笑，脸更红了，忍不住学周豪杰瞪了眼丁一飞：“不跟你说了，你还是想想你自己吧，哼！我可是听说袁建秀现在是有城市户口的大学生！她的条件那么好，你当心人家看不上你！”

说完，蒋勤业也不等丁一飞回应什么，转头就跑。

丁一飞愣在了原地，片刻后，他的眉头微微皱了起来。

他知道，他和袁建秀……现在处于暧昧期。

没有彼此挑明，但是一封一封的信，他们……也心知肚明。

但，没有挑明的关系就意味着有变数，想到他和袁建秀已经快三年没见面了，而对方花样年华，如今正在上大学，想来……也会有不少男生追求……

这么一想，丁一飞只觉得心里有些不是滋味了，没了刚才打趣蒋勤业的心情，还有些紧张了起来。

他忍不住地想：袁建秀，不会真的看上别人吧？

第十六章

★★★★★

接下去的几天时间里，丁一飞想着袁建秀的事情，有时有些心不在焉。好在他没有让这个心不在焉影响自己的训练，每当训练的时候他都格外努力。

这天，是大课。手榴弹投掷训练的课程。

这个项目作为老兵的丁一飞他们其实已经训练过多次。

今日，连队之间的各班排有个比试，这比的自然是投掷手榴弹的实弹操作、投射距离、精度等的排名。甚至还带一些战术背景，战士们需要在越过堑壕、利用有利地形穿梭各种障碍后，再投掷手榴弹，看是否投准目标。

战士们的比试成绩会作为一场考核被记录下来。之前丁一飞之所以能荣立三等功，就是因为他在各种训练科目的考核成绩中都很突出，再加上几次在连队发言的稿子振聋发聩，有一定的影响力，这才使他能荣立三等功。

所以，此次的这场各班间的比赛，大家自然都是非常在意的，一个个摩拳擦掌就等着自己能比个好成绩出来。

而像这种各班间的比试，战士对战士的比拼，其实里面也是有一定的讲究的。比如说，丁一飞是班长，那么如果是个人比拼的话，他的对手也会是其他班的班长。其余的战士，对应的自然是各个专业的战士。

也正因为这样，当丁一飞准备跟隔壁班的班长比拼的时候，周豪杰目光不悦地看着那边，他身侧的拳头微微握紧，心里有些不畅快。

这两年多来，丁一飞这个家伙发展得越好，就越衬托得周豪杰入伍后好像一事无成一样。这让周豪杰更加不愉快。

这时，蒋勤业碰了碰周豪杰的胳膊肘："你看什么呢，快你上场了。"

周豪杰幽幽地看了蒋勤业一眼，没有说话。

蒋勤业轻轻咳嗽了一声，笑着道："在看丁一飞吗？你说他跟张班长比，谁能赢？"

周豪杰对此的回应只有一声冷哼。

蒋勤业见状耸了耸肩，干脆也不说什么了。周豪杰的心思他自然知道一点，毕竟周豪杰在上学的时候就喜欢跟丁一飞比，但其实，蒋勤业觉得这很没有必要，有什么好比的呢？做好自己不就成了吗？每个人有每个人的长处，每个人也有每个人的短处，其实真的没什么好比的。

不久后，前面一阵喝彩声响起，周豪杰看了过去，只见丁一飞像上了膛的子弹，出了鞘的利剑，跃进卧倒，飞步跨越障碍，果然，又是丁一飞才能表现出来的精彩动作，这让他更是心里不爽。

丁一飞下场后，很快就是隔壁的张班长，这位张班长平时的表现也很优秀，只见他匍匐前进，迅速接近掩体，跨越障碍实施投弹，但是最后的成绩比起丁一飞来说，总分还是少了一点。

于是，祝贺夸奖丁一飞的人更多了，周豪杰也看得更不畅快。

不多久后，轮到周豪杰上了。

周豪杰看了眼右侧的计分板，此时，丁一飞的名字在最上面挂着呢！他眯了眯眼，心下暗道："别以为只有你最牛，那是我没有真的用功！你等着，今天一定不能再让你夺了风头！”

如此想罢，周豪杰冲入了战场中。

闪避，冲刺，跨越，周豪杰今天的表现似乎换了个人，十分勇猛，速度都快了许多。

周豪杰的班长和指导员站在一起，指导员挑了挑眉头：“这小子今天吃枪药了？”

班长呵呵地笑了笑：“不知道，大概是想跟别人比比吧。”说着，似有若无地看了某个方向一眼。

“别人？谁？六班的那个？”指导员没看到班长那若有所思的一眼，给了一个猜测。

班长摇头，手指往丁一飞所在的方向比画了一下，指导员顺着这个手势看了过去，眉头就是一挑。

“嗯？丁一飞？”

“嗯，他俩是一个地方入伍，听说以前在家上学的时候是同班同学。丁一飞的成绩更好一点，周豪杰也不差，所以俩人互不服输，是死对头。”

指导员闻言顿时哈哈一笑：“还有这事啊，不错，不错，有竞争才会有动力。不过这几年，周豪杰这小子混蛋多了，现在想要赶上丁一飞怕是难啊。”

班长嘿嘿一笑：“不怕，不怕他赶不上，就怕他的心气不持久。我观察了一下，他每次只有觉得人家出风头把自己比下去的时候才会心气高一点。”

这也是让班长失望的地方，也是他没高看周豪杰一眼的原因。

指导员闻言都沉默了一下，然后又哈哈地笑了起来，他往前面走了去：“我去看看那小子今天要怎么表现。”

班长闻言也觉得有点有趣，于是也跟了上去。

指导员和班长站在了警戒线的边缘处，看着场中的周豪杰在挥洒汗水。

这小子的确是有一套的，尤其是在冲刺的时候很勇猛，场中的障碍物对他的影响不大，他甚至直接用身体撞过了其中两样标牌障碍物，后仰、前倾，这些节奏掌握得都很到位，当周豪杰顺着侧圈开始往回跑做最后的突击的时候，他的速度更快了。

场下已经有隐约的喝彩声，可见周豪杰今天的表现是真的很不错。在场的指导员和班长都觉得眼前一亮。

忽然，前方最后一个障碍物出现，那是被推过来的稻草人，场中的稻草人自然是代表了刚出现的敌人。紧跟着，周豪杰一个飞步接近掩体，同时，他的手已经举起，竟然是想隔着稻草人命中障碍物。这要是被他投中了，这最后一个加分项他定然能拿到最高分！

比武场中的人都瞪大了眼睛，想看看这小子是不是能完成这一项难度很高的壮举。要知道，就是如今计分板第一位的丁一飞也没能在最后的加分项当中完成这样的难度项目。

“啊！”

忽然，有许多人惊呼了起来。

在场的指导员眼眸瞳孔一缩，大喊了一声：“趴下！”

他身边的班长只感觉到自己被人压着趴下，然后，就是“轰”的一声爆炸声。

“指导员！”

“手榴弹往后爆炸了！”

“快！快去看看那边的同志！”

场面混乱了，一阵嘈杂，而周豪杰不敢置信地看着自己的身后，就在刚才，本应该往前扔出去的手榴弹竟然被他往后扔了，并且还扔出去了超过四米，那里，刚好在警戒线的边缘，而那里……还有人！

他，竟然犯了新兵都不会犯的错误，他……把应该往前扔的手榴弹，扔在后方爆炸了！

那一瞬间，周豪杰只觉得自己整个人都是蒙的，他的脑袋就跟要炸裂开来一样。他觉得，自己整个人都不是自己了，他不知道自己身在何方，只觉得眼前发生的一切都像梦境一样。

一场……要命的梦境。

数天之后。

这天的午后，丁一飞寄出去了给袁建秀的回信。在往回走的时候丁一飞顿了顿，脚步一转，还是改往了另一个方向。

这个方向不是回他的宿舍的，而是去蒋勤业的宿舍的。

蒋勤业的宿舍，自然也就是周豪杰的宿舍。

距离那天周豪杰赛场失误已经过去五天的时间了，当日在场的指导员和班长都被立刻送去了矿上的医院，他们只知道，当日那两人离开的时候都是活着的，但是详细的情况并不晓得。

这几天来，周豪杰自然挨了不少批评，甚至还被他班里的老兵抽了一顿。但是，他整个人好像行尸走肉一样，被批被揍，竟然都像是木头一样。

谁都能看出对方的不对来，那种麻木感让他班里的其他老兵又是气愤又怒其不争。可看着对方那木头般的模样，也都没有再针对他做什么。

都是同一个地方入伍的，不管周豪杰有没有把他当成敌人、对手，至少，丁一飞并未把对方当成死敌。他顶多就是有时候觉得周豪杰这个人……还是太过孩子气。

于是，他走向了蒋勤业的宿舍，打算看看周豪杰现在的情况。

丁一飞来到周豪杰他们所在宿舍的时候，蒋勤业正好在门外，看到丁一飞过来，蒋勤业的眼睛微微一亮，赶忙快步走上前来。

第十七章

★★★★★

“一飞，你来了。”蒋勤业走到了丁一飞跟前。

“嗯，我来看看，周豪杰他怎样了？”丁一飞抿了抿嘴角，问道。

蒋勤业朝着身后宿舍的方向看了一眼，叹了口气：“感觉跟个木头似的，我瞧着很不对劲，很多人跟他讲话他都不理会，这两天日常的训练他也老出差错，现在连长干脆不让他去了。我看啊，指导员的检查报告不出来他是得一直这样了。”

丁一飞皱了皱眉头：“李班长的情况知道了吗？”

当时，被一起送去医院的还有李班长，不过李班长在爆炸发生的时候是被指导员护在身下的，所以李班长的伤势应该不太严重，但具体的情况，医院那边没有信息传来，他们也不知道。

“听连部通信员说，李班长好像已经没有大碍了，现在只需要在医院里住几天。”

“这就好。”丁一飞微微松了口气，不管怎样，能有一个已经安全总归是好的，“那就剩指导员了，现在还不知道那边的具体情况吗？”

“不知道，当时指导员被送过去的时候听说是直接进了急救室的，现在那边医院的情况我们一点也不知道啊。”蒋勤业说着，朝着里面发愣的周豪杰看了一眼，压低了声音，“当时我们都看见指导员被抬走的时候身上全是血淋淋的，就怕悬啊。”

这的确是让人担心的一件事，那时候的场面丁一飞自然也看见了，现在回想起来都觉得心里头沉甸甸的。

蒋勤业又道：“周豪杰现在东西也不吃，都两顿没吃了，我们都劝过，可没有用，要不你试试吧。”

丁一飞苦笑了一下：“你又不是不知道，他平日里便素爱跟我比，如今他酿成了这样的事故出来，我就怕我去了反而造成反效果。”

“这……”蒋勤业闻言一时迟疑了，他觉得丁一飞这话说得也很有道理。就以周豪杰现在的情况来说，会有怎样的表现都不出奇，对方就像一根紧绷的弦，说不准什么时候那根弦就断了。

丁一飞想了想，又道：“不管怎样，我去看看再说吧，他要是不待见我我再出来就是。”

“好吧。”蒋勤业迟疑着点头，想说什么，最终没说，只看着丁一飞走向了周豪杰。

此时的周豪杰依然在发呆，他这模样，仿佛自己把整个世界都隔绝在了外面。

丁一飞走过去直接坐在了周豪杰的身边。

“你现在就算不吃不喝也什么都改变不了。”丁一飞直接道。

周豪杰无动于衷，并没有一丝反应。

丁一飞抿了抿嘴角，声音微微沉了两分，缓声道：“周豪杰，是大男人，做错了事就该勇于承担，你又不是故意的，没有谁会真的怪罪你。但你如果只是用这样的方式来惩罚自己，那没谁看得起你，如今连里不用你训练了，你可以请假去医院看看指导员，第一时间请求指导员的原谅，看着他平安，看着他脱离危险，你说呢？”

周豪杰的眼珠子动了动，终于有了一点反应。他以一种极慢的姿态转过头来，看向丁一飞。

“你说……去医院？”周豪杰的声音因为久未说话显得有些沙哑，他的一双眼睛死死地盯着丁一飞，眼底有着血丝。

丁一飞正色点头，道：“不错，去医院，总比你在这里发呆什么都不做要好，不是吗？”

周豪杰沉默了片刻，点头，忽然站起来就冲了出去……他冲得有点踉跄，甚至差点摔倒，但脚步没有半分停歇。

蒋勤业并不知道丁一飞跟周豪杰说了什么，只看到周豪杰这么冲了出去，刚才差点撞到他的时候对方的神色还有些狰狞，他吓了一跳，不知道周豪杰这是怎么了，于是连忙跑向丁一飞。

“丁一飞，周豪杰他怎么了？他这是要去哪儿？”

丁一飞长长地吐出了口气：“不用担心，他应该是请假去医院了。”

“去医院？”蒋勤业一愣。

“嗯，去守着指导员。”丁一飞定定道。

蒋勤业这才恍然大悟，半晌，轻轻点了点头：“这样也好，反正周豪杰现在的状态这么差，不去医院守着在这里也什么都做不了。他挂念着指导员也是应该的，就去医院守着吧，连里肯定会批假的。”

丁一飞轻轻“嗯”了声：“连里肯定会批假的。”希望，指导员能安然无事。

…………

秋高气爽，阳光明媚。营区战士们训练的口号声响彻云霄。此时距离丁一飞那天找周豪杰已过去了两个多月的时间。

那天之后的第三天，指导员终于完全脱离了生命危险，但手榴弹的爆炸还是给他造成了很大的伤害，不提他身上被炸的那些皮外伤，最重要的是，他的一只耳朵被炸聋了。

聋了一只耳朵便成了残疾人，这样严重的后果让连里战友们惋惜。更有许多战士为指导员抱不平，因为如果不是周豪杰的话，根本不会发生这样的事！倒是指导员本人却是洒脱的，他虽然也低落了两天，但很快就释然了。

当时，周豪杰还守在他病房外，只听指导员还笑着对其他去看望他的战士说：“不过是聋了一只耳朵而已，又不是全聋，军人遇到危险时刻，就要冲锋在前，只有前进，没有后退，把生的希望让给别人，这是军队干部应有的作风，这要是在战场上，说不定小命都得丢，如今我这也算运气了。”

他的这一份洒脱让当时病房里许多看望他的战士都红了眼眶，病房外面的周豪杰更是如此。

指导员又说道：“这件事情就是个意外，你们也别对周豪杰同志鼻子不是鼻子、眼睛不是眼睛地指责，他也不是故意的，而且他事后认错的态度也很好，决心今后好好训练，提高军事素质。年轻人嘛，能做到这样已经很不错了。大家都是战友，就应该互相关心，互相爱护，不怕牺牲，在战场我们彼此是可以把自己的后背放心托付出去的战友，明白吗？可不能为了这点事就怪罪他，部队的条令条例都记到哪里去了？”

这话一出，病房里的人都有些羞愧。

周豪杰更是直接感动得红了眼眶，眼泪珠子都要掉下来。

而当指导员的这番话传到了连队后，所有人都为其感动，周豪杰更是心神俱颤，心中不禁暗暗想：以后，我也要做指导员这样的好战士，以实际行动来将功补过。

一上午的训练结束，战士们排着整齐的队伍向食堂走去，饭前大家高歌一首《团结就是力量》。这样的部队生活在这两年多来，丁一飞他们已经习以为常了。

其实，人的习惯真的是一件很可怕的事，一开始，丁一飞连这里的饭菜都接受不了，如今他在早饭吃那些黏牙的黄米发糕，在午饭吃二米杂粮饭的时候，已经能面不改色甚至不需要汤水就可以自然下咽了。

如果是在两年多前，丁一飞觉得自己怕是不敢相信，有一天自己吃这样的食物还能隐约吃出“美味”来，所以说，习惯真的是一件很可怕的事。

但，也是一件可以让人自豪的事！

午饭过后，蒋勤业找上了丁一飞。

“一飞。”

丁一飞转过头去，看到蒋勤业，笑了笑：“你来了。”

蒋勤业憨憨一笑：“还不是为了参加国防施工的事嘛。”

前两天上级文件下来，他们部队的几个连队需要去承担国防施工任务，国防施工主要构筑工事，构筑争夺的要塞，有主坑道和附属工事等。他们连队已经被确定选中，国防施工任务虽然艰苦繁重，但是对他们这些入伍已两年多的老兵来说，是锻炼自己的极好机会，因为他们到年底服役期限就要满了。不把握好这次机会的话，丁一飞他们这批入伍的战士，就再没有进步的机会了。

他们参军，到了部队这所大学校，总是希望可以在部队里面得到全面锻炼，可以立功入党，希望自己可以提干，在部队建功立业，不负家乡亲人的嘱托。如今，这样的机会来了，激动的人自然不少。

这一次上级赋予的国防施工任务非常艰巨，但表现好了，他们绝对是可以立功受奖的！因此，这两天连队的各个班排都在讨论这个事，蒋勤业和丁一飞关系好，自然也免不了过来找上丁一飞说说。

丁一飞闻言也不意外，笑着道：“反正我们连队在其中是肯定的，不过具体承担怎样的施工任务就不知道了，这个还得听上级安排。”

蒋勤业点了点头："这是自然，不过大家可都是期待得很，对了，指导员有找过你吗？"

丁一飞摇头："没有。"

这是实话，他没有骗蒋勤业。其实他自己也在等指导员找自己过去呢，要说上级有安排下来的话，自己这个班长肯定会被找过去的。

蒋勤业有些失望，正想说什么，就在这时，丁一飞同班的一名战士跑了过来："丁班长，指导员叫你过去。"

蒋勤业顿时眼睛一亮，当即道："啊，会不会是为了国防施工的事？"

丁一飞心里也是这么想着，但不好确定，于是笑着摇头："不知道，去了才能知道，我先去了。"

"行，你去吧，要是不用太久我就在这里等你。"蒋勤业笑着道，十分期待的模样，他还是想第一时间知道是不是国防施工的事。

丁一飞失笑，没说什么，赶紧去了。

十几分钟后，丁一飞就回来了，蒋勤业果然还在，看到丁一飞回来他忙跑了过去，期待地看着对方，也不说话，反正自己的意思丁一飞肯定懂。

却没想，丁一飞也看着蒋勤业，虽然脸上带着笑意，但也跟着不说话。

蒋勤业无奈了："这时候你还戏弄我，快说，指导员找你过去是不是为了国防施工的事！"

丁一飞终于不逗蒋勤业了，笑着点头："是的。"

只两个字，却给了肯定的答案。

蒋勤业简直大喜，抓着丁一飞一连声地追问具体细节，丁一飞也不嫌烦，一一细说了起来。

这一次，国防施工连队主要担负主坑道的开掘任务，主坑道山峰陡立，山体圆滑，石质坚硬，需要成立一个“敢死队”，人数是他们现在两个班的人数，这个“敢死队”要承担的任务，主要是打风钻、清理炮眼、装填炸药、点燃炮眼、排除哑炮等作业。特别是开掘坑道、排除哑炮，随时都有塌方等意外情况发生，稍有不慎就有生命危险，可以说是一种非常危险的作业，既要有良好的体魄，同时要有不怕牺牲、不畏艰苦的精神，不过如果做好了，也是有机会立功受奖的。

说完之后，丁一飞笑看着蒋勤业：“怎样，你有兴趣吗？指导员说组合人选让我来决定。”

蒋勤业闻言连忙点头，忙不迭地道：“要，要，我要去。”

就算危险又怎样，富贵险中求，苦才是人生，这个机会，他想抓住！就算再危险，再苦，他也不怕！

丁一飞看蒋勤业激动的样子，微笑地点头：“行，那我记下你的名字。”

第十八章

★★★★★

“敢死队”的事情很快许多人都知道了，不过当大家知道这个“敢死队”究竟要承担多少作业任务时，一些战士还是不由自主地退缩了，爬高钻洞就算了，这……施工的过程竟然还有可能会碰到山体塌陷、石头塌方等。

这，这可真的是有生命危险啊！

尤其，要扛着那巨大的钻头，没有一把子力气真的是做不到。更不要说条条框框的条件，要背的那些《安全守则》……这些种种加起来真是浇灭了许多人的热情。

于是，自主到丁一飞这边报名的不算多。

又记下一个名字，送走了一名隔壁班的战士后，丁一飞在抬头时看到走进来的周豪杰，不由得一愣。

“周豪杰？”

周豪杰走了过去，他故作平静道：“我是来报名的。”

他虽然故作平静，但还是能看到神色中的一丝扭捏态，显然，到丁一飞这里来报名这件事让他觉得自己的自尊……有点小小的受损。他一直都认为自己和丁一飞是站在“同一个高度”的，以前在学校成绩比对方差了一点就让他一直耿耿于怀。

如今到部队，这丁一飞的表现总比自己耀眼，他已经入了党，当了班长，而自己两个月前出了那样的丑事，挨了批评，差点受处分，而丁一飞扶摇直上，这让他感觉到了他和丁一飞的距离，更有一种危机感袭上心头，本能告诉他，如果自己再不努力的话，他可能就要被丁一飞一直甩在身后，年底就要真正退伍了。这是他不能忍受的。另一方面，上次张指导员的事情让他触动挺大，他更加坚定自己在部队中一定要有一番作为，不负入伍时父亲对他的期望。

所以，这一次连队的这个国防施工任务，周豪杰认为他无论如何都要把握住机会，并且一定要去最艰难最辛苦的第一线，如此，他才能“戴罪立功”，也才能追赶上丁一飞！

“报名？”丁一飞先是一愣，然后真是吃惊不小。

也怪不得他吃惊了，他对周豪杰的情况可以说是最了解不过了，他从小就是在“蜜罐”里面长大的，他上高中了，父母都不舍得他做半点脏活累活，来到部队后也是处处挑剔，总之给人的印象就是很吃不得苦的，是部队里的“少爷兵”。

而这个“敢死队”要挑选的人选，绝对是那种能吃苦耐劳有坚强意志，有顽强毅力的，而这样的几个标准，好像无论如何都落不到周豪杰头上才是。

所以，他根本没想过周豪杰会过来报名！

要说蒋勤业可以胜任，丁一飞是相信的，但是周豪杰……丁一飞承认，他有些想象不到。

周豪杰看到丁一飞吃惊的样子自然是不高兴了，他的脸微微一黑，瞪着丁一飞：“怎么，我不能报名？你看不起我？”

丁一飞眨了眨眼，连忙摇头：“没，没有。只是……这个‘敢死队’的施工任务比较繁杂，而且许多地方都有一定的危险性，这里有《安全守则》，你要报名的话得先把这些守则事项看清楚，确定没问题，确定自己能胜任才可以报名。”

周豪杰抿了抿嘴，不高兴地“嗯”了声，拿过那些守则细细看了起来。

守则上面标注了很多可能会遇到的危险，还有就是“敢死队”要负责的作业。周豪杰看得认真仔细，整整十分钟后他点了点头，看着丁一飞，定定道：“我要报名。”

他说得斩钉截铁，完全不容置喙的模样。

丁一飞看着面前的人，沉默了几秒，然后也只好跟着点了点头，拿出了登记册：“那你来登记吧。”

过了几天，连队全副武装野营拉练，向国防施工阵地进发。这次没有驮枪炮的马匹，只有两挂马车运载炊具、粮食等施工物资，徒步到施工地点。

晚上天黑出发，全连两列并行，每个战士的行头是一个背包，一个挎包和随身携带的轻武器，班长一杆全自动步枪，副班长一杆半自动步枪，排长、副连长、副指导员是背包挎包及随身的手枪，连长、指导员没有背包、挎包，只挎手枪。

经过一夜的急行军，连队进到了一个名叫凤凰岭的大山下，这是驻地最高的一座山峰，它像一道天然屏障，横亘在祖国北部边疆的南边，山上岩石陡峭，灌木稠密，主峰常年冰雪不化。山间有大量的野鸡、野猪、野鸟，据说古代这里曾飞来两只凤凰筑巢留穴，山名由此而来。

这是一道天然的军事屏障，自然也成为未来反侵略战争的一个战略要地，上级决定要在凤凰岭修建一道反坦克阵地。当丁一飞、周豪杰他们这个施工“敢死队”来到山下的时候，施工阵地早已开工，漫山遍野都是穿着黄色二级品棉衣的战士，他们的棉衣早已破烂不堪，一簇一簇的棉花都露在外面，驻地的老百姓都以为是一群监牢里的犯人在施工。连队的家属刚来队时，都不敢相信自己的亲人如此艰苦，一位新婚妻子看到丈夫穿着如此破烂的棉衣，趴在丈夫身上哭了半天。

大西北的三月，寒风刺骨，滴水成冰，山风掠过山头，发出凄厉的啸叫，听得让人毛骨悚然，施工战士睡在地上挖的地窝里，用被子紧紧把自己包裹起来还是感觉到冷，天明起来，被子上落了一层厚厚的沙土，鼻孔里也沾满了沙子。

丁一飞带领的“敢死队”，他们没有哭，没有丧失斗志，因为他们早就知道这是一场艰苦卓绝的战斗，连队对他们进行了政治思想教育，随时准备吃大苦、耐大劳，冲锋陷阵，他们决心像老战士那样，不怕苦、不怕累，坚韧刚毅，赤胆忠心，建山守山，保卫好祖国的北部边疆。

正式施工开始前，部队召开了誓师大会，团长亲临阵地并给大家讲话，团长个头不高，但结实健壮，显得特有精神。他是一位新四军老战士，参加过解放战争、抗美援朝战争，在战场上立过一等战功！团长讲话从始至终都铿锵有力。

“同志们，凤凰岭是祖国北部边疆的一道天然屏障，在未来反侵略战争中具有特殊的战略地位，我们要阻止敌人的长驱进攻，就必须把凤凰岭修筑成钢铁堡垒、铜墙铁壁。同志们有没有决心？”

“有！”战士们回答得铿锵有力，掷地有声。

队列中同时响起了雷鸣般的掌声。

团长顿了顿，挥手指向凤凰岭最高峰：“同志们应该知道，我们这里是阻止敌人进攻的第一道防线，未来战争我们要打击敌人的坦克进攻，现在就要做好准备，建山守山，让一切来犯之敌在这里有来无回，粉身碎骨！”

“建山守山，保卫边疆！”队列中又响起一阵高昂的口号声。

“誓与凤凰岭共存亡！”

“坚决打击一切来犯之敌！”

“誓死保卫祖国边疆！”

“让一切来犯之敌粉身碎骨！”

“苦不苦想想红军两万五，累不累想想革命老前辈！”

高昂的口号声此起彼伏，在山间久久回荡不歇。

山体施工，凿穿山洞，连队战士们攀石爬山奋战在工地，“敢死队”队员挥舞风枪向顽石突刺，装填炸药，点燃炮眼，引爆炸药……

“轰，轰，轰”几声爆炸，石块飞散，等了一阵后，丁一飞带着周豪杰从另一个洞口去排除哑炮，突然又听到“轰”的一声巨响，丁一飞按住周豪杰就地卧倒，巨大的气浪裹挟着碎石砸向坑道的石壁上，噼里啪啦地落在他俩的身上，刺鼻的硝烟翻滚着一阵气浪向他俩扑来，呛得他俩透不过气来。两人趴在地上，一手抱头，一手捂着嘴和脸，浓浓的硝烟还未散，其他战士进洞后，才发现他们。

此时，丁一飞不由得问周豪杰这个“少爷兵”:“你害怕吗？”

“不怕！”周豪杰回答得很坚决。

丁一飞闻言都不由多看了周豪杰两眼，对对方的认识有了很大程度的改观。这个“少爷兵”也不是一点苦都吃不得的，当他真正决心做一件事情的时候也能对自己这么狠。

而一个多月的时间下来，现在这样的操作他们已经熟练多了。

施工进度很快，超出了原来的计划，但随着掘进扩大，山体塌方的危险也跟着进一步增大，况且部队施工工程机械保障有限，全凭手工操作，工程安全没有技术支撑和保障，这就给防止塌方带来了很大的难度。

这天，刚过完“八一”建军节，部队对施工先进分子进行了总结奖励，丁一飞和周豪杰同时受到了团里的嘉奖。吃过早饭，丁一飞这个班要负责阵地左翼的掘进作业，今天有一个洞口要穿通，排长不放心，一定要亲自上去，排长带了另一名班长和几个战士上了山。上午十点多钟，不幸的塌方事故发生了，谁也没有想到，排长和一名班长、三名战士全被埋在了里面。

听跑出来的战士讲，排长一上山，就带领一名班长和三名战士在洞里研究如何布眼使坑道贯通，其他战士在洞外准备工具。突然头顶上的巨石由于长时间的震动，大面积坍塌，巨石滚滚而下，把排长他们五人全埋了进去。

当丁一飞和周豪杰听到此消息，已经是中午十二点了，他俩赶紧跑到施工工地，只见工地被封锁了起来，战士们正在全力救援。

第十九章

两天以后，看到五副棺材整齐地排列在沙滩临时搭建的工棚里，丁一飞和周豪杰都哭了，不止他们，许多战士都哭了。他们这才相信，排长和四名战友永远离开了他们，无法再见到他们那熟悉的身影了。

那时候，丁一飞、周豪杰等战友真正体验到了参军入伍的残酷，特别是生命危险这方面的残酷。

“排长！是您用自己的生命给了我们生的机会，是您救了我们的命！不！是您给了我们第二次生命！我们一定要像您那样，刻苦训练，励志奋斗，不虚度年华，当一名合格的军人！”许多战士都对着棺材喊着这样的口号。

喊完口号，之后的时间大家干得更加起劲，每个人都像是有使不完的力气，好像这样做了，牺牲的排长他们就能看到。

丁一飞看着走在前头的周豪杰，心情是有些复杂的，他也没想到，这样辛苦的工作周豪杰竟然能坚持下来，这和他印象当中的周豪杰实在是反差太大了。但又一想，这与刚刚牺牲的排长和四名战友相比还是差太远了，不管是自己还是周豪杰，都显得太渺小了。

这次事故，带给丁一飞的感触不仅仅是对排长的感叹和怀念，也使他背上了一个久久难以卸下的包袱。同时，他对周豪杰也产生了新的认识，明白了人是可以改变的，人的潜能是可以充分展示和发挥出来的，只要有那个毅力。这毅力就是坚强的意志，有了这种意志，就能战胜一切困难而勇往直前。

继续往前走的时候，丁一飞抬起了头，看着天空的白云映照着大地，排长及四名战友的身影在他眼前慢慢消退，慢慢地，他的心底也升起了一丝骄傲感：不管怎样，这次的事件都昭示着我们这些军人为国家所付出的心血，我们是用实际行动在捍卫祖国和人民的利益，祖国和人民是不会忘记的，这也是我们军人对祖国的承诺！

全连官兵苦干加巧干，难中求突破，提前半个月把主坑道打通后，紧接着连队又开始了坑道的被覆施工任务。连队官兵又把几十万吨沙子、水泥、钢筋和石头，从山脚底下背上半山腰和山顶，负重攀登时，真是一挪一喘，步步艰难，稍有不慎就要滚到山底，但战士们都咬紧牙关，即便汗水像豆粒一样往下淌，肩膀压得红肿，石头磨破了后背，也没有一人后退。

甚至，他们还编了个顺口溜，作业的时候吟唱了起来：

沙袋石头背上扛，
悬崖陡坡往上攀，
紧咬牙关双腿颤，
一步一挪汗水淌。
工事筑在峭壁上，
铁壁铜墙把敌挡，
我为祖国修堡垒，
男儿立志保国防。

就这样周而往复，一趟又一趟负重攀登。

听着传来的歌声，周豪杰擦了擦汗，在回返的时候脚步竟然比蒋勤业都要快上两分。

另一边，丁一飞在短暂的休息期间也看到了这边的情况，他的眼里同样带着一丝赞赏。看来这一次周豪杰是真的下定了决心，丁一飞原本还以为周豪杰这一次又要半途而废，说不定还要被领导训话的，如今看来的话，倒是自己多虑了。

想来，排长的牺牲带给周豪杰的影响是巨大的，最后的这段时间，周豪杰明显比一开始都要卖力很多，若是排长看见了，应该也会很高兴吧？

看着身边的人进步，看着与自己一起入伍的同学向上发展，丁一飞抬头望了望天，暗暗希望排长在天之灵可以看到这一幕。

“丁班长，上了！”旁边休息够了的一名战士大喊。

丁一飞转过头去，立刻应声：“来了！”然后，从地上一跃而起，再一次地投入到忙碌当中……

当国防施工进入尾声的时候已经又是几个月后的事了。

经过这几个月的辛勤施工，工程建设任务已将近完成，之后的一些后续任务则已经不需要用到丁一飞他们，于是，连队从山中撤回了营区。

因为这几个月的辛劳，丁一飞他们这个“敢死队”的官兵都得到了几天的假期。这也是上级对他们的一种慰劳，体谅他们的辛苦。

第一天的时候，“敢死队”的那些成员几乎都是在宿舍里面睡觉，而且是一睡一整天的那种。睡过这一天之后，大家才有一种活过来的感觉。

之前在山里每天都很忙碌的时候，大家咬牙坚持，整个人也像绷紧的牛筋，只要有韧劲就能够坚持。然而等到忽然放松下来之后，那根弦就有些像是断了的样子，这让大家反而感觉到了疲惫。因此大家都是一睡就一整天，连吃饭都顾不上。

到了第二天，“敢死队”的成员们终于再一次生龙活虎起来，毕竟大家都是年轻战士，有那么一天的休息时间，也能彻底恢复过来。

这天，蒋勤业、王亮、周民、周豪杰等一起过来找上了丁一飞。

“一飞，我们大家约好了一起去矿上，你也一起吧。”蒋勤业笑着道。

丁一飞没意见，他在众人来之前刚写好一封给袁建秀的信，此时正好可以寄出去，于是他站起来直接道：“好，等我一下。”

大家看到了对方把信收起来的动作，于是纷纷打趣。

“丁班长，你这信是寄给谁的呀？肯定是寄给女朋友的吧，哈哈，不知道什么时候可以请我们喝酒呀？”

丁一飞笑骂：“就你们想得多，我们现在还在部队里呢，你说去哪里喝酒，天上吗？”

众人哈哈大笑，周豪杰的目光闪了闪，他之前其实知道丁一飞是有跟林芳华通信的，就是不知道这封信是不是给林芳华的。

周豪杰这么想着，上前一步，他故意一下子抱住了丁一飞，丁一飞一愣，而周豪杰就趁着这个当口，把丁一飞刚塞进裤兜里的信给取了出来。

周豪杰是够灵活的，把信拿到手之后立刻往蒋勤业他们那边跑，嘴巴喊着：“我帮大伙儿看看他到底写给哪个姑娘的，你们可得把他拦好了。”

蒋勤业等人又是哈哈大笑，于是纷纷帮着周豪杰拦阻丁一飞。

丁一飞哭笑不得：“你们拦着我干什么，那信可是我的隐私！”

“大家都是战友好兄弟，有什么隐私不隐私的，大不了下一次我给姑娘写信的时候也给你看呀。”王亮高声笑道。

丁一飞闻言更加哭笑不得，只得无语道：“谁要看你和姑娘的信呀，你给我我还不想看呢！”

丁一飞这一副嫌弃的模样，让其余的人再一次哈哈大笑，气氛一时欢乐无比，自然，也没谁发现周豪杰的小心思。

而这个时候的周豪杰大大松了一口气，这并不是给林芳华的信，而是给袁建秀的！

于是，周豪杰也就没兴趣了，直接把信又丢了过来。

“还给你了，还给你了，你可别再说我窥探你的隐私了。”他说得不屑一顾的模样。

丁一飞瞪了一眼周豪杰：“你这都已经看了，再说这样的风凉话，你好意思吗？”

周豪杰不以为意，还晃了晃脑袋：“我就是看了信封而已，知道你的确是写给女同学的，我又没看里面的内容，这有什么不好意思的？不过你现在跟人家袁建秀关系好像很不错呀，是不是真的对人家有意思呀！这要是真的对人有意思的话，你可得把握住，别放跑了这大好的机会啊！”

周豪杰自然是故意这么说的，心想着，你赶紧和袁建秀在一起吧，反正我只要芳华，你就别惦记我的芳华了！

“是袁建秀吗？也对，之前在学校里的时候，丁一飞跟袁建秀似乎关系就不错。”大家都是一个地方来的同学，有的即使不在一个班，那也都是一个学校的，袁建秀也是女生当中的尖子生，大家自然都不陌生。

所以此时听到周豪杰这么一说，大家纷纷七嘴八舌地说了起来。

“丁一飞和袁建秀，嗯，这还是很配的。两人都是成绩好的班干部，不错，不错。”

“不错，不错。”大伙儿都跟着应和。

周豪杰听到大家这么赞扬丁一飞和袁建秀，也少见地没有吃醋。反正他跟袁建秀没什么联系，在意的不过是一个林芳华而已。他巴不得丁一飞真的跟袁建秀在一起，那么也就没人跟自己抢林芳华了！多好！

小心思转了转后，周豪杰也笑着道："的确是不错，我看他们两个也是真的相配得很。"

丁一飞无奈地摇头，被大家说得脸都有点红了，毕竟他自己对袁建秀是真的有心，还是大男孩的年纪，这袁建秀也是他第一次喜欢的女孩，被大家这么公开开玩笑，丁一飞自然觉得不大好意思。

咳嗽了一声，丁一飞赶紧转移话题："你们还要不要去矿上了，现在还不去，不怕日落之前赶不回来吗？"

大家知道丁一飞是在转移话题，不过之前也已经打趣够了，此时也就良心发现地放过了他。

蒋勤业笑道："行，行，我们走吧，的确是得早点出发了。"

在矿上大家买了一些日用品，有的是女生用的，肯定是为了寄给自己喜欢的女孩。

第二十章

★★★★★

几天的休息时间结束，大家进入紧张的训练。过了一段时间之后，上级召开了国防施工总结表彰大会，丁一飞他们在国防施工中的优秀表现被领导在大会上表彰记功。同时，周豪杰的突出表现也受到了领导的嘉奖表扬！这也使周豪杰深深地感到：你的付出决定你的未来，你的汗水决定你的成就，你的态度决定你的一切。

当大会结束的时候，丁一飞等人聚在一起，一个个都笑开了花。

而就在这时，大家迎来了另一个好消息，就是丁一飞、周豪杰等“敢死队”成员今年继续留队而且可以回去探亲了！

在部队超过三年服役的时间，战士们就有一次可以回去探亲的机会。而丁一飞等同学战友现在已经都超过了这个时间，于是，来自同一个地方的他们纷纷约定一起回去探亲。

已经接近四年的时间了呀！他们终于可以回去探亲了！

这些年，对于远方的亲人，他们心中的思念都只敢藏在自己的心底，就连写信回去也都只报喜、不敢报忧，甚至很多时候都不敢去思念，就怕思念了之后会软弱，会忍不住地想要回去。

一开始的时候，刚刚来到部队的那大半年，他们时常在想家，夜里偷偷地流泪，离开亲人，离开熟悉的环境，离开家庭，对他们这些刚出校门的孩子来说，真的不是可以轻易克服的事！别说大半夜的躲在被子里哭泣了，就是到深山沟号啕大哭的都有很多。

之后虽然慢慢习惯，可是，习惯了也不代表不思念，不过是将这一份思念隐藏在心底最深处罢了。如今，终于可以回去探亲了，丁一飞等人心中都激动得无以复加。

这次探亲蒋勤业也在其中，他早早就到军人服务社凭票购买了三块肥皂、五斤白糖，准备带回家中孝敬父母，更重要的要作为慰问品，慰问王玲，能让王玲知道他很想念她，更感激她。感激她对自己家里的照顾，感激她在自己不在的时候帮衬着他家里良多。

一共五个一起入伍的战友，可以同时批准返乡探亲，扣除往返途中的时间，他们算了算，自己在家中可以待十天。

“周豪杰，我打赌你这一次从家返回部队，肯定会带许多好吃的回来！”

“咦？你怎么知道？”周豪杰现在心情也是大好，哈哈一笑，“我还真是这么想的，这好不容易回去一次，肯定得多带点好吃的回营啊，也让班里的那些家伙尝尝我们家乡的土特产！”

“因为你家最富有呀，还不是想多带点好吃的东西呀。”王兵取笑道。

大家于是也都笑了。

在这欢声笑语之中，大家终于回到了自己的故乡。

每个人都快步朝着自己的家中而去，真正是归心似箭，健步如飞，恨不得给自己插上一双翅膀。

之前因为丁一飞已经写过信回来，所以丁家是知道他要回来的消息的，并且计算着时间在等待着他的归来。

丁一飞刚进自家院中就看到了大妹丁小敏。

“小敏。”丁一飞喊。

丁小敏听到这熟悉的喊声，猛地转过头去看到自家大哥的时候，顿时双眼放光，她连忙放下手中的活计，朝着自家大哥就飞奔了过去。

“大哥！”

兄妹两个紧紧地抱在了一起，丁小敏还是像送哥参军入伍时一样，很害羞地吻了一下丁一飞的额头。丁一飞也轻轻地拍了拍小敏的后背，“不错不错，三年多没见，长这么高了”。

丁小敏的身高在这几年飞快地往上蹿，丁一飞已经有三年多没有见，自然感觉到了妹妹这巨大的变化，女大十八变，越变越漂亮了。

丁小敏微微有些哽咽：“这是肯定的呀，大哥你都差不多快四年没有回来了，你要是再不回来，等你下一次回来的时候说不定我的个子都超过你了！”

这话听着像是抱怨，但是更多的自然是思念。

“好志向。”丁一飞哈哈一笑，然后连忙问，“小敏，这几年家里怎么样？我知道大姐已经嫁出去了，大姐嫁得好不好？爸妈的身体好吗？这几年家里有没有遇到什么困难？”

自己这几年一直在遥远的部队当中，对于家里丁一飞是真的挂念，如今回来了，问题一个一个地往外蹦，他犹自觉得还不够。

丁小敏安抚道：“大哥你放心，这几年家里还好吧，我们都很想念你这倒是真的。妈妈听说你要回来探亲，家里老母鸡下了 106 个鸡蛋，妈妈一个也不让我们吃，说要等你回来一起吃。爸那个人不爱说话，但我有两次都看到他，在看着你的照片偷偷地掉眼泪。”

丁一飞闻言，只觉得浑身一震，心中都不由得酸涩了起来。

“爸……”

“妈肯定是最想你的，这两天都做着好吃的呢，说是等你回来随时能吃，我和小妹看着都嫉妒了。”丁小敏不想丁一飞太伤感，故意说道。

丁一飞收敛情绪，笑着捶了一下妹妹小敏的肩膀："调皮。"

之后自不用多说，丁家人一家子激动地聚在了一起，丁父丁母两人看着阔别好几年的大儿子，眼中的泪花没停过。

丁一飞也发现，自己离开的这几年，父亲和母亲头上白头发明显多了，这让他的心中不禁感到一阵酸涩，当天晚上，丁一飞自己下厨给父母做了饭菜，把丁父和丁母乐了好一阵。

丁一飞的厨艺并不算好，至少比起丁母肯定是差远了，而且在部队又不用自己下厨，这几年下来手艺早就生疏了。但是对于他做的饭菜，丁父和丁母吃得一脸满意的笑容。

不管饭菜本身好吃不好吃，这都是儿子的心意呀！

饭吃得差不多了，丁母在收拾饭桌，这时父亲丁吉生把丁一飞叫到一边，两人交流起来。"一飞，你当兵快四年了，年底可以退伍了吧？当兵服役期也满了，你再不退伍，我和你妈在家都没法活了，我身体不好，你姐也嫁人了，两个妹妹还小，你年龄已经不小了，赶紧退伍回来成个家吧。"

丁一飞早就知道父亲的心思，要他退伍回来抓紧结婚生子，实现他祖辈赓续传宗接代的愿望。

说到这里，丁一飞为此一惊，父亲生病他怎么不知道呢？后来，他才听大妹说父亲在去年得了一场重病，心脏做了个大手术，是从死亡线上夺回的一条命。因家中经济拮据，先后欠下了五百多元的债。无奈之下，母亲还去县医院卖过血，用卖血的钱来还父亲看病所欠的债。

丁吉生接着说："你年底退伍回来还能安排个工作，再晚退伍就什么岗位都没有了，再说你妈是烈士后代，你出去当兵三年多了，这在我们家真是战时流过血，现在还在流泪啊！"

丁一飞听了这番话，心里很不是滋味，含着泪水拉着父亲的手说：

“爸，你让我想一想。”

此时，丁父生气了，马上吼了起来：“想什么，有什么好想的？你要是不退伍，就不要认这个家，我也不认你这个儿子，你姐也不认你这个弟弟，妹妹也没有你这个哥哥；明天你就滚回部队去，去了就不要再回来……”

面对父亲的怒吼，丁一飞只能暂时退让，心想父亲身体有病，只能慢慢地做他的工作。

在家里的假期时间并不长，丁一飞足足陪了家人两天，然后才见了其他的同学朋友。

没有去参军的同学自然也是有很多的，他们都很好奇军营里面的生活，虽说之前丁一飞有给他们寄过信，但是读信的感觉和听丁一飞亲口说那肯定是不一样的。所以这一次聚会的时候，丁一飞被众人轮流地问问题，一直到天快黑了才往回走。

正要拐到回家的那条巷道的时候，清脆悦耳的女声从他的身后响起。

“丁一飞！”

这个声音让丁一飞心中一跳，然后，他猛地转过了头去。

“袁建秀。”

出现在他身后的可不就是袁建秀吗？对方还用上了自己替姐姐送她的那两根红色头绳，红色的头绳出现在年轻女孩的头上，红艳艳的煞是好看。这一刹那，丁一飞感觉到了心脏的悸动，同时清晰地听到了自己的心跳声。

袁建秀带着笑容小跑到了丁一飞的跟前，看到对方傻愣愣地看着自己，不由得莞尔一笑，她平常是大大咧咧的，但在自己喜欢的男孩面前也有属于女子控制不住的羞涩。

“你这么看着我干什么？不会是几年没见都不认识我了吧？”

丁一飞连忙摇头，终于回过神来，他看着面前的女孩轻轻地勾了勾嘴角，耳根不自觉地也有点红了，因为他看到了女孩脸上大方下隐藏的那一抹羞涩。

“怎么会不认识你？”然后，丁一飞的目光情不自禁地又停留在了女孩的发绳上，随后他听到了自己开口：“这是我送你的那两根发绳吗？”

袁建秀闻言没好气地瞪了眼丁一飞，这呆子，哪有这么直白地问女孩这样的问题的，他是想要得到怎样的回答？

丁一飞被瞪，不由得愣了一下，他眨了眨眼，疑惑道：“不是吗？可是，前一次我们通信的时候，你分明说等到我回来你会扎上这两根发绳来见我的……”他当时还很可惜，这绳子不是自己买的，而是从姐姐那里拿的。

这么说着，少年竟还有一丝委屈了。

这是两人约好的不是吗？虽然不是自己买的，可是，那的确是自己送出去的……

袁建秀的脸忍不住地红了，她在心中又骂了两句呆子，跟女孩子说话真的不能这么直白的呀！这太难为情了好吗？

但是，瞧着喜爱的男孩脸上流露的那一丝委屈，袁建秀终于红着脸道：“这就是你送给我的那两根红绳！”

丁一飞闻言又是一愣，然后立刻露出了一个傻乎乎的笑容来，要说之前在部队的时候，他绝对不是这样的，可不知为何在自己喜欢的女孩面前，他觉得有些无措，更觉得似乎怎么表现都不对一样。

甚至他都好像不会说话了……

袁建秀深吸了一口气，轻轻开口：“你在军营里面……苦吗？”

第二十一章

丁一飞并不是一个会诉苦的人，更何况经过三年多的时间，现在也不觉得苦了，但是，看着眼前最喜欢的女孩眼中所透出的关心和心疼，不喜欢诉苦的他轻轻地点了点头："现在已经习惯了，并不觉得苦，但是刚刚入伍的时候的确不适应。那时候非常想家……袁建秀，谢谢你……那时候如果不是有你在安慰我，我真不知道自己能不能坚持下去。"

袁建秀摇了摇头，眼中的心疼之色更浓了，几乎都没有隐藏："我并没有做什么，是你一直都做得很好，你在信里面跟我说周豪杰差点做了逃兵，但你就没有，我知道你一定能坚持下来的。"

袁建秀也的确是这么坚信的，因为在学校的时候，丁一飞就表现出了自己绝强的意志力，那是周豪杰所没有的，因此，听说周豪杰差点当了逃兵，当时她真的一点不意外。

丁一飞苦笑了一下，声音更轻了两分："可你知道吗？在我们去找周豪杰的那个时候，其实我们自己未必不想走，只是就像你说的，我们都告诉自己要坚持，这才咬牙硬生生地坚持了下来。可那个时候其实我也很想坐上那列火车，我想念家乡，想念父母亲人，想念那么多的同学……还有，也想你。"

最后的三个字，丁一飞说得极轻极轻，袁建秀却还是听见了，她先是一愣，然后忽而心脏狂跳了起来，下一瞬，她已经大脑快过理智地一下握住了丁一飞的手。

丁一飞微微瞪大了眼，女孩的手掌软软的，不像自己硬邦邦的，而且自己的手掌心中还有许多老茧了。这些老茧都是在军营里面留下的，碰触到女孩那软软的手掌心之时，他竟觉得自己一点都不敢用力，怕会碰碎一样。

袁建秀在做完这个动作之后就有点后悔了，她正要撤离自己的手，但丁一飞猛地反握住了她的手掌心，握得很紧，甚至有点让女孩吃痛。但袁建秀并没有痛呼，只是看着丁一飞。

四目相对间，两人都能看到彼此眼中倒映的自己，也能看到彼此眼中那丝丝的情意。年少慕艾，少年倾慕，此时的他们心中纯粹，那心爱又喜悦的情绪能够占满他们的整个心田。

哪怕只是简简单单的一眼就有说不出的快乐，好一会儿之后，袁建秀轻轻开了口："丁一飞，你坚持下来了，你真棒，你知道吗？现在，很多人都在家里夸奖你呢，他们都说你一定会有大出息的，我不求你有什么大出息，我只希望你平平安安。"

丁一飞眸眶有些泛红，女孩这轻轻巧巧的话在此刻像是最温柔的蜜糖，直接灌进了他的心田，让他觉得无比温暖。

"袁建秀，我……我喜欢你，我想同你在一起。"丁一飞终于开口，说出了自己人生中第一次的告白，他相信，这也会是自己人生中的唯一一次。

袁建秀整个脸颊都红透了，她看着丁一飞，目光温柔，却并没有立刻开口说话。这让丁一飞不由得担心了起来，也不知为何就让他想到了战友逗弄自己的话……比如说，自己心仪的女孩有了别人追求什么的……

如今的袁建秀可是名牌大学在读生，在他们农村公社可是顶顶拔尖的，那么，这么优秀的女孩一定会有许多追求者吧？自己一直在外面当兵，在部队还没有提干，自己的理想目标还未能实现，和对方唯一的联系就是通信……那么会不会在自己不在的这几年里，她已经……

没等丁一飞胡思乱想完，他就听到了面前的女孩轻轻地应了一声："好。"

丁一飞猛地顿住，好，好什么？

他甚至一时都没反应过来。

袁建秀看着对方这傻乎乎的样子不由得笑出了声："丁一飞，你在军队里面也是这么傻的吗？就这样你真的能让你连队里的其他人信服？"

丁一飞这才回神，本能地摇头："我不傻，我才不傻呢。"

袁建秀顿时笑得更欢乐了。

丁一飞尴尬地红了脸，他现在也知道自己之前的表现有多么糟糕了，不过，男生在自己喜欢的女孩面前丢脸，似乎也并不算什么。

好吧，其实算什么的。

但是……但是……谁让他这是第一次谈对象呢？

大男孩只能等着女孩笑完，不久后，丁一飞自己也不禁笑出声来，他握住女孩的手，把对方的手贴在了自己心脏的位置。

"我在军营里面才不会这样，不然的话又怎么可能当得上班长？我只在你面前这样……"这后面的半句话让袁建秀脸上又情不自禁地多了几分红晕，她定定地看了看丁一飞，轻轻点头，"那好，那我们得说好，你以后只能在我面前这样。你不能多看别的女孩一眼，你只能想着我，明白吗？"

“这是自然，我们既然谈对象了，那我肯定不会多看别的女孩一眼。那你呢？你现在可是大学生，在学校里面有人追你吗？”

袁建秀眨了眨眼，忽然道：“有人追又怎样？没人追又怎样？”

丁一飞抿了抿嘴角，定定地看着袁建秀：“有人追，你也不能答应，你是我的。没人追的话……他们的眼光不好。”

这后半句话，也不知是不是袁建秀的错觉，她总觉得从这话里听到了孩子气的护犊子。

于是，袁建秀脸上的笑容更大了一点。

“他们的眼光不好，只有你的眼光最好，对不对？”这话，带着一点调笑的味道。

丁一飞却点头，认真道：“这是自然，我的眼光从来都是最好的。不过其实我希望他们的眼光不好一点，不然的话万一你被别人抢走了怎么办？你告诉我，是不是真的有人在追你？”

袁建秀勾起了嘴角：“是有人在追我，不过你可以放心，这辈子我只会跟我喜欢的人在一起。”

丁一飞一愣，猛地瞪大了眼，他在握着女孩手的时候，也不自觉地更加收紧。

“你说你这辈子只会跟喜欢的人在一起，你喜欢的人是我，是我，对吧？”

袁建秀白了眼丁一飞，又扑哧一声笑了：“丁一飞，你真是个傻子，如果我喜欢的不是你，那我如何会答应跟你在一起？”

是哦……丁一飞发现，自己好像真的变蠢了。

是否男孩在自己喜欢的女孩面前都会这样呢？明明那么聪明的一个人，却忽然变得这么笨……真是呆死了！

丁一飞略懊恼地拍了拍自己的头，袁建秀连忙阻止：“别，你可别把自己拍傻了。”

丁一飞傻傻一笑：“不会，不会傻的。”

袁建秀又笑了，眉眼间都是愉悦的温柔。

此时，丁一飞问起袁建秀家里的情况，袁建秀告诉他，父亲袁福林因身体有病，长年卧床不起，哥哥袁建刚已快三十岁了，还是“光棍”，没能找到女人，他是干活的一把好手，除了种好自家土地上的农活，还帮助其他家干农活，妈妈身体还好，所以她才能有时间安心上好大学。

这一刻两人都希望时间能够就在此停留，停留在这最初最美好的一刻。然而时间总会往前走，等到天色都暗下来之后，丁一飞道：“我先送你回去吧，你看这天都要黑了。”

袁建秀摇头：“我自己回去就行，你不用跟我客气，在家里多陪陪叔叔和阿姨，他们可想你了。”

说到父母，丁一飞的心情马上沉重了起来，觉得自己这几年在部队，真是亏欠父母太多，这次回来是应该多陪陪父母。

丁一飞想了想，虽然不舍得放女孩一个人离开，但终究还是点了点头：“好。”

一步三回头的两人走了许久才将这条小巷走完，当终于看不见对方身影的时候，两人这才往家里跑去。

次日，丁一飞帮家里收稻子、搞卫生、打猪草。

打猪草，他和妹妹丁小敏一起去的。

丁小敏此时正追着丁一飞问：“哥，你昨天回来之前到底见了谁？我看你那笑的样子，根本就不像是去见同学，哥，你跟我说，你是不是谈恋爱了呀？”

丁一飞没好气地瞪了眼妹妹，真不知道这家伙现在怎么变得这么八卦！

“小敏，你小小年纪，现在是好好读书的时候，什么谈恋爱不谈恋爱的，你可不要想太多，更不能乱来，知道吗？”

丁小敏哭笑不得，瞧着认真严肃的大哥，她只能叹了一口气，然后连忙举手发誓：“哥，你放心，我现在一定会好好读书，不会乱来的。而且哥，你这是不是在故意逃避我的话题呀？我现在明明问的是你，你却在说我。”

丁一飞哼了声，不打算现在就跟妹妹说袁建秀的事，他要等到袁建秀的父母同意他和对方恋爱，这样他才好公开。现在如果说得这么早，万一女孩的父母不同意，这不是影响到女孩的名誉吗？

在对待自己喜欢的女孩这件事情上，丁一飞觉得自己再多的谨慎都不为过，哪怕是对自己的亲妹妹，该保密的还是得保密。而且他并不想跟别人分享昨天傍晚的事情，他觉得那该是自己和她这辈子共同的最美好的回忆。告诉自己的妹妹算怎么回事啊？

“哥……”丁小敏缠着丁一飞还要问什么，这时，却听到了林芳华遥遥喊了一声丁一飞的名字。

丁一飞显然也听见了，和妹妹一起朝着那边看了过去。

果然是林芳华，对方正笑着往这边走过来。

第二十二章

★★★★★

“哥，篮子给我，我先往那边去。”丁小敏知道他哥和林芳华也是同学，此时立刻懂事地开口道。

丁一飞略犹豫了一下，昨天傍晚他才跟袁建秀说不会多看别的女孩一眼呢，也不知道这林芳华算不算别的女孩，应该是不算的吧，他们不过是同学，而且也没有其他什么关系……

嗯，应当不算的，丁一飞想。不过，即便如此，他还是想赶紧结束和林芳华的对话。

“丁一飞，你们都回来了，可感觉到家乡的变化了？”林芳华笑着问。

林芳华在学校一直被大家称为校花，的确是个美女，她活泼可爱又大方，并且比一般女孩会打扮，高挑的身材在一众女孩里从来都是焦点，此时，她比在学校的时候更多了一丝成熟的气息，也更引人注目了。

林芳华现在也被推荐上大学了，不过跟袁建秀推荐上的大学有点不一样，袁建秀的大学更出彩一些，还能解决城市户口问题，这在那个年代是让很多人羡慕的。而林芳华的大学并不解决城市户口的问题，到时候她还是得回到农村公社里来工作，但即便是如此，能上大学的女子本来就不多，所以林芳华同样是许多人羡慕的对象。

这时候的林芳华自信，美丽大方，亭亭玉立，仿如一朵太阳花一样，金灿得让人移不开眼。

丁一飞已经有了袁建秀，而且昨天才和自己喜欢的女孩确立了关系，此时倒没有感觉到林芳华的那种魅力，所以他只是如常地点了点头。

“三年多没回来，家乡的变化的确是挺大的。”

如今，全国都在建设发展，只是有的地方发展得慢一点，有的地方发展得快一些。他们所在的这个江南小镇发展也同全国一样，几年没有回来，很多地方的变化让人都认不出来了。

之后，林芳华也很感兴趣地问了一些军营里面的问题，丁一飞自然是回答了。两人在这边说着话，女孩的脸上一直带着似有若无的笑意，这一幕落在旁人的眼中平添了两分无形的暧昧。

丁小敏就往这边多瞧了好几眼，甚至在想着如果他哥哥真的谈恋爱了，那会不会是林芳华？要是林芳华就太好了，因为她是个当地出了名的美少女。不过，她又觉得应该不是。

因为现在她哥和林芳华说话的时候，可没有昨天回来自己所看到的那么高兴……昨天傍晚的时候他哥回来，她是真的觉得他哥的眼睛都在笑。而现在的话，他哥的眼睛似乎平平常常的。

不得不说，丁小敏还是挺懂她大哥的，所以很快确定了林芳华并非丁一飞喜欢的女孩。

但另一个人就不能确定了，那人便是周豪杰。

周豪杰只是听说林芳华在这边，所以才找了过来，却没想到，找过来之后居然看到这样的一幕！丁一飞和林芳华“有说有笑”的画面刺痛了他的眼。

丁一飞！周豪杰身侧的拳头微微握紧，这一刻，他感觉到了何谓嫉妒。

为什么？林芳华为什么要对丁一飞笑得那么灿烂？

周豪杰觉得，如果自己再不做点什么的话，那么可能这个女孩就要属于别人了。而这……是他接受不了的！

垂下了眼眸，周豪杰没有走过去，他策划起了其他……

丁一飞和林芳华这边都不知道周豪杰出现过，丁一飞跟对方说了一会儿之后很快就离开了。

林芳华也转身离开。

“哥，你昨天傍晚回来之前见的女孩肯定不是她，对不对？”丁小敏贼兮兮地凑到了丁一飞面前说，她这么说着，还一副非常笃定的样子。这让丁一飞不由得就是一愣，看向了丁小敏，好奇地问：“怎么说？”

“因为你刚才在和芳华姐说话的时候眼睛没有笑呀，脸上带的笑容也很客套，这跟你昨天傍晚回来的时候根本不一样。”

丁一飞顿时沉默。

这么……明显的吗？

看丁一飞愣神，丁小敏又贼兮兮地笑了。

“果然吧？大哥，我是不是看人很准呀？”

“你考试的时候能有这样的准头才行！”丁一飞没好气道。

“哥。”丁小敏呵呵地笑，“你不能自己是年级第一，就总是要求别人也跟你一样都是第一呀！我已经很努力了，就是爸妈也都说我很努力了。”

“行，行，那你以后继续努力点，赶紧打猪草，一会儿还要回去帮忙做饭呢！”

“好，好，快点，这不是来了吗？”丁小敏笑嘻嘻的。

也是在这天傍晚的时候，林芳华被周豪杰约了出去，两人还是来到了上高中时幽会的地方，学校后面的小树林。小树林实际是学校的小花园，那儿有南河和小桥，还有水塘，斯时水塘里荷花盛开，鱼儿嬉戏，令人心旷神怡。小树林还有各种鲜花，正是月季花、喇叭花盛开的季节，芬芳的香味扑鼻而来。

这几年两人的通信从来都没有断过，一开始的时候都是周豪杰联系林芳华的多，但是林芳华回的信没有那么多。但是后来，周豪杰在部队起初不适应，并且状态明显不好，林芳华写的信便也开始多了起来。

渐渐地，林芳华觉得，周豪杰仿佛成为自己的一种责任，因为，她能明显感觉到，在自己一次次地安慰对方之后，周豪杰在部队里的状态也明显好了起来。

周豪杰在部队差一点做了逃兵的事情她也是知道的，也是在那之后，她更将对方当成了自己的一种责任，而这几年，随着他们联系的不断增多，看到周豪杰一点点地变化，林芳华自然是非常高兴的。这还让她增添了一份成就感，毕竟，如果不是自己的话，说不定周豪杰在部队可真的就当逃兵了！

此时周豪杰约她在小树林见面，林芳华自然是立刻答应了。

“芳华。”周豪杰看到林芳华就激动地上前，一下握住了林芳华的手。

他的这一举动让林芳华有些不自在了起来，毕竟是都到了谈情说爱、也都会动心的年纪，林芳华之前还从未跟哪个男生这么亲密过，这么被抓着自己的手，自然是很不自在。

“芳华，我喜欢你。”这并不是周豪杰第一次表白，在上学的时候他早就已经表白过，不过那个时候林芳华并没有答应什么，以双方都还是学生、要好好学习为由拒绝了。

但是，现在的话，随着这几年来的不断通信，再加上周豪杰在她心中的确有了不一样的位置，所以，此时林芳华不自在的同时，心跳也加快了。

对于周豪杰的告白，林芳华发觉……自己似乎不像在学校的时候那般无动于衷了。

周豪杰仿佛看出了什么，他更加紧张地握紧了林芳华的手："芳华，这几年来你一定明白我心意的，我非常喜欢你，我爱你！芳华，我对你的爱是真的，海枯石烂不变心，你答应我好不好？我对天发誓，我会爱你一辈子！"

林芳华定定看了眼周豪杰，这个在自己心中已经不一样的男孩，终于羞涩地点了点头。

周豪杰的眼中顿时露出了狂喜之色，然后，他一下抱住了林芳华，紧跟着就亲吻了上去。

少年的吻炙热无比，更带着浓浓的占有欲。林芳华哪里经历过这些？忐忑的同时心脏更是怦怦直跳。

周豪杰的动作越发狂猛了起来，也许男人天生就知道要如何拥有一个女人，哪怕那个男人现在还只是个大男孩。

当衣衫被褪的时候，林芳华是有些拒绝的，但是女孩的力气哪里比得上男孩，更何况，今天白天的时候，周豪杰看到林芳华在对丁一飞笑，他就一肚子的嫉妒，此时林芳华答应了他的追求，他就只想让对方变成自己的！

周豪杰贴着林芳华身体贴得紧紧的，这样美丽的肤色让周豪杰第一次见到，这么动人。

此时，周豪杰的脑袋轰的一下乱了，他试图让自己镇定，可是那种强烈的、狂暴的冲动让他无法控制，他闭上眼，他的血压快速上升，他有点难以抑制自己的渴望，他突然也不想抑制。

时间静止了，天地都在旋转，唯一看到的就是林芳华如玉般的双腿，两个乳头在自己眼前闪动，晶莹剔透，周豪杰没有了呼吸，没有了思想，没有了……

一个有非常大的欲望，一个推拒不够，就这样……男孩和女孩在这小树林里偷尝禁果……

这是一次缺乏前奏的交流，是一次真正少男少女偷吃的禁果，谁都没有说话……

周豪杰离开后，小树林一片宁静，林芳华静静地躺在地上，一动也不动，刚才迷醉的心情慢慢地让她清醒过来，当她看到周豪杰离去的身影后，她慢慢地站了起来，她开始内疚起来，开始害怕起来：周豪杰是真的喜欢我吗？是真的爱我吗？会与我结婚吗？真是不应该……

随着时间一天天过去，终于，丁一飞他们的假期也接近尾声，在这最后的几天里，丁一飞天天在家陪伴着父母，尽量多干些家务活，以此来减少父亲丁吉生对他的不满。

在丁一飞就要返回部队前一天，他一大早就起了床，把他从部队凭票供应带回来的白糖冲的白糖水端到父亲床前给父亲喝，父亲丁吉生前两天因生气又病倒了，还是只能躺在床上。丁一飞心里闷闷的。

这时，妈妈看出了丁一飞的心思，走到他身边，拉着他的手对他说："一飞，你不要难过，家里面有妈呢，再难的路，当妈的都能挺过去。你是当兵的，当兵的就会有牺牲，现在家中有困难，但比起你外公等先烈们的流血牺牲算不了什么……部队需要你，你放心地走吧！困难总会过去的，不要放弃希望，更不要放弃自己，再怎么艰辛都得努力呀！"

母亲的话语铿锵有力，又语重心长，深深地打动了丁一飞的心，啥叫牺牲？丁一飞觉得：战时勇于流血献身，平时乐于吃苦奉献，这才是牺牲，只要部队需要，就必须服从。妈妈的这番话更加坚定了他返回部队的决心。

他们即将坐上返回部队的列车。

离别的依依不舍自然不用说，丁一飞等人离开的时候眼眶都是红的。妈妈坚定的眼神里充满着对儿子的期望，两个妹妹拉着丁一飞的双手，小妹还亲昵地要大哥再亲她一口。

袁建秀、林芳华、王玲这三个女孩也都来了，因为这里的人数众多，所以即便丁一飞和袁建秀确立了关系，林芳华和周豪杰确立了关系，蒋勤业和王玲也是如此，但，三个女孩站在了一起，都不好意思太靠近自己喜欢的男同学，只是不停地挥手、送别。

看着喜欢的男孩渐渐远去的身影，三个女孩眼眶都是湿润的。而她们喜欢的男孩又何尝不是？

第二十三章

★★★★★

丁一飞和战友们探亲回到部队后，又继续投入了紧张的战备训练。可就在一个星期后，丁一飞突然接到姐姐丁小洁拍来的电报："父亲病危，速回！"

丁一飞拿着电报立即向连首长打了报告，连首长考虑到丁一飞家中的实际情况，给丁一飞批了假期回去处理父亲的后事。

因路途遥远，丁一飞买火车票几经转车赶到家时，父亲丁吉生已经离世，丧事也已处置完毕，只见姐姐和两个妹妹都哭成了泪人，母亲也经受了沉重打击，面容憔悴，神情木讷，好像生了一场大病，打不起精神。丁一飞跪倒在父亲丁吉生遗像前，连连地磕头向父亲致哀，悲痛的心情难以克制……

这时，只见大妹丁小敏把丁一飞扶起来，两眼含着泪水告诉他："哥，爸去世时脸色发青，嘴唇发紫，两条腿不停地颤抖，嘴巴还不停地叫喊着：'一飞，一飞，儿子，你在哪儿，你在哪儿，回来吧，回来吧！'两只眼睛死后都没闭上。"妹妹的话使丁一飞更为伤心和内疚，是他没有听父亲的话，是他这个儿子不孝啊！

父亲离世的悲痛，丁一飞只能埋在心里，因为部队需要他，祖国需要他，只能化悲痛为力量。好男儿志在四方，丁一飞只能按时回到部队去。

离开家时，丁一飞紧紧地抱着妈妈，两人的眼泪止不住地往下流，两个妹妹拽着他的双手不让他离去。丁一飞再三叮嘱大妹丁小敏照顾好妈妈的身体。

无论是丁一飞，还是周豪杰，或者是蒋勤业，他们在部队也都更加努力工作，刻苦训练。因为他们都已是连队的老兵，是部队基层的骨干。

前不久回家探亲，还有了喜欢的女子，男人们似乎就有了无限的动力。干工作也更有干劲了，什么艰苦都不怕，什么困难都能克服。

尤其是周豪杰，他是最得意的，他可是真正地得到了许多男孩心目中的校花，女神！这让他自然更加得意！

但让周豪杰又不大高兴的是，这一次回去探亲时很多人都将自己和丁一飞对比，听那些人话里话外的意思大概就是自己不如丁一飞……这让他的心中很是不满，更是决定一定要压丁一飞一头！

丁一飞不就是能吃苦一点，军事素质比他稍强一点吗？他现在也能吃苦了，什么脏活累活都不在话下，军事训练成绩也提升了许多。上次连队的国防施工，他得到的表扬根本不比丁一飞少好吗？所以，周豪杰现在对自己的信心十足。

不过，他好像还欠一个机遇……周豪杰正琢磨着要怎么得到这个机遇的时候，忽然这几天听广播新闻里说，西南战事告急，边疆形势严峻，祖国边境的和平安定和人民生命财产受到严重威胁。

祖国西南边陲，炮火撕裂了沉寂的天空，坦克轰鸣，枪炮咆哮，一股愤怒的力量，排山倒海涌向崇山峻岭，战争一触即发。军队要打仗了，大家要上战场了，这个消息砸在了全军官兵的头上。

战场……那是当兵的人的渴望。

但是，那么危险的地方，官兵们自然也有本能的恐惧。

周豪杰的目光闪烁了一下，战场！他觉得自己真是已经等到了这个机遇！没过几天，中央军委做出了反击作战的命令，全军停止了老兵退伍，随时准备上战场，随时准备开赴前线打胜仗，就像血液一样融进战士们的心里。此时，丁一飞所在的部队接到上级命令，要抽调部分官兵上前线参战。

这天，一天的训练结束之后，蒋勤业、丁一飞以及周豪杰等几个同乡战友走到了一起，他们坚决要求上战场。丁一飞慷慨激昂地说："军人肩负着人民赋予的使命，我的生命不仅仅属于自己，更属于祖国，属于人民，我们要与共和国同辱共荣。"

此时，周豪杰也表示，要奔赴前线作战，坚决打击敌人，誓死保卫祖国，保卫边疆的安宁。大家都表示：坚决要求上前线！不久，他们的参战请求被上级批准了。

王亮问大家："要上战场了，你们担心吗？我听三连那边的几个老兵说，他们指导员之前上战场的时候都会先留下遗书，你们说，我们要不要也这么做？"

"遗书？这也太不吉利了吧？"旁边的几人都是皱眉。

蒋勤业迟疑了一下，还是道："这有什么吉利不吉利的，应该说是未雨绸缪吧，毕竟那里可是战场，真正的战场！子弹又不长眼睛，炮火更是不长眼睛，我们要去的还是前线，一个不小心回不来是正常的……这么一想的话，我觉得就算留下遗书也没什么了。至少可以让别人看一看我最后想说的话。"

王亮这时候忽然打趣了起来："你有那么多想说的话，是想要跟你妈妈说还是跟你女朋友说呢？"

其他人也都哈哈一笑，不过这个笑容并不如往常的时候那么来得欢乐。

蒋勤业平时是个老好人，也是很容易脸红的人，尤其是在大家逗弄他的时候，但这时他认真地、严肃地点了点头。

“如果有一天我在战场上回不来了，我的确是有很多话想跟妈妈和女朋友说的。”

这一次回乡探亲的时候，他跟王玲已经确定了关系，回程的时候在火车上大家就都知道这个消息了，此时说起女朋友，蒋勤业并不觉得有什么不好意思的。

他说得这么严肃认真，旁人就连开玩笑的想法都没有了。

蒋勤业这时候站了起来：“不管你们怎么想，我是决定留下这封遗书的，我先走了，我得去好好地想一想这封遗书怎么写。”

大家都是一愣，就这么看着蒋勤业走远。

片刻后，也有战友迟疑地站了起来：“虽说的确不吉利了一点，但是我也想写，我也先走了。”

这战友说完之后也走了。

有人问：“丁一飞，你呢？你写吗？”

丁一飞仔细地想了会儿，点头，正要说什么，这时，周豪杰却猛地站了起来。于是大家的目光不由得都朝着他看了过去，丁一飞也朝着他看了过去。

周豪杰哈哈一笑：“遗书？我才不写那玩意儿呢，你们不要这么悲观好吗？战场除了有生死危机，但是更多的不是绚烂的未来吗？男儿就应该将鲜血和汗水挥洒在战场上，这可是我们的指导员跟我们说过的！与其听你们在这里一个个的说着遗书，我决定回去之后好好想一想怎么写请战书，坚决要求到前线杀敌立功，立志保卫祖国，为家乡人民争光，不给家人丢脸！”

说完之后，周豪杰又是哈哈一笑，离开了。

旁边的两人若有所思，片刻后他们也站了起来："我也走了。"

至于是回去写遗书还是回去写请战书，这就不知道了。

很快这里只剩下了丁一飞一个人，丁一飞仔细想了想，请战书和遗书都是想写的。写请战书是因为志向，军人的使命就是打仗，立志报国，誓死保卫国家，保卫人民的安宁。而遗书的话……如果自己真的会死在危险的战场之上，那他的确是有许多话想跟自己在意的亲人说的。

这天晚上，请战书和遗书这两个"书"出现在了部队许多战士的脑海里，在指导员不知道的时候，许多人已经向组织递交了请战书，也偷偷地留下了有可能是自己生命中的最后一封信的遗书。

……汽笛高奏，军列启动，列车朝着西南方一路前行。经过三天四夜的行进，天亮时分，火车喘着粗气到达了南疆前线阵地。

经过一路的颠簸，风吹日晒，战士们又渴又饿，刚下火车就看到一片火海，那是敌军的炮弹。

到处都是地雷的炸响，大火！大火！战士们被大火包围了，这是何等惨烈悲壮的场景啊，面对战争的残酷，没有一个军人迟疑，没有一个战士彷徨！

面对正义的召唤，战士们直奔前线，没有犹豫，没有困惑，只有忠诚祖国的信念，只有热爱人民的呐喊，守一方国土，打击敌人，保人民安宁。

来到前线后，作战环境相当艰苦，山体险隘，道路崎岖，树高林密，山脊重叠，坡陡谷深，雨雾弥漫，战士们冒着细雨迅速安营，除指挥部和少数技术分队外，其余参战部队全部住帐篷。

来到前线的第二天，丁一飞被分配到了真正前线，成为一名炮兵连队的指挥班长。周豪杰分到团侦察大队成为一名侦察员。

而蒋勤业则分配到了后勤，成为后勤分队中的一名炊事班班长。不过可别以为这个班长就一定当得很安全，要知道这里可是真正作战的前线！而炊事班的战士是要负责往前线送饭的，如果前线正在展开战斗，或者刚好碰到敌军的偷袭，那可就有生命危险了！

部队到达前线后，首先进行战前动员。那天，前线总指挥、司令员亲临前沿阵地给大家做动员讲话。司令员身材高大威武，讲话声音洪亮。

“同志们、战友们！我们执行中央军委命令，开赴前线反击作战，这是党的召唤、人民的召唤！祖国和人民把反击作战的任务交给我们，这是我们军人义不容辞的使命，我们要不怕流血牺牲，英勇杀敌，不辜负祖国和人民对我们的信任和期望！”

司令员清了清嗓子，又语重心长地说：“我们大家都是有血有肉的人，都有父母兄弟姐妹，甚至有妻子儿女。但是穿上军装，都是军人，开赴前线，都是战士，首先我们都是祖国的人，对祖国对人民有强烈的爱，对敌人有刻骨的恨。热爱祖国、保卫边疆是我们共同的心愿。”

“祖国是我们的母亲，不管侵略者在哪里侵犯我们的领土，残害我们的人民，都像从母亲身上割肉一样疼。不管敌人从哪里来，我们都要歼灭他，叫他有来无回，粉身碎骨！”

“同志们！年轻将士们！你们正是青春韶华，风华正茂！青春韶华连接着祖国和人民，青春韶华就是你们战斗的地方，党和人民需要你们！党和人民考验你们的时候到了！”

司令员是一位军队里面出名的“儒将”，曾参加过抗日战争、解放战争、抗美援朝作战，是全军研究训练作战问题的专家。接着，他话锋一转：

“这片国土是我们祖先经历千百次战斗保卫的神圣国土，绝不能在我们这一代人手中丧失，我们要誓死保卫祖国的边疆，誓死保卫人民利益，要发扬革命英雄主义精神，宁可前进一步死，决不后退半步生，人在阵地在，誓与阵地共存亡！”

“人在阵地在，誓与阵地共存亡！”那一刻，战士们的口号声响彻崇山峻岭。丁一飞、周豪杰等也是其中之一，都喊得格外大声。

第二十四章

★★★★★

听了司令员的动员，前线的将士们都情绪激昂。丁一飞在请战决心书上写着：要像革命前辈那样，不怕流血流汗，不怕牺牲，只要还有一口气，就要战斗到底。周豪杰也在请战决心书上写着：我愿为祖国献出一切，一不怕苦，二不怕死，誓与阵地共存亡。

一众战士都分配好了任务，特别是听了战前动员之后，大家都迅速展开了临战训练。

练兵场上，龙腾虎跃，生气勃勃。丁一飞立即到了最前线的炮兵连，开始研究作战地形。

这里的地形复杂，群山连绵，地势险要，所以在开炮的时候如果不能击中敌方的垒点，那根本没用。只有摧毁敌方的堡垒，那么我方的炮火才能发挥到最大的作用。

也因为要摧毁敌方的炮阵地，所以有些时候，我们这边的阵地必须要距离敌方更近一些。但是这个“近”的话又不能胡乱近，若是搞不好，那可是会被敌方一窝端的。

丁一飞到了前线战场后，先是观察研究地形几天，也向有作战经验的老炮兵了解学习作战经验，然后开始在图纸上涂涂改改了起来。

他觉得，如何让我方的炮火打击更有成效，这当中定是有方法的！

一张张的地形图被丁一飞翻出来，从中扒拉着有用的线条，那些线和点在他的脑中仿佛成为一个独立的空间，终于，第十天的时候，丁一飞隐约有所领悟了。

这一天凌晨，在倾盆大雨的掩护下，我军打响了攻夺一号高地的战斗，地面炮兵一齐开火，霎时乱石飞溅，火光冲天，伴随着电闪雷鸣，为第一突击队实施突击开辟了通道。丁一飞在战斗刚开始的时候直接找上了指挥长，他带着自己整合好的图纸。指挥长正在忙，本不该这时候理会丁一飞，丁一飞却很坚持。

“连长！请给我五分钟时间，就五分钟，为了突击队员的安全和生命，请给我五分钟时间！”这话，丁一飞是喊出来的。

连长眉头狠狠一皱，终于没好气道：“行了，别喊得那么大声，整的跟老子在欺负你似的。”

这连长也是个暴脾气，没好气地啐了声终于道：“过来这边说。”

“是！”丁一飞高兴地敬礼，拿着自己的图纸过去了。

刚开始听的时候连长还不以为意，但是很快他的眼中就露出了光。而随着丁一飞的手指在自己准备的图纸中一个点一个点地划过，伴随着的还有同时应对的策略，连长眼中的光越来越亮。

等到丁一飞说完后，这连长顿时哈哈一笑，他使劲地拍了拍丁一飞的肩膀。

“你小子不错啊！本以为只是个新兵蛋子，来这战场上不被吓得尿裤子就不错了，没想到这短短时间里面你居然能想出这么好的办法！不错，不错！这一次如果证明你的法子真的有效，老子给你请功！”

“谢连长！”丁一飞再一次敬礼。

连长没再多说，让丁一飞自己赶紧回岗位，然后他这边也迅速行动了。这时只见一发发炮弹精确地落在敌方占领的阵地上，山下硝烟弥漫，地动山摇，炮弹出膛的巨大声响和不断退出的炮弹壳的叮当碰撞声响成一片。

这时，我方第二个突击队在炮火的掩护下，迅速通过一片凹地迂回到敌后侧直扑一号高地上的两个哨位。在一轮惨烈的战斗后，一号高地两个哨位相继被我方占领。在接下去的几天时间里，前线一些作战人员发现之前他们本来被敌方压着打，现在却变成了他们压着敌方打，甚至有两次直接把敌方最前线的几个堡垒炮台全部摧毁，而敌方连他们的毛都没有伤到！

一时之间大家大为欣喜。

很快他们就知道，这一次的炮击是新指挥班长丁一飞想出来的办法，为了这个他还特意去寻了连长，也是连长慧眼识英雄，并没有把丁一飞的意见搁置，所以这才有现在的连连胜利。

一时之间前线许多战士都知道了丁一飞这个名字，甚至在打仗的空余时间，还有人特意去寻找丁一飞，想问问他怎么想出的这个好办法。

这个传言不多久就传到了周豪杰的耳里，此时的周豪杰是团侦察大队的小组长，侦察兵特点是“来无影，去无踪，如闪电，似轻风”，小分队执行的任务是，秘密潜伏到敌人内部，搞情报、抓舌头，当好首长的耳目。

周豪杰来到前线这段时间，表现一直都挺不错，他按照侦察兵要求苦练潜伏、捕俘格斗、抵近射击、按图行进等技术科目，已经得到过上级两次夸奖，本来他的心里还得意扬扬，觉得这一次自己一定能够把丁一飞压下去，却没想到现在丁一飞在整个前线都扬名了！

周豪杰很不高兴！

就在大家欢呼首战告捷的时刻，情况发生了突变。在我军炮火压制敌人连连取得胜利的情况下，我军有两个炮兵阵地还未能来得及转移，给敌人抓住了机会，敌方突然发起了炮击！炮弹像雨点一样反扑过来，由于是初战，还缺乏经验，我军两个炮兵阵地伤亡惨重。

尤其是在前沿炮阵地的徐指导员被敌方炮弹击中了，伤势很重，被立刻送往前线医院抢救。

丁一飞和蒋勤业听到此消息，火速赶往前线医院，前线医院是野战抢救医院，伤员们都是刚从前线急运下来的，大部分都是枪外伤，伤势都很重，医生护士都在全力以赴为伤员实施着抢救。

丁一飞和蒋勤业经过仔细打听，好不容易才找到了徐指导员被抢救的诊室。只见徐指导员躺在担架上，全身是鲜红的血，衣服全被鲜血浸透了，胸部和腹部被弹片炸的口子露在外面，鲜肉和肠子都在被鲜血染红的衣服上挂着，脑部也有外伤，头发也被鲜血浸湿了。他两只眼睛细微地睁着，至于里面究竟有没有光，丁一飞和蒋勤业一时之间都不敢确定。

见到此刻的徐指导员，两人只觉得心中一阵刺痛。

他们想要上前却又不敢上前，而这个时候的徐指导员仿佛看见了他们，手指微微地动了动，丁一飞和蒋勤业两人这才迅速上前。

徐指导员的眼睛微微睁开了一点，干裂的嘴唇也轻轻地动了动，似乎是要对他俩说什么。丁一飞和蒋勤业赶紧低下头去，想要听清楚徐指导员说什么，然后就见到徐指导员的另一只手摸着胸前被鲜血浸透的军衣口袋，慢慢地从口袋里掏出了折叠好的被鲜血染红的血书。

刚开始两人还没明白这是什么，但两人很快想起，部队本就有个不成文的规定，参加战斗的官兵临战前必须把遗书写好，徐指导员要求大家写，他自己自然也不会例外，此时徐指导员很吃力地把血书交到了丁一飞的手里，嘴唇颤抖着："娘，娘……"两只眼睛向东北方向死死地盯着。

指导员在看什么？还能有什么！指导员所看着的东北方向，是他的老家，家里还有老娘、妻子、女儿；北边方向，是我们祖国的大地，还有可爱的战友，徐指导员在这生命的最后时刻，想着的自然是自己的祖国，还有家乡他思念着的亲人。

徐指导员出生在苏北南通，一个贫穷的农民家里，他十八岁入伍，家里还有年迈多病的老娘，妻子还年轻，有一个未满周岁的女儿。这些资料在自己脑中浮现的时候，一瞬间丁一飞更加明白了徐指导员究竟在看什么，那是对自己家中母亲、妻子还有女儿浓浓的不舍和眷恋啊！

最终，丁一飞含着泪用手摸了摸徐指导员的鼻子，然后抚平了徐指导员的两只眼睛。

徐指导员牺牲了，他壮烈地牺牲了！丁一飞颤抖着手，打开他留下的被鲜血浸透的血书，只见那上面写着：

老娘、秀兰：

我听从上级命令，上前线打仗了，打仗就会有牺牲，如果我在前线牺牲了，秀兰，你就是家中的顶梁柱，老娘有哮喘、心脏病，要叫她按时吃药，我不能为老娘尽孝送终了，你要为老人家送终。女儿还小，记得萌萌刚出生的时候我在部队工作忙，没能陪在你身边，我欠你真是太多太多了，你要把女儿带好，培养女儿长大成人，你自己还年轻，可以改嫁，我会祝福你。上次探亲回家，为老娘治病借了村上邻居王家163元的债，我的抚恤金除还债外，其余的都归你和女儿，感谢你为家中的付出，你是我的好妻子，若有来生，我们来生再见。

徐荣昌　绝笔

这是一份多么朴实却沉重的遗书，一个年轻的生命，一个卫国的忠魂，一个为了国家民族而义无反顾的军人，一个为了共和国将鲜血抛洒的军人，一个还没有来得及守护爱情和孝敬父母的军人。如今他将化成一簇簇杜鹃染红南疆的山坡，化成一株株木棉守卫着边疆了……

很快，徐指导员牺牲的消息在前线传开了，官兵们为徐指导员壮烈牺牲而悲痛万分，大家都要为徐指导员报仇！

也许是有了这个更加坚定的信念，之后的战争顺遂了许多，他们这边的同伴战友牺牲少了许多，敌人的进攻也被他们打退了一次又一次。

战争是残酷的，牺牲本就在所难免，但只要牺牲是值得的，战士们的心中也就能得到宽慰。首战结束之后，那就是为立功的官兵们请功。

周豪杰所在的侦察大队也收到了上级要为徐指导员、丁一飞等请功的消息，这让他的心里更加不是滋味，想着：怎么又被比下去了呢？这不行啊！不行，我也要立功！

这天，周豪杰带着侦察小组的几个战士，担负夜间巡逻任务，忽然，他的眼神一瞥，看到了两个鬼鬼祟祟的身影。

见状，周豪杰顿时心神一凛，他压低了声音，对着底下的人做了一个戒备的手势："大家注意，那边有情况。"

众人随着他的目光看了过去，果然看到了两个鬼鬼祟祟的身影。

"周班长，这……"几人有点迟疑。

"现在都已经这么晚了，那两个人如此鬼鬼祟祟，我看多半是敌方的特工人员，同志们，我们就要立功了，一会儿上的时候谁也别留情！"周豪杰压低声音激动道，他的双目放光，觉得这绝对是自己立功的好机会！

"是！"其余人闻言也都激动了起来。

立功啊！这是他们梦寐以求的愿望，来到这战场之上，谁不想杀敌立功呢？

"什么人！"周豪杰带着人围上去就是一声大喝。

那两个人立刻就被吓了一跳，看到周豪杰他们来势汹汹，立刻就举起手来。

“大家不要误会，大家不要误会，我们都是自己人！”那两人的其中一人边举手边喊道。

周豪杰冲了过去，一巴掌就拍在了那个大喊“自己人”的鬼鬼祟祟的身影的脑门上，他这一巴掌拍得一点都不轻，那人看着身形有些弱小，直接就被拍得趴下了，并且还发出了一声有些凄厉的惨叫声。

“不要动手呀！你们这些当兵的是怎么回事，怎么胡乱动手？我们是战地记者！”另一人见同伴被打得惨叫，连忙大喊了起来。

他这么一喊，周豪杰底下的那些人顿时都是一愣。

周豪杰却完全不相信对方的这鬼话：“战地记者？我看你们根本就是敌方派来的特工，想要摸清楚我们这里的布置！你们要是战地记者的话，干吗这么鬼鬼祟祟的？”

“我们真的是战地记者，我们的脖子上还挂着照相机呢。”被控制住的男子喊得更大声了，生怕自己喊得不够响，也被揍。

押着对方的两个大兵闻言连忙看向了对方的脖子，之前夜色太黑，他们看得并不清楚，此时近距离看过去，果然发现了对方脖子上挂着的照相机。顿时，周豪杰手底下的这些大兵不由得心中咯噔了一下，他们该不会真的抓错人了吧？

第二十五章

★★★★★

周豪杰的心中也是咯噔了一下，抓错了，这怎么可能抓错了呢?

这种时候怎么能够抓错了呢！

周豪杰的眼珠子都红了，不，不可能有错的，这种时候一定不会有错的！

“别听他们的鬼话！这两个人一定是敌方派来的特工，要不然如何会在大晚上的鬼鬼祟祟！”周豪杰这么高声吼着，他还冲过去又踢了其中那比较矮小的人两脚。

那矮个子的男人被踢得又是惨叫出声。这里这么大的动静，自然很快惊动了其他人，于是许多人都往这边跑了过来。

“怎么回事？是不是敌方来袭？”

“前面那是怎么回事？为什么这么吵！”

越来越多的人过来了，而那个本来就在惨叫的男人立刻叫得更大声了。

“快救命呀！快救命呀，有人想要草菅人命呀！”

他这么一喊，周豪杰气得上去又是两脚，不过就在他要继续踢下去的时候，他的侦察大队领导一声大吼:“周豪杰，你住手！”

周豪杰被吓得一个激灵，然后就看见他的大队领导过来一把推开他。顿时，周豪杰被推得一踉跄，直接摔倒在了地上。随后他眼睁睁地看着他的侦察大队领导走向了那两个被他踹了好几脚的人，急切地问道：“张记者，李记者，你们没事吧？”

他这话一出口，周豪杰以及跟着周豪杰的那几个大兵顿时脸色都大变。这两个人竟然真的是战地记者！他们抓错人了，打错人了！

不用说，这之后自然是一场混乱，那两个战地记者只差没有揪着周豪杰领导的领子让对方给自己个交代了，而周豪杰他们一行人自然得到了严重批评，领导说他们没有查清事实情况就胡乱动手，这是严重失误！

周豪杰他们所在侦察小组每个人都挨了一顿训，也挨了一顿罚。

这件事情第二天就在整个前线阵地里面都传开了，大家乐呵呵地说着昨天晚上的事情。有人说周豪杰就是立功心切，所以不分青红皂白地把战地记者当成了敌方的特工，只要他稍微动点脑子就知道这里面有问题。

也有人说现在毕竟是在战场上，又是特殊时期，所以宁可抓错也不可放过。

总的来说，周豪杰这个名字在前方的战场上也出名了，不过这个出名的方式跟丁一飞有些不大一样，这让周豪杰更加气结。

蒋勤业和丁一飞自然也都听说了这件事情，不过他们都知道周豪杰的傲气，所以他们自然也不可能拿这件事情到对方面前说。

可即便如此，周豪杰就是觉得每个人看他的眼神都不对，似乎都在嘲笑他，这让他更加郁闷。就连蒋勤业两次过来找他都被他给直接拒绝了，现在他一点都不想看到过去的那些认识的同学的脸！

而这个时候的周豪杰还不知道，就在他在战场上想着如何立功，如何把丁一飞压一头，让自己可以扬名立功的时候，我军前沿阵地的第二次突击开始了。

为避免过大伤亡，前线部队采取“添油战术”，按照先共产党员、班长、骨干战士的顺序先后组成战斗小组出击，连续三次发起冲击，因敌人火力太猛都未能成功。

战前由于我方前指对地形、敌情分析不够准确，在对西侧无名高地进行侦察的过程中，因敌人火力控制无法多方向侦察，而受观察方向视界的限制，并未发现高地北侧的火力点，以至夺取两个哨位后，未能很快乘胜夺取，清剿残敌。出击受挫后，敌方又向我方阵地进行两次袭击后，才引起了我方前指的重视，并重新调整了战斗部署。

第二天凌晨两点钟，天黑得伸手不见五指，山间小路又窄又滑，给部队行动带来很大不便，我方突然发出了强攻信号，指挥员大声喊：“同志们冲啊！”

突击队正面向敌人冲去。

一时间，敌人高地上的轻重机枪及各种火器发疯似的号叫起来，子弹像雨点一样在阵地前呼啸，整个连队被压制在敌阵地前沿，在这紧急情况下，周豪杰正带领他所在的侦察小组在西侧高地潜伏执行侦察任务。

此时，他迅速指挥侦察小组对敌人进行抵近射击，一面指挥战士们疏散隐蔽，一面进行还击，战斗异常激烈，枪炮声，炸弹声震耳欲聋，杀声口号声连连！在全体战士的勇猛打击下，敌人像被打断腰的疯狗似的软了下去。趁敌人火力减弱之机，周豪杰带领侦察小组利用地形迅速运动到敌阵地只有二十米远的地方，端起冲锋枪向敌人猛烈扫射，有多个敌人顿时倒在地上，其他战友一起开火，消灭另外的敌人，剩下的敌人见势不妙迅速向山上逃窜。

这一场战斗摧毁敌人火力点三个，消灭敌人十九名，缴获一批武器弹药和其他作战物资。在正面攻击伤亡较大的情况下，由于周豪杰带领侦察小组的有力配合，有效地支援了突击队消灭攻占西侧高地的敌人，胜利地完成了上级交给的作战任务。

组织此次战斗的指挥员当即要求给周豪杰及其侦察员人员记功，并根据周豪杰来前线作战的表现，批准他火线加入中国共产党，成为一名真正的共产党员，此时的周豪杰真是激动无比。

这次战斗的胜利，更加激发了周豪杰在前线作战的斗志，为了尽快能抓到敌方特工，侦察敌方情报，他带领侦察小组训练抓敌“舌头”技术，练习抵近射击，出手动作快，做到眼到手到，发现目标枪一出手，就是三到五发子弹出膛的一个点射，枪响敌倒毙命，不给敌人呼叫和还手的机会。

正在此时，机会来了。据我方人员报告，敌据点驻村的村长祝寿办酒席，邀请据点敌军官兵吃酒，参与吃酒的敌军官兵不多，只有二三人罢了。

上级命令周豪杰带侦察小组在路口设伏，接受这一特殊任务后，周豪杰立即组织人员，由他带领五名侦察员，凌晨潜入敌据点境内设伏。大约十点钟，三名敌特工大摇大摆进入伏击点，走在前面的两名端着冲锋枪，后面一名挎着一支步枪，手上提着一把大砍刀。当走在前面的两名特工距离不到三米时，周豪杰一个手势和眼神，指挥身边的三名侦察员一跃向两个端枪的敌工扑上去。

就在这一瞬间一名特工的步枪保险打开了，指向周豪杰，只见周豪杰一闪身，同时一掌将敌特工手中的枪击落，用飞快利索的捕俘动作将敌特工摺倒。提刀的特工见状又挥刀向周豪杰砍来，就在这时周豪杰后方一名侦察员的枪响了，一个点射，将提刀敌特工击毙。其他三名侦察员将剩下的两名特工捆绑结实，拉起特工，立即结束战斗。

这次侦察捕俘行动过程快捷利索。毙敌一名，俘虏敌中士副班长一名、下士一名。前线指挥部的首长高兴地称赞："周豪杰好样的！侦察兵名不虚传！"

周豪杰乐得差点儿找不着北，激动地敬着军礼，一时，倒是风光无两。

第二十六章

★★★★★

正当周豪杰在前线欢庆战斗胜利的时候，就在他的家乡却发生了一件与他有关的事情。

当时他在回去探亲时和林芳华发生了关系，初尝禁果，两人虽然没有告诉过自家的父母，但是在他们两人看来，彼此也算是正式确定了关系。

但周豪杰并没有想到，那一次，给林芳华带去了不可挽回的后果。

林芳华怀孕了。

刚开始的时候林芳华也不知道自己怀孕的事，但是一个女孩子怀有身孕肯定是有各方面反应的。当她意识到自己怀孕的时候，自然是慌了。

作为一个女孩子，而且还是没有结婚的女孩，竟然未婚先孕，即便时代已经比过去开放了许多，但是也远远没有开放到可以未婚先孕的地步，更何况在他们这样的小镇里面，大家的思想还是挺保守的，如果让别人知道自己未婚先孕，那她可就完蛋了，名声将坏到极点，以后确实再也无脸见人，林芳华很慌。

所以，慌乱下的林芳华想到周豪杰，她在意识到自己怀孕之后，就给周豪杰部队去了好几封信。但她不知道现在的周豪杰在战场上，根本收不到她寄过去的信。

所以，林芳华在家乡紧张不安地等待了两个多月的时间，却依然没有收到任何回信，甚至自己的肚子都隐隐地大了起来，这般巨大的精神压力之下，林芳华几乎时时处于崩溃的边缘。

人在怀孕的时候情绪本就容易不稳定，更不用说林芳华每天都在焦虑中等待着周豪杰的回信，却总是等不到。看着自己一天天大起来的肚子，林芳华的心中也越来越害怕，她实在不知道自己应该怎么办，这件事情她还隐瞒了家里，如果她告诉爸妈的话，她的爸妈一定会非常失望的吧。

而且她也十分害怕爸妈会拖着自己去把这个孩子打掉……到时候如果事情再闹得更大一点，那么自己在这个小镇上还如何能够生活下去?

好在林芳华现在还在外面上大学，所以并不用每天都跟家里人相处，一时之间倒是也瞒得下去。可是，周豪杰那边一天天不回信，自己的肚子眼看着越来越大，这让林芳华终于想到了最坏的一个可能。

这个可能就是：周豪杰其实并不是真的喜欢自己，他不过就是想要得到自己罢了，得到了之后也就没有了兴趣，根本就没有想过跟自己天长地久，没有想过要对自己负责!

林芳华越是这样想越觉得有可能，看着自己一天天变大的肚子，林芳华甚至想到了死。是不是自己死了就能一了百了了?

这天，林芳华浑浑噩噩地回到小镇，她想着，在自己死之前再见爸妈最后一面，就见最后一面……在这种浑噩之下，林芳华没有见到自己的父母，倒是先碰到了从学校回来的同学袁建秀，对方还和王玲走在一起。

袁建秀和王玲本来正在说着话，看到不远处的林芳华时还先愣了一下，正在她们要跟对方打招呼的时候，忽然见到林芳华身体晃了一下。

袁建秀和王玲一惊，连忙都朝着林芳华那边跑去，来到林芳华跟前，两人一起扶住了林芳华的左右胳膊。

“芳华，你怎么了？你这是身体不舒服吗？”袁建秀关心地问道，只觉得林芳华的脸色看起来难看极了，很是苍白，白得有些吓人。

王玲也在旁边关心地询问，但是林芳华整个人都浑浑噩噩的，就好像根本没有听见她们两人的话，这让袁建秀和王玲不禁同时皱起了眉头，她们对视了一眼，林芳华这个情况看着不对劲呀！

而就在她们还要询问什么的时候，林芳华忽然晕了过去，袁建秀和王玲大惊，急呼：“芳华！”

林芳华醒来的时候发现自己在小镇的卫生院，她缓了一会儿之后才想起发生了什么事情，顿时脸色大变。

自己怎么到卫生院里面来了，自己来了卫生院的话，那么自己怀孕的事情是不是曝光了？

一时之间林芳华只觉得更加天旋地转了起来。

就在这时，袁建秀和王玲两个人同时走了进来，看到林芳华已经醒来，两人快步走到了床边。

“芳华……”

林芳华惊恐地看着两人：“是你们……你们是不是知道了？你们是不是知道了？”

林芳华问得急切，整个人更像是绷紧的弦，仿佛随时都会断一样。她的眼中还带着深深的恐惧，这样的林芳华看得袁建秀和王玲心里都是微微地抽痛。

随后，袁建秀赶紧急切地安抚道：“芳华你放心，只有我和王玲两个人知道，还有就是这边的一个医生，但是那个医生我们都已经跟他说好了，绝对不会把你的事情说出去的，你放心，只有我们三个人知道。”

林芳华惊恐的脸色慢慢地好了一点，但是也只是好了一点，她的神情看起来更恍惚了一些。

片刻后，她喃喃道："知道了也无所谓，无所谓的，已经无所谓了……"

林芳华的这个样子很不正常，袁建秀的心中咯噔了一下，她在大学的时候学的就是医学专业，所以林芳华的这个样子让她立刻想到了三个字：抑郁症。

这个时候其实真正了解抑郁症的人还不多，在国内了解的人就更少了，但是，机缘巧合，她对这方面还算是有那么一点了解，而她现在觉得林芳华的情况跟抑郁症已经很像了。

王玲并没有想到这么多，所以只是在旁边安慰着林芳华："芳华，你不用想这么多的，其实只要马上结婚的话也就不要紧呀，现在这也不算什么大不了的事情。再说你的肚子也还没有大起来，现在还来得及的。"

林芳华本来还有些恍惚，但是听到王玲的这个话之后，突然崩溃地大哭了起来。她哭得撕心裂肺，身体都在阵阵颤抖，袁建秀和王玲更是大惊，连忙拍着她的背安抚，让她别哭，担心她会再次晕倒，也担心会伤到孩子。

如此，好一会儿后，林芳华才颤抖道："来不及了，已经来不及了……我给他写去了好多封信，但是他都没有回复我，他就只是想要我的身体而已，根本不是想要跟我结婚的……他不是真心的，你们明白了吗？我被抛弃了，我被抛弃了啊！"

说完，林芳华再次声嘶力竭大哭了起来，而她所说的话让袁建秀和王玲两人脸色大变。

怪不得林芳华的精神状态这么不对，原来事情竟这么复杂吗？

“是谁！”袁建秀和王玲同时握住了林芳华的手，想把自己的力量传递过去，“你说的他是谁？”

“周豪杰……是周豪杰……”林芳华哭着喊着，“他不要我了呀！他已经不要我了呀！”

袁建秀和王玲倒吸了一口冷气，没有想到竟然是周豪杰。

袁建秀对周豪杰的印象本来就不好，此时眼中立刻冷光闪烁，那个该死的混蛋！王玲的眉头也跟着皱了起来，要说周豪杰做这种始乱终弃的事情，这两个女孩其实都相信，但是现在林芳华要怎么办？

大半天之后，袁建秀和王玲终于勉强安抚好了林芳华，对方的情绪稍微平复了一些。

但是她们谁都看得出来，此时的林芳华完全就是一根绷紧的弦，而且绷得非常紧，一不小心可能这根弦就要断了。

断了，那后果可能就……

于是，袁建秀和王玲商议了一下，然后小心翼翼地对林芳华说：“芳华，事已至此，我们肯定是要想办法的，对不对？你看，周豪杰他现在人毕竟不在家中，我们就算想要找人当面问个清楚都不容易，但是你肚子里的孩子等不得，你看我们要不要去周家找他的爸妈把这件事情说清楚，只要他爸妈认下你这个儿媳妇……那等到周豪杰从部队回来之后，你们立刻完婚不也是一样的吗？”

“完婚”这两个字让林芳华从恍惚中微微地抬起头来，像是抓到了最后一根救命稻草似的，她一下死死抓紧了袁建秀和王玲的胳膊：“你们是说找他的爸妈？”

第二十七章

★★★★★

“是啊，现在周豪杰不在家，但是他爸妈肯定能为他做主的，只要他们认下了你这个儿媳妇，然后，就不怕孩子没有家了。也许周豪杰没有回信，只是因为相隔太远，就像这两个月我也没有收到丁一飞那边的信，所以，现在最关键的问题就是周豪杰爸妈的态度，只要他们认下了你这个儿媳妇，并且到你家去提亲，那不也都是一样吗？”袁建秀说着。

王玲也在旁边点头：“没错，建秀说得对，现在最重要的其实是周豪杰父母的态度，就算我们现在暂时联系不上周豪杰也没事的。”

看袁建秀和王玲都说得斩钉截铁的样子，林芳华的眼中渐渐地多了一丝神采。

“只要他爸妈那边做到位一些，不会有多少流言蜚语的，周豪杰可以转业回来呀，只要联系上周豪杰之后，让他立刻转业回来不就行了。就算他不转业回来，你和孩子去找他也行呀，丁一飞就跟我说过，希望以后我可以跟他随军。”袁建秀继续道。

本来对于自己跟丁一飞的关系，袁建秀是不想多说的，毕竟现在还不算太确定，而且，看着林芳华现在的模样，她的心里也是担心的。尤其，这两个月她也没有收到丁一飞那边的回信。但是看到林芳华此时的模样，袁建秀也不得不多说两句。

王玲也在旁边跟着说："是啊，总之只要结婚了就行了，我和蒋勤业也说过，到时候我会跟他一起去部队呢，我们女孩子还不是嫁鸡随鸡嫁狗随狗吗？周豪杰到时候愿意转业回来，那就在这边过，他要是不愿意转业回来，那你和孩子去部队找他也是一样的呀。"

如此，林芳华在袁建秀和王玲的极力安抚、劝说之下，终于点了点头。

于是三个女孩结伴一起前往周家。

周家的大门是敞开的，三人顺着敞开的大门走进去，正好就看到了在那边院子里面乘凉的周豪杰的父亲周志宏和周母。

袁建秀她们正要开口的时候，就听到周母说："我们豪杰现在是真的有出息了呀，昨儿个我又看了一遍他写回来的信，他不只当上了班长，而且很有希望被提干呢！等到他在军队里面有了建树，娶一个城里的媳妇，我们周家可会被镇上人羡慕死。"

周志宏乐呵呵地也笑了笑，道："你就净往你儿子脸上贴金吧。"

虽然这么说，但周父脸上那自豪的表情也做不了假。

"你这说的什么话？我们儿子现在跟以前相比变化可是真的大，他现在知道上进了，上次他回来的时候还跟我说一定要在部队干出名堂来，建功立业呢！儿子这么志存高远，你还不高兴？有你这么做老子的吗？"周母啐了一口。

周志宏还是呵呵地笑："行，行，我知道你儿子有出息了，以后让他娶个城里媳妇回来孝顺你，行了吧？"

周母哼哼了两声，稍微满意了点的样子："这是肯定的，我们乡下的这些呀，都不行，一个个土里土气的，我就没看到过几个漂亮的姑娘。"

"之前你不是还挺满意林家的那个姑娘吗？叫芳华的那个。"周父忽然说。

周母不满意地摇了摇头，还摆了摆手："这就算了吧，以前那女娃娃看着还行，但是这怎么能跟城里的女孩儿比呢？而且那女娃娃还老被袁家的那个女娃娃给比了下去，虽说两人是同时去上了大学，可是一个管户口管分配，另一个不管户口也不管分配，这能比吗？配我们家豪杰可配不上。"

袁建秀和王玲瞪大了眼睛，她们确实没有想到带着林芳华过来，会听到这么一番话。

林芳华捂着嘴就跑了，袁建秀和王玲见状脸色一变，也只能赶紧一起追了过去。

周父和周母隐约听到一点动静，从院子那边探了一下头，但是也没有看见究竟谁跑了。他们也没在意，继续有一搭没一搭地说着话。

林芳华在跑出周家没多远之后就摔倒在了地上，袁建秀和王玲吓了一跳，追过去赶忙把对方扶了起来。

林芳华似哭似笑，眼神里面带着浓浓的绝望。

"你们看见了吗？你们听见了吗？周豪杰他写信回来了，他只是没有写给我而已，他就是不要我了，你们都听到了，我比不上人家城里的女孩，我上的大学也不管户口，也不包分配，他们看不上我，他们一家人都看不上我！"

林芳华说着说着又笑了起来，只是这个笑十分苍凉。袁建秀和王玲看着只觉得心痛如刀绞，更恨周母说话太过。

"他们周家怎么可以这么欺负人！那周豪杰如果看不上你为什么又要这么对你，他到底知不知道清白对一个女孩子来说意味着什么！"王玲很少生气，但是此时也怒不可遏，气得身体都有些颤抖。

袁建秀深呼吸了一口气，她此时已经不想说周家人什么了，她只是紧紧地抓着林芳华的手，放柔自己的声音："周家人不要你，难道你就能不要你自己吗？生命是我们自己的，我们要对自己负责，这个孩子去打掉，现在本来就没有多少人知道你和周豪杰的事情，我们把孩子打了之后就当作什么都没有发生！"

王玲在旁边猛地点头。

"没错，没错，芳华，你以后的人生还长着呢，这个孩子不该来，我们把这个孩子打了之后，你以后的人生会好的。"

林芳华还是似哭似笑，此时，她的身上充斥着满满的绝望。这让袁建秀和王玲两个人看得心痛无比，对于周豪杰更是厌恶到了骨子里。

这时候的林芳华并不知道周母所说的看儿子的信，其实并不是看最近儿子寄回来的信，不过是以前的信罢了。

如今的周豪杰还在战场上，对方根本不可能有信寄得回来。

至于周父周母说的想给儿子找个城里媳妇……这也不过是所有望子成龙的父母对于儿子都会有的一种想法罢了，他们总是觉得儿子就应该拥有这天底下最好的，这天底下只有最好的才配得上他们的儿子。

然而这个时候的林芳华她们又哪里可能明白呢？

此时的三个女孩都是既气愤又绝望，林芳华整个人更像是丢了魂儿似的。不过在袁建秀和王玲的陪伴以及劝说之下，她终究还是决定把这个孩子打掉。

袁建秀和王玲本以为这个孩子打了之后，林芳华的状态会渐渐地好起来，但是之后两个月的情况告诉她们，事情根本不如她们所想象的那么简单。

林芳华是真的得了抑郁症，而且病情明显在加重。

从两次林芳华在校园中表现出自杀倾向之后，她没毕业就休学在家了。

林芳华的父母心痛无比，他们已经从袁建秀和王玲口中得知发生了什么事情，他们本来是想要去周家闹一场的，但是最终还是按捺了下来。

如今肚子里的孩子已经被打掉了，而他们的闺女又是这样的一个状态，如果周家那边根本不承认的话，难道他们还能拿出证据不成？

更何况，如果真的闹上门去的话，那么岂不是小镇上谁都知道他们闺女的事情了吗？最终林芳华的父母只能对外宣称孩子生了病，所以不得不休学在家，至于生病的原因，他们也只能模糊不清地说可能学习压力大之类的。至于旁人究竟信不信，他们也管不了那么许多了。

几个月之后，丁一飞他们所在部队在前线作战就要宣告结束了，作战取得了胜利。

边疆的硝烟已经散去。

近半年的时间，大家在战场上可以说每天都跟死神打交道，当他们大获全胜，当整个作战要结束之时，前线战场上也可以说是人声沸腾。

战士们嘶吼的声音一声高过一声，代表着胜利的号角嘹亮地吹响了，活下来的战士们挥舞着双臂，拥抱着自己身边的战友。

这一刻可以说每个人的眼中都是含着泪光的。

接下来就是前线作战庆功表彰大会。

第二十八章

★★★★★

大会开始之前，丁一飞和蒋勤业等人聚集在一起，至于周豪杰，则不在其中。

王亮坐下来的时候问了一句："好像好长时间没看到周豪杰了吧？你们现在还跟他一块儿吗？"

蒋勤业旁边的一人笑着摇了摇头："他现在威风得很，哪里还能想得到过去的这些老同学呀。"

王亮呵呵了一声，撇嘴道："那小子运气的确不错，之前差点成了战场上的笑料，没想到最后他居然根据这个笑料总结了经验教训，在战场上表现得非常勇敢和机智，不仅带领侦察小组击毙敌人多名，还抓获了两名特工人员，这一次的表彰大会上肯定有他吧？"

"这是肯定的，上一次领导讲话的时候不是就表扬过他吗？说是千万不要以一次的得失定以后，从哪里摔倒就要从哪里爬起来什么的，所以这一次的表彰大会肯定有他的。"又一人笑着说着，然后碰了一下丁一飞的胳膊肘，"这次表彰大会肯定也有你吧？你会是一等功还是二等功呀？"

其余人闻言也都看向了丁一飞这边，一副很好奇的样子。

迎视着大家看过来的眼神，丁一飞笑着摇了摇头："不知道，这不是要等到表彰大会上才能知道吗？”

大家都“切”了一声。

有人又拐了一下蒋勤业的胳膊：“你上次在给前线部队送饭的时候，为了掩护战友光荣受伤，按照道理来说的话，也应该算立功吧？”

蒋勤业摇头：“我这算是什么功劳呀？再说当时也就是一点擦伤，又不重。”

“但是，如果不是你帮那位战友挡了炮弹的话，恐怕那炮弹就要落到他头上了呀。”旁边的人不服气地说。

蒋勤业憨憨地笑了两声，还是摇了摇头：“我这功劳跟丁一飞、周豪杰他们一比，那可就什么都算不上了，表彰大会上肯定不会有我的。”

“这可说不定。”大家觉得蒋勤业掩护了战友，救了战友的性命呀。当时如果不是蒋勤业反应够快的话，那炮弹落在了他旁边那战友的头上，那可真的会死人的！

就在大家议论着这些的时候，表彰大会终于开始了。

每个人都心情激动地等待着，尤其是那些不知道自己是否会出现在名单中的人，他们的心情更是激动和忐忑、紧张。

丁一飞虽然知道自己会在名单中，但是此时在这样的氛围之下，也不由得有些忐忑起来。他甚至在想，如果没有自己的名字呢？

不过他的忐忑并没有持续太久，因为上面很快就报到了他的名字，荣立一等功。

下面是热烈的鼓掌欢呼声。蒋勤业就坐在丁一飞的旁边，他在鼓掌的时候用的劲也是最大的。

不远处的周豪杰朝着这边瞥了一眼，撇了撇嘴，似乎是有点不大高兴的样子。

不过没多久之后，周豪杰就听到了自己的名字，这一次他直接击毙敌人多名，带领侦察小组还抓到了两名特工，所以，他也荣立了一等功！

周豪杰身边的人对他说着恭喜，并且鼓掌的声音也同样热烈，这让周豪杰的心里终于舒坦了许多。他朝着丁一飞这边投来了一道挑衅的眼神，但是丁一飞根本就没有看向他，所以他的眼神落空了，这让周豪杰又不高兴了起来。

又过了十多分钟之后，蒋勤业愕然地也听到了自己的名字，他不由得一愣。

丁一飞在旁边却是激动地鼓起了掌，蒋勤业的那几个朋友也都把手掌拍得很响。

蒋勤业憨憨地笑着，眼中有着泪花。他竟然真的在表彰大会上听到了自己的名字，荣立二等功呢。

是二等功呀！

又过了没多久之后，众人竟然听见了朱平的名字，这让丁一飞和蒋勤业不由得都是一愣。两人飞快地对视了一眼，都看到了对方眼底的震惊，这才确定他们并没有听错，那的确是朱平的名字。

得知朱平居然也在南疆前线之后，丁一飞和蒋勤业就都有些坐不住了，不过表彰大会还在继续，他们当然不可能这时候离开。

终于等到庆功表彰大会完全结束之后，丁一飞和蒋勤业立刻根据刚才所听到的关于朱平的信息找了过去。然后，大家在半路上就碰到了。

原来朱平也听到了丁一飞和蒋勤业他们的名字，之前在板凳上同样坐不住了，此时表彰大会结束，他也是立刻就找了过来，这才能让他们在半途中就彼此遇到了。

真的是有好长时间没见了，当年朱平因为他父亲的问题，没有能与丁一飞等同学一起参军入伍，当年他父亲涉嫌撕扯的批林批孔运动标语是被大风大雨毁掉的，根本不是他父亲的问题。因此，第二年朱平就又报名参军了，之后他们就没有彼此的消息了。

虽说大家约好了在军营里见面，可是大家谁都知道，这其实并不大容易，分配到同一个部队是需要运气的。

果然，朱平在第二年的时候就没能到丁一飞他们所在的部队，他去了南方军区的部队。

此次朱平所在的南方军区部队同样来到了南疆前线作战，只是跟他们不在同一个战场，而朱平已担任了所在部队炮兵连排长，在这一次前线作战中，他和战友们巧用战法，打掉了敌方多个火力点及观察哨，战绩非常突出，所以荣立一等功。

曾经的同学，如今经过战场的洗礼已经是真正的军人，几个战友抱在了一起，都是大声地欢呼，开怀地大笑。

之后，也有其他认识的同学找了过来，甚至周豪杰也被拉了过来，于是大家在一起照了一张合影。这一次受到表彰的几位同学战友，把自己的军功章放在了胸前，照片定格住了这一个画面，也定格住了这些同学战友在南疆作战的英勇气概！更定格住了他们在为祖国为人民而战的青春韶华！

…………

丁一飞他们部队前线作战凯旋，刚回到部队之后就得到一个消息，因为之前他们去前线作战，有一些后方收到的信件被收集到了一起，但发生了一点意外，一次仓库意外失火，有许多官兵的信件都被烧了。再加之上前线作战，官兵们的建制单位都发生了变化。所以，信件也就难以收复。

但好在丁一飞他们前往前线作战也就将近半年时间而已，所以通信科来人告诉他们这件事情之后，也只是跟他们说现在可以写信回去报平安了。

丁一飞不知道自己的信有没有被烧掉，在战场上又不方便寄信，他已经有半年多没有跟家里联系了。此时，他安安静静地坐在自己的床上，产生了对父亲的怀念，对母亲及家里其他人的思念，然后准备分别给家里和袁建秀写封信报个平安。

蒋勤业那边的话也同样如此。

而周豪杰，他并不知道林芳华在这半年来给自己寄了几封信，而他一封信都没有收到，并且那些信已经因为意外被烧掉了。

他在上战场之前已经被调到了团部当警卫班长，周母说的班长什么的也就是这件事情，别看这个警卫班长在连队里面并不算什么，但是周豪杰这个可是跟着团长当警卫班长的，因为他长得英俊帅气，如果得到团长赏识的话，他被提拔的速度一点都不会亚于丁一飞这种在连队基层的战士。

周母也正是知道了这一点，所以才总是在家里跟镇上人说自己的儿子有出息了，等等。

此时的周豪杰本来也是要回去写信的，他也要跟家里报平安，另外林芳华那边，他也已经半年多没有写信了，想到半年前的小树林的那一幕，周豪杰的心中还有些火热。

不过正在他要回去的时候，却听到了警卫班当中其他两人的窃窃私语。

“这一次在战场上立功的回来之后肯定就要正式提干了，听说这一次提干之后还有一次学习的机会呢，不过名额好像不算多，我们两个是没希望了，表彰大会上也没有我们的份儿。”

“是啊，这要是能够去军校学习两年，那么回来之后就可能提升为军官了，那也就是真的出人头地了。对了，你知道这一次有多少名额吗？”

“这我哪里能知道，但想来不会多的，我们这警卫班当中还不一定能够分得到名额呢。”

“怎么会呢？我们周班长在表彰大会上就荣立一等功，回来之后这名额肯定有他的一个吧？”

“可他是刚刚被调来我们警卫班的呀，说不定他的档案还在连队呢，所以要论名额的话，他肯定也得属于连队呀。”

“这倒是哦，我都忘记了，在作战之前他也就调来我们警卫班一个月，之后这就上前线了，所以他的档案还真的有可能不在我们这边呢。”

“更何况这种上军校的名额本来就只有连队中的尖子兵才能有，还得看其他各种突出的表现、往日里的种种考核，这些都是选拔的标准，哪里是简简单单就能够去的哦。”

“如此说来的话，我们周班长的竞争对象就多了是吗？”

“这是肯定的呀！”

周豪杰默默地听着他们的窃窃私语，身侧的拳头微微握紧了。这两人背对着周豪杰，所以并不知道周豪杰在他们的后面，也不晓得他们的对话被旁人给听了去。

周豪杰在这两人转到其他话题的时候就默默无声地离开了，不过他的眉头皱了起来。本来要写信的心情也没有了。

第二十九章

★★★★★

第二天在执勤的时候，周豪杰便有些神思恍惚。他在团首长门口站着，忽然有个女孩在进门的时候被绊了一下。周豪杰即便有些神思恍惚，但是反应速度还算灵敏，连忙扶了对方一把。

“小心一些，你没事吧？”周豪杰本能地问道。

那女孩却有些红着脸地笑了一下：“周豪杰，谢谢你了啊。”

周豪杰听到这女孩准确地叫出自己的名字，不由得愣了一下。他自然知道眼前的这个女孩是谁家的，这是他们团长郑海峰的千金，名字叫作郑莉莉。

这郑莉莉在通信连，可以说是通信连里的一枝花，追求者无数。郑海峰团长就这么一个千金，自然是捧在手心里怕摔了、含在嘴里怕化了，所以这位郑莉莉大小姐脾气有一点娇惯，周豪杰此前对于这位大小姐并没有太多的印象，只是听旁人说，这姑娘的脾气不大好，可是此时看到对方这红着脸笑着喊自己名字的模样，真是一点都没看出对方哪里脾气不好的，而且这女孩一身军装，英姿飒爽……那是不同于林芳华的一种风格。

一时之间，周豪杰有些愣住了，本能地问了一句：“你怎么知道我的名字？”

郑莉莉闻言扑哧一声笑了："我说周班长，你怎么有点呆呀？你好歹是我爸爸的团警卫班长，之前我都支使你做过两回事了，我还能不知道你叫什么吗？"

女孩脸上的笑容灿烂，而且带着一点揶揄，周豪杰顿时不好意思地红了脸。

郑莉莉觉得对方这反应挺有趣，这位周班长居然还会脸红？不对，应该说居然这么容易脸红……这真是挺有意思。

这时，郑海峰团长从一边走了过来："在门口干什么呢？"

郑莉莉连忙上前一步，挽住了郑海峰的胳膊。

"马上就到了吃午饭的时候了，我这不是来找你一起去吃午饭吗？"

郑海峰宠溺地拍了拍郑莉莉的手："吃午饭还要过来找爸爸，你当你还没有长大吗？"

郑莉莉不满地哼了一声："我这是替妈妈看着你呢，免得你不懂得按时吃饭！"

郑海峰哈哈地笑了，父女两个一边说着一边走进了房间里，从他们之间那和乐融融的气氛可以看出他们的感情有多好。

周豪杰看着，不由得多看了两眼才收回视线，重新站回岗位。而他旁边的另外一名警卫员不由得小声羡慕道："还是周班长厉害，不算去战场的时间，不过来了一两个月竟然就让我们的大小姐记住了周班长的名字。"

周豪杰一愣，他看了一眼那警卫员，道："这有什么奇怪的吗？这只能证明大小姐她记性好吧？"

那警卫员笑着摇头，意味深长地说："才不是呢，有多少在团长跟前干了几年的，我们大小姐都不会多看别人一眼，更不用说记得对方的名字了。"

周豪杰又是一愣，他的心中微微跳了跳，看向了房间的方向，那里已经看不见郑海峰和那个女孩，但是他的脑海中情不自禁地浮现出那女孩俏丽的模样。

所以，自己对那个女孩来说是特殊的？身边这个警卫员是这个意思吧？

…………

丁一飞和蒋勤业一起把写好的信寄了出去，两个人边说边笑地往回走去。

吉庆朝着他们跑了过来："我刚刚听到一个消息，是个大消息呀！"

"什么大消息？"蒋勤业当即感兴趣地问。

吉庆压低了声音，还看了看四周，颇神秘兮兮地说道："我也是偷听到两个指导员谈话才知道的，不久之后会有一些名额分配下来，得到名额的就可以被推荐去上军校。听那两个指导员的意思，去学习两年回来，那可就是正式军官啦，会分配到部队各个岗位，以后的前途那还用说吗？"

丁一飞和蒋勤业闻言都是微微一愣。

吉庆继续说："听说那些名额，这一次在前线作战表彰大会上立功的那些人机会更大一点，但是也要角逐，而且好像还有什么年龄限制。"

蒋勤业心中略微一个咯噔，他和丁一飞以及周豪杰他们在学校虽然都在一个班上，但其实他的年纪比丁一飞和周豪杰都要大上两周岁……当时参军的时候，其实自己也是差点不合要求的。如果说这一次的上军校还有年龄限制的话，那恐怕自己不会在名单上了。

丁一飞也是微微皱起眉头："什么年龄限制？"

"这我就不知道了，两个指导员说话，你们说我敢靠得太近吗！能够听到一点内容已经不错了。"吉庆摊了摊手，他自己还觉得有些遗憾呢，谁不想听事情的时候把事情听全乎啊！

蒋勤业叹了口气：“如果有名额限制的话，那恐怕这一次要争得厉害了。但你说表彰大会上立功的那些人机会会更大一点，那一飞，你肯定会在其中呀！”

蒋勤业说着，转而高兴地看向了丁一飞。

吉庆这一次并没有在表彰大会立功的名单上，所以，他是早就知道自己没戏的，此时也高兴地看向了丁一飞。在他想来，反正自己的战友能够上军校，那么自己也很荣耀呀！他也真心为对方高兴就是了。

“是呀，一飞，你可是在表彰大会上荣立一等功的，你肯定会在其中的。”

丁一飞闻言，心中虽然微微一动，并且有些高兴，但他还是沉稳地摇了摇头。

“不管是上军校的事情还是名额的事情，这都是一件还没谱的事，你们可不要乱说，到时候会有麻烦的。”

吉庆立刻给自己的嘴巴做了一个上拉链的手势：“这还用你说吗？放心吧，兄弟，这些我还是知道分寸的。”

蒋勤业也笑着点了点头：“我肯定也不会乱说。”

说着，也同样比了一个拉拉链的手势，丁一飞看着不由得笑了。

不过在部队，虽然纪律严明，但也有打听消息的，所以，虽然上面并没有确切的文件下来，也并没有正式地通知他们，但是许多人也都已经知道上军校和名额的事情了。

周豪杰现在身边也聚集了几个跟他玩得比较好的战友，有这几个人在，再加上他对丁一飞的那点介怀，所以他已经许久没有跟丁一飞和蒋勤业他们在一块儿了。

此时周豪杰身边的几个人也正在说着关于上军校和名额的事情。

“周豪杰，这一次我们连队里面的竞争很大呀，之前表彰大会上被提名的人很多，荣立一等功的都有好几个，我看二等功以下的想都别想了，就算是你荣立了一等功恐怕也有危险。”

“荣立了一等功还有危险呀？不会吧？”旁边另外一人不敢置信地说道。

“怎么不会，因为这一次的审核标准，我听说不光是荣立一等功的问题，而且还要看平时的，总之看的是综合素质及表现。”

而大家谁都知道，周豪杰真正努力的话，也就是这最近的一年左右而已。以前他在连队里面，在班排中可就是个“刺头兵”。所以要说综合素质表现的话，周豪杰还真有可能被刷下去。

一时之间大家有些不知道该说什么才好了，而周豪杰的脸色也不大好看了起来。

于是周豪杰旁边的那人只好干巴巴地笑了笑：“我其实也就是胡乱一说，周豪杰，你别多想呀，我反正觉得你是肯定能推荐上的。”

周豪杰抿了抿嘴角，并没有说什么，但他没跟大家说一会儿话就直接离开了。

有人拐了拐刚才那人的胳膊：“你看你，说错话了吧？”

这人叹了口气：“这也不能怪我呀，我这不都是说的实话吗？要论综合素质及表现，周豪杰肯定比不上丁一飞呀，这要是只给一个名额的话，那周豪杰还不是肯定得刷下来嘛！”

周豪杰虽然转身离开了，但他耳朵灵敏，所以这人叹气所说的话也被他听进了耳朵里，这让周豪杰的脸色更加难看了两分，同时，他身侧的拳头更是忍不住地握紧了起来。

丁一飞！又是丁一飞！怎么走到哪里都有这个家伙！

操练场的一角，周豪杰低着头踢着脚下的石子，他在想自己未来的人生路。这一次的学习这么重要，可以说这次上军校回来之后肯定就能平步青云，那么这么好的机会，自己如何能够放过?

但如果真的只有一个或者很少的名额，那么他的综合素质表现可能真的要比旁人差一些，这又要如何才能弥补?

想到此，周豪杰觉得十分烦躁，就在这时，一道清脆的女声响起。

“周豪杰，你这是在玩踢石子吗？”

第三十章

★★★★★

周豪杰猛地抬起头来，就见不远处一个扎着马尾的年轻女孩朝着自己这边正笑得灿烂。

也许是这女孩身后的阳光太美，在这一瞬间他竟觉得这个女孩仿佛浑身都充满了金光一般，这样的金色光芒甚至耀眼得让他睁不开眼睛。

似乎是觉得周豪杰的怔愣很有意思，女孩朝着他这边走了过来，然后轻轻地拍了一下他的肩膀。

“你好像是真的有点呆呀，哈哈。”

“……郑大小姐。”周豪杰喃喃。

郑莉莉不高兴地嘟了嘟嘴巴：“这都是别人胡乱给我起的称号，我才不是什么大小姐呢，你直接叫我名字就好，我叫郑莉莉，你就叫我莉莉吧。”

周豪杰的心里头微微一跳，他的喉头有些干涩，不由得舔了舔嘴唇：“这……不好吧？”

郑莉莉挑眉看了对方一眼，不以为意道：“这有什么不好的，你没听见我也在叫你的名字吗？”

周豪杰像是不好意思地多看了郑莉莉两眼，然后低下了头来，终于轻轻地“嗯”了一声。

"莉莉。"

郑莉莉被这么一叫，也觉得有那么一点点不好意思，不过她爽朗惯了，勾着嘴角大咧咧地点头，然后笑着问："对了，我刚才看你好像有些不高兴，你在想什么呢？是不是有什么心事呀？"

这么问着的时候，郑莉莉的眼底明显带着一抹关心的色彩。

周豪杰的心中微微一动，他的目光闪了闪，不过并没有看向郑莉莉，他依然低着头，只是轻轻摇头，有些讷讷道："没……我没什么心事……"

郑莉莉才不信，开始追问了起来，周豪杰一开始一副不愿意说的样子，但是在郑莉莉的几次追问之下，终于还是吞吞吐吐地说了自己刚才纠结的事情。

"所以你是怕自己的综合素质不够，所以得不到名额？"

周豪杰苦笑了一下，他的目光看向了远方，像是追忆着什么似的说道："我从小家里就只有我一个孩子，爸妈一直疼爱我，虽然我家里的家境也不是很好，反正跟你比是没法比的，但是也一直都是家里娇宠着长大的。所以刚来部队的时候我不大习惯，这里吃得也不好，睡得也不好，我甚至都想到了逃跑……还做过一些刺头的'坏事'，那时候年轻呀，刚刚才从学校里出来，如今的话……这世上又没有后悔药，我就算想要把当年的自己狠揍一顿都不行了。"

郑莉莉听着这说法，不由得扑哧一声笑了，笑得花枝乱颤的。

"所以你还想狠揍当年的自己一顿？"

周豪杰点头，似乎被郑莉莉笑得不好意思了起来，有些腼腆道："是呀，那个时候不知道努力，不明白坚持的可贵，现在可不是后悔了吗？但是人又回不到过去，所以我只能在梦里把自己狠揍几顿。"

郑莉莉觉得周豪杰这人可太有意思了，不由得大咧咧地拍了拍对方的胳膊。

“不就是一个名额吗？再说上军校学习要求进步，这太好了，看把你给愁的，小意思，我跟我爸那边说一声就好了。”

周豪杰闻言却脸色一变，立刻摇头：“不行！我不同意！这怎么能让你去说，那我成什么人了？我坚决不会答应的！”

郑莉莉看到对方这么激动的样子，不由得微微一愣。

周豪杰神色严肃地看着对方：“就算我这一次不能去，但我现在已经成长了，所以我以后也会加倍努力的，没有这一次机会我还能有下一次，我不希望你为了我去跟你爸爸说这件事情，一来你爸爸会对我有想法，二来的话……我不愿意你为了我去做任何事，任何让你低头的事都不行！”

郑莉莉再一次愣住，然后只觉得自己的心脏狂跳了起来。

这一瞬的周豪杰让她感觉到了心动。

“你……是不想让我向我爸爸低头？”

“也不是说低头，只是不愿意你为了我向你爸爸请求任何事……”周豪杰喃喃地说，然后不知想到了什么，他的脸红了起来，一副不敢去看郑莉莉的样子。

郑莉莉看周豪杰这样，自己的心脏更是狂跳了起来，忍不住脱口而出道：“我说周豪杰，你该不会是喜欢我吧？”她像是开玩笑一样地说，但心脏有点揪紧，她知道，那是紧张的期待。

而周豪杰像是忽然被说中了心事一样，猛地扭过了头去，他这样激烈的反应让郑莉莉更觉得自己是猜中了事实。

这人竟然真的喜欢自己……

郑莉莉无比确定，周豪杰的这个反应绝对是喜欢自己！

郑莉莉不是没被人追求过，事实上追求她的人多得不得了，但是此时此刻，她第一次真正感觉到了心动。

“我问你话呢，周豪杰，你可别说你是个胆小鬼。”郑莉莉盯着周豪杰的脸。

过了好一会儿，周豪杰才低头轻轻地回：“你这么好……又有谁会不喜欢……”

郑莉莉猛地瞪大了眼睛：“所以你觉得我好？”

周豪杰几乎不可察地点头，将一个大男孩的羞涩表现得淋漓尽致。

郑莉莉只觉得自己开心得都要飞起来了，然后，她便红着脸跑开了。

周豪杰等到对方完全离开之后，他才慢慢地抬起头来，此时他的脸上又哪里还有刚才的羞涩。他的眼中闪过一抹迷茫，一抹复杂，自己刚才在做什么呢？

他好像故意利用郑莉莉对自己的好感而做出了引诱一般的举动……但是，他有林芳华了呀……

所以，他自己刚才到底在做什么？

这边，郑莉莉果然为了周豪杰的事情找上了她爸，她特意选择了吃饭的点过去，把郑海峰哄得高高兴兴的，然后才像是不经意地提了名额以及周豪杰的事情。

郑海峰觉得有点不大对，诧异地看向了自己的女儿。

“我说，莉莉，你该不会看上那小子了吧？”

郑莉莉微微红了脸，却连忙否认：“没有，没有，您胡说什么呢！”

郑海峰有些不信，又哈哈笑了起来：“还胡说，我之前可没见你为谁说过话，在那周豪杰之前，我这里换了多少警卫员，你可能连人家名字都没记住吧？”

不得不说，要论了解女儿，郑海峰肯定不遑多让。他女儿这模样，要说对人家一点想法没有，他是无论如何都不信的。

看到她爸笑成这样，郑莉莉深呼吸了一口气，干脆破罐子破摔了：“爸，随您怎么说，反正您就帮帮忙呗，我看他好像挺想出去学习的。”

“你确定自己看上他了吗？我看比他优秀的小伙子多了去了。”郑海峰团长故意如此说。

郑莉莉别开头不说话了，一副“我要生气了”的模样。

郑海峰见状笑着乐呵呵地开始哄女儿：“好好好，就算不能去总部的军校，也可以去上个军区的院校，都一样。”

郑莉莉闻言立刻转过头来：“还有这样的学校吗？”

“当然，你该不会认为就只有一个地方能上军校吧？”郑海峰团长好笑地说。

郑莉莉咳嗽了一声，立刻站了起来：“那就这么定了，我先走了，明天再来找您吃饭。”

说完之后，郑莉莉就直接跑了，让后面的郑海峰团长只能摇头失笑，都说女儿大了不中留，现在看来还真是这样啊！

与此同时，不知道郑莉莉那边已经开口了的周豪杰此刻正脸色铁青着。

虽然名额的事情还没有真正公布，但是其实名单都已经出来了，而他刚才在指导员的办公室里面不小心也见过那一份名单。

他刚才有事情，故意去了一趟指导员的办公室，对方刚好碰到其他人来找，所以他在那里简单地翻了一下，立刻就看到了那份名单，也看见了那份名单上面并没有自己。

从指导员的办公室出来之后，周豪杰脸色就非常难看。他的眼神也忍不住有些阴郁了起来，他在那份名单上面看到了丁一飞的名字，而这个名字看得他眼眶都差点红了。

又是这个丁一飞！

既然这个世界上有了自己，那么为什么还要有丁一飞的存在？既生瑜，何生亮！

不知不觉间，周豪杰愤懑之下已经走到了之前跟郑莉莉说话的地方，看到这地方的时候，周豪杰的目光不由得微微闪烁了一下。

就在这时，他竟然真的看到郑莉莉朝着自己这边跑了过来。

“周豪杰。”郑莉莉兴奋地挥手。

周豪杰眨了眨眼，他将自己脸上的阴郁收起，而是换成了落寞，看到郑莉莉勉强笑了笑。

郑莉莉看到对方这模样，顿时就皱起了眉头。

“你这是怎么了？不高兴吗？”

周豪杰苦笑了一下：“也没什么，就是忍不住有点失望，刚才我意外得知自己并不在推荐上军校的名单里面……”

说着，周豪杰深呼吸了一口气，又故作坚强道：“不过你放心，我就是一时之间有点失望而已，很快就会振作起来的，我的人生还长着呢。”

郑莉莉就喜欢对方这积极上进的模样，忍不住呵呵一笑，拍了拍对方的肩膀。

“我还当是什么事情呢，原来是这个呀，那我就得告诉你一个好消息了，虽然你不能去总部的军校，但你可以去上军区的院校，都是一样的军校嘛。我爸已经跟我说了，你在前线作战荣立一等功，可以推荐去军区院校的。”

周豪杰闻言像是整个人都傻住了一样，不敢置信地看着郑莉莉。

郑莉莉见状不由得又笑了：“你看你这模样可真呆，被这个好消息吓坏了吧？”

周豪杰看着郑莉莉，忽然一下就把对方抱进了怀里，郑莉莉吓了一跳，本能地要挣扎，周豪杰却把对方抱得很紧，郑莉莉顿时慢慢地不挣扎了，脸也跟着红了起来。

“你这是干什么呀？被人看见了不好。”郑莉莉轻轻地说，但是也并没有把周豪杰推开，这给了对方勇气，于是，周豪杰缓缓退开自己的时候，直接亲上了郑莉莉的嘴唇……

好一会儿之后，周豪杰才放开了郑莉莉，他目光深情地看着对方：“莉莉，我喜欢你，做我的女朋友好不好？”

郑莉莉红着脸看了周豪杰好一会儿，终于羞涩地答应了下来，只轻轻地说了一个字：“好。”

第三十一章

★★★★★

几天之后，所有推荐上军校的名额都公布了。丁一飞自然在名单上，可名单上周豪杰的名字让很多人感到惊讶。

看到大家如此惊讶的眼神，周豪杰故作镇定地并没有表现出什么。

于是解散之后有许多人都把周豪杰给围住了。

丁一飞自然没有过去，蒋勤业也来到了他这边，与此同时，王亮等人也都过来了。

“周豪杰怎么会被推荐上军校，他在去前线作战前是部队出了名的‘刺头兵’，怎么会推荐他去呢，这太说不通了。”

“是呀，我也觉得这件事情很说不通。不过军区院校，会不会跟郑海峰团长有关系？”

大家想到了周豪杰现在属于郑海峰团长底下警卫班的班长，顿时都觉得这个可能性非常大。

大家面面相觑，觉得也只有这个可能了。

王亮不由得嘀咕了起来：“看来周豪杰这家伙很会做人呀，居然这么得到郑海峰团长的赏识。”

这话刚刚说完之后，有另外两个人鬼鬼祟祟地朝这边靠近，还一下子就躲到了丁一飞和蒋勤业的身后。

这两人大家自然是认识的，不是自家宿舍就是隔壁宿舍，都是同一个连队的战友。

“你们这鬼鬼祟祟的干什么呢？”蒋勤业好笑地问。

其中一人当即压低声音开口：“来跟你们说一个秘密呢，一个大会把我们都给憋死了。”

众人觉得莫名其妙，连忙问是什么秘密。

然后就听对方说：“就在不久之前，大会开始的前十几分钟，我在上厕所的时候看到了周豪杰和郑莉莉，你们知道吗？周豪杰可真是太厉害了，那可是我们团里面出名的郑大小姐呀，我看到周豪杰抱着郑莉莉亲了一下，他们这是在交往呀！”

旁边的另外一人连忙跟着点头。

“没错没错，当时我们是一起去厕所的，所以我们两个都看见了。”

这话说得众人倒吸了一口冷气，彼此忍不住面面相觑了起来，可见听到的这个消息让他们有多震惊了。

王亮忍不住地喃喃自语：“我算是知道那小子的名额从哪里来的了。”

丁一飞和蒋勤业的眉头却都皱了起来。

周豪杰和郑莉莉？这怎么可能，周豪杰喜欢的不是林芳华吗？而且上一次他们一起回去探亲的时候，周豪杰和林芳华应该在一起确定关系了吧？要不然林芳华来火车站送别的时候，他们两人也不会那样走在一起……

而且这件事情周豪杰到部队里来的时候也是承认了的，大家早就已经默认了他和林芳华的关系，现在他又怎么会和郑莉莉走在了一起？

一时之间，丁一飞和蒋勤业两个人都觉得有些不妙。

于是这天晚上，蒋勤业怎么想都觉得不对，终于，在入睡之前还是找上了丁一飞。

丁一飞对于对方找过来这件事情也并不意外，只是看着蒋勤业："你是为了周豪杰的事情过来的？"

"是呀，你说会不会是他们看错了？会不会根本就不是周豪杰？周豪杰已经和林芳华在一起了呀，怎么会和郑莉莉又在一起，我觉得不可能。"

丁一飞微微皱了皱眉头，赞同地点了点头。

"我也觉得不大可能，周豪杰有多喜欢林芳华我们都是知道的，更何况这几年来，周豪杰都只跟林芳华通信，有这么多年的感情基础，怎么可能又会喜欢上郑莉莉，这不可能。"

听到丁一飞也这么说之后，蒋勤业顿时放心了起来，觉得很大可能是他们看错了，于是也没有再说什么。

这时候的两人不会想到，有些人因为嫉妒或许会变得面目全非，他们觉得不可能的事情……也许就是事实。

当又过了半个月，几乎整个军营里面的人都知道周豪杰和郑莉莉关系的时候，丁一飞和蒋勤业却都收到了来自家乡的信件。

不管是王玲还是袁建秀，她们都在信件中痛斥周豪杰。不过对于怀孕的事情，这两个女同学并没有说，因为这是林芳华的隐私。

就算要说的话，也只能悄悄地说，不能在信件里面写出来，万一被别人知道的话就不好了。

但是丁一飞和蒋勤业也立刻明白，周豪杰和林芳华不知什么缘故，竟然好像断了联系。怪不得周豪杰现在如此光明正大地和郑莉莉在一起！

收到信件之后，丁一飞和蒋勤业聚在一起，脸色都非常难看，特别是蒋勤业气得肺都要炸了。

蒋勤业这个老实人难得地怒道："周豪杰这样真的是太过分了，我要去问问他，他怎么可以这么对林芳华，大家都是同学，周豪杰这么做太过分了！"

这个时候因为信件来往的不方便，所以蒋勤业和丁一飞只是知道周豪杰和林芳华断掉了，林芳华非常伤心，还并不知道林芳华怀孕并且又打掉了孩子，更不知道周豪杰的父母说过什么，不知道林芳华那边的情况有多严重。

但即便如此，蒋勤业也非常愤怒，因为他这边都已经说好要跟王玲结婚，丁一飞也是如此，怎么轮到周豪杰，本来谈得好好的就变卦了呢？

蒋勤业说完之后就冲动地跑了，丁一飞看着对方的这个身影皱了皱眉头，还是跟了上去。

他们找到周豪杰的时候，周豪杰正在那里洗自己的茶缸。

蒋勤业也不想在宿舍里面把这件事情嚷出来，所以就把周豪杰给拽出去了。周豪杰被这么拽着走，不高兴地低喝了两声，蒋勤业不理他，硬是把人给拽走了。

来到有些僻静的地方，周豪杰先把蒋勤业的手给甩开了。

"你这是干什么！"周豪杰很不悦。

蒋勤业压抑着怒火，愤怒地看着周豪杰。

"我干什么，我还要问你呢，你不是跟林芳华好好的吗？你跟郑莉莉又是怎么回事？"说着，蒋勤业狠狠地一拳上去，把周豪杰打翻在地，然后又是一边一个耳光，打得周豪杰两眼直冒金星。周豪杰企图反抗，此时蒋勤业早就用擒拿锁住了周豪杰的两只手，使他不得动弹。

"你是个畜生，你这样对待林芳华，你还是个人吗？"蒋勤业一边打一边吼。

听到林芳华的名字，周豪杰的目光微微一闪，然后不屑地冷哼了一声："你可真会多管闲事，我和郑莉莉在一起了，这还有什么不明白的吗？至于林芳华，我们不过只是同学，你可不要在这里胡乱造谣。"

蒋勤业顿时被气得更加厉害，他不敢置信地瞪大了眼。

"你竟然说你和林芳华只是同学，你骗鬼呢？"

周豪杰冷冷地看着蒋勤业："不然你以为呢，难道我和林芳华已经结婚了吗？"

蒋勤业被噎住。

这时候他看到了不远处跑过来的丁一飞，丁一飞见周豪杰被打倒还躺在地上，嘴边还有血，他赶紧把周豪杰从地上扶起。此时周豪杰的眼神更加冰冷了。

"丁一飞，蒋勤业，我警告你们，我和林芳华只是同学关系，没有其他的！你们给我记住了，不要在外面胡乱造谣，我喜欢的是郑莉莉，我和郑莉莉已经在一起了，我不希望别人破坏我们的幸福，否则我一定不会放过他，明白吗？"

放完狠话之后，周豪杰并没有等蒋勤业和丁一飞这边回应什么，转身就跑开了。

蒋勤业真是气得够呛，他还要上去找周豪杰理论的时候，却被丁一飞冷静地拉住了。

"他刚才说的话我听见了，他有一句话说得很对，他和林芳华并没有结婚，不管之前有没有真的交往，都是可以分手的。"

"可他怎么能够这样呢？他这是为了攀上高枝就不要林芳华了呀，他难道忘记自己以前怎么追林芳华的了吗？就因为现在郑莉莉比林芳华对他更有用，更能帮到他，所以他就毫不犹豫地和林芳华划清界限？还跟我们说什么不要破坏他的幸福，他怎么有脸这么说，他怎么可以这么讲！”

蒋勤业真是气得不轻，说话都有些不利索了。

丁一飞紧紧地抿了抿嘴角，然后垂下了眼睑。

“不管怎么样，这是他的选择，我们很厌恶这样的人，但我相信善有善报，恶会有恶报的。蒋勤业，我们只能保证自己不成为这样的人，你明白吗？”

蒋勤业顿时整个人都颓丧了起来，丁一飞拍了拍对方的肩膀：“不要为了这样的人而影响到自己，我们要保证做好自己。”

蒋勤业深呼吸了一口气，终于不再说什么，只是心里沉甸甸的。

第三十二章

★★★★★

这一次上军校的时间是两年，还需要再过两个月才能去军校报到。

因为刚从前线战场回来的缘故，所以有一部分士兵又得到了一个假期，这可把那些得到假期的士兵乐坏了。

这天，蒋勤业找上了丁一飞。

“你还要再过两个月才去军校上学，这一次你是有一个星期的假期的吧，不如跟我一起回去探亲吧。”

丁一飞一愣。

蒋勤业笑得有些腼腆：“我想回去跟王玲完婚了，我向领导请了一个月的假。”

丁一飞闻言顿时笑了，高兴道：“完婚？真的吗？这是好事呀。”

“下个月，我的工作岗位就要调动了，昨天指导员找我谈话了。”

蒋勤业因为超过年龄，所以这一次并不在推荐去军校学习的名额当中。然后他被调到了团部招待所当厨师长。

丁一飞闻言，顿时为对方更加高兴了：“所以，你这是要回去跟王玲完婚吗？”

蒋勤业点头，想到要与王玲完婚的那个场景，不由得笑得更腼腆了。

丁一飞见状不由得觉得微微好笑，但更为蒋勤业开心。

"这段时间以来，王玲每天都去我家那边帮着干活，自从农村实行分田到户政策后，我们家人口多，分给我家的地也多，但是真正的劳力并不多，所以都忙不过来，如果不是王玲去我家帮忙的话，恐怕我家还不知道怎么样呢，前两天我收到了我爸妈的来信，他们跟我说王玲怎么怎么好，所以……我也觉得是时候了，我想回去跟她完婚。其实上一次我跟王玲通信的时候就说了这件事情了，王玲也答应了。"蒋勤业又说道，眼中带着喜意和羞涩。

听了蒋勤业这番话，丁一飞想到了自己家里的地也种不过来，自从父亲离世以后，母亲的身体一直不好，一个大妹在上高中，小妹还小。听家里来信说大妹丁小敏准备辍学，回来帮忙种地了。想到这些，丁一飞心里真不是滋味，但也只能……

"原来这样。"丁一飞还是只能笑着道，"那我一定回去。"

然后，丁一飞想到了什么，补充道："这一次大家都有一个星期的休假时间，回去参加你的婚礼还是没问题的，我看除了我之外愿意回去的多了去了！"

蒋勤业憨厚地笑："若是大家都愿意去的话，那就更好了，到时候能更热闹一点。"

当丁一飞把大家聚集到一起，说了蒋勤业要回去结婚的事后，顿时大家都决定好好利用一下这一个星期的休假时间，更有好几个人吵着要当伴郎。

说来正巧，就在这时上级传来消息，军区参战英模报告团要去徐指导员家乡做专场报告，并特邀丁一飞作为报告团成员之一，因为丁一飞与徐指导员在前线同在一个炮兵连，不仅了解熟悉徐指导员的英雄事迹，还目睹了徐指导员的壮烈牺牲。

所以，丁一飞准备参加完徐指导员英模报告团活动，而后就回去参加蒋勤业与王玲的婚礼。

徐指导员，姓名：徐荣昌，一九五三年出生于江苏南通，他牺牲的消息从南疆边陲，传到他生前生活过的南通故乡，激起了家乡人们深深的追忆和怀念。当地县委和政府搜集整理了徐荣昌的生平事迹，印发全县人民作为理想教育和爱国主义教育的生动教材。

部队党委认为：徐荣昌是难得的一个好典型，是部队的一面旗帜。并做出决定：给徐荣昌记“一等功”，追认徐荣昌为“舍己救人的模范指导员”。

“轰轰轰，下午 3 时 10 分，敌军突然向我阵地炮击。徐荣昌一边扛着沉甸甸的炮弹箱，一边指挥战士们迅速隐蔽，当战士们一个个跳进阵地前沿防空洞时，洞外还有两名战士。徐指导员一个箭步冲出去，将两名战士推倒在洞内，几乎在同时，敌人的一发炮弹在他的身后爆炸，弹片击中了他的腹部和胸部，他倒在了血泊之中。”

“‘指导员，指导员！’战士们哭喊着，‘抢救，抢救！’战士们从血泊中抱起指导员，送他去野战医院抢救！”

“我见到徐指导员时，只见他的肠子都挂在肚子外面，胸部和头部全是鲜血，嘴唇还微微颤动：‘娘……娘……’”

“就在 5 时 20 分，徐指导员壮烈牺牲了！”丁一飞正在给大家做徐荣昌烈士英雄事迹报告。

主会场设在县影剧院，同时通过有线广播使全县 76 万乡亲们聆听了徐荣昌的事迹报告，徐荣昌的事迹强烈地震撼了家乡人民的心。

在英模报告团做报告期间，丁一飞还特地买了一条棉被送到徐指导员家，并亲手交给他母亲说：“大娘，您失去了心爱的儿子，部队战友就是您儿子，我们一定为您牺牲的儿子报仇！”

丁一飞参加了英模报告团活动后，已得知蒋勤业等同学战友回到了家乡。而这时的周豪杰，自从郑莉莉的事情之后，已经看到许多人看自己的眼神不对了，虽然大家并没有把他和林芳华的事情在部队里面说，但是他可以看到许多人看他的眼神已经多了些不屑。

既然如此的话，那他就要爬得更高，把所有的同学战友都远远地甩在身后！

周豪杰恨恨地发誓。

但或许是因为执念的缘故，真正让他最放在心里的还是只有一个丁一飞，从而他发誓一定要把对方踩在脚底下，而他自己一定要实现他参军时对父亲的诺言，那就是能光宗耀祖的梦想。

…………

丹梁县。

袁建秀就快要毕业了，不过还差一些时间。

这天，她从学校回来的时候被王玲给找上了。袁建秀在学校的时间也没办法常回来看林芳华，所以照看芳华的事就都交给了王玲。

每次袁建秀从学校回来之后，第一件事情问的都是林芳华，这一次也不例外。

“芳华那边的情况怎么样？”

王玲叹了一口气，忧愁地摇了摇头。

“情况有些严重，就在前几天，芳华那边好像已经不记得周豪杰做过什么事情一样，她总是在睡觉之前就蹲在收音机前面一动不动，还非要听打仗的故事，说是周豪杰就在战场上，不多久之后就会回来了。”

“怎么会这样？”袁建秀的眉头皱得死紧，“她怎么会知道周豪杰上战场？”

“还不是周豪杰的父母说的吗？前阵子，周豪杰那边来信了，说是在战场上立了功，所以他的父母正在到处宣扬这件事情呢。”王玲很是气愤，“也许刚好被芳华给听见了，她现在的情况有些复杂，有时候记得自己最恨周豪杰，有时候又忘记了周豪杰做过什么，林叔叔他们已经在说带芳华出去看病的事情了，但是芳华不愿意离开家门。”

“我一会儿去看看芳华。”袁建秀这么说着，然后又看向了王玲，“对了，你找我是什么事情？”

王玲闻言顿时脸上多了一抹红晕。

“我这里出去的话也不大方便，所以想要托你帮我买点东西……我和蒋勤业就要结婚了。”

袁建秀闻言先是微微一惊，然后立刻就笑了。

“你们要结婚了？那可真是太好了，恭喜你们呀，王玲，你一定要幸福，一定要好好的！”可别像周豪杰和林芳华一样。这话，袁建秀当然是没有说出口的，只是在心里想想。

王玲羞涩地笑着点头，转而问袁建秀：“你和丁一飞打算什么时候结婚？”

听到丁一飞的名字，袁建秀也有点脸红，然后摇了摇头。

“还不知道呢，这一次蒋勤业跟你结婚也不知道他会不会回来，如果他回来的话，到时候我们可以商量一下。”

王玲点头，犹豫了一下之后还是轻轻地说：“还是早点结婚比较好，他们从战场上下来之后肯定都提干了，蒋勤业现在也留在那边，说是这一次要把我接过去的。周豪杰那样的都能在战场上立功，丁一飞的功劳比他更大，以后的前程也会更好，早点定下来的话也不用担心外面的世界会迷花了他的眼。”

袁建秀愣了愣，她并没有想过丁一飞会被外面的世界迷花了眼，但是她还是感激王玲的，因为对方是真的在为自己着想。

袁建秀握住了王玲的手：“我相信丁一飞，而且我自己也会注意的。”

王玲笑着点头，拍了拍袁建秀的手背：“你别怪我多想就行。”

两个女孩相视一笑，友谊在彼此的心中滋长。

王玲托袁建秀买的是一辆飞鸽牌自行车，还有一块上海手表。其余的一些结婚小物件，镇里可以买到，就不用让袁建秀往这边跑了。

袁建秀在外面上大学，也只有她才最方便。袁建秀表示自己这一次过去之后，立刻就会把东西买好。

分别之后，袁建秀就去了林芳华家中。

林芳华的母亲正在默默地流眼泪，就在不久之前，林芳华又一次有自杀倾向，好在被及时阻止，现在已经睡着了。

林母看到袁建秀过来的时候，抓着对方的手絮絮叨叨地说着林芳华的病情，然后时不时地骂上周豪杰两句。

袁建秀也是同样气愤，但是周豪杰不在跟前，她也没有办法骂对方两句，也实在出不了这口气，所以只能安慰林母。

林母去给袁建秀倒水喝，袁建秀就去了林芳华的房间，林芳华睡着了，但也睡得不安稳，眉头一直是紧皱着的。

袁建秀忍不住伸手为林芳华抹平眉头。

“芳华，为了那么一个已经放弃你的男人，真的是不值得的，你要好好的呀，为了那么一个人真的不值得……就算是为了争一口气，你也一定得好起来呀。”

睡梦中的林芳华也不知道听见了没有，对方的眉头只是缓缓地又皱了起来。

第三十三章

★★★★★

几个同学战友一起回来了，外加原先跟蒋勤业同校的那些学生，他们在得知蒋勤业和王玲要结婚的时候，纷纷表示都要来参加婚礼。

并且，这天在丁一飞回来的时候，有些同学战友都已经回到了家乡，所以，很多人都来车站接他。

场面十分热闹，而丁一飞在人群中一眼看到的就是那个喜欢的女孩。

此时丁一飞也顾不得其他人了，赶紧就从人群中跑了出来，三步并作两步地跑到了袁建秀的跟前。

“建秀……”

袁建秀温婉地笑：“欢迎回来。”

丁一飞忽然觉得眼眶有那么一点酸涩，之前周豪杰的事情，他虽然一直在劝蒋勤业，但并不代表这件事情对他并没有影响。他只是把这种影响埋在了心里。

他其实很不明白，既然喜欢上一个人，又如何能够轻易放弃？

他也很不明白，难道外面相处不多的人，真的能够比得上自己喜欢了几年的人吗？

此时看到袁建秀对自己笑得温婉的样子，丁一飞其实只想说，周豪杰根本就是一个傻子，他也许永远都不会明白自己错失了什么。

许是因为周豪杰的刺激，许是刚参加前线作战徐指导员的英勇事迹报告会，许是因为自己真的很想念袁建秀了，于是那一瞬间，丁一飞把袁建秀拥在了怀里。

袁建秀微微愣了一下，然后立刻勾着嘴角笑了笑，静静地享受起了这个拥抱。

毕竟是在同学和战友面前，没多久之后，丁一飞就放开了袁建秀，然后两个人往袁建秀的来路走去，那也是他们回家的路。

“这一次有多久的假期？”袁建秀和心爱的男孩走在一起，轻轻问道。

“我们这些参加婚礼的都只有一个星期，所以等到婚礼结束，我们立刻就要出发了。蒋勤业有一个月的时间。”

“后天举行婚礼，这的确是时间挺紧的。”

“幸亏大家都体谅蒋勤业在部队，所以这婚礼之前的事情都帮他准备得差不多了，如今，两天的时间倒是也够了。”丁一飞笑着说。

袁建秀于是也笑了：“嗯，希望他们这辈子都会幸福。”

丁一飞想到了周豪杰和林芳华的事情，于是问林芳华现在怎么样了。

袁建秀很忧愁，既然丁一飞都已经回来了，那么之前发生的事情就能够好好说一说了。

丁一飞在听完之后，整张脸都青了。

“你是说林芳华之前怀孕了，现在打掉了孩子，还得了严重的抑郁症？”

“也许不只是抑郁症，因为有时候她还会认识不清，总之病情很严重，我在大学的时候都在找这方面的资料，不久之后我就要毕业了，希望回来之后可以帮到她。”

丁一飞身侧的拳头握得死紧：“周豪杰真是该死，真是缺德，你知道吗？他在部队里面已经和我们部队团长的女儿在一起了，两人谈恋爱谈得非常高调，蒋勤业去找他质问的时候，他竟然说什么他和林芳华只是谈对象，并没有结婚，他居然还能说出这样的话来，真的是太无耻了！”

袁建秀紧紧地抿了抿嘴角，忽然说：“可你不是说，我之前给你的几封信你都没有收到吗？所以我怀疑其实那时候周豪杰也并没有收到芳华的信，所以也许周豪杰到现在都不知道芳华怀孕的事。”

说着袁建秀又冷冷一笑：“但他那样的人即便是知道了，恐怕也不会承认，他既然已经选择了你们部队里团长的女儿，那就更加不会把芳华放在心上了，是芳华太傻，居然把自己交给这样的人。”

丁一飞一愣，看向袁建秀：“你是说周豪杰并不知道芳华怀孕的事？”

“应该不知道吧，既然你没有收到我的信，那么他没有收到芳华的信的可能性也是很大的，而且他在反驳蒋勤业的时候那么理直气壮，如果他真的知道芳华怀孕的事情，他难道不怕你们去部队说吗？”袁建秀理智地分析道。

丁一飞沉默了。

“但不管他知不知道他都会做同样的选择的，因为他就是这样的人，对了，这件事情你也不要告诉他，一个不会回头的人渣，不值得的。我也不想让芳华更加看清楚他的人品。”袁建秀叮嘱丁一飞道。

丁一飞紧紧抿了抿嘴角，最终缓缓点了点头。

这天晚上，丁母在丁一飞的房间里面跟儿子说话。此时的丁家已经知道丁一飞和袁建秀交往的事情，袁建秀家中也已经知道，在此之前两家虽然并没有正式地确定过什么，但对于两个孩子的事也算是乐见其成。

“蒋勤业和王玲结婚了，你和建秀有什么打算吗？”丁母问着儿子。

丁一飞想了想，然后说：“我现在在部队还什么都没有，而且不久之后我就要去军校学习两年的时间，如果这时候和建秀结婚的话，我都没有地方安置她，而她在学校那边毕业之后也要到我们县医院待上两年，所以我们最佳的结婚时间是我从军校学习回来之后。”

丁母点了点头，却又有点发愁：“但是再等两年时间的话，你就不怕有什么变故吗？我可跟你说呀，建秀在咱们这边追她的男孩子多了去了。”

丁一飞闻言抿了抿嘴角：“我知道，不过我相信我和建秀之间的感情经得起等待。”

丁母看到儿子这么坚定的样子，也最终并没有再说什么。儿子大了，这些事情都可以自己做主，她也相信自己的儿子能处理好。

两天之后的婚礼如期举行。

这天一大早，丁一飞就陪着蒋勤业在镇上面的一个酒店里面等待着。

王亮已经带着一些人去接新娘了。

蒋勤业一会儿整理自己胸前的那一朵红花，一会儿拉拉自己的衣角，丁一飞看着对方这模样不由得笑了。

“你就放心吧，你全身都端正得很，一点问题都没有，十分帅气精神，一会儿你的新娘子看到你的时候，一定会眼珠子都错不开的。”

听到丁一飞的调侃，蒋勤业没好气地白了一眼对方：“胡说什么呢！”

“我就是在想，是不是每个人结婚的时候都会这样，我看你这忐忑的……昨天晚上大概都没有睡好觉吧？”

蒋勤业点了点头，他的确没睡好觉，这没什么好不承认的：“还真是如此，结婚这种大事，人生当中都只有这么一次，睡不着也是正常的，等到你以后自己结婚了就知道了。”

丁一飞微微地勾起了嘴角。

结婚吗？他自然是有这天的。

同时，丁一飞不禁想了下，想着自己和袁建秀结婚的画面……这么一想的话，他好像有点理解蒋勤业的心情了。

这边的亲戚都已经到得差不多了，两人的同学也都已经来得差不多了，眼看着接新娘回来的时间也要到了，于是一群人都簇拥着蒋勤业在酒店门口等待着。

大家说说笑笑的，气氛很是欢乐。

也不知过了多久，忽然，有一人踉踉跄跄地跑了过来。

“蒋勤业！不好了，出事了，接新娘的拖拉机在途中出车祸了，新娘子已经被送到镇上的医院去了！”

蒋勤业顿时脸色大变，在场的众人也都跟着脸色大变。就在蒋勤业转身要跑的时候，在他旁边的证婚人一把拽住了他的手腕。

“现在新娘就在医院里面，那我问你，今天的婚礼还作数吗？”

蒋勤业先是一愣，然后郑重地点头，他坚定道：“这当然是算数的！”

证婚人点了点头，然后举着蒋勤业的手宣布这个婚礼有效。在场的众人都拼命地鼓掌，随后蒋勤业才急急忙忙地往医院那边跑，丁一飞等人也全都跟着跑了过去。

这一刻的丁一飞非常心慌，因为袁建秀也在那辆拖拉机上，是王玲的伴娘。

当一行人跑到镇医院的时候，就看到了身上有些脏兮兮的袁建秀，胳膊还被擦了好大一块皮，现在医生正在那边给建秀做处理。

丁一飞和蒋勤业同时冲了过去。

“建秀，王玲呢，王玲在哪里？她怎么样了？”

袁建秀是王玲的伴娘，两人是在同一辆车上的。而蒋勤业这么问着的时候，丁一飞也冲到了袁建秀的跟前，心疼地抓住了袁建秀的另一只手，使劲盯着伤口。

这一刻丁一飞感觉到了心痛。

袁建秀的眼睛立刻就红了，但不是因为自己的伤口，而是因为王玲。

“我们乘坐的拖拉机在经过北镇稻田那边十字路口的时候跟一辆货车撞上了，车上的人都翻了下来，但是王玲的运气最不好，她被货车碾过去了……刚才我们一起往这里来的时候，王玲的伤势太重，这里根本就处理不了，所以紧急送往市里面的医院去了。”而她和其他几个人因为受伤的关系，没能够一起前往。

其余的几个没受伤的，都跟着王玲一起过去了。

蒋勤业瞪大了眼睛，整个人身体都颤抖了起来：“被碾过去了……”

“我们当时看得也不真切，就是看到了好多血，像是被碾过去了，详细的情况我们现在也是不知道，要问市里面的医生。”袁建秀又补充道，怕蒋勤业一时接受不了。

蒋勤业听完之后转头就跑。

第三十四章

★★★★★

丁一飞看到蒋勤业那么跑开，连忙在后头喊了一声对方的名字，但是对方脚步停也没停，袁建秀立刻拍了拍丁一飞的手背。

丁一飞侧头看了过来。

袁建秀柔声道："现在这情况太危险了，你赶紧去陪陪蒋勤业，我这里不要紧的，就是一点小伤。"

丁一飞看着袁建秀被擦破的那么大一块皮，他死死地咬了咬牙，最后，说了一声"对不起"，然后就跟着跑开了。

袁建秀一点都不怪对方，也是真的希望对方去陪陪蒋勤业，比起自己这点小伤，现在更重要的是王玲那边的情况。

袁建秀在心中祈祷着王玲能够没事，但是自己的这一份祈祷并没有能够被上苍听见，接下去的两天，王玲一度病危。

王玲的伤势太严重了，两条腿都是粉碎性骨折，尤其是腰椎部分，虽然并没有被卡车碾过去，但是腰椎严重受挫，她的脑袋撞击到了地面，如今脑内有瘀血，所以种种情况之下才会一度病危，到现在都没有脱离生命危险。

并且医生还说了，两条腿骨折可以慢慢治疗，腰椎伤势较重，即便对方的脑内瘀血退下去了，或许王玲也并不会清醒过来，也就是说王玲很有可能变成一个植物人，即便醒过来也有可能瘫痪。

这对王玲的家人、对蒋勤业以及蒋勤业的家人来说都是一个噩梦，对丁一飞他们这些真正关心王玲的人来讲同样也是一个噩梦。

袁建秀在那天处理好了伤势之后，就立刻来了市里的医院，并且因为受伤的缘故，第二天就发起了低烧，但是她什么都没有说，如果不是丁一飞看出她的不对，把她带了回去，恐怕这姑娘都会直接在医院里面晕倒。

如此又过了两天，王玲在医院终于渡过了危险期，应该不会有生命危险了，但对于对方何时会清醒过来，医院的医生实在说不上来，也就是说王玲恐怕以后会变成一个瘫在床上的植物人！

而丁一飞他们也已经拖延了三天的假期，如今已经到了不得不回部队的时候，于是这天，丁一飞等人都来到了医院里面，他们是来告别的。

蒋勤业感激他们在自己最艰难的时候陪在自己身边，看到众人过来还主动劝他们早早地回部队。众人看着蒋勤业强打起精神来的模样，不由得一个个红了眼眶。

这样的事情为何会落在蒋勤业的头上呢？蒋勤业一直都是一个老实人，在部队也从不介意自己多做点什么事情，任怨任劳。以前和周豪杰在一个宿舍住的时候，周豪杰的衣服都是他洗的，他还会帮整个宿舍的战友打扫卫生，整理内务。

做这些事情的时候，蒋勤业从来都不求回报，不喊苦不喊累的，如今他终于要结婚了，幸福的日子就在他方招手，可为何这样不幸的事情落在了这样一个好人的头上呢？

一时之间所有人的心里都只觉得酸涩无比。

丁一飞等人从医院离开的时候，每个人的心里都是沉甸甸的。

当看到等在外面的袁建秀时，丁一飞和其他人打了一声招呼，走向了袁建秀身边。

“要回部队了吧？”袁建秀轻轻地问道。

丁一飞点了点头：“今天下午的火车，还有两个多小时，建秀，这两个多小时你陪陪我吧，我有好多话想跟你说。”

袁建秀轻轻点头。

这一天的丁一飞用这两小时的时间和袁建秀说了很多。

丁一飞告诉对方，自己现在不能跟对方结婚，因为他要去军校学习两年，如果这时候跟袁建秀结婚的话，她连住的地方都没有。

丁一飞还告诉对方，当他听说拖拉机出车祸的时候，自己朝着小镇医院跑过去之时，一颗心跳得比什么都快，都快要从喉咙口跳出来了，他害怕会看到躺在床上的袁建秀，害怕得不得了。

丁一飞说这两年的时间，他会和袁建秀多通信，也希望对方多给自己写信。他还说，希望两个人以后要努力学习，积极工作，好好奋斗，不虚度年华。经过他父亲去世和王玲的事情之后，丁一飞说，他发现没有什么比平安健康重要。

在这两小时里，袁建秀对丁一飞说，我们以后要互相关心，积极向上，努力实现自己的人生梦想，而自己之后的两年也会好好照顾林芳华，看能不能帮助她从抑郁中走出来。

她让丁一飞不用担心自己，让他在军校里好好学习，有时间的话一定会经常给对方写信。

袁建秀还问丁一飞家里的情况，当得知他母亲身体不好，大妹妹丁小敏准备辍学回家帮忙种地，她表示不用他担心家里，说自己会经常过去看看，必要时还可以让她哥哥袁建刚过来帮忙干活。

两小时的时间，两人说了许许多多，感觉时间过得太快了，不知不觉就等到快要上火车的时候，两人依然觉得有说不完的话，却不得不暂时告别。

这一次，袁建秀在看着丁一飞上火车之后，不自觉地流下了眼泪。但她不敢让丁一飞看见自己的眼泪，所以在对方上车的时候，她是用力地笑着的。

袁建秀忽然很不喜欢这样的离别，她不要每一次都目送对方远去，这样的感觉让她极不喜欢，可是现在又不得不如此。

这让袁建秀不由得期待起了两年之后，她发誓两年之后自己跟丁一飞结婚以后，丁一飞去哪儿她都跟着，再不要看对方这样独自离开的背影。

…………

当丁一飞他们离开有二十多天之后，袁建秀在星期日的一天从学校那边回来，然后她立刻就去了市里面的医院。

如今王玲还躺在这里，双腿和腰椎在这二十多天的时间里面已经经历过了两次手术，恢复情况还算可以。

但是这个“还算可以”距离清醒过来、正常行走，那是一个很遥远的跨度。只能说，情况并没有真正恶化到最恶劣的那一步。

但要说最严重的，还是王玲现在并没有清醒，不过医生说王玲的大脑其实还是有反应的，脑电波在旁人说话的时候有一点细微的反应。如果家属照顾得好，病人想要醒过来的意志很强烈的话，那么她还是有希望清醒的。

怀抱着这个希望，在这段时间里面，蒋勤业一直都是亲力亲为地照顾着王玲，几乎都没有让王玲的父母上手过，这让王玲的父母一时之间百感交集。

蒋勤业的父母非常通情达理，说蒋勤业现在做的这些都是该做的，这是他作为丈夫应该承担的责任，这让王玲的家人也一时大为感动。

袁建秀过来的时候，蒋勤业正在给王玲按摩双腿，这也是他这些日子以来经常做的。

袁建秀放下了自己买过来的一点水果，蒋勤业连忙说：“你人过来看看也就好了，上次不是就跟你说过吗？不要带东西过来，这里都没人吃的。”

“你不吃的话，你妹妹过来也可以让她带回去吃，又不会浪费掉，一点水果而已，你还跟我客气呢。”袁建秀笑道。

蒋勤业听到袁建秀这么说，顿时也只好摸了摸后脑勺，不说什么了。

袁建秀于是开始问起王玲的情况。

蒋勤业充满了希望地说：“昨天刚给王玲做了脑部的检查，医生说王玲对于外界的刺激是有那么一点点的感觉的，所以她醒过来的希望是很大的，这些日子以来我每天都在她耳边说话，有时候我都觉得她能听得见。”

袁建秀听到蒋勤业这么说，于是也勾着嘴角点了点头。

“那就好，我相信有志者事竟成，你一定可以让王玲醒过来的，王玲也舍不得让你一个人这么面对这个世界。”

蒋勤业憨憨地笑了笑，然后说起了另一件事：“再过两天我就要把王玲带到部队去治疗了。”

袁建秀一愣。

“我问过医生，王玲现在的情况是可以坐火车的，只要小心一些就没事了，我不能一直在这里陪着她，所以我想把她带到部队去，部队领导也批准同意了。我已经被调到了招待所，在那边也有我的住房，虽然可能条件不太好，但是只要有一个房间，王玲就能够待在里面，我会照顾好她的，我若是实在没有时间的话，也可以在那里请一个人。”

袁建秀静静地听蒋勤业说着，等到对方都说完之后才轻轻点了点头。

“既然你都已经决定了，那我只能祝福你们，希望到了部队之后，王玲可以早点醒过来，等她醒过来了，你可得第一时间给我这边发电报，写信的速度太慢了，发电报好吗？”

蒋勤业笑着点头，郑重承诺，等到王玲醒过来的第一时间，他一定会给袁建秀发电报的。

第三十五章

★★★★★

两天之后，蒋勤业带着王玲离开的时候，袁建秀从学校专门请了假，亲自过来送行。她握着王玲的手说了很多心里话。

“你还记得吗？我们之间可是约定好的，我做你的伴娘，等到我结婚的时候，你来喝我的喜酒，所以你一定不能睡太久的时间，知道吗？”

“蒋勤业是一个很好的人，这些天他把你照顾得很好，我相信他把你接过去之后，也一定会把你照顾得很好的。”

“等你醒过来之后，我希望你可以走到我的面前来，把我的结婚礼物送给我。”

还有许多其他的人过来送蒋勤业和王玲，尤其是两边的家长抱着蒋勤业和王玲两个人简直哭成了泪人。

袁建秀有些受不了这样的气氛，所以偷偷地抹眼泪先躲开了。

等到火车慢慢启动之后，袁建秀注视着已经没有车子的地方，看了许久许久。

回到家里之后，袁建秀就开始给丁一飞写信。

在信中她如是写道：看着蒋勤业的模样，我在想，如果我是王玲，我一定不舍得让他如此难过，也不舍得把他一个人丢在这世界上。

所以，丁一飞，我们以后都要好好的，我们做个约定好不好？我们不要让彼此担心。我们以后做任何事情都要小心一些，保重自己，为了对方而保重自己。

她从学校毕业后才收到回信，而那个时候丁一飞已经在军校里面半个多月了。

丁一飞在信中告诉袁建秀，在刚过去的这半个月时间里他很不适应，因为军校教的内容跟高中的很不一样，所以这些天他一直都在努力地适应着，因此也没有时间写信，希望袁建秀可以原谅他。

袁建秀当然不会怪他了，只要收到对方的回信，她也就高兴了。

丁一飞在信的末尾如此写道：建秀，我们一定都会好好的，我与你约定，为了彼此而保重自己，绝不让对方为自己担心。

看到对方的这个回信，袁建秀的眼眶渐渐地湿了。

袁建秀担心的不是自己，而是担心在外面的丁一飞，尤其丁一飞在部队里面，她总是会担心，可能不知道什么时候，在自己所不知道的情况下，丁一飞就忽然上战场了，就像上次一样。

所以，她才希望对方能够好好地保重自己，只有对方好好的，她在学校才能好好学习。

这时袁建秀还有一件事放心不下——丁一飞家。

自从丁一飞父亲离世以后，家里责任田的农活实在是忙，特别是农忙季节一些重活，犁地、收割、插秧、施肥、打药等这些男劳力干的活都落到丁母一人肩上，天不亮就下地干活，天黑了才回，经常到家倒头就睡下，连饭都没力气吃。丁小敏看在眼里，急在心上。她几次对妈说："妈妈，家里活忙，我不上学回来能帮帮你，再说上学还需要费用，爸去世时家里还欠了债……"

还没等女儿把话说完，丁母坚定地说："你不要动这个心思，我就是砸锅卖铁也要让你念完高中，苦难总是能过去的，苦难才能让你知道读书的重要。”丁母接着说，“妈让你读书就是为了让你知道人生的道理、知识的重要，无论你将来做什么，读书都是有用的。”丁母坚决不让女儿丁小敏辍学，宁愿自己吃尽人间苦，也要让孩子好好读书。

丁小敏也是个懂事的孩子，知道哥哥在部队当兵家里的农活帮不上忙，为了减轻母亲的劳动压力，只能利用星期天等课余时间帮家里干农活。有些技术农活袁建秀也让她哥袁建刚来帮忙，种水稻翻地要在粗耕、细耕和盖平三个作业期间，用水牛和犁耙来整地犁田，还有培育秧苗，平整秧田，撒下稻种后还要在土上撒一层稻壳灰，好的秧苗是稻作成功的关键。这些技术农活袁建刚都不在话下，干得既快又好。为此，丁一飞一家人都十分感激他。

就在这一年的暑假，丁小敏高中就要毕业了，家里责任田的水稻长势喜人，夏天天气炎热，秧苗在抽高，长出第一节稻茎的时候正是分蘖期，这段时间稻苗除了需要施肥，还需要打农药除病虫害。这一天上午，丁小敏找来了打农药的喷雾机，准备给水稻打农药。一般的操作方法是：先将剧毒农药兑水融合，按照一定的比例稀释成药液，然后将药液装进喷雾机的桶里进行喷洒，作业时要戴上口罩和防护服。

丁小敏按步骤在稻田实施着喷洒作业，一趟又一趟来回地喷洒。中午时分，正是炎日当午，此时的丁小敏感到天昏地转，不一会就昏昏沉沉，什么都不知道了。过了十几分钟，袁建刚路过稻田边，看到丁小敏打农药的作业工具，但不见人影。此时，袁建刚已经觉察到不好，肯定出事了。他大声疾呼：“丁小敏，丁小敏！”他怎么呼喊也不见回声。

“不好了，出事了，农药中毒了。”袁建刚自言自语，急忙找人，就见不远的稻田里躺着一个女孩，嘴里吐着白沫，像是已经昏迷。袁建刚一把抱起丁小敏背在肩上，飞速向乡镇卫生院跑去。到了乡镇卫生院，医生用导管洗胃立即进行抢救。丁小敏还是昏迷不醒，医生建议立即转至市人民医院。经过市人民医院医生的全力抢救，丁小敏终于醒了过来。医生说，“好在抢救及时，再晚点这女孩就醒不过来了”。

但丁小敏醒过来时，神志还有些不清，连守护在她身边的母亲和姐姐都不认识了。丁母含着眼泪一边守护她，一边呼喊：“小敏，小敏！你认识我吗？叫我妈妈。”丁小敏还是不叫妈妈，只是不停地摇头。

家里发生这样突如其来的事，丁母硬是坚持一人扛着，决不能让远在部队的儿子丁一飞知道，免得他分心！

…………

转眼之间，这已经是丁一飞来到军校的第二年了。

在过去的一年之中，从一开始到这里的不适应到后来的迎头赶上，如今的丁一飞已经成为军校所在班的班长。

说起来，以前在学校上学的时候，他就一直都是班长，如今在这里也变成班长，对于这一职位他倒是挺适应的，还有那么一点亲切感。

这天，要往宿舍那边去的时候，同班级以及同宿舍的王海超朝着他这边跑了过来，并且还挤眉弄眼的样子。

丁一飞看着对方这作怪的模样，便轻轻挑了挑眉头。

“你这是什么表情？”

“我说丁一飞班长，你这就没意思了啊，有这样的好事为什么不跟兄弟我说说呢？大家还是不是同一个宿舍的舍友了。”

丁一飞一愣，斜睨了对方一眼：“好好说话，我可不明白你说的是什么。”

“你还跟我装。”王海超一下子勾上了丁一飞的脖子，把人拉向自己，“都已经找到我们班级来了，你还装。”

丁一飞闻言又是一愣：“谁找到我们班级来了？”

王海超看着对方好像真的不明白的样子，不由得皱了皱眉头。

“你真不知道呀，就是秦海霞呀，你刚刚离开，秦海霞就来找你了。”

“你是说隔壁的秦同学吗？她来找我应该是为了下个星期我们各班级班代表发言的事情，这有什么不对的吗？”

王海超眨了眨眼，上上下下地打量了一眼丁一飞，颇有些不可思议的模样。

“我说丁班长，你是不是傻呀？秦海霞可是我们这几个班级里面的女神，人家如果真的为了那小小的发言内容，干吗非要来找你？这找谁不能找呀，人家过来找你的话肯定是看上你了呀。”

丁一飞眉头也皱了起来，没好气地瞪了一眼王海超。

“不要胡说八道，你这样会影响到人家女孩子清誉的好吗？而且我已经有女朋友了，学习结束之后就回去跟她结婚。”

说到自己喜欢的女孩，以前一贯有些清冷的丁一飞，眼中也不由得带上了一丝柔和之色。

王海超愣住了，跟丁一飞同班也已经一年多的时间了，他竟然都不知道对方居然有对象了！

王海超倒吸了一口冷气，夸张地喊了起来：“这么说你都有对象了？还马上就要结婚了？”

丁一飞点了点头。

王海超拍了拍自己的胸口，一副心有余悸的样子，然后又高兴地笑了。

“既然你都有对象了，那女神又是大家的了，我得把这个好消息告诉别人去。”说完之后，王海超转身就跑了，那兴奋的样子不像是要把这个好消息告诉大家，倒像是他自己要去追女神了。

丁一飞失笑地摇头，转身继续走向宿舍的方向。

王海超是个“大嘴巴”，所以没两天的时间，几乎同批的学员当中大家都知道丁一飞已经有对象了。如今的丁一飞在学校里面还是挺有名的，每个代课老师几乎都知道他的名字，他在这里也算是“校草”级别的人物了。

这样的一个人，他的感情生活问题自然是别人关注的。所以在经过王海超那个“大嘴巴”的宣传之后，丁一飞有个要好的女朋友、在学习结束之后就会跟对方结婚的事情传遍了整个校园。

尤其是他们这边的几个班级，那些知道秦海霞好像对丁一飞有点意思的人简直都传疯了。

于是这天上课结束之后，丁一飞的同桌拱了拱对方的胳膊。

丁一飞转头看向了对方：“怎么了？”

“上节课的时候，秦海霞从我们这边经过的时候还瞪了你一眼，难道你都没有发现吗？”同桌一脸八卦的表情。

丁一飞的嘴角微抽，他是不是应该夸奖一下他的同桌眼神敏锐？毕竟，旁人从走廊经过，一个眼神的事情都能注意到，这观察力也是没谁了。

同桌夸张地叹了一口气，抚着自己的胸口：“我本将心向明月，奈何明月照沟渠啊……”

丁一飞：“……”

无语了一下之后，丁一飞直接转身离开了教室。

他不是周豪杰，所以并没有跟其他女子搞暧昧的打算。这样的行为也让他不齿，既如此，他就不会让自己成为这样的人。

第三十六章

★★★★★

丁一飞不知道的是，远在丹梁县，袁建秀的家中也有一场对他的忧虑。

这天，袁建秀刚从林芳华那边回来，就看到自己的母亲在对自己招手。袁建秀走了过去，在母亲的身边坐了下来。

袁母拍了拍袁建秀的手背，笑着问："你现在跟一飞那边的情况怎么样？都还联系得好好的吧？"

袁建秀点了点头，不大明白母亲这么问是什么意思，但还是回答道："挺好的，他现在在学校那边也已经适应了，如今都已经当上班长了，我就知道，他走到哪里都能成为班长的。"袁建秀这么说着的时候，脸上带着一丝小女人娇态。

袁母看到对方这个表情，却微微收了笑容，有那么一点点的焦虑，但并没有表现出来。她只是貌似无意地说："周家那边，周豪杰的妈妈好像经常说自己的儿子跟部队里面的团长家女儿走到一块儿了，估计马上也该结婚了，这事情你知道的吧？"

提到周豪杰，袁建秀的脸色有些不好看，但还是点了点头。有再多的不满，她也不大想在母亲的面前表现出来。

"你看这件事情是真的吗？周豪杰真的要跟那什么团长家的女儿在

一块儿啦？”

“应该是的。”袁建秀抿了抿唇角，“不过这也没有什么好说的，周豪杰那人品，他做出什么来我都不惊讶，我就是为芳华觉得可惜而已。”

至于周豪杰是不是跟那个团长的女儿在一起，她并不关心。

“对了，芳华现在的情况怎么样？”袁母赶紧问道，对于林芳华她也是关心的，心中也很是惋惜。不过上次的时候她就听女儿说过，林芳华现在的情况比一开始的时候好了许多，再也没有过自杀倾向了，而且神志清醒了许多。

提到林芳华现在的情况，袁建秀的脸上也不由得带上了一丝笑意。

“芳华现在已经越来越好了，今天我跟她聊天的时候发现跟从前已经差不多了，不过还是不能让芳华太受刺激，关于周豪杰的事情和这个名字我们都是不敢在她面前提起的。”

袁母点了点头，话锋一转，忽然说道：“那你有没有担心一飞在学校那边会遇到其他更合适的人呀？或者说在部队有没有其他更合适的人？”

袁建秀的妈妈是担心丁一飞会移情别恋，自己的女儿将来会受伤害。

袁建秀终于明白她妈妈为什么会找自己过来说话了。

其实已经不是第一个人跟自己说这样的话了，还记得当时第一个跟自己说的是王玲，随着自己从大学毕业，在卫生院里面了解自己情况的一些其他同事朋友也会跟自己说到这个问题，比如说，她跟丁一飞现在分隔两地，这万一要是丁一飞在外面认识了更好的……

诸如此类的话，虽然外面的人有好几个都跟自己说过了，但是自己家里头的话，自己的母亲还是第一次说，看来母亲也听到了一些什么。

袁建秀抬起了头来，握住了母亲的手，定定地看着对方。

“妈，我相信他，我相信他和周豪杰是不一样的，他不会放弃我们之间的感情。如果他真的做了和周豪杰一样的选择，那就当是我瞎了眼吧。”

袁母顿时哑然，一时之间都不知道该说什么才好了，片刻之后，她才拍了拍女儿的手背：“既然你相信他，那么妈妈也相信他，妈相信你的眼光，你也不用太担心。”

袁建秀笑着点头：“好，我不担心。”

袁母看着女儿脸上的笑容，心中忍不住暗想：我家丫头就是最好的，丁一飞那小子如果敢辜负咱家丫头的话，那绝对是他的损失！

…………

在军校快毕业前的两个月，丁一飞要完成一篇学术论文，这是最后的军校毕业论文。

这天，就在丁一飞在宿舍里思索着怎么写这份论文的时候，王海超朝着他这边急急忙忙地跑了过来，一边跑还一边喊着他的名字。

“丁一飞！”

丁一飞被打乱了思绪，有点无奈，朝着对方看了过去：“怎么了？有什么事吗？”

“快，你，你快出去。”王海超有点气喘，都是跑的。

丁一飞眨了眨眼，狐疑地看着跑成这样的王海超，不解道：“你跑成这样干什么？有什么急事吗？”

王海超拍着胸口喘，顺了顺气：“我没什么事，是你有事，你有事。”

丁一飞一愣，更不解了。

“我？我有什么事？”

“外面，外面有个女孩找你，就在我们军校门口，丁一飞，该不会就是你女朋友吧？”

丁一飞愣住了，不过下一刻，他就立刻站了起来，连忙快步出了宿舍，朝着军校门口跑去。

丁一飞跑得很快很急，一颗心脏好像都要从喉咙里面跳出来一样。

他从来不知道有一天自己居然也能跑得这么快，而且这么不稳重。

他不知道军校门口的到底是不是袁建秀，但是想到这个名字的时候，他就觉得自己的心跳更剧烈了一些。

当他终于跑到军校门口的时候，远远地便看见了那一道熟悉的身影，这一瞬间，丁一飞觉得自己的眼眶都有点发涩。

有将近两年的时间了，从那一次回去探亲之后，他就再没有见过这个喜欢的女孩，除了通信之外也没办法有其他的交流，如今看到那熟悉的身影之时，丁一飞才后知后觉地感觉到了思念。

他忽然想到了那句话：平生不知相思，才会相思，便害相思。

“建秀。”

袁建秀本来在踢着脚下的石子，对于来这里也是有点忐忑的，但是听到丁一飞的声音之后，她猛地抬起头来。看到朝着自己这边奔跑过来的身影之时，袁建秀的眼中立刻带上了柔和的色彩，心中的那一点忐忑也在这一刻烟消云散了。

“丁一飞。”袁建秀喃喃地喊出了丁一飞的名字，然后，勾着嘴角露出了一抹灿烂的笑容。

丁一飞终于跑到了袁建秀的跟前，他激动地想要抱住眼前的这个女孩，又怕这样会唐突了，于是，缩回了本来伸出的手，只是激动道：“建秀，你怎么来了？”

“我们医院的院长到这里来开会，我跟着一起过来学习的，今天院长身体不舒服，休息一天，我就想着来看看你了。”

袁建秀是知道丁一飞上军校的地址的，只是之前自己一个人也不可能过得来，也不方便，跟着院长一起……一开始袁建秀也不确定自己能够有过来的时间，所以并没有跟丁一飞说什么。直到今天早上，院长因为身体不舒服，要休息一天，自己才有了机会。

在来的路上，袁建秀曾设想过许多两人见面时候的情景，甚至还想过丁一飞在看到自己的时候会不会不高兴，毕竟自己没有提前通知。刚才站在这里的校园门口，看着进进出出的男男女女，总觉得他们比自己打扮时髦了许多，这让她都不自信了起来，害怕等会儿见到丁一飞的时候，对方会嫌自己土气。

这些担忧在看到丁一飞眼中明显的喜悦之时，全都化为灰烬。

此时，袁建秀笑得更加温柔："怎么样，丁一飞，你现在还好吗？欢迎我过来吗？"

"欢迎，当然欢迎。"丁一飞高兴得都不知道说什么才好了，甚至语无伦次了起来，"怎么会不欢迎，你来我可高兴了，你吃饭了吗？肚子饿不饿？"

看着面前这有些手足无措的青年，袁建秀之前提起的一颗心也彻底放了下去。

"我不饿，来之前吃过东西了，你要是有时间的话我们走走好了，一会儿我就要回去了，院长今天身体不舒服，我早些回去放心点。"

丁一飞闻言连忙点头，指了指不远处，"那我们去那边坐坐怎么样？"

"好。"袁建秀立刻点头，笑得很温婉。

第三十七章

★★★★★

这时，秦海霞和另外一个女同学从外面回来，看到了丁一飞和袁建秀两个人。

秦海霞倒是没说话，但是她旁边的女同学开了口："丁班长，这位女同学是哪个班的，好像没见过啊？"

这女同学其实一眼就看出了袁建秀并非他们军校的同学，看着对方的眼神也带着明显的审视，脸上是似笑非笑的表情。

丁一飞看了眼说话的女生，淡淡道："这是我朋友，从家乡过来看望我的。"

"哦，家乡的朋友啊，怪不得呢……"后面的几个字，这女同学说得颇为意味深长，似乎还带着一点嫌弃。

丁一飞顿时冷下了脸，但他的素养让他怼不了一个女生，所以转向了袁建秀："我们走吧。"

袁建秀有点不安地点头，没说什么。

丁一飞带着袁建秀往不远处的空地走了过去，女同学见状不高兴地要跟上去，却被秦海霞拉住了。

"好了晓红，我们回去吧，丁班长有家乡的朋友来看望他，我们就别打扰他了。"

张晓红冷哼了一声："什么家乡的朋友，我看就是那个女朋友吧，这丁一飞的眼神也真是不好使，还以为他的对象会是怎样的绝色呢，结果就是个普通乡下妹，连打扮都不会。"

秦海霞微微皱眉，不赞同地看了眼张晓红："别这样说，丁一飞选择怎样的人都是他的自由，我们背后这样评价别的女孩不好。"

张晓红叹了口气，拽住了秦海霞的胳膊："行，行，我不评价了行吧？也就你太善心，不计较丁一飞的不识货。"

秦海霞无奈地拍了拍张晓红的手，两人一起往校园里面走去，轻轻道："感情的事情本来就不能勉强，再说，就连开始都没有，更没有什么好说的。"

张晓红蹙眉，终究没有再说什么。

秦海霞似有若无地往离开的丁一飞和袁建秀方向看了眼，浅浅叹息了一声。

有缘无分啊。

丁一飞带着袁建秀来到了不远处的空地，找了一块大石头，两个人一起坐了下来。

袁建秀眨了眨眼，还是问道："刚才那两个女生，是你同学吗？"

丁一飞摇了摇头，"不是，是军校三队的。"

"她们知道你？"

丁一飞老实道："那两个女生当中有一个是隔壁学员三队班长，有时候我们几个学员队之间搞活动开会，交流一些东西。"

袁建秀微微抿了抿嘴角，貌似无意道："班长？是说话的那个吗？"

"不是，另外那个才是。"

"哦，这样啊，我只是觉得，跟你说话的那个好像不大喜欢我。"说着，袁建秀有些失落的样子。

丁一飞闻言立即脱口而出："没必要让她们喜欢，我喜欢就行了。"

袁建秀一愣，然后脸立刻红了，她白了眼丁一飞，却是扑哧一声笑了，刚才的那点不开心的情绪也烟消云散了。

丁一飞说得对，她不需要别人的喜欢，有眼前这个人的喜欢就够了。

丁一飞看到袁建秀笑了，自己也露出了一个傻笑来，此时，他的心情还是澎湃的，看着眼前喜欢的女孩，不由得握住了对方的手，轻轻道："建秀，等我学习完回部队后分配了岗位，我们就结婚好不好？"

袁建秀闻言目光柔和地看着丁一飞，虽然羞涩，却坚定地点了点头："好。"

四目相对，两人都露出了一个有点傻却充满了幸福的笑容来。

袁建秀快要离开时，心里想着把家里丁小敏农药中毒的事告诉丁一飞，可又一想自己对丁母的承诺，不让丁一飞知道。再说经过近半年多的治疗，丁小敏的病情恢复得很好，基本没有留下后遗症。

这天，袁建秀在回去的时候心终于定了，真好，丁一飞不是周豪杰，所以他们会好好的，永远都不会分开。

丁一飞的心也定了，并且充满了干劲，等回到宿舍后，文思如泉涌，很快就写完了论文，检查一遍后很满意。

这一份他很满意的论文，在几天后上台交流时收到了同学们热烈的掌声，也得到了老师的赞扬。

两个月的时间转眼过去，当拿到了跟同学们一起拍的毕业照片后，丁一飞便坐上了返回部队的火车。

因为在军校学习期间表现突出、成绩优异的缘故，丁一飞回到部队不久就在连队担任连长。

刚刚开始的一段时间，熟悉工作，带好连队的兵，丁一飞很忙，连队的军事训练、日常管理、后勤保障等都需要操心，等他忙完这个过程刚走上正轨时，已经又过去三个月的时间了。

这天是星期天，丁一飞休息，所以吃过早饭后匆匆前往蒋勤业所在的招待所，如今，蒋勤业已任招待所所长了。

在门口的时候丁一飞碰到了王亮，所以两个人一起去看望蒋勤业和王玲了。这两年丁一飞在外学习，根本没时间回来，跟蒋勤业也只有少数的通信。他只知道这两年蒋勤业坚持带着王玲，利用一切空余时间给王玲做按摩，跟她说话，照顾得无微不至，但更具体的情况他就不知道了。

此时，一边往那里去的时候，王亮叹息道："蒋勤业这两年是真的挺不容易的，王玲一直没有醒来，他一个人又要忙招待所的工作，还要照顾王玲，什么活儿都得自己来，真的很辛苦。"

丁一飞沉默了一下，轻轻道："只要王玲能醒过来，那么蒋勤业的辛苦也是值得的。"

王亮苦笑了一下："是啊，只要能醒来，但……"他长长叹了口气，看着丁一飞道，"蒋勤业不在这里，我也就在你面前才敢说说，这不是怕王玲醒不过来吗？你看蒋勤业一个大小伙子，要是王玲真的醒不过来，这一辈子不就耽误了吗？"

丁一飞垂下了眼睑，只道："蒋勤业喜欢王玲，那是他的妻子，他该这么做的，没什么耽误不耽误的。"

因为如果是袁建秀的话，丁一飞想，自己也会如蒋勤业一般，因为那是他的妻子，他说好了要保护对方一辈子，保护共度一辈子的女人。夫妻本是同一体，祸福与共也是理所应当的，一个男人，本也应该如此。

来到了蒋勤业所在的招待所，今天蒋勤业并不休息，他在看到丁一飞和王亮过来的时候很高兴，因为已有两年不见战友，蒋勤业大力快走几步和丁一飞狠狠拥抱了一下。

“一飞，好兄弟！”

丁一飞笑着狠狠拍了拍蒋勤业的后背：“好兄弟，抱歉，到今天才能来看你。”

“别这样，我知道你很忙，从军校回来后就当了连长，都要适应。现在怎么样，工作上遇到什么困难了吗？”

丁一飞微笑着摇头：“没有，都挺好的，现在连队工作也都理顺了。”

“这就好。”蒋勤业看丁一飞并没有勉强的样子，是真的为对方高兴。

三人说了一阵后，丁一飞提出想看看王玲，并且道：“你要是不能回去的话，钥匙给我们，我们自己去看看就好了，不耽误你工作。”

蒋勤业嘿笑了一声，摆手道：“没这么严重，你们等我一会儿，我跟旁人交代一下，回去一会儿还是没问题的。”

丁一飞和王亮顿时点头。

随后，蒋勤业带着丁一飞和王亮来到了他和王玲现在住的地方，打开卧室门的时候，丁一飞和王亮都闻到了一股清香的味道，原来，在床头柜上放着一个花瓶，而花瓶里面是外面的野花。

房间被蒋勤业收拾得干净整洁，虽然可能条件一般，但是能让人一下感觉到满满的温馨和舒适，一看就是蒋勤业用心了的。

蒋勤业洗了洗手，要给丁一飞他们倒水的时候被阻止了。

“蒋勤业，你别忙，我们就是来看看，你别忙活了。”

蒋勤业也没跟丁一飞他们客气，既然丁一飞他们说不用那也就不用了，大家同学多年，又战友多年，真不需要这么客气。

之后，蒋勤业坐在了王玲的床前，抓住了王玲的手。

“王玲，你看看是谁来了？是丁一飞呢，还有王亮，丁一飞去军校学习两年多了，现在终于回来了。你睁开眼睛看看吧，现在的丁一飞比两年前可是又大变样了，他还当了连长。作为同学，你不起来跟他说恭喜吗？”

蒋勤业和王玲说话的语气只能用温柔两个字来形容，他脸上的那个笑容，让旁人看着也有些心痛。丁一飞和王亮两人此时只觉得心里酸涩难受。

第三十八章

★★★★★

蒋勤业絮絮叨叨地又跟王玲说了好一会儿的话，王玲一点反应都没有。

当丁一飞和王亮这边要走的时候，蒋勤业自然连忙来送，王亮用力拍了拍蒋勤业的肩膀：“兄弟，老天善待好人，王玲一定能醒过来的！”

蒋勤业微笑，然后坚定地点头，此时的他，眼底仿佛有着明亮的光。“嗯，我也是这么觉得的。王玲这么好，我相信老天爷不会对她这么残酷的。”

王亮的眼中有一丝热意，却不敢表现出来。

丁一飞定定地看着床上的王玲，天若有情，若是天真的有情，让这么好的女子醒过来吧。

就在丁一飞这么想着的时候，忽然，他的目光一顿，刚才……他好像看到了王玲的手指动了一下？但是，等他认真去看的时候，又不动了，就好像自己刚才看到的都是错觉一样……

于是，丁一飞不由得看着那里有些愣愣地出神，直等到王亮推了他一下他才反应过来。

“丁一飞，怎么了？”王亮小声地问道。

丁一飞笑着摇头：“没事。”

然后，他转向了蒋勤业，从口袋里掏出了红纸包住的十张十元人民币："蒋勤业，那今天我们就先走了，这是我们的一点心意，你给王玲买点营养品，让她补补。"

今天他和王亮故意没带水果，就是准备了一个红包。

蒋勤业一惊，连连拒绝："不，不用，你们人过来了就好了，王玲要知道你们来看她肯定高兴坏了，千万别，这红包你们带回去，我不能要。"

丁一飞不容他拒绝，强硬地将红纸包塞到了他的兜里。

"蒋勤业，王玲一直躺在床上是需要补充营养的，她现在能进食，你给她买点好喝的营养品，这对她有好处，这不是给你的，是给王玲的，明白吗？"

王亮也在一旁道："没错，蒋勤业，这不是给你的，这是给王玲的，你不能拒绝，这也是我和丁一飞的一点心意。你要是再拒绝，我们可要生气的。"

闻言，之前一直笑着，仿佛一点阴霾都没有的蒋勤业此时终于湿润了眼眶。他紧紧地握着丁一飞的手，千言万语，最后全都汇集成了两个字："谢谢！"

从蒋勤业家中离开的时候，丁一飞和王亮的心情也都有些起伏。

王亮在自己的脸上狠狠揉搓了一把，低骂了一句脏话，道："老天爷可千万得长点眼睛啊，蒋勤业和王玲都挺好的，真的，都是好人，好人会有好报的。"

丁一飞抿了抿嘴角，略迟疑了一下，还是说道："我刚才在王玲那里好像看到她动了一根手指头。"

"什么？"王亮猛地停下，瞪大了眼睛，一下拽住了丁一飞的胳膊，急急道，"你看到王玲手指动了？你刚才怎么不说啊，走，我们快点回去告诉蒋勤业，他一定得乐坏了。”

说着，王亮拉着丁一飞就要往回走，但是被丁一飞反拉住了。

“别，我就是看见了一下，就一下而已！”丁一飞苦笑了起来，“之后，我认真地看，她的手指都没有再动过，眼睛也没有反应，所以我都不能确定之前是不是我看错了，这要是我看错了却嚷起来，不是反而让蒋勤业难过吗？”

王亮一愣，眼中的那种欣喜的光芒顿时消失了，他喃喃了一句：“哦，可能是看错吗？这……这应该不会看错吧？你的眼神儿可是我们大伙儿公认的好。”

丁一飞闻言还是只得苦笑，却说不出什么来了。

最终，王亮长长地叹了口气，也想通了。

“丁一飞，你说得对，这要是真的看错了，说出来不止让蒋勤业白高兴一场，严重影响他的心情不说，这大喜之后可能会……并不是好事，并不是好事啊。”

丁一飞点了点头，他也是这么想的，所以刚才没有说，但凡他要是看到王玲的手指动第二下，他都不会不说的，但是只那么一下……他真的不确定是不是自己看错了。

两人对视了一眼后，继续往回走去，只是心里都有点沉甸甸的，轻松不起来。

如此，又过了一个月后，丁一飞在部队申请的婚假假期终于批了下来。

当坐上开往家乡的列车时，丁一飞隔着窗户玻璃看着外面自由飞翔的小鸟，只觉得自己此时的心情雀跃得也像那些小鸟一样。

当他下了火车时就看到了来接他的妹妹丁小敏，两年不见，丁小敏瘦了不少，脸色也没有以前那么红润，但看上去已经是大姑娘模样了。

“哥。”丁小敏看见丁一飞也很激动，快步跑了过来。

兄妹两个狠狠拥抱了一下，然后，丁小敏笑着道：“哥，快回去，妈给你做了好多好吃的。哥，你怎么也瘦了啊，觉得你没之前那一次回来壮了。”

“没有。”丁一飞笑着摇头，拍了拍妹妹的肩膀，“还是一样，哥哥我这不叫瘦，叫结实，女孩可得注意自己的身材，多运动，知道吗？”

“行，行，我才不愿意胖呢，胖的女孩没人要的。”

丁一飞哈哈一笑，又拍了拍妹妹的肩膀：“你小小年纪，你哥我也就刚打算结婚而已，你居然就想着谈对象了！”

“嘿嘿，这不是随口一说吗？哥，你可别笑话我。”

兄妹两个拉着手往家里面走去，来到家里，看到母亲站在门边，一瞬间，丁一飞眼眶就湿润了。

“妈妈。”

丁母的眼眶也有点湿润，上前抱了抱儿子：“好了好了，回来了就好。”此时，丁一飞看到了父亲丁吉生的遗像，马上举手跪倒给父亲磕头。丁一飞含着眼泪问妈妈父亲去世后家里情况，农村实行联产承包责任制分田到户后，家里的劳动强度更大了，好的是还有袁建秀让他哥哥经常来家里帮忙。丁母含着眼泪道：“好了，先吃饭。”

丁一飞吸了吸鼻子：“好，我可想念妈做的饭菜了。”

“想念就多吃点，多吃点知道吗？瘦了，都瘦了。”丁母絮叨着，丁小敏和小妹妹在旁边眼眶也有点湿，一家人往里屋走去。

吃过饭后，丁小洁带着孩子也回来了，丁一飞不见这个姐姐的时间更长，姐弟两个自然又好好说了说话。

在谈话时丁小洁无意中把妹妹丁小敏农药中毒的事告诉了丁一飞，并告诉他是袁建秀哥哥袁建刚救活了妹妹一条命，并再三叮嘱他：“一飞，要好好感谢袁建秀一家，今后要好好地感恩她和袁建刚。”

丁一飞点了点头，内心却十分内疚和沉重，自己为家里做的事太少了，妈妈和妹妹小敏受苦了，这么大的事都不让告诉我，我对不起她们，对不起一家人。同时也感到母爱的伟大，自己一定要好好孝敬母亲。丁一飞心里在想，忠孝不能两全，自己在部队要为国家尽忠，但每个赤诚之子，都曾在心底向父母许下孝的宏愿，相信来日方长，相信水到渠成，相信自己必有功成名就、衣锦还乡的那一天，可以从容尽孝。

丁一飞还问了姐姐许多问题，比如，妹妹身体恢复得怎样？姐夫对姐姐好不好？小侄女乖不乖？平常家里有没有遇到什么困难？等等，都是家常。

丁小洁什么都说好。看自家姐姐脸上的确没有愁容，也没有消瘦，丁一飞总算是放心了些。

这里有个习俗，新人结婚前三天，尤其是结婚前那个晚上最好别见面，否则会影响以后的和谐，所以，丁一飞心里即便装着许多对袁建秀的思念，也安静地等待着。白日里的时候还帮家里干了不少的活计。

婚礼的这天，丁家的所有亲朋好友全都到场，袁建秀一家也是。他妈妈和哥哥袁建刚也早早来到了酒店，参加在县城大酒店里面举行的婚礼。

这一日，丁一飞不由得想到了王玲，他甚至有些不安地想，一会儿袁建秀过来的时候会不会也遇到什么状况……但他很快打了打自己的嘴巴子，自己怎么能这么胡思乱想，不会的，不会的，老天爷不会这么对她的。

老天爷总算还是仁慈的，当看到出现在自己眼前的新娘身影时，丁一飞长长地舒了口气。那一瞬间，丁一飞感觉整个天地间只剩下了那一道倩影，旁的任何人已经完全不能映入眼帘了。

当那道倩影来到了跟前时，丁一飞激动地一把握住对方的手，手指关节用力，甚至带着细微的轻颤，然后，牵着心爱的女孩朝前走去，这一走，丁一飞觉得，自己牵着这只手能走到天荒地老。

周围的宾客哄堂大笑，为丁一飞刚才的急切。

袁建秀的脸都羞红了，没好气地略扫了眼丁一飞，眼中却带着明显的甜蜜，丁一飞的心中只有手中的这只手，就连旁边的哄笑声都没听见，只是在女孩看过来的时候露出了一个傻乎乎的笑容。顿时，袁建秀所有的气都没有了，只剩下了完全的甜蜜。

洞房花烛夜，这天，丁一飞自然是被灌了酒的，之前在部队的时候也不能喝，丁一飞的酒量真的不行，但这种人生大喜事，不能喝也得上啊！所以，他在晚上回房的时候是被别人扶回去的。

袁建秀接过丁一飞的时候看着对方走路都打飘，忍不住道：“你这是到底喝了多少啊？你不是不能喝酒吗？不能喝就别喝啊，你看你……明天起来该头疼了。”

说是抱怨，还是心疼，袁建秀赶紧找了湿毛巾过来给已经坐在床上的丁一飞擦脸。

而这时候的丁一飞只会看着袁建秀傻笑了，袁建秀给人擦完了脸，看着对方还在傻笑，不由得翻了个白眼：“你这傻乐呵什么呢？”

“建秀，你……你……你真……好看……好看……”

丁一飞的舌头都大了，但是意思还是能表达清楚的，就是整个人都透着傻气。

袁建秀真是哭笑不得，又是有些羞涩，又是……有点没好气。

“你确定你还能看得见我长什么样吗？我看你现在喝得眼前人都变重影儿了吧，这还能分得清美丑？”

“能、能分得清的。”丁一飞不赞同道，然后一下拉住了袁建秀的手，

“建秀最好看了，天下第一……第一美女……好看！”

袁建秀娇笑了起来：“是吗？”

“嗯！天下……第一、第一好看！”

袁建秀看着眼前这喝醉了后有些傻气，但是话说得哪儿哪儿都中听的男人，轻轻地“嗯”了声，眼如星辰，唇边带着明媚的笑意，她的声音低若呢喃，却仿佛又能颤动人心。

只听她道：“丁一飞，你也是天下第一好看。”

丁一飞瞪大了眼，虽然袁建秀说的声音很低，但他也还是听见了，甚至反驳道：“才、才不呢！男人怎么能说好看呢？而且，你、你别安慰我了，我的长相也就一、一般而已……”

这时，袁建秀却飞快地低下头来，在丁一飞的唇上啄了下。

做完这个动作，女孩虽然故作镇定，却双颊忍不住通红了起来。

丁一飞先是愣了一下，还有些茫然，喝醉酒后的大脑反应速度太慢，让他甚至不大分辨得清楚刚才发生了什么事。但是，当有些模模糊糊地看到心爱的女孩红起来的双颊的时候，丁一飞心中的某根弦立刻就动了动，下一瞬，他反手将女孩拉向自己，两人很快一起跌进了柔软的床铺里……

第三十九章

★★★★★

次日，丁一飞醒来的时候已经是半上午了，身旁的女孩早已不在。但是想到昨天夜里火热的画面，丁一飞不自觉地又露出了一个傻笑。

这时，丁母走了进来，正巧看到了儿子这一抹傻笑，也乐呵呵地笑了。

“哟，在回味昨天晚上呢？”

丁一飞吓了一跳，都没注意到母亲进来，他眨了眨眼，有些尴尬地咳嗽了一声：“妈。”

丁母上上下下打量着儿子，丁一飞被这目光看得浑身不自在，简直都想往被子里面躲去，他见状只得尴尬地又咳嗽了一声：“妈，您看什么呢？”

丁母似笑非笑地打趣儿子：“当然是看看从男孩变成男人的儿子有什么区别啊。”

丁一飞羞得脸都红了：“妈！”

“好吧。”丁母终于不打趣儿子了，在床边坐了下来，“你这一次就把建秀带过去了？”

说到了正事，丁一飞顿时自在了许多，点了点头：“嗯，我和建秀已经说好了，给部队的领导也打过申请了，这一次我就带建秀过去。”

丁母轻轻点头："这样也好，不过，你这样把人带走了，以后在那边可得负起男子汉的责任啊，请记住：要做一个有情、有意、有担当的男人，人家离乡背井的……一个女孩跟你过去很不容易的。"

"我知道。"丁一飞正式保证，"妈，您放心吧，我会好好照顾建秀的，一定会好好照顾她的，这辈子都会！"

门外，袁建秀不知何时站在了那里，眼眶中带着一丝泪花，嘴角却轻轻上扬了起来。

她想，丁一飞是真的很好，而她相信对方的承诺，也愿意相信对方的承诺，她相信，他们以后会过得好的，一定会的！

丁一飞的假期还有些时候，他和袁建秀两人一起去看了林芳华。

这两年，在袁建秀坚持不懈的陪伴和开解下，林芳华的病情已经有了很大的好转。这让林芳华的家人都很高兴，所以，在看到丁一飞和袁建秀过来的时候格外热情。

一番寒暄后，林母将这里的空间留给了几个年轻人。

林芳华在看到丁一飞的时候眼神忍不住晃了晃，脑中又浮现出周豪杰的身影，但是，终归没有那么撕心裂肺地疼了，只是很酸，很涩。

袁建秀拉着林芳华的手，轻轻道："芳华，我就要跟着一飞过去了，所以去部队之前来看看你。"

林芳华轻轻点头，紧紧反握住了袁建秀的手，眼里带着清晰的不舍。

"要走了？"林芳华现在也不常说话，所以声音略有点沙哑，但是比起两年前已经好了许多许多。

现在的林芳华精神状态好了很多，也不会时不时地想着自残了，林家父母都能放心出门了，不用随时留人看着林芳华了。不得不说，这么大的改变跟袁建秀的努力分不开。所以，林家父母对袁建秀是最为感激的。

“嗯，再过两天就要去部队了，芳华……”袁建秀略微迟疑了下，还是道，“现在恢复高考了，你有想过复读吗？”

“复读？”林芳华闻言顿时一愣。

袁建秀在说出口后则坚定了起来，她轻轻道：“哪怕不是复读，也可以边工作边学习，只要你有这个决心，我相信你肯定可以重新考上大学的。”

林芳华有些心动，陷入了沉思中。

不一会儿，林母送了水进来，袁建秀和丁一飞这边赶紧道谢。

等到林母出去后，林芳华才认真道：“建秀，你的提议我会好好考虑的。”

袁建秀闻言顿时笑了：“好，芳华，我相信你可以的。”

两人又说了一会儿话，等到袁建秀和丁一飞告辞，林芳华终究还是没有问任何关于周豪杰的事。

从林芳华的家中离开后，袁建秀不由得感慨了起来。

“一飞，人和人之间的缘分，很奇妙对不对？”

丁一飞看向袁建秀，不大明白对方为何会有这样的感慨。

袁建秀笑了一下，看着丁一飞，这个已经是自己丈夫的男人，眼底仿佛有光地笑着道：“难道不是吗？你看，有缘有分的两个人，才能最终走到一起，有缘却无分，最后只能落得一人心伤。所以，缘分这种东西，真的很奇妙，你说是吗？”

丁一飞想了想，点了点头：“是，的确很奇妙，而我很庆幸，我们是有缘也有分。”

袁建秀笑了，主动牵住了丁一飞的手：“嗯！”

丁一飞立刻包裹住了妻子的手，笑得有点傻兮兮的：“我们回去吧。”

“好，回吧。”

当袁建秀跟着丁一飞坐上绿皮火车返回部队时，丁母和家里亲人们都前来送行，妹妹丁小敏和袁建刚也在送行的人群里。丁小敏羞涩地拥抱着丁一飞告别，小妹丁小息也赶上来要与大哥丁一飞亲吻，她们还是忍不住流下了眼泪。这一刻，袁建秀忽然明白了丁一飞他们这些军人的心情。

这样的绿皮火车，这样的离别，丁一飞已经坐过好几次，恐怕每一次都是自己这样的心情吧？

没有离开就开始想念，不舍，忐忑，酸涩……

“没事的，建秀，我们还会回来的，等到有假期，我们就回来看爸妈他们好不好？”丁一飞握着袁建秀的手，看到妻子流泪有点手足无措地安慰。

袁建秀侧过了头，泪眼中看身边的男人，只觉得这人大概是这世上最“好看”的人，怎么看都看不够的那种。她狠狠点了点头，胡乱擦了擦眼泪，轻轻道：“好，有机会就回来。”

她长大了，已经不再是单身的女孩了，她现在是男人的妻子了，有她以后要承担的责任，她既需要把自己的家庭经营好，还需要干好工作，与军人丈夫比翼双飞。

到达了目的地，丁一飞便带着袁建秀去了临时住的房子。

全是石头堆积而成，在窑洞的外面，屋子里也很简陋，除了一张床，两个椅子，还有水壶之类的必备用品，其他也就没什么了。这样的条件，比他们县城里的家都要差了许多。

丁一飞看着面前的环境，有些不安地看着身边的新婚妻子，带着点无措道：“以我现在的级别，如今只能住这样的房子，对不起，不过建秀你放心，我会努力的，会加倍努力的，争取让我们很快能住更好的房子。”

此时的丁一飞心里在想，人生重要的不是所站的位置，而是所朝的方向，生活中一切都在改变，无论多大困难，心情多么沉重，都要坚持住，太阳落了还会升起，只要路在，阳光还在，希望就在，想要得到，就需要努力，努力创造幸福，努力赢得未来！

看着丈夫不安又竭力让自己相信的样子，袁建秀连忙握住了对方的手，她笑得没有一点阴霾，还是那么灿烂，说出的话也很坚定。

“我相信你，而且嫁鸡随鸡嫁狗随狗啊，我没觉得这里有什么不好的，这里的条件差，我们可以凭借自己的双手多添置些东西，这也是一种乐趣不是吗？”

丁一飞不确定妻子是不是在故意安慰自己，但是不得不说，妻子的话还是让他稍微松了口气。

丁一飞握着妻子的手，笑道：“嗯！建秀，你相信我，我会努力的，心中有志，才能成就人生，我们能越过越好的！”

袁建秀微笑：“当然。”

重新回归岗位的丁一飞又陷入了忙碌中，而袁建秀因为之前在县城里就一直在卫生院工作，来到部队之后，她成为部队附近地方卫生院的医生。

本来丁一飞还很担心刚来到这里的袁建秀会不适应，但是，过了一段时间后，丁一飞发现，这个妻子的适应能力比自己想象的要好很多。不管是白日在工作单位的袁建秀，还是夜里回到他们小家的袁建秀，她总能带给自己快乐和惊喜。

自从家里多了一个人后，丁一飞只要回来就都能吃到一口热饭，喝到一口热汤了，这就是家的感觉吗？丁一飞只觉得这真是太好了。

其实，丁一飞还特意在白日里去过袁建秀工作的卫生院，他并没有进去，而是在门外远远地看着，看到妻子待人和善，笑容满面，看到旁人夸赞她，看到她做事麻利被表扬……那一瞬间，丁一飞是真的为自己心爱的妻子而骄傲着。

这天，丁一飞回来的时候，袁建秀已经做好了饭菜，虽然饭菜很简单，但是两个人一起吃有着别样的温馨。一边吃一边说说白日里的事，小夫妻总有说不完的话题。

饭后，袁建秀道：“一飞，如今我在这里也适应了，什么时候我们去看看王玲吧。”

来到这里已经一段时间，他们刚过来的第一天蒋勤业带着礼物来过，之后，袁建秀要上班，要适应这里，确实没有时间，如今总算安稳了下来，她当然要去看看王玲了。其实她早就想去了，拖到了现在已经觉得很对不起王玲。

丁一飞闻言顿时自责道：“看我，都忘了这事，好，我明天就请半天假，跟你一起去看王玲。”

袁建秀笑着道：“好，刚好我明天可以休息半天。”

夫妻两个相视一笑，端的都是满满的温馨。

第四十章

★★★★★

第二天一早，袁建秀和丁一飞带上了早就准备好的水果，前往王玲和蒋勤业的家。

在路上的时候，丁一飞将上次看到王玲手指微动的事情说给了袁建秀听，说完后，苦笑道："幸亏我那天没有喊起来，要不然的话，可真是要让蒋勤业难过了。那天也定然是我看错了，这些天来，并没有听蒋勤业说过王玲醒来的事，要是对方醒了，蒋勤业肯定第一时间通知我们的。"

袁建秀却没有一下就认定是丁一飞看错，她毕竟是学医的，于是轻轻道："也不一定就是你看错，植物人恢复意识也不是一下就恢复的，每个人的情况都不一样，王玲的事情，之前我也专门了解了一些这方面的情况。有些植物人就是慢慢才有意识，如果说对外界有反应的话，先动下手指，动下眼珠子，慢慢地清醒都是会的……也有可能是王玲情况在好转呢？我们先别放弃希望。"

丁一飞一愣，讷讷道："还会这样吗？你是说，有的植物人不是一下清醒吗？"

"对的，这个清醒其实也是有一个过程的，有很多植物人就是从只能慢慢动一下手指，对外界有点反应，到反应更多，自然而然清醒的，王玲……我不知道她是哪一种情况，今天我们去了好好看看再说。”

丁一飞顿时点头，又迟疑了下，才道：“那你觉得，这事要跟蒋勤业说吗？”

袁建秀沉吟了片刻，随后才轻轻道：“我觉得要说的，如果真的是王玲慢慢对外界有反应了，这代表她清醒的希望是非常大的，这需要人跟她经常说话，唤醒她的意识，蒋勤业是最合适的人，他陪伴王玲的时候最多呀。”

丁一飞闻言忙道：“建秀，你说得对，那今天我们看过王玲后就跟蒋勤业说说。”

“好。”袁建秀微微笑了笑，“一飞，你可是跟我说过你打枪很准的，神枪手的你，我觉得你看错的可能性不大的，而且，直觉告诉我，王玲会醒的，一定会醒的，说不定，现在就是对方越来越清醒的时候呢！”

丁一飞笑了，一手拎着水果，一手紧紧握着袁建秀的手，笑道：“直觉吗？好，那我也相信你的直觉。”

然后，两人又是相视一笑，从彼此的眼中都能看到满满的爱意。

蒋勤业看到丁一飞和袁建秀的时候自然是格外激动，袁建秀许久都没有见过蒋勤业了，也是很激动。

丁一飞和蒋勤业用力地抱了抱，说了一会儿话，蒋勤业才领着丁一飞和袁建秀来到了里面。

王玲还是那样躺着，但是脸色红润。一直躺在床上的植物人，屋里却什么味道都没有，足可以看出蒋勤业在照顾病人上是很用心的。

“建秀，王玲要是现在醒着，该乐坏了。”蒋勤业的眼中有一丝水润，他是知道的，以前在学校的时候，王玲和袁建秀的关系就最要好，做什么都是结伴一起的。

袁建秀坐在了王玲的床边，握住了王玲的手，轻轻“嗯”了声：“王玲，我是建秀，我来看你了，你能听得见我的声音吗？”

丁一飞看着床边的两人，拉了一下蒋勤业的手：“走吧，我们先出去，让她们聊聊。”

蒋勤业点头，他眼中的那一丝水润还在，掩饰性地眨了眨，和丁一飞一起先离开了。

袁建秀握着王玲的手，仔细地探了探对方的脉搏，对着人一边说话，一边仔细观察王玲的手指。

“王玲，我和丁一飞结婚了呢，你都不知道，我多希望我结婚的时候你可以在场，你可知道那一天你没在我有多遗憾。王玲，快点醒过来吧，蒋勤业是个好男人，你也不希望他为你难过对不对？你睡得已经够久了，我知道，你肯定舍不得就这么让这么关心你的男人难过的，是吧？”

袁建秀絮絮叨叨地说着，忽然，王玲的手指动了下。

袁建秀心中一个激灵，她的眼睛亮了起来，但她没有在这个时候喊人，而是继续说着，甚至说了些刺激王玲的话。

“王玲，你要知道，蒋勤业确实是个好男人，但是你这么一直躺下去，他一个大男人总不能真的一直守着一个活死人过日子吧？我听说啊，已经有人被蒋勤业照顾你的事情感动到，甚至希望他能放弃你，还要给他介绍对象呢。王玲，你甘心吗？难道你能甘心让自己的男人娶别的女人吗？为什么不自己努力一点，努力地睁开眼睛呢……”

大概是袁建秀的这个话太刺激人了，王玲的手指这一次又动了一下，动了一下后甚至又动了一下，这是连续动了两下！

“一飞！”袁建秀终于大喊了起来。

外面正说着话的蒋勤业和丁一飞被里面袁建秀的喊声都惊了一下，连忙朝着里面跑来。

“怎么了，建秀，发生什么事了？”丁一飞紧张地问道。

然后，他就见袁建秀又哭又笑地扑了过来：“一飞，我确定了，我确定了，王玲是真的对外界有意识反应了，我刚才说话，她听见了，手指头动了两下，整整两下！要是一下我还能看错，两下，我是绝对不可能看错的！”

丁一飞吃惊地瞪大了眼：“真的？”

蒋勤业则整个人都呆住了，动、动了？

王玲她，真的动了？

丁一飞猛地推了下蒋勤业，蒋勤业这才回过神，连忙跑到了床边，抓着王玲的手，喊着对方的名字。

这一次，蒋勤业也看到王玲的手指动了一下，没有看错，绝对没有看错，是真的动了一下！

顿时，蒋勤业激动地把王玲抱进了怀里：“王玲，你能听见我叫你了是不是？你能听见了是不是？王玲，我，我唱歌给你听，唱歌，那首参军我们分别的时候，我们一起看《柳堡的故事》电影的时候，你最喜欢的那首歌……”

蒋勤业放下了王玲，在床边便用他那有些粗犷，却激动得有些战栗的声音唱了起来。唱的是《九九艳阳天》。

九九那个艳阳天来哟
十八岁的哥哥坐在河边
东风呀吹得那个风车转哪
蚕豆花儿香呀麦苗儿鲜……
十八岁的哥哥想把军来参……
哥哥惦记着呀小英莲……

丁一飞和袁建秀听着，眼眶都忍不住红了起来。

蒋勤业的声音越来越高，唱到后来，却有点破音了，因为哽咽而破音。

“难……难听……”

房间里忽然多出来的另一道声音让袁建秀和丁一飞猛地朝着床上看去。

只见，一直闭着眼睛的人，不知何时竟然微微睁开了眼睛，而那声音赫然是王玲发出来的！

蒋勤业再一次呆住了，就那么傻傻地看着王玲，完全都不知道如何反应才好。直到袁建秀扑过去抓住了王玲的手，惊喜地喊着“你醒了，你醒了”这样的话，蒋勤业才猛地回过神，差点一屁股跌坐在地上。

他这狼狈的样子看得旁边的丁一飞不客气地嗤笑了一声，走过去拍了拍他的肩膀：“别傻了，你媳妇醒了，赶紧去找医生来看看。”

“啊，医生，对，找医生。”蒋勤业喃喃地跟着重复，然后踉跄地跑了出去，跑得太急，都差点被门槛绊倒。

袁建秀见状忍不住扑哧一声笑了，王玲的唇角也勾了勾，刚醒来的她无比虚弱，没一会儿又睡了过去。

当日，丁一飞和袁建秀一直在那里待到很晚才离开，而王玲也终于是真的醒了，接下来就是休养和复健的事。不管怎样，只要人能醒，已经是最幸运的事了。

因此，离开的丁一飞和袁建秀可以说心情格外明亮，夜风下，小夫妻手牵着手，只觉得现在的生活真是无比美好。

几个月的时间过去，袁建秀卫生院的工作也是越发地忙碌，但她已然得心应手，夸奖她的领导更多了一些，都夸奖袁建秀不仅医术好，而且对病人态度好。

而丁一飞在事业上也是春风得意，他因连队工作出色，直接提升为营长。

粉碎“四人帮”后，军队在教育训练指导思想上实现重大转变，明确把教育训练摆到战略地位，各级开展“一专多能”和“三手”训练活动。就在前几天，丁一飞已经升任营长职位了，在营里组织部队开展的“一专多能”训练和“三手”考核活动中，他身先士卒，为人表率，经常深入训练场指导训练。全营军事训练考核中，他所在的一营评出多名“训练标兵”和“训练能手”，他自己也被师评为军事训练的“先进标兵”，自然的，更是春风得意了。

第四十一章

★★★★★

这天，丁一飞在部队回家的途中，被连队正在训练的战友们围住了，大家纷纷起哄说要丁一飞营长请客。

这其中，带头最先起哄的还是王亮，此时的王亮也在丁一飞的营里，并且也是个连职干部了。

丁一飞自然笑着答应下来，不过具体时间还得再约，大家也不介意，反正答应了就行。

王亮散了大伙儿，搭上了丁一飞的肩膀："营长，我们营被评为'军事训练先进营'，上级会有领导下来检查考核吧？"

"应该会有。"丁一飞看了眼王亮，"怎么？"

王亮扁嘴："我也就是听说，听说啊……"

丁一飞挑眉，看王亮这故意压低声音拖长音调的样子就知道对方又是不知道从哪儿打听来的小道消息要说了……不过，说是小道消息，准确性还不赖。也许这也是王亮的天赋吧，丁一飞觉得，这样的人才放在情报部门或许能更发光发热一点。

"前两个月，周豪杰不是结婚了吗？呵呵，他现在是团作训股长呢。你说，他会不会来？"

两个月前，周豪杰和郑莉莉结婚了。因为郑海峰团长荣升副师长，副师长的独女结婚，婚礼场面还是很盛大的，当时，他们这些人都去吃喜酒了。因为这事，袁建秀好些天心情都不大好呢，而丁一飞当然也知道原因，妻子是因为心疼同学林芳华。

“他来不来，跟我有什么关系。”丁一飞淡淡道，“他现在发展得挺好的，来也就来了。”

王亮不以为然地摇头：“营长你就是想得太少，那孙子一直都爱跟你比，这一次又被你压一头，他能甘心才怪，就怕他找你麻烦呢。”

丁一飞失笑，不以为意道：“他能找我什么麻烦？”

看丁一飞这不以为然的样子，王亮有点急眼了：“这谁能知道啊，总归不能不防啊！”

“好吧。”看王亮这么激动的样子，丁一飞笑着拍了拍对方的肩膀，“你说得对，不能不防，那这就交给你了，你可以好好看看我们怎么防，一切行动听你指挥。”

王亮瞪大了眼，顿时哑然。

等到丁一飞的身影走远，他才恍觉是被戏耍了。顿时，王亮没好气地翻了个白眼：“你以为谁都跟你似的万事拿实力说话啊，不上心，太不上心了！”

嘀咕着，王亮跑开了。

对于周豪杰可能会到营里来的事情，丁一飞是没放在心上的，王亮的担忧他觉得杞人忧天了。

没想到，还真的有幺蛾子。

当日，周豪杰过来倒是也没说什么，甚至一路上和丁一飞聊得还挺好，丁一飞甚至都在想，这周豪杰结婚后看起来倒是稳重多了，一点也不傲气了，这场面话还是越来越会说了。

这也许是每个男人都会经历的吧。

他还正这么想着呢，转头就被领导找去谈话了。当天下午，周豪杰在这里看的样样都说好，很满意、很赞叹的样子，却没想到回团里后就汇报说，在丁一飞营里，听到有人反映他为追求个人名利，故意降低考核标准，训练中存在弄虚作假现象，他还建议团领导对丁一飞所在一营重新进行训练标兵考核。

听到领导这么说，丁一飞当场都呆住了，心中也微微咯噔了一下。

之前，王亮跟他说要小心周豪杰，他还没当回事，觉得王亮杞人忧天了，原来根本不是王亮杞人忧天，而是自己想得太简单了！那周豪杰，就真的这么看自己不顺眼吗？什么有人反映，要是真的有人反映，自己怎么不知道！

一时间，丁一飞在领导面前脸都气红了。

领导拍了拍丁一飞的肩膀："好了，你也别生气，事情既然已经这样了，重新考核就重新考核吧，这一次会有许多领导，可能师里也有领导都到场亲自观摩，你做好准备就好。我们自己清楚自己没有弄虚作假，这样也就不带害怕的。"

丁一飞深吸了口气，敬礼："是！"

领导没有再说什么，让丁一飞先出去了。

回到营里，丁一飞把全营连队干部都召集到了一起，部署了要重新考核的事项，大家很是不解，纷纷询问原因。

丁一飞没什么好隐瞒的，也就说了团里怀疑他们弄虚作假的事情，顿时，下面的官兵差点炸锅。丁一飞好一通安抚，将领导的那番话搬出来跟大家说了，大家这才红着眼愤愤地离开。

在丁一飞的动员部署下，全营官兵在心中同时下了一个决心，那就是，这一次一定要好好表现！说他们弄虚作假？去他的弄虚作假！我们全都是名副其实的！

全营官兵憋了一股劲继续训练，加班加点，咬紧牙关练技术，有的战士吊着砖块练举枪，脖颈麻木僵硬了，胳膊肘练肿了，脸上皮肤脱皮起泡了，都全然不顾。

“坚持！只能坚持！也只有坚持了！”

官兵们被安抚住了，王亮没那么容易被安抚住，直接找上了丁一飞。

“是那个孙子对不对？营长你说，是不是那个孙子！”王亮气愤得瞪大了眼，一副要杀人的模样。

丁一飞无奈地握住了对方的拳头，放下：“这是在部队，别喊那么大声。”

王亮闻言顿时更气了，声音也更大了：“那孙子敢做还怕人说吗？”

丁一飞见状赶紧先关了门，狠狠瞪了眼王亮：“王亮，你别忘了这是什么地方！你是想挨处分吗？”

王亮顿时一噎，气势稍微弱了点。

丁一飞叹了口气：“既然上面说有人反映这个情况，那么，不管是谁反映的，这件事情……总归已经这样了，上面会下来人重新考核这件事情肯定是变不了了。既如此，我们现在能做的，也就是做好准备，以最好的精神面貌迎接考核，仅此而已。”

王亮还是脸色难看，丁一飞拍了拍对方的肩膀：“好了，快回去做准备吧。”

王亮憋着一肚子的火冲出去了。丁一飞又不是圣人，哪里还能不气，他也很生气，他是真的没想到，没想到周豪杰那小子竟然会跟他来这么一手！如今，他背负的压力太大了，一旦考核下来要是那些营里官兵的成绩不如评比上的，到时候自己这个营长恐怕得第一个吃挂落儿。

如此不说，最严重的后果是，自己的军旅生涯到此完结都是有可能的！

然而，这些压力他不能跟官兵们说，更不能跟王亮那个“炮仗”说，否则的话，事情将会更不可控。

所以，这些压力还只能他自己背着！

夜晚，丁一飞回到家的时候情绪上不免带出了一些，袁建秀当即便感觉到了，不过吃饭的时候她什么都没有说，正常地和丁一飞交流，丁一飞也不想袁建秀为自己担忧，配合着。他以为自己掩饰得很好，没想到，两人一起躺到床上后，袁建秀开口了：“有什么连我都不能说的吗？工作上不如意了？”

丁一飞先是一愣，然后便苦笑了起来：“我还以为自己藏得很好。”

袁建秀勾着嘴角笑了笑，声音柔柔的：“你可是我丈夫，你藏得再好，但我的眼里都是你，所以，你开不开心我还是能看得出来的。”

这大概是丁一飞听过的最动听的情话了，闻言顿时心中就是一阵火热。

“建秀……”

袁建秀柔柔地亲了一下身旁之人的唇：“傻瓜，没听过女人最是敏感吗？你不高兴，我怎么可能会感觉不到？”

丁一飞激动地抱住了袁建秀，忍不住把白天发生的事情说了出来。

“……哎，我是真的没想到周豪杰会给我玩这一招，你说，我也没怎么他过。刚入伍那会儿，有一回，他故意把我的背包带子给藏了起来，让我那天紧急集合时，抱着被子冲出去，出我的丑，被挨了批。呵呵，以前还当他小孩子任性，但他现在都结婚了，这事情也升级了，这要是处理不好，可不是挨批就能解决的，他这不是想毁了我在部队的军人职业生涯吗？”

这才是让丁一飞最为愤慨的地方，这是多么严重的事啊，哪里能这样来开“玩笑”。这个“玩笑”是开不起的啊!

袁建秀的眼神冷了下来，没让丁一飞看见，只是轻轻拍了拍丈夫的后背:“没事，所谓真的假不了，假的真不了，你是真的，就不怕被考核。不是有句话说，真金不怕火炼吗?到时候你营里官兵表现更为突出，上面的领导看到你们如此优秀，会更加满意的。”

妻子的声音温柔又带着安抚人心的力量，丁一飞觉得内心柔软了起来，他握住了妻子的手，举到自己的唇边亲了亲。

“嗯，你说得对，真金不怕火来炼，不就是重新考核嘛，我没作弊，没弄虚作假，没什么好怕的！”这话，声音里已然又带上了斗志，还有一点跃跃欲试，可见丁一飞是真的被安抚好了。

袁建秀听着便知道她丈夫这是想通了，微微松了口气，柔柔地笑着:“嗯，没什么好怕的，我相信你。”

第四十二章

★★★★★

于是，第二天，整个营的官兵们顿时发现，他们营长好像吃了枪药一样……“热情如火”了起来，对他们的要求更严厉了，大家本来就都全憋着一口气呢，自然是营长怎么训练他们怎么来，一时间，大家的心都拧成了一股绳。

而且，这股绳还拧得更紧了。

在这样的情况下，几天后重新考核的日子来临了，果然，多来了好些上级领导。

周豪杰也陪坐在他的岳父——如今是副师长的郑海峰身边。

几位领导看着，彼此间说着闲话的时候，考核正式开始了。

三颗红色信号弹腾空而起，首先参加考核的是营一连官兵，他们个个精神抖擞，完全像一群随时准备向敌人发起冲锋的勇士。

只见官兵背负行装，每个子弹袋都装有三枚手榴弹，两个装有实弹的弹匣，还有一把小洋镐，一把小圆锹。随后抓起自己的木把自动步枪，军官和班长冲锋枪，完全符合作战要求，向射击阵地出发。

官兵们冲向了射击阵地，立姿、跪姿、卧姿三种姿势的射击均打出了最高环数。砰，砰，砰！枪响靶落。

随着考核刚一开始，周豪杰还有些幸灾乐祸地看着，但是渐渐地，他的脸色越来越僵硬了，就是他的岳父郑海峰副师长脸色也不大好看了起来，他在转头的时候狠狠瞪了周豪杰一眼，哪里还能不明白怎么回事。

紧接着考核的是二连、三连的官兵。砰！砰砰！同样是枪枪命中靶心。

周豪杰被那一眼瞪得顿时一个激灵，心中更是愤恨了起来：该死的，这丁一飞运气怎么这么好，为何这些人的表现比前一次的考核还要好？这还叫什么弄虚作假！

考核结束，全营三个连成绩都是优秀，有五人打破了全团的三项最高纪录，领导们都为此鼓掌喝彩，全场响起了热烈的掌声。

郑副师长在热烈的气氛中，上前握住一名战士的手，连声说：“小同志真棒！打得太好了！你们真是好样的！”

丁一飞见状，一口气终于是落了下来。此时此刻他想到了许多，当他听到说他考核弄虚作假的时候，心中还产生过一些莫名的焦虑，但是当他决定接受重新考核的时候，他的浑身突然涨满了勇气，增强了斗志。他知道军人随时要准备打仗，一切意外对军人来说都不奇怪，也都很正常，来不得半点马虎，军人要经得住各种考验，直至战争的考验。

那一刻，什么焦虑、担忧、愤恨似乎都未曾发生过，更让他充满激情，充满信心。

成了，一切都成了！

听着领导对自己的表扬，丁一飞却少见地有点走神，此时此刻，他最想要的竟不是在这里听领导对自己的表扬，而是想要……回去抱一抱那个告诉自己真金不怕火炼的女子……

若没有对方的鼓励，若没有对方点燃自己的斗志，自己现在怕是并不能带领士兵们取得这样的好成绩吧？

至于周豪杰，丁一飞根本懒得多看他一眼。

周豪杰看到丁一飞从始至终根本没多看他一眼，顿时气得脸都发青了。

这个世界上有句话叫作，塞翁失马，焉知非福。

本来，丁一飞被告一状，说他考核弄虚作假，这是件大事，但是重新考核后，他反而更入了几位领导的眼，不得不说，这算是另一意义上的收获了。

又过了六个多月，他提升为团参谋长的任职命令下来的时候，丁一飞所在营地传来了很大的欢呼声。

就是丁一飞自己都有些惊讶，他本以为，自己就算能提升上去也要再过好些时候的。

如此看来，也许他还要感谢周豪杰的那个绊子？

不过，不管怎样，提升了，总是一件值得庆贺的事情，而丁一飞最想要的那个和自己一起庆贺的人，自然是自己的妻子。

回到家的时候，他少见地看到了他的妻子没有在忙碌，而是坐在桌边不知道想着什么，脸上竟还带着一抹像是羞涩、像是幸福的笑容。

一时间，丁一飞有点被那个笑容蛊惑到，一步步靠近了对方，不想吓着妻子，所以，在距离妻子一步远的地方停了下来。

"建秀。"

袁建秀这才回神，猛地朝着身边看了过去，露出了一抹笑容来："一飞，你回来啦。"

"嗯。"丁一飞拉住了袁建秀的手，让对方看着自己的眼睛，然后倾身轻轻地在妻子的眼睛上落下一吻，"刚才看你笑得好幸福，是想到什么快乐的事情了吗？"

幸福吗？袁建秀眨了眨眼，一手摸上了自己的肚子，然后，拉着丁一飞的手也放在了自己的肚子上。

“是有一件幸福的事情呢，一飞，我们要做爸爸妈妈了。”

丁一飞闻言顿时愣住，他不敢置信地瞪大了眼，又猛地低头看去。他想伸手碰碰妻子的肚子，又怕力道掌握不好，会碰痛了妻子，一时间手都有点颤抖了起来。

袁建秀看着丈夫如此傻气的模样，顿时乐不可支地笑了起来。

丁一飞看袁建秀笑成这样，知道自己夸张了，所以才让妻子笑成这样，顿时也不好意思地笑了。一时间，屋子里满是欢愉的气氛，久久不散。

也许喜事这种事情是接二连三的。第二天，袁建秀去王玲那里的时候，便发现王玲已经能自己用手撑着坐在轮椅上了，她看起来更灵活了一些。

王玲虽然醒来，但是双腿瘫痪了。这段时间以来，她一直积极配合康复锻炼，蒋勤业更是每天都帮她推拿按摩，非常卖力，所以，王玲恢复得其实还算可以。

虽然自己把自己弄到轮椅上让王玲累出了一身汗，但是看到袁建秀的时候王玲还是笑得很开心。

“建秀，你来啦。”

“嗯，王玲，几天没见，你都能自己坐到轮椅上来啦，太好了，坚持锻炼，以后你一定能完全好起来的。”袁建秀开心道。

王玲笑了笑，轻轻舒了口气，袁建秀赶紧找了毛巾给对方擦拭。王玲接过毛巾擦拭了起来，口中轻轻道：“看到他那么辛苦，我便想着能自己多做点就多做点，我不指望现在就能帮他分担家务什么的，但是至少，可以不用让他再照顾我那么多。”

袁建秀笑着握住了王玲的手：“王玲，你已经很好很坚强了，你才醒来多久时间啊，别给自己那么大压力，你现在真的已经很好了，你和蒋勤业也能越来越好的。”

“嗯。”王玲笑着点了点头，拍了拍袁建秀的手，“我知道的，我也没有逞强，放心，我知道自己的身体极限在哪里。好了，不说我了，说说你吧，今儿来我这里是来看看我的吗？”

“嗯，来看看你，然后，还有个好消息告诉你。”

“咦？”王玲顿时好奇地看向了袁建秀，“什么好消息？”

袁建秀手指温柔地摸了摸自己的肚子，有些女子的羞涩：“王玲，我要做妈妈了。”

“啊，真的吗？”王玲瞪大了眼，惊奇地看向了袁建秀的肚子，“建秀，太好了，你要做妈妈啦，那我也要做阿姨了，来，来，快给我摸摸。”

“还不足三个月呢，这个时候肯定不会动的，你怎么跟丁一飞一样傻。”袁建秀想到昨天丈夫要摸她的肚子、听小孩的胎动，就觉得好笑，这个时候哪里有胎动哦。

不对，胎动或许是有的，但是摸肯定是摸不出来的。

王玲笑得也有点傻乎乎的：“呵呵，我就摸摸，就算摸不到也摸摸。”

袁建秀距离王玲近了些，由着对方摸。两个女人在屋子里一边笑着一边说着话，不久后，外头有人来喊了一声，是送信的。

王玲有些期待：“是家里的信吗？建秀，你帮我拿来看看。”

“好。”袁建秀应了声，去拿信。

王玲醒来的消息，蒋勤业已经在第一时间发电报回去了，前一阵子，两人这边收到了许多家里寄来的东西。

吃的、用的、穿的都有。

王玲现在因为身体缘故，白日里只能自己在家，就连帮忙做饭都不行，想家也是肯定的，所以看到有信过来自然期待。

不过，拆开后，王玲先是愣了愣，然后又笑了。

“建秀，不是家里那边的来信，是朱平，朱平要结婚了，这里有他的喜帖，信是给蒋勤业的。”

“咦？”袁建秀顿时一惊，然后连忙拿过了那张喜帖，“朱平要结婚了？这是喜事啊，新娘子是什么人啊。”

“呵呵，我看看啊，他有没有跟蒋勤业说。”王玲浏览着朱平那边的信件，脸上的笑容更灿烂了。

看完后，王玲才道：“新娘子叫刘婷香，朱平之前不也是出去学习了吗？好像比丁一飞还多一年，回部队后就担任师机关副科长了。这个刘婷香，是部队一位战友介绍认识的，在当地地方物资部门工作呢，是个好职业。这上面没说其他更详细的了，不过既然喜帖寄来了这里，丁一飞那里肯定也有，说不定会更详细点，你回去后就能看到了。”

“刘婷香……听名字是个温柔的，呵呵，转眼，朱平竟然也结婚了，这时间过得可真快啊。”袁建秀禁不住有些感慨道。

“可不是吗？”王玲也有些感慨，“时间过得可真快。”

两个女人在这里说着朱平的事，很好奇刘婷香是个怎样的女人，就是不知道能不能有时间去参加朱平的婚礼了。

毕竟，现在部队里面要请假还是挺不容易的。

等到袁建秀回到家的时候果然看到了朱平寄来的信，但她没有拆开信，打算等丁一飞回来一起拆了再看。

第四十三章

★★★★★

丁一飞回来的时候天已经全黑了，而袁建秀也做好了晚饭，等着丁一飞回家。

丁一飞进门，看到在忙碌的袁建秀忙阻止对方道："不是说了等我回来再做晚饭也来得及吗？我来做就好了，你别累着。"

袁建秀翻了个白眼，虽然没好气，却明显带着幸福地道："等你回来那得吃到几点，我做个晚饭有什么累的，放心，累不着。对了，我今天去看王玲了，你知道吗？在那里，我还看到了朱平给蒋勤业寄过去的喜帖，你快去瞅瞅，也给你寄了，我和王玲都很好奇新娘子呢。"

"咦？"丁一飞顿时吃了一惊，"朱平要结婚了？"

"是啊，喜帖都寄来了。"

丁一飞顿时也来了兴致，先看了信，他看信的时候，袁建秀便往桌上端晚饭。

晚饭虽然看起来依然朴素简陋，但丁一飞和袁建秀都觉得满满的幸福。此时，丁一飞看完信后便笑着道："新娘子叫刘婷香，朱平信上说，是个直爽女子，容貌姣好，工作单位也不错，在市物资局工作，父母还是当地商业部门的领导。相信他能和新娘子过得很好的。"

袁建秀点头："嗯，这就好，我在王玲那还感慨呢，这时间过得可真快，转眼，咱们同学大部分都结婚了。”

“可不吗？”丁一飞赞同，然后，又露出了个傻兮兮的笑容来，“不只结婚了，我还要做爸爸了呢。”

袁建秀闻言顿时勾起了嘴角，嗯，丁一飞要做爸爸了，而她也要做妈妈了。

妈妈呀……袁建秀眼睛里慢慢多了点泪水，她想到了遥在苏南老家的亲人。

父亲由于事故瘫痪在床，因无钱医治，几年前就去世了。

母亲在生产队劳动挣工分，当时每个工只有五角钱，硬是为父亲治了病，家中还欠了债。

阿哥袁建刚为了照顾自己和两个妹妹上学，早就辍学在生产队干活，自己吃不饱肚子，把仅有一点点好吃的都省给自己和妹妹，宁可影响他自己身子发育，也不让她和妹妹挨饿。而他自己耽误了人生最美好的时光，至今还未能找到老婆成个家。

这一夜，袁建秀想了很多，她想到了自己对阿哥袁建刚的亏欠太多太多了；想到了她母亲的勤劳善良，母爱的伟大；想到丁一飞家，丁母和小姑丁小敏的身体；还想到了学生时代以及同学们……也不知道大家现在都如何了。

…………

事业上又往上迈了一步，更可喜的是心爱妻子有了未出世的孩子，丁一飞只觉得每一天都活得很有奔头。

袁建秀的身体渐渐笨重了起来，现在丁一飞一到可以下班的时间就慌忙往家里赶，他的部属也都知道他要做爸爸了，最多只会发出善意的哄笑声。

这天，丁一飞从部队回去又看到袁建秀在做饭，还端着很重的水盆，他连忙跑了过去，接过妻子手中的水盆时抱怨着："不是说了这样的重活不能再做了吗？等我回来就是了。"

袁建秀笑得温柔，也不争辩，只是道："我有分寸的，放心，我小心着呢。"

丁一飞还是碎碎念，袁建秀在一旁听着，没有打断，嘴角上扬起了一个弧度。

晚饭过后，袁建秀顿了顿，说起了另外一件事："对了，今天白天我去王玲那里的时候，听她说……周豪杰夫妻去看望她了，尤其是那郑莉莉，还给她按摩腿，她连说不用都没能阻止得了。"

丁一飞一愣："他们？"

袁建秀缓缓点头："你该知道，因为芳华的事情，我跟王玲对周豪杰很是看不上眼，尤其是王玲，芳华出事的那段时间，还是她陪着芳华的时间更多一点，对芳华也就更心疼，自然，对周豪杰意见就更大了。周豪杰自己也该心里有数才是，呵呵，不知道他为什么跑过去。"

丁一飞想了想，道："兴许是他老婆想去看看吧，我听说，那位想下海了。"

"咦？她想下海经商？"袁建秀惊讶道，"她爸已经是师长了，自己在部队里以后也不会差吧，怎么会想到下海？"

"如今部队转业政策好，而且鼓励更多的部队干部可以自主创业，郑师长可能也是想起一个带头作用吧，又或者是郑莉莉本人的想法，详细的我也不知道。但如果真的是郑莉莉要自主创业的话，有些人脉关系就很重要了吧……"丁一飞猜测地说。

蒋勤业如今是招待所所长，他们去那里，兴许是有用得上对方的地方吧。

袁建秀若有所思。

又过了两天，周豪杰夫妻两个竟然来了丁一飞和袁建秀的家里！

这天，两人刚好都在家，本来还想吃过饭后去看看王玲，没想到就看到了过来的周豪杰夫妻俩。

客人上门，不管内里有多少小九九，都是一个部队的战友，周豪杰又是他们夫妻俩的同学，自然要热情接待。

郑莉莉是个爽朗的人，她先笑着道："不请自来，丁参谋长可别见怪啊。"

丁一飞自然是说不见怪，把人迎了进去，郑莉莉热情地跟袁建秀说话，袁建秀也在那边有一搭没一搭礼貌性地应着。

倒是周豪杰和丁一飞这边，周豪杰的笑容看起来便有些皮笑肉不笑了。

"丁一飞，孩子什么时候出生啊，知道男孩女孩了吗？"

丁一飞淡淡应："再有两个多月就要生了，不知道男孩女孩，不管男孩女孩都喜欢。"

"真的都喜欢？"周豪杰忽然挑了挑眉头，"老人家还是会更喜欢男孩吧，上次我妈寄信来可是说你妈希望有孙子抱呢。这要是生个孙女，老人家该不高兴了。"

丁一飞闻言顿时脸色微微一沉，他不悦地看着周豪杰："我妈从未说过喜欢孙子不喜欢孙女的话，没什么失望不失望的，你别瞎说。"

"行，行。"周豪杰耸了耸肩，然后对着袁建秀笑了笑，"我随便说说的，你别有压力啊，建秀。"

袁建秀淡淡笑了一下："不会，不过既然你这么说，莉莉，你可得努力了啊，我看你们家周豪杰好像只喜欢儿子呢，你可一定得生个儿子出来啊。"

这一淡淡的反击，顿时，周豪杰夫妻两个脸上的表情都凝固了一下，然后，郑莉莉干笑了一下："这，这……我也觉得男孩女孩都是可以的……"

周豪杰连忙道："没错，没错，男孩女孩都可以的，我刚才不就开个玩笑吗？"

袁建秀笑了笑："嗯，我也开个玩笑，你们别介意啊。"

因为这个"玩笑"，周豪杰夫妻两个一直到离开的时候，袁建秀觉得他们的脸色还是有点僵硬，不过，不得不说，这让她很痛快。

等人离开后，丁一飞握着袁建秀的手郑重道："你不要有压力，也不要听周豪杰胡说，我妈不管孙子还是孙女都喜欢的，也绝对不会跟人说喜欢孙子不喜欢孙女这样的话。"

袁建秀看着丈夫紧张的样子顿时笑了："我知道，我不会多想的。"

至于周豪杰说的，她并不大相信，因为前阵子她公婆那里才寄来了信。信里面，她婆婆说让她安心待产，还说小孩的衣服他们都准备好了，男孩女孩的都有，不管男孩女孩都高兴。

虽然这也许是特意宽慰她的，但是，她婆婆的性子她还是了解的，不可能在外面说什么只喜欢孙子不喜欢孙女的话，倒是周豪杰的母亲有可能这么说。

周家的父母喜欢攀比，有时候说话都不过脑，根本不在意会不会伤害到别人，比如，那个时候她们和林芳华听见的。

想到那时候，袁建秀至今都不大高兴。

"这就好。"丁一飞松了口气，然后想到什么，又笑了，"刚才你反将一军的时候，我看那夫妻俩脸色太好看了。"

袁建秀闻言也笑了："让他多嘴，他现在什么都依靠丈母娘家，要是还说什么只要儿子不要女儿的，呵呵，看他老婆不跟他闹。"

丁一飞哈哈地笑了，只觉得这样古灵精怪的妻子也很是有趣，这不肯吃亏又护犊子的性子，嗯，挺好的，挺好的。

之后的几天里，丁一飞才知道周豪杰带着妻子串门的真正原因。

一来，的确是郑莉莉决定转业下海经商了，所以联系联系，扩大一下在部队的关系网，另外就是，周豪杰想往上提升了。

想往上升，维系战友情、给领导留下一个团结同志、关心战友的名声是很必要的。

丁一飞知道后，心情略有一点复杂，总觉得，随着他们年纪的增长，那种上学的青春少年时期才有的清澈和童稚也一去不复返了。

想到这里，不由得使丁一飞觉得郑莉莉选择下海经商真是有原因的，目前周豪杰和她都在部队，虽然她爸已当了师长，但女同志在部队发展必然受限，夫妻俩同时在部队经济状况只是一般，再说郑莉莉能说会道，她爸郑师长在社会上也有一定的资源可以利用。此外，自己出去了，赚钱了，郑莉莉便可以全力以赴支持周豪杰在部队发展。

只是，总感觉，这样的想法、做法还是太功利了些……

也许，这就是成长的过程和……必须要经历的一个选择？

夜晚，丁一飞和袁建秀睡在一起便忍不住说到了年少上学以及在学生时期的一些事，说着，丁一飞忍不住有些感慨道："建秀，总觉得，长大后，我们都变了啊。"

袁建秀微微笑了笑："是啊，我们大家都在变呀。"此时，丁一飞在被子底下握住了袁建秀的手："生活是现实，梦想在远方，不要忘记过去，不忘初心即可。"

不忘初心，这使丁一飞想起了自己当时参军的梦想，想起了和亲人离别时候的保证，想起了入伍时母亲送给他外公的照片，绝不虚度年华，绝不给家乡亲人丢脸，要为国家尽忠，为父母尽孝……然后，又想到了与袁建秀结婚的时候，那人生最美好的时刻。

终于，也不知过了多久，丁一飞释然地笑了笑，不错，不忘初心，不虚度年华，青春灿烂的梦啊，总在自己的心上。

丁一飞忽然起身，走到书桌旁，摊开纸墨，提笔写下一首小诗：

追梦

那一年，我们告别亲人投笔从戎去远航
践行初心是我们青春的理想
青春灿烂的梦啊，总在我心上
爹娘的目光哟，给我无限的力量
人生的苦难，将会变得更加坚强
磨难才能知道人间正道是沧桑
人生的路啊，漫漫长，选择了就别再彷徨

那一年，我们离开家乡矢志报国把韶华绽放
使命担当就是我们追逐的梦想
人生奋斗的路啊，总使我激荡
军营的淬火哟，把我的心照亮
人生价值在奋斗，奋斗才会铸就辉煌
坚持才是走向成功的希望
人生啊，没有白走的路，每一步都在接近追逐的梦想

丁一飞展卷给袁建秀看，夫妻俩四目相对，其中意味他们都懂，两人眼里泛起泪光。

不知过了多久，丁一飞转过头，看到已经熟睡的妻子，以及那被子上隆起的轮廓，他眼睛里都带上了一丝笑意，倾身在妻子的脸颊上落下一吻，然后，自己也跟着闭上了眼。

第四十四章

★★★★★

随着时间的流逝，袁建秀的肚子越来越大。这天，她往王玲那边去的时候，看到王玲笨拙地坐在轮椅上洗菜，连忙过去帮她，王玲见状忙阻止："别，别，建秀，我能自己来的，你这么大肚子了，可别来帮忙了。"

袁建秀还是帮王玲把菜洗了，笑着道："都是家乡农村出来的，洗点菜怎么了，我们妈妈那会儿，怀孕还不是要在地里做活，洗菜这点小事算什么。"

王玲很是无奈，脸上却也带着笑容。

洗完了菜，回到屋里，两个女人坐在一起聊天，王玲看着袁建秀的肚子，眼里没忍住羡慕的情绪。

袁建秀见状连忙握住了王玲的手："王玲，你现在身体也好许多了，你和蒋勤业也会有个自己的孩子的。"

王玲苦笑了下，忍不住叹气道："建秀，我也就是在你面前说说，我……我都不敢想，我真的能有自己的孩子……建秀，你看我现在这样，我的腿也不能动，我们，我们真的能有自己的孩子吗？"

"能的，一定能的。"袁建秀说得无比肯定，"王玲，当初，你还没醒过来的时候，我们每个人都没放弃希望，尤其是蒋勤业，更是坚持每天给你按摩，给你擦身体，跟你说话，说你们的回忆，唱你爱听的歌……

你看，正是因为有我们这么多人的不放弃，我们这么多人的相信，你才能醒来啊，如今，最困难的时候都过去了，不过是要个孩子而已，怎么会不行呢？”

王玲的眼眶慢慢地湿润了起来，然后，轻轻地且郑重地点了点头。

两个女人相视一笑，都温柔地笑了起来。

片刻后，王玲想到什么，道：“对了，前两天，那郑莉莉又来了，我……”

王玲顿了顿，才道：“她在我这里喝了点水，闻着我院子里的鱼干味道直接就吐了……我觉得，她应该也是有了吧。”

袁建秀一愣，过了半晌，轻轻笑了一声，意味不明道：“那也挺不错的，就是不知道她这一胎是男孩还是女孩了。”

王玲想了想，道：“他们家要男孩？不过现在这个政策，都只允许生一个，周豪杰和郑莉莉，郑莉莉的父亲是师长，对于国家政策只能更支持的，这要生个女孩……”

袁建秀笑着摇了摇头：“不知道他们想要男孩还是女孩，就是觉得，如果不是男孩应该会很有趣。”

有趣吗？王玲有点不解，袁建秀也没说之前周豪杰夫妻去他们家特意说的那男孩女孩的事，笑了笑，和王玲说起了其他的……

这天，王玲在蒋勤业回来的时候闻到了他身上的一丝酒味，眉头不由得微微一皱：“你喝酒了？”

蒋勤业一边在厨房忙碌着一边笑着道：“中午的时候喝了点，那郑莉莉不是下海了吗？请几个领导在招待所吃饭，我陪着喝了两杯。”

王玲目光闪了闪，嘴唇抿了抿，没说什么。

晚饭过后，两人坐在一起说话。王玲说了白日里袁建秀来过的事，道：“建秀不久就要生了，我琢磨着除了我做的那些小衣服之外是不是再准备点其他的？”

蒋勤业对于这些并不大懂，只道：“小衣服，小鞋子，小帽子什么的你不都做了吗？还要什么？我看你也别太累了，除了那些之外再送些压岁钱就是了。”

王玲翻了个白眼，不满地看着蒋勤业。

“只有那些哪里够，算了算了，问你也问不出什么所以然来，我自己琢磨吧。”

瞧着王玲似乎有些不耐烦了，蒋勤业也只是好脾气地笑，说：“行，老婆，你看着办，我给你揉揉腿。”

王玲也没有拒绝，对于蒋勤业的手艺她还是很满意的。

蒋勤业从头到脚给王玲按摩了一遍，他还想给王玲再按按腿，王玲突然生气地说：“不用了，你去休息吧。”

蒋勤业莫名其妙，不知道王玲这是怎么了，怎么忽然不高兴了。但他贯来脾气好，于是也就笑了笑：“行，那我们休息。”

如此，过了两天，今日，蒋勤业休息。王玲便想着让蒋勤业推她去袁建秀那里看看，蒋勤业当然是满口地答应，不过，夫妻两个正要走的时候，郑莉莉过来了。

王玲暗道：应该是怀孕了吧？还这样到处跑，也不怕孩子掉了吗？

郑莉莉是一个人来的，笑得非常热络，不过一看就是找蒋勤业的。但她是个会做人的，她找蒋勤业办点事，所以带了礼物来，只是这个礼物……刺痛了王玲的眼。

那是一副拐杖。

其实，郑莉莉本是好心，想着王玲现在恢复得不错，虽说一直都坐在轮椅上，但是听说复健的疗效挺不错的，想着提前送来一副拐杖，预祝对方可以离了轮椅用拐杖走路，这也是盼着她越来越好的意思。

然而，郑莉莉本人的心是好的，可是这样一副拐杖着实有些刺痛了王玲的眼。她看着郑莉莉和丈夫在那边说话，那郑莉莉打扮时尚，风姿绰绰，感觉跟自己就像是两个世界的人。而她和自己的丈夫时不时地发出一阵欢快的笑声，两人不知说了什么的时候头还靠在了一起，丈夫那欢乐的眉眼，一切的一切，都让王玲觉得刺眼无比。

在她自己都没察觉的时候，手指甲都有些嵌进了肉里，等到王玲感到手中的疼痛时，她才猛地回过神来。而这时，蒋勤业已经送郑莉莉到了门口，这是要把人送走了。

"行，你直接带人过来就成，给你留着位，保证是上好的包厢。"蒋勤业送人到门口的时候给郑莉莉保证道。

郑莉莉高兴地应了声，冲着蒋勤业挥手告别，扭着腰离开了。

蒋勤业送完了人回到屋子里，笑着道："行了，收拾好了吗？那我们现在就往建秀那边去，啊，对了，看看这拐杖，瞧瞧，我看着质量挺不错的，王玲，你要不要试试？"

蒋勤业兴冲冲地拿着拐杖到了王玲的跟前，要让王玲摸摸试试，王玲再难忍住，一下把拐杖砸了出去。

"谁要试！要试你自己试！"

这一下砸出去的时候王玲自己都没收住手，那拐杖竟然直接碰到了热水壶，啪的一下热水壶爆了，把蒋勤业吓了一大跳。

别说蒋勤业了，就是王玲这个"砸"的人，那也是吓了一大跳。

蒋勤业都蒙了，完全没想到王玲竟然会发火，而且还砸了水壶，反应过来后，他忙收拾了起来。水壶的碎片，地上的水，蒋勤业忙碌着的时候，王玲看着对方忙碌的身影不由得沉默了。

王玲也不知道自己这是怎么了，蒋勤业对自己这么好，自己怎么还冲他发火了呢？这是自己的不是。

将所有的东西都收拾好了之后，蒋勤业也没生气，小心翼翼地来到了王玲跟前，也不敢提那拐杖的事了，只道："是我不好，你别生气，小心伤了身子。我不是让你现在练习拐杖的，没到那程度，你好好歇着，不着急，我们不着急的。"

蒋勤业有些语无伦次地表达着自己的意思，生怕王玲觉得自己嫌弃对方不能走路什么的。

王玲看着蒋勤业这着急的样子，心底的怒气也早就没有了。她抿抿嘴，颇有些不好意思地道："抱歉，我不是故意发脾气的，我也不知道自己怎么了……对不起。"

蒋勤业握住了王玲的手："嘿，咱夫妻两个有什么不好意思的，你冲我撒火这不是正常的事吗？我只要你好好的，你想怎么冲我撒火都行。"

说着，蒋勤业还故意耍宝地做了个鬼脸，王玲看着对方这模样不由得被逗乐了。

片刻后，蒋勤业才小心道："王玲，那现在还去建秀那吗？"

"去，怎么不去，收拾下，现在就走。"

今天也是巧了，丁一飞刚好也休息在家，看到蒋勤业和王玲过来的时候，丁一飞是意外又惊喜，忙把两人迎了进去。

蒋勤业夫妻两个本来没有在这儿吃饭的意思，但是丁一飞哪里肯放人走，再加上袁建秀也拉着王玲的手不放，于是，蒋勤业夫妻也就留了下来。

袁建秀大着肚子，丁一飞在家哪里还需要她做什么，蒋勤业笑呵呵地给丁一飞打下手，丁一飞也没拒绝，都是这么好的交情，也没必要客气。

而袁建秀自然是拉着王玲的手在里屋说话了。

王玲跟袁建秀是无话不谈的，虽说小两口的吵架告诉外人有点不好意思，但袁建秀也不是外人啊，而且这么好的闺蜜，没什么不能说的，所以，王玲也就说了自己来之前跟蒋勤业发火的事。

袁建秀是有些意外的，在她印象中，王玲的脾气可好了，是有了名的“开心果”，说实在的，她都没办法想想对方发火是什么样子。这么想着，袁建秀都不由得笑了。

王玲轻轻地捏了下袁建秀的手背，就是闺蜜间的打闹，没好气道：“你笑什么？这是在笑话我吗？”

“哪有。”袁建秀也不怕王玲误会，依然笑呵呵的。

王玲简直都被对方笑得没脾气了。

袁建秀笑了好一会儿后才道：“我就是没办法想象你发脾气的样子，这不是从来都没有见过你发脾气的模样吗？这次错过了你发脾气还真是有些遗憾呢。”

王玲顿时哑然。

两人你看看我，我看看你，然后都忍不住笑了，一时间，气氛欢乐无比。

第四十五章

★★★★★

厨房里，两个男人听到自家妻子那边的笑声也都是一乐，手下的动作更麻利了。

屋内，王玲小声道："我其实也不知道自己怎么了，我明知道蒋勤业不可能跟郑莉莉怎么样的，就是看着他们靠近很不高兴。"

"这没什么啊。"袁建秀握着王玲的手，"哪个女人不吃醋的，你不知道，当年我去军校丁一飞那里看望他，瞧着有女同学对他感兴趣的时候我也吃醋极了。"

王玲眨了眨眼："还有这事？我都不知道，你也没跟我说过。"

袁建秀不好意思地笑了笑："这不是没好意思跟你说吗？那时候啊，我也觉得，我跟一飞身边的人，身边的世界简直格格不入，哎，其实，现在想来我都有种在做梦的感觉，我都不知道我怎么跟一飞走到一起的。你知道的，他一直都很上进，学的比我多，认识的人比我多，我……"顿了顿，袁建秀轻轻摸了摸自己圆滚滚的肚子："我其实很多时候也有自己配不上他的感觉。但是后来我又想，哪有那么多配得上配不上的，人和人本来就是看缘分的，我和一飞有缘，这就是我们注定的缘分。所以啊，王玲，你也别想着你腿不好就怕自己配不上这样的事，配得上的，蒋勤业啊，他的缘分就在你这儿，只在你这儿！"

瞧着袁建秀说得这么斩钉截铁的样子，王玲虽然知道袁建秀多半是为了宽慰自己，但她还是被宽慰到了，只觉得自己心里松快了许多。

吃饭的时候，王玲闻到鱼腥味只觉得胸口一阵发闷，但她忍耐了下来，只是在吃的时候难免有些勉强。袁建秀是个心细的，注意到了王玲的这一丝勉强，餐桌上倒是也没什么，只是在饭后给对方倒了水。

“润润喉。”袁建秀说着，把茶缸递到了王玲的手里。

王玲喝了小半茶缸的水终于觉得舒服了一些。

袁建秀这才道：“是午饭不合胃口吗？还是身上有哪里不舒服，这要是有哪里不舒服你可得说啊，我们两个什么交情，你不用瞒着我，也不用觉得不好意思。”

袁建秀说的是实话，眼里也是满满的担忧。

王玲看着袁建秀那充满了担忧的双目，只觉得心里暖暖的，她放下茶缸，握着袁建秀的手，沉吟了片刻才道：“我也不知道自己是怎么了，这些天脾气有些大，而且有些味道也闻不得……”

忽然，王玲心中跳了跳，两个女人对视着，显然都想到了同一个问题。

袁建秀脸上的欣喜都要遮不住了，她反手握紧了王玲的手：“王玲，你，你是不是……”

王玲知道袁建秀问的是什么，忍不住地紧张，但是，她自己也不能确定，只好道：“我不知道，要等等……”

袁建秀拍了拍王玲的手：“成，那就安心等等，你也别装太多心思，就算是缘分还没到，那也不急，早晚的事。”

袁建秀这么说就是怕王玲的期望太高，但若不是怀孕呢？那岂不是很失望？

王玲明白袁建秀的心思，笑着点了点头：“嗯，我知道。”

虽是“知道”，但看着袁建秀圆滚滚的肚子，王玲的手还是没忍住地摸上了自己扁平的小腹……会是自己所盼望的那样吗？

老天爷，希望一定要是自己所盼望的那样啊。

她真的太想要一个孩子了，一个自己和蒋勤业血脉相连的孩子，她不想蒋勤业被别人说绝后啊！

…………

孩子出生的那一天，丁一飞并非休息日，在团里得到消息的时候袁建秀已经被同事送到医院去了。

丁一飞连忙往医院那边赶，生孩子，从来就不是一个短时间的过程。若说以往在营里，丁一飞是个果决敢冲的人，现在在一扇门外等待的他就是乱了心神昏了头的寻常男人。

蒋勤业赶过来的时候就看到丁一飞在那边傻呆呆地站着的身影，那一瞬间，蒋勤业隐约觉得好笑。

“一飞。”

丁一飞的肩膀被拍了下，他才猛地回过神，看到是蒋勤业过来，顿时结巴了起来：“蒋勤业，你来了，建秀、建秀在里面，这怎么还没出来啊。”

“你来多久了？”蒋勤业问。

“多久？”丁一飞眼神茫然，“我、我也不知道啊。”

这是连时间都不记得了，哪里还有军人的模样。蒋勤业看着只觉得更好笑了，这时候却也不好笑出来，只得又拍了拍对方的肩膀安抚道：“生孩子又不是几分钟就能生完的，听说有的人家一两天才能生下来呢，你别急，坐下来等着吧。”

丁一飞惊愕地瞪大了眼睛：“一两天？那得多疼啊！”

蒋勤业不好意思地挠了挠头：“我就是听我妈曾经说过一嘴，是不是真这样我也不知道啊。”毕竟他也没经验不是？

丁一飞嘴唇抖了抖，蒋勤业觉得对方看着急诊室门的眼神更茫然了，还有……那么一点点的恐惧。

但是，女人生孩子这种事情蒋勤业也是没有经验啊，现在真是想安慰都不知道怎么着手，最终，也只能陪着丁一飞干着急。

然后，蒋勤业还不自觉地想到了王玲，袁建秀的身体好好的，丁一飞都这么担心。轮到王玲的时候……王玲的腿那样……不行，不能想，一想，感觉心都要揪起来了！

也不知过了多久，丁一飞只觉得自己等得全身都僵硬了的时候，终于，有一个护士抱着孩子出来了。

“袁建秀家的在哪儿？”护士喊了一声。

丁一飞猛地瞪大眼，却连动都忘记了，还是蒋勤业蹦得快，连忙跑到了护士跟前：“这儿呢，这儿呢！”

护士看向了蒋勤业：“你是袁建秀丈夫？是个女孩，把孩子接过去吧，我教你怎么抱。”

说着，护士就要把孩子往蒋勤业怀里塞。

“不，不，不。”蒋勤业连忙摆手，额头上的冷汗都下来了，“我不是她丈夫。”

护士闻言差点翻白眼：“你不是人家丈夫你跑来干什么？”

蒋勤业无言，只得匆忙跑回，一下把还呆着的丁一飞从长椅上拉了起来：“她丈夫在这儿呢，在这儿呢！”

丁一飞被这么猛一拉，终于回神过来了，眼神灼灼地看向了护士的怀里：“我女儿？”

“我教你抱，你看，手要这样，这里托着……”护士一边示范着，已经将孩子转到了丁一飞的怀里。

丁一飞的双手都是僵硬的，一点不敢用力，那软软的、小小的一团……女儿，是他女儿……

他和袁建秀的女儿……丁一飞这一瞬间只觉得自己的眼眶都忍不住要红了。

护士交代说产妇很快出来，然后就忙自己的去了，丁一飞僵硬地抱着女儿，蒋勤业在旁边看着刚出生的小婴儿也只觉得十分惊奇："一飞，这孩子头发好黑啊，脸小小的，以后长大了肯定是个漂亮的小姑娘。"

丁一飞看着怀中的孩子，轻轻地点头，眼睛有那么点点的酸涩。

"嗯，一定的，一定是漂亮的姑娘。"

袁建秀被推到病房的时候人已经累睡着了，丁一飞将孩子放在了睡着的袁建秀旁边，看着床上的这一大一小，他有一种人生都圆满了的感觉。

第二天的时候，蒋勤业推着王玲过来了，换丁一飞回去做饭。

蒋勤业打水去的时候，王玲坐在袁建秀的床边笑着跟她说昨天的事。

"勤业说，从来就没见过一飞那么傻的时候，哈哈，我都笑了。"

袁建秀坐在床上，身后塞着被子靠坐着，此时，小小的婴儿在她怀里正喝着奶。听到王玲的话，袁建秀微微勾了勾嘴角，有点惋惜自己昨天太累了，所以并没有看到丈夫的"蠢样"。

不然的话，她也能乐一乐的！

王玲又道："听蒋勤业还说，昨天你回到病房后，一飞一直抱着孩子就没撒手过，后来还是护士来说，让他别一直抱着孩子，免得养成孩子月子里一直要人抱的习惯，他才不舍地把孩子放在了你旁边。之前在产房外面等着的时候，勤业说他都顺拐了，可惜了我没看见，不然怕是得乐一辈子。”

袁建秀闻言忍不住道：“是啊，真可惜，我也没见着。”

一会儿后，孩子喝完了奶，袁建秀将孩子放在了旁边，给她理了理小衣襟。这时，蒋勤业也打水回来了。

“在说什么呢，刚才在外面就听到了笑声。”蒋勤业走进来后笑着道。

王玲摆了摆手：“没什么，说一飞呢，你给那两个茶缸都把水倒上。”

“欸，好嘞。”蒋勤业忙活了起来。

袁建秀在旁边道谢，蒋勤业忙道：“别啊，这不都是应当的吗？”

王玲也道：“没错，都是应该的，这几天就让勤业多给你们跑跑腿，也让他多熟悉熟悉，不然我生产的时候他不会怎么办？”

袁建秀闻言顿时乐了，戏谑地看着蒋勤业：“王玲说得没错，这么看来的话，你的确需要好好学学，至少知道流程，哈哈！”

蒋勤业觉得这话很有道理：“不错，这正好是个积累经验的好机会，我得熟悉流程！”

说着，也不禁笑了。

一时，房间里欢声笑语，气氛很好。

接下来的几天，蒋勤业果然跑腿跑得很勤快，不管是袁建秀在医院还是出院回家的时候，蒋勤业夫妻都帮了不少的忙。因为有王玲总陪着袁建秀的缘故，丁一飞安心了许多，这个新手爸爸总算没那么慌乱了。

孩子满月时，丁一飞的母亲过来了，她来的那天，丁一飞临时有事被叫去了团里，袁建秀这里是王玲在这儿。

丁母抱着小孙女便一阵心肝宝贝地叫，抓着袁建秀的手连连说辛苦了，说孩子养得好，水灵，日后一定是个漂亮的姑娘。她对于丁一飞不在家还有些不满，数落着。

丁母抱着孩子看的时候，袁建秀对于自己生了个女儿的事情还是放不下心来，因为丁家三代单传，丁母又是烈士家庭唯一的后代传人。

这几天，她虽然在旁人面前都是笑着的，但是心里其实一直有一点忧虑，她担心因为自己生的是女儿，所以婆婆会不喜欢。周豪杰那天说的话她看似不在意，终究还是留下了一点阴影。

这次丁母来部队看望儿媳和小孙女，还带来了一个非常意外的消息，袁建刚和丁小敏两个人好上了，要结婚了。

那次丁小敏农药中毒后，留下了比较严重的后遗症，在一段时间里，经常精神失常不认识人，这对丁一飞家里来说真是雪上加霜，家里责任田的农活没人干了，生活更是日渐窘迫。袁建刚不仅经常来丁母家帮忙干农活，还四处奔波找医生帮丁小敏看病，这使得丁小敏的病情恢复得很快。在共同关心相互帮助的日子里，丁小敏对袁建刚渐渐产生了好感，两人对彼此的感情也潜滋暗长。

但丁小敏知道袁建刚对待情感心里很自卑，她自己以有文化、有情商、有涵养形象示人，而她对袁建刚产生的感情确实是由衷而发自内心的。一次，丁小敏和袁建刚从地里劳动回到家里，汗水浸湿了内衣，丁小敏很快去里屋厨房烧好水准备冲澡，她把木盆放好加上了洗澡水，脱掉了外衣，这时她对袁建刚喊："建刚哥，请你帮我找一下换洗的衣服好吗？"袁建刚听到后，心里怦怦怦地跳，显得非常紧张，但又不得不答应："我……我找不到你的衣服。""就在里屋旁边的衣柜里。"丁小敏回答道。在十分无奈的情况下，袁建刚只好顺从了小敏的要求。这是丁小敏有意给袁建刚创造情感上柔情蜜意的机会。

在袁建刚看来，自己都三十好几的人了，又没有好好念书，家庭条件又差，唯一的好处就是自己有力气能干活。如今这个社会都很现实，女孩们大都很物质，谈婚论嫁就是谈家里钱财的多少。所以，这辈子他以为自己再也娶不到老婆了，打光棍算了，世界上哪有那么多的好事能轮到他呢。

但丁小敏不是这样看待袁建刚，认为他勤于劳作，踏实进取，为人老实、憨厚，讲信义，重情分，吃苦耐劳，有责任心，还乐于助人，不仅人品好，人缘也好。虽然年纪比自己大了十多岁，如今农村实行分田到户政策，找这样的男人过日子靠得住，只要勤劳肯干，勤于耕耘，以后日子会越过越好，还可能发家致富呢。

丁小敏的病情逐渐恢复以后，出落得更加美丽大方，秀外慧中，村上的人见到她都夸丁家的二姑娘丁小敏越长越漂亮了。

就在这时，丁小敏与袁建刚经常一起下地干活，两人走在一起路过村口，村里的村民们眼睛都盯着他俩，用手指着他俩道："丁家和袁家要换亲了，这真是一朵鲜花插在牛粪上了，'死狗子'能找到小敏这样漂亮的姑娘，这辈子可真是修来的福分啊！"

不管村民们在暗地里怎么议论，但对丁小敏和袁建刚两人来说，就像是稻田里刚长出来的秧苗，令人欣喜又充满希望。两人将结婚的事情向家里说明，两家人早就知道了这事，丁母和袁建秀母亲更是十分满意，结婚便是水到渠成的事了。

第四十六章

★★★★★

时光荏苒，从孩子的满月、百天，又到孩子能翻身，能坐起，又到周岁，丁一飞见证了孩子的成长，听着孩子第一声学会叫爸爸，孩子十一个月的时候就会走路了，虽然走得并不稳当。再过一天就是孩子的周岁了。

袁建秀见丈夫这几天有点神神秘秘的，晚上在她和孩子都睡着后还会在外面的厅里点着灯忙着什么，怕吵醒她们母女俩，还会把门关上，一连几天都是如此，这让袁建秀不由得好奇了起来。

于是这天，袁建秀轻悄地下了床，披了外衣出了房门。

丁一飞正在桌上剪着什么，袁建秀靠近了才看见对方在做什么，迟疑道："一飞，你这是在做……书签子？"

可不就是书签子吗？就是数量多了点，但是，每一张都很漂亮，让袁建秀看着都有眼前一亮之感。

"吵到你了？"丁一飞赶紧站了起来。

袁建秀在桌边坐了下来："没有，就是还没睡着。这几天看你神神秘秘的，我挺好奇你在做什么。"

可不是神秘吗？都是晚上偷偷地做，早上就全都收起来了，生怕她看见似的，袁建秀当然好奇了。

丁一飞笑着摆了摆手："没有故作神秘，就是想亲手送一份周岁礼给我们女儿，这不是白天都上班也没多少时间吗？所以就晚上做了。"

袁建秀拿起了桌上的那些书签，数量还挺多。

只见第一张书签上写着："正月梅花香又香。"

这是丁一飞的字，下面是他和袁建秀的小印，还有一个爱心。

袁建秀一愣："这是……时花？"

因为她已经看到了第二张的内容："二月兰花盆里装。"

同样地，下面是他们夫妻的小印，同样的一个爱心。

"嗯，时花，我可是在团里问了好些时候，请教了好些人才想出这么一个周岁礼的。建秀，你看这书签好看吗？我们女儿会喜欢吗？是十二时花，我想着，等她上学后，这些给她夹在书本里，这啊，就是我们伴着她一起上学、一起成长了。"

袁建秀闻言心里有些发热，拿起了第三张书签、第四张书签……

"三月桃花红十里；四月蔷薇靠短墙；五月石榴红似火；六月荷花满池塘；七月栀子头上戴；八月桂花满树黄；九月菊花初开放；十月芙蓉正上妆；十一水仙供上案；十二蜡梅雪中香。"

袁建秀念着那十二张书签上的内容，看着丁一飞正在剪的图片："这个……"

"是十二时花的图片，我剪下来贴在书签上，就贴在那个爱心的旁边，让我们女儿也认认这些花。"

"真是不错的主意，很有纪念意义。"袁建秀拿过了一张图片，"我帮你一起剪，我们的女儿，我总也要帮忙吧？"

丁一飞笑了，高兴道："行，你也帮忙。"

袁建秀剪着图片，唇角终于微微上扬起，不期然地想到了自己刚生孩子的时候。

当日，在医院的时候，得知自己所生的是个女孩的时候，她其实内心深处是有些失望的，甚至，还有点不安。虽然她的丈夫一早就说过不管男孩女孩他都喜欢，但是，她忍不住想，如果是男孩更好吧？

后来，婆家那边来人看孩子，婆婆看着的表现让她比较放心。但她有时候也会钻牛角尖地想，婆婆似乎无所谓，也许，丈夫会更喜欢男孩一点？虽然丈夫也肯定不会这么说。如今，看着丈夫在夜里给孩子准备周岁礼的样子，她心中的那点牛角尖终于散了去。丈夫对孩子的喜爱她看在眼里，对孩子的在意她自然也能感觉得到，瞧着手中的图片，袁建秀的眼眶微微湿润了。

…………

丁一飞和袁建秀的女儿名叫丁岚，他们希望女儿不仅长得美丽大方，而且有过人的智慧，秀外慧中。丁岚转眼已经三岁了，要问一天当中她最喜欢什么时候，她会很肯定地告诉你，她最喜欢傍晚。

因为傍晚的晚霞、夕阳都很美，她很喜欢，另外，最重要的是，到了傍晚的时候她最喜欢的爸爸就回来了。

“哇……”幼童的哭声响起，走在前面的丁岚迅速一个回身，连忙转过去把地上的拉了起来。

地上的叫蒋艳，是蒋勤业和王玲的女儿，比丁岚小了八个月。

别看只有八个月，放在成年人的身上，八个月的差距可以忽略不计，但是放在幼童的身上，这差别还是很大的。

比如蒋艳，她虚岁两岁，但其实也就一周岁多一点，她走路比丁岚晚得多，丁岚十一个月就能走路了，而她如今十六个月了，走路还是蹒跚的，经常摔。这小姑娘比较爱哭，每次摔倒都会先哭一哭，不管有没有摔疼。丁岚被袁建秀教育着，自觉自己是个姐姐，既然是姐姐，那肯定要照顾妹妹的，因此只要跟蒋艳在一块儿，蒋艳一哭她就知道对方又摔了，会赶忙去把人拉起来。

“别哭，姐姐拍拍，拍拍，不哭了。”

蒋艳的眼泪通常是来得快去得也快，小姐姐把她拉起来了，她也就不哭了。

丁岚果然给蒋艳拍了拍身上的脏灰，拍着拍着，丁岚的眼睛亮了：“爸爸！”

原来，她看到了下班回来的丁一飞，顿时迈着小短腿朝着丁一飞飞奔了过去。

丁一飞看到女儿立刻就笑了，连忙将小家伙抱了起来：“在外面玩呢？岚岚今天乖不乖啊？”

“乖！”丁岚自豪地拍着自己的小胸口，“岚岚一向都最乖了！”

丁一飞哈哈地笑了，抱着女儿就亲了口。

“爸爸……爸爸……”蒋艳也跟着叫，十六个月的她不止走路晚，说话也晚，现在也还是只会叫爸爸和妈妈，逮着谁都是爸爸和妈妈，刚才听到丁岚喊爸爸，她也就跟着喊了。

丁一飞抱着女儿走到蒋艳跟前，把蒋艳也捞了起来。

“艳艳，叫叔叔，叔叔，会叫吗？”丁一飞逗着蒋艳。

蒋艳看着丁一飞：“爸爸。”

丁岚嘟了嘟嘴，有点不高兴了：“不是爸爸，是叔叔，这是我爸爸。”

蒋艳不明白，体会不到小姐姐的不高兴，依然喊：“爸爸，爸爸。”

丁岚差点气哭了，丁一飞乐呵呵地笑，抱着两个孩子往不远处走。

现在，丁一飞和蒋勤业家住在一个大院子里，两家相隔不远，除了他们之外，周豪杰的家也在这个大院不远处住，丁岚和蒋艳能在院子里玩耍自然也不是没人看着的，在丁一飞家门前的走廊上，袁建秀和王玲都坐在那里择菜呢。

“回来了？”袁建秀笑着看着丈夫怀里的两个“小不点”，“刚才岚岚就吵着要去接你下班呢。”

“我的女儿最乖了。”丁一飞开心地亲了一口女儿。

蒋艳看到王玲，挣扎着要从丁一飞的怀里下来，丁一飞忙把孩子放了下来。

蒋艳跌跌撞撞地跑进了王玲的怀里，王玲怀孕的时候终究有些伤了身子，所以，一直到现在也还是坐在轮椅上，但她不后悔，哪怕以后都没办法站起来，只要看着女儿她就开心。

此时，女儿撞过来，王玲连忙搂住了对方。

“妈妈，妈妈。”

王玲听着女儿喊妈妈，只觉得心都要化了。

“勤业回来了吗？”丁一飞问了一句。

“还没，这两天招待所那边都比较忙。”王玲笑着道。

“那成，今天就在我们家吃饭。”丁一飞道。

王玲也不客气，笑着道：“嗯，刚才建秀就说了，今儿就在你们家吃。”

说着，王玲把轮椅往这边靠。

这两年两家的关系越发的好，经常在对方家里开伙。生蒋艳比生丁岚艰难得多，因为那个时候王玲一直只能在轮椅上坐着，担心压迫到孩子，会对孩子有损，所以后期的时候，王玲连轮椅都不敢坐，都在床上躺着。

那时候，袁建秀又要照顾女儿，又要在蒋勤业上班的时候照顾王玲，确实有些辛苦。

王玲是个感恩的人，总之，从那之后，两家的关系就越发的好了。

晚饭是丁一飞做的，袁建秀在旁边帮忙，王玲看着两个孩子，蒋勤业回来的时候晚饭正做好，两家人在一起说说笑笑地吃了晚饭，气氛很是和乐温馨。

晚饭过后，蒋勤业想到什么，道："对了，刚才进院子的时候发现有两封你们家的信，给你们拿回来了。"

蒋勤业说着把信拿了出来，丁一飞和袁建秀一看，都笑了，尤其是袁建秀，看到其中一封信的时候脸上笑容更大，还带着一丝激动。

"王玲，是林芳华，是芳华的来信。"

王玲闻言也高兴了起来："是芳华？那快拆开看看。"

袁建秀赶紧拆开了手中的信封："我看看她写的什么。"

第四十七章

★★★★★

一封信看下来，袁建秀更高兴了，激动道："王玲，给你，你看。"

王玲忙接过了信，也看了起来。

袁建秀转头对丁一飞和蒋勤业道："芳华终于完全走出抑郁症的阴影了，现在已经在镇上的农修厂上班了，她还跟我写信说，她想复习再考大学，实现自己的人生理想！"

"是吗？这可真是太好了。"丁一飞闻言也高兴了。

蒋勤业也猛点头："不错，这可真太好了，林芳华也是很不容易啊，如今她终于走出阴影，这可真是太好了。"

王玲已经看完了信，也很是激动，更是道："好，好，建秀，今年过年，我们两家能不能回去探亲看看她？"

袁建秀看向了丁一飞，她这边是没问题的，主要就是丁一飞。

丁一飞想了想，道："过年那会儿不一定有时间，但是之前的两个月也许可以申请到回去的假期，我会试试的。"

蒋勤业有些犯愁道："过年那会儿招待所都比较忙，一飞说得没错，过年肯定申请不下来假期的，倒是之前的俩月说不定还有可能，不管怎样，今年肯定要申请试试的。"

他们这里距离家乡实在是太远了些，如今又是拖家带口的，回家确实不方便。

去年是孩子太小，也没申请来假期，今年孩子有些大了，他们都三年没回去了，的确可以申请试试。

随后，丁一飞抓着一封信笑着道："我这里也有信，是一封朱平写来的信。"

蒋勤业闻言顿时感兴趣了："是朱平？快看看。"

丁一飞拆开了信，很快浏览完毕，笑着道："朱平在部队也挺好的，他女儿下个月也周岁了，可惜我们不能去聚会。"

朱平在另一个南方军区部队，离他们这里挺远的，想要去祝贺他女儿的周岁是不可能了。

"岚岚和艳艳周岁的时候朱平都寄了东西来，下个月他女儿芸芸周岁，我们肯定也是要寄东西过去的，寄个什么好？"蒋勤业道。

朱平的女儿叫朱芸芸，他们还都没见过呢。

于是，大家针对送什么礼讨论了起来，只是没说一会儿，蒋艳跑了过来，抱住了蒋勤业的大腿。

"爸爸，爸爸。"喊着，揉着眼睛。

蒋勤业夫妻顿时知道孩子这是困了，袁建秀见状忙道："送什么以后再说不迟，反正也下个月呢，今天艳艳走了挺多的路，应当是累了，你们赶紧带孩子回去睡吧。"

蒋勤业抱起了小家伙，点头："那行，那我们就先回去了。"

蒋勤业一家离开后，没了玩伴的丁岚也过来黏着丁一飞，丁一飞拍了拍女儿的小脑袋："岚岚乖，先跟妈妈玩一会儿，爸爸去洗碗，收拾完了跟岚岚玩。"

袁建秀忙道："我来收拾吧。"

丁一飞笑着按住了袁建秀的手："别，我来就成。"说着，已然起身收拾了起来。

袁建秀见状勾了勾嘴角也没再说什么。

晚上，丁岚睡着了，丁一飞和袁建秀躺在一起，袁建秀说了白天的事。

“今天白天我跟王玲聊天，我看她挺担心艳艳的情况的，她觉得艳艳的发育比其他小朋友都慢。”

走路慢，说话慢，若是没有他们的女儿丁岚做对比还不明显，但是看着丁岚的进度，王玲难免忧心。

“问过医生了吗？”丁一飞问，想了想，道，“我之前在部队里也问过这个情况，但听人说每个孩子发育情况不一样，走路晚和早、说话晚和早都不代表什么。”

“我也是这么说的，但你也知道，王玲一直觉得自己怀孕的时候总坐着会影响孩子，现在难免不放心。”

“那要不去医院看看？”丁一飞建议。

“再观察观察吧，实在不成就去医院问问。”袁建秀一边说，一边慢慢有了困意，“我们祈祷小艳艳没有问题，健康成长！”

丁一飞笑了，“嗯，我们都祈祷下。”

片刻后，袁建秀的声音慢慢消失了。

丁一飞见状搂了搂妻子的身子，在对方的发顶亲了亲：“睡吧，没事的。”

袁建秀模模糊糊地“嗯”了声，也不知道听见了没有，在丈夫的怀里很快便睡着了……

几天后，丁一飞和蒋勤业两家经过商量，送出了给朱平女儿的周岁礼。

不久，丁一飞所在部队得到了一个重要消息。

军队要实行精简整编，裁减军队员额。全军部队要服从大局，叫撤就撤，叫并就并。外单位部队因为精简编制，有很多干部要调到丁一飞所在部队任职。

丁一飞的职位也会有所变动，从团参谋长改任副团长。

丁一飞此时任参谋长已经有两年多，他坚决维护大局，听从命令，愉快地服从组织决定，不给组织提任何要求，充分表现出他具有很高的政治觉悟和良好的作风，也充分说明他在关键时刻是过得硬的，是经得起组织考验的。

前不久，部队下达命令，军队建设指导思想实行战略性转变，注重质量建军，要进行训练方法手段的现代化改革，大力发展电子、激光等模拟器材，广泛开展多种形式的电化教育。刚刚得到提升的郑海峰师长，要求部队要抓好训练手段的现代化改革，提高训练质量；要求部队机关，像丁一飞等这样的团级领导都需要亲自搞一项现代化方面的训练改革研究。这个要求之前只是有风声下来，并未真正确定什么，但现在这个要求需要真正落实了。

像丁一飞这样的团级领导干部，那都必须带领一个团队选择一个训练改革研究方向。

其实对于这一点，丁一飞之前就已经有想法，只是要求并不确定，所以准备工作也没办法做。现在要求确定下来了，丁一飞便打算召集人手，他的脑中想着这个的时候，王亮等人纷纷过来了。

“副团长，要求终于确定下来了，有没有改革研究方向啊？”

“是啊，副团长，听说隔壁三团早前就做准备了，都选电子模拟这方面呢，这方面现在吃香啊。”

“可不是？副团长，我们也得快点做准备了吧？不然，好的项目都被抢走了，我们连汤都喝不到了。”

大家你一言我一语的，看中的都是现在热门的几个改革研究方向，希望可以跟着自家老大大干一场，将他们的职务级别也都往上升一升。

丁一飞看着热情又憧憬的战友，略犹豫了下，还是道：“我不打算选择这个方面，我想选现代激光电子模拟交战这一方面的研究。”

众人闻言不由得都是一愣：“激光？电子模拟交战系统？”

有人倒吸了口冷气：“副团长，现在这个技术一点都不成熟吧？就是才出来一个概念而已，你选这个方面……”确定不会失败吗?

“不能说只有一个概念，其实这个概念已经挺成熟了，当然，我不否认这其中还有许多难关需要攻克，但既然是让我们选择改革研究方向，攻克难关不是我们本该要面对的吗？再说目前部队训练迫切需要这个模拟系统，关于这一方面我之前就想过了，也对这方面挺有兴趣的，不过，若是你们不想跟着一起的话，我不勉强你们跟我一队。”丁一飞真诚道。

他也知道，他的这个改革研究方向应该不怎么被人看好，面前这些都是跟了自己挺久的人，如果他们不喜欢这个方向，认为这个项目难度大，一定会失败，没有前途的话，他会让这些人跟着团长做研究，前景也很好。

丁一飞这话说得王亮等人面面相觑，片刻之后，王亮率先道：“副团长，别人怎么想我不管，我反正就跟着你干，这些年我跟着你也习惯了，到别人手底下我也不习惯啊。”

“没错。”旁边又有人道，“我也习惯了在副团长手下做事了，副团长，我张猛也跟着你干。”

“再加上我！”

这么喊的人有很多，但是也有人明显退缩了，眼神顿时飘忽了起来，丁一飞自然看见了，也不以为意，只郑重道：“还是要大家喜欢，并且坚信自己可以攻克难关，真的不用勉强。”

眼神飘忽的那几个人默默地转身离开了，对于丁一飞的这个选择，显然他们并不看好。

王亮看着转身离开的人顿时眉头一皱，正要说什么的时候，丁一飞拦住了他。

“人各有志，不用勉强。”

王亮等人面面相觑，觉得丁一飞也真是太好脾气了一点，这不是把自己手下的人往别人那边送吗？要知道，刚才离开的就有两个技术兵，那两个兵的技术过硬，肯定会有人抢的，现在居然就这样放人离开吗？

丁一飞虽然觉得刚才走掉的两个技术兵有点可惜，但是就像他说的，人各有志，这的确没办法勉强，他也不打算勉强。

丁一飞的选题在几天之后就上报了，也让许多人都知道了，觉得他傻的大有人在，还有不少暗地里嘲笑他自视甚高的。

周豪杰同样收到了这个消息，此时他已经是师作战科的科长，刚调任不到半年，但手头也理顺了，正是春风得意的时候。尤其，让他看不顺眼的丁一飞家生了个女孩，自家却是个男孩，他更是得意，有种现在终于比丁一飞高一筹的感觉。

他收到这个消息的时候正跟底下的两个兵开小会，这消息还是其中一人说的。

“研制激光电子模拟交战系统？呵呵，这不是才出了一个概念吗？他以为他是谁，这就能研制成功了？”周豪杰毫不客气地直接嗤笑了一声，只觉得丁一飞真是异想天开，“他是想在他的副团长位置上多待几年吧？”

那两个兵也笑了，对于周豪杰这个上司，他们自然会顺着。

“可不是吗？这个项目如此重要，他却选最难的一个，也不知道那位丁副团长怎么想的，也自视太高了吧？”

“不过这样也好，反正是他自己选的，又不是别人逼他选的，到时候就算失败了，被罚了，那也只能自己哭自己呗。”

说着，几人都哈哈大笑了起来，一副幸灾乐祸的样子。

周豪杰勾了勾嘴角，眼中闪过一抹暗光，还以为丁一飞那家伙多聪明呢，前几天他偷听到老丈人和别人说话，说是要提丁一飞为团长，他这几天心气都有些不顺。如今，丁一飞选这么个研究项目，他只觉得自己心气立刻顺了，因为他已经可以预见到对方的失败，说不定，到了那天，那个讨厌的家伙还会哭鼻子？

真是……想想都期待啊。

第四十八章

★★★★★

部队里发生的事情袁建秀并没有那么快得到消息，所以她知道的时候基本上部队院子里人人都知道了。

她早上去食堂打饭的时候，被另外一位副团长的妻子拦下来说了这事，袁建秀才知道丁一飞做了这样的选择。

那副团长的妻子都说了，让她好好地劝劝丁一飞，别好高骛远，这种刚出概念没多久的项目技术方面的难题不是那么好攻克的，还不如脚踏实地，更是跟她说了，丁一飞提团长肯定也不远了，这要是选这么个太难的项目，失败了的话这提团长说不定就没戏了，多严重的损失啊。

这位副团长妻子也是好心，跟袁建秀家的关系不错，所以才会真心这么说。

所以，从打饭回来后，袁建秀就忧心忡忡了起来，她觉得，那位副团长妻子说的是有道理的。但凡这个项目能更成熟一点，她都不会忧虑，会选择支持自己的丈夫，可是，这个项目太不成熟了啊！

这天，丁一飞回来得比较晚，都超过晚上八点了，女儿丁岚甚至都睡了。而他回家后便看到了妻子坐在桌边等他的画面，丁一飞顿时露出了一个笑容来。

“建秀，岚岚睡了？”

“嗯，下午玩得有点疯，吃过饭就困了，我给她洗了澡，上床后很快就睡着了。”袁建秀轻声道。

丁一飞放下了公文包，还是先进去房间里看了女儿，看到那小小的一团睡在被窝里，这才小心地关上房门出来。袁建秀已经去了厨房给丁一飞拿吃的，饭菜是温在厨房的，现在也只需要端出来。

丁一飞看着妻子忙碌的身影，只觉得心里头暖暖的。

他吃晚饭的时候袁建秀什么都没有说，等着对方吃完了晚饭，她也收拾完了家务，这才拉着丁一飞坐了下来。

丁一飞有些疑惑：“建秀，怎么了？”

“部队里现在在搞一个训练改革项目？”袁建秀看着丁一飞。

丁一飞当即明白是什么事了，这事他也没想瞒着袁建秀，只是这几天都在做准备工作，忙了些，还没到说的时候。此时袁建秀既然知道了，他也就直接点了点头：“是，接了一个改革项目，你是听说了什么吗？”

袁建秀苦笑了下，当即把自己遇到那一位副团长妻子的事说了，包括那人的善意提醒。

丁一飞听完后沉默了一会儿才道：“建秀，我知道我这个训练改革项目肯定是有难度的，但我不觉得这是多可怕的事，我还年轻，我想尝试一下，即便最终真的失败了这也是我的经验。而且我对这方面挺感兴趣的，在上头的消息下来之前我就有这个想法，如今，我并不打算改变我的选择。”

袁建秀闻言，眉头几不可察地皱了皱，她张嘴想说什么，看着丈夫坚定的样子最终选择了沉默。

丁一飞不是看不明白妻子的担忧和不赞同，但是，他也真的不想改变自己的选择，他对王亮他们是这么说，对妻子也是这么说。

“建秀，我已经做好了失败的准备，但依然会尽最大的努力，我想研究这个项目。”丁一飞定定地说道。

袁建秀闻言只得苦笑，她丈夫都说到这份儿上了，她还能说什么？和对方吵一架，逼着对方不选择这个项目吗？她做不到。

而且，她想着，是不是不看好的人太多了，让丁一飞的心中反而多升起了一分执拗，自己这边退一步的话，也许对方能想通。

于是，最终，袁建秀什么都没再说。

第二天的时候，王玲上门来了，她也是听说了丁一飞的事情，匆忙过来的。

“建秀。”

王玲过来的时候，袁建秀正在给女儿围围兜，这小家伙实在太淘气了，每到晚上，那衣服都要洗不出来了，所以，今天袁建秀强硬地给小家伙套了围兜。丁岚有些不高兴，不喜欢这个围兜，可惜，人太小，拗不过自己的母亲大人，所以还是被套上了她不喜欢的围兜。

听到王玲的声音，丁岚是最高兴的，立刻跑出去了：“姨姨。”

王玲笑着摸了摸丁岚的头：“岚岚早上好。”

“姨姨早上好。”丁岚可爱地道早安，立刻拉过了王玲身旁蒋艳的手，“艳艳，我们去玩。”

蒋艳看到小伙伴也很是高兴，跟着丁岚就跑了。

王玲只能在后面喊：“岚岚，艳艳，你们走慢点。”

丁岚随意喊了一声“知道了”，脚下跑得却更快了，蒋艳小小的身子就在她后面追，瞧着也是十分有趣。

袁建秀叹着气从屋子里面走出来，端了两张板凳在外面放下，又返身回去拿了要择的菜出来。

“岚岚现在是越来越淘气了，衣服都穿不到晚上，都快要洗不出来了。”袁建秀一边抱怨着一边坐了下来。

王玲坐在轮椅上帮袁建秀一起择，笑着道：“淘气点好啊，活泼，可爱，岚岚一瞧就聪慧。”

说着，王玲想起什么，笑着又道：“昨天晚上，艳艳会喊爷爷奶奶了，喊得还挺清楚的，我真的意外极了。”

袁建秀闻言也高兴了：“是吗？这可太好了，我就说嘛，艳艳看着也是聪明相，就是说话稍微晚点也是正常，你非担心她不会说话似的，她爸爸妈妈不是叫得挺好？”

王玲苦笑了一下，拍了拍自己的腿，忍不住道：“我这不是关心则乱吗？你也知道，我怀艳艳的时候是真的受了罪的，肚子越大那会儿越不舒服得紧，我自己不舒服也就算了，就怕压迫到艳艳。她出生的时候虚弱得很，瘦瘦小小的，养到现在也没养得回来，我是真担心她受我影响。”

袁建秀不高兴地瞪了眼王玲：“就你爱瞎想，你是腿不好，其他地方都好着呢，哪有那么容易受你影响。”

看袁建秀不高兴了，王玲忙投降：“是，是，是我多想了，我错了，现在艳艳会说其他的话了，我也就放心了。”

袁建秀忍不住扑哧一声笑了，放松道：“嗯，你放心了，我也放心了。不然我还得想着陪你去医院瞧瞧，看看我们艳艳是不是真的发育上有问题呢。”

王玲呵呵地笑，女儿没事她是最高兴的。

笑过之后，王玲才说了自己今天的来意：“建秀，一飞的那事……”

袁建秀叹了口气：“我也是昨天才知道，昨天一飞回来的时候我已经问过了，他说他选择了那个研究方向就不会改变，有困难就克服困难，尽最大的努力去做，失败了也不悔。”

王玲闻言，张了张嘴，有些哑然。

袁建秀忍不住苦笑：“要是让我选择的话，我肯定不同意他这么做的，这太冒险了，得不偿失。但是，他的脾气啊，有时候就是这么倔，尤其是他决定了的事情，那真的是十头牛都拉不回来，我是真的连开口劝都没办法。”

王玲听着也忍不住叹气了：“这是没办法了吗？这个，一飞和勤业关系那么好，让勤业说说？”

袁建秀笑了笑：“行啊，可以让勤业说说，要是勤业真能让一飞改变主意，那我可真得感谢他了。”

王玲呵呵一笑：“那希望勤业能成吧。”

虽然说是这么说，王玲却觉得希望不大，丁一飞的性子她也是有点了解的，既然对方已经做了决定，而且连失败的准备都做好了，显然不大可能会轻易改变。

但，试一试也无妨，说不定蒋勤业真能把人说通呢？

第二天的时候，蒋勤业果然找上了丁一飞，并且还是在中午的时候去部队找的人。丁一飞对此很是意外：“勤业？你怎么过来了？”

蒋勤业笑着道：“来看看你。”

丁一飞挑了挑眉头，可不觉得蒋勤业会无缘无故地来看他，而且还是来到部队，有什么事情是他们下班后不能说的，毕竟两家关系这么好，除非是不方便。

丁一飞隐约猜到了什么，不过，他还是把蒋勤业带到了自己的办公室，一边进去的时候一边问道：“吃过了吗？”

蒋勤业点头：“吃过了，你呢？”

“刚吃完，说吧，来找我什么事，我可不信你只是来看看我。”都是很熟悉的人了，丁一飞也不觉得跟蒋勤业说话有什么需要客气的，也就直接说了，更何况他的心里已经有猜测了。

“行吧。”蒋勤业憨憨地笑了笑，说自己只是来看看对方的，那真是连自己都不信，丁一飞不信也就自然而然了。

“一飞。”蒋勤业沉吟着开口，“这一次你选择的这个改革研究方向，很多人都不看好啊，我想知道你到底怎么想的。”

果然是为了这个事情，丁一飞心中暗道。

随后，丁一飞也沉吟了片刻，看着蒋勤业，真诚道：“我对这方面本就一直有兴趣，只是时机不成熟，我也没办法做什么，在这个概念刚出来的那会儿我其实就挺有兴趣的，现在有机会了，我自然想要研究一下。而且我觉得，这个项目以后会成为我们军队训练中重中之重的项目，一旦成功的话，将会有无数将士获益。”

蒋勤业闻言微微皱眉：“但是一飞，现在这个概念根本不成熟啊，这才是最重要的问题，你要知道，你如果真的选择这个研究方向的话，那么你缺多少东西？研究的设备、资金、人才，这些你都有吗？我听说，有两个技术兵还直接走了……”

丁一飞沉默了片刻，轻轻地舒了口气：“是，我知道，这很困难。但是，我还是想试一试，我是深思熟虑之后做的这个决定。纵然日后面对很多艰难险阻，我还是想试一试。”

看到丁一飞如此坚定的模样，蒋勤业也不知道自己应该说什么才好了。

丁一飞看着蒋勤业愁眉苦脸实在担心的样子，笑了笑，又道：“这个改革项目就算我不搞，总归会有人接手要搞的，它对部队训练改革太重要了，不是我也会是别人。我还年轻，我承受得了失败，别太为我担心。”丁一飞心想，坚持的梦想再难，也要奋斗，也要拼搏，更要有野心，一直冲刺到终点，今天的坚持才是走向成功的必然。

“好吧。”蒋勤业闻言只好无奈地点头，“我明白你的意思了，既然如此，有什么需要我帮忙的，你开口就行。”

丁一飞闻言顿时心里暖暖的，轻轻“嗯”了声，捶了蒋勤业胸口一下。

“好兄弟！”

蒋勤业龇牙：“好兄弟！”

男人的友情其实就是这么一回事，一切尽在不言中。

第四十九章

★★★★★

晚上，蒋勤业把找丁一飞的情况跟王玲说了说，王玲都无语了。

“我是让你去好好劝劝丁一飞的，怎么你反而还被他说服了呢？”

蒋勤业干巴巴地笑了两声，无奈道：“丁一飞有时很执拗的，一旦他认真决定做一件事情，真的不是旁人能阻拦的啊，而且我觉得他说得也有道理，他还年轻，就算这一次失败了以后也不是没有起来的机会，既然如此的话还有什么不能闯一闯的呢？”

王玲没好气地翻了个白眼：“你们的大道理一套一套的，我真是懒得听。丁一飞虽然年轻，但是明明可以平稳地往前进为什么非要选择荆棘之路呢，建秀和岚岚都指着他呢。”

蒋勤业安抚地拍了拍王玲的肩膀：“我倒是觉得男人敢拼没什么不好的，不是有句话叫爱拼才会赢！好啦，反正事情已经这样了，你明天跟建秀好好说说，如果一飞真的不愿意改变自己的决定的话，我们大家伙就都帮帮他。建秀是他妻子，我想一飞最需要的是她的支持。”

王玲闻言叹了口气，嘀咕：“也只能这样了，希望建秀能想开吧。”

次日，王玲早上带着蒋艳又来到了袁建秀的家中，丁岚和蒋艳两个小朋友在院子里玩耍，王玲似乎犹豫着要怎么开口，有点为难的样子。倒是袁建秀看王玲这神态便笑了：“你是想告诉我勤业找过一飞了，但是一飞并没有改变主意是吗？”

“是。”王玲无奈地轻叹了口气，也不意外袁建秀一下看穿自己。都是这么要好的闺蜜，彼此之间很是了解。

袁建秀淡淡笑了笑：“也没什么，我其实早就想到了，也做好准备了。”

毕竟那是自己的丈夫，对方的脾气、性情如何，她这个做妻子的还能不了解吗？丁一飞要是那么容易就能被人劝服，那就不是丁一飞了。

王玲撇撇嘴，没好气道：“不只没能劝住一飞改主意，倒是自己被说得反而有些上头，说是要怎么怎么支持一飞，这是说服人不成反被说服了，你说，这是不是叛变？”

袁建秀闻言立刻被王玲的这个说法给逗乐了：“这就叫叛变了？呵呵，想来应该是勤业也觉得男人该趁着年轻的时候多闯闯吧，便是冲动了也无妨，总有以后。”

“男人喜欢闯，可是我们女人就喜欢安稳啊，能安安稳稳地发展，为何要冒险呢？”王玲自己尤其喜欢安稳，所以倒是真的有些不能理解丁一飞这样冒险的举动。要知道，一旦失败的话，对于升迁是很有影响的。

袁建秀何尝不喜欢安稳，这大概也是男人和女人之间最大的差别吧？但是，她也能理解丁一飞，所以，她最终只笑了笑：“罢了，既然丁一飞已经选择了这个项目，那就随他吧，我得想想怎么帮他。”

王玲于是跟袁建秀讨论了起来，到底要如何才能帮到丁一飞……

接下来的一段时间，丁一飞便彻底地忙碌了起来。

他虽然已经做好了会面对许多艰难险阻的准备，但是，真正行动起来的时候，他发现他所面对的困难比自己之前想象的还要多。

手底下可以跟自己一起研究的专业技术人员太少了，此外，因为这个概念不算真正成熟，懂这方面的人也不多，丁一飞有时候甚至要亲自做一些记录工作。

于是，他回家的时间一天比一天晚，就连自己心爱的女儿都没时间抱了，每天回家的时候女儿早就睡着了，而一大早的，女儿还没醒来的时候他就离开家了。

饶是如此，这个改革项目的进展也是非常缓慢。

丁一飞的眼下已经渐渐地多了黑眼圈。

这天，丁一飞正在记录一组数据的时候，忽然听到了一声炸响，他的脸色当即一变，放下了手中的东西便朝着外头跑去。

一名士兵抱着腿躺在地上呻吟，地上许多血，已经好些人围着他了。

丁一飞连忙拨开人群跑了过去："怎么回事？"

"副团长，黄锐刚才做电路实验的时候不知碰到了哪些东西，炸了。"士兵焦急地说。

"快，先送医院，这些东西不要乱碰，我亲自收拾。"丁一飞忙道。

其他人也都吓到了，刚才说炸就炸，现在黄锐还躺着呢，他们都不敢碰这里的东西了。

很快有人抬了担架进来，将黄锐抬出去送医院。丁一飞没有跟过去，他亲自收拾了这边的实验器材，等到都忙完的时候，这里实验炸伤士兵腿的事情也传出去了。

好在，那士兵的腿虽然被炸伤，只是炸了皮肉没有伤到筋骨，还不至于到残疾的地步，这让丁一飞也微微松了口气。

从医院那边看过士兵回来后，丁一飞就被上级领导叫到了办公室一阵训斥。这些，丁一飞都预料到了。听训的同时，丁一飞保证以后一定会在实验的时候更加小心，绝对不会再犯今天这样的失误。

领导看丁一飞认错态度还不错，又训斥了一阵后终于让他离开。

刚出领导的办公室大门，一个带着一丝幸灾乐祸的声音便传来："丁副团长，挨批评了吧？"

丁一飞看了过去，是周豪杰。

丁一飞脸色变都没变："周科长怎么来了。"

"当然是来看看你啊。"周豪杰一副很热络的样子，他的身后还跟着两个年轻军官，他快步走到了丁一飞的身边，有些夸张地叹了口气，语重心长道，"丁副团长啊，我们也是老同学了，现在看着老同学走错了路，我担心啊，着急啊。"

丁一飞差点嗤笑出声，担心？着急？这人恐怕现在心里都笑出花来了吧？他懒得理会对方，转身便要走，但周豪杰故作热络地又拦住了他，口中一副为了丁一飞好的样子道："一飞啊，现在这个改革项目还只是刚刚开始，抓紧收场还不晚，要是继续这样搞下去，不说你能否保住副团长这个位置……恐怕连你自己的部队生涯都要完蛋了吧？"

丁一飞没忍住，瞪了周豪杰一眼，淡淡道："不劳烦周科长了，这一次事故我已经向上级领导做了汇报，这个实验项目我也不打算放弃，我还有事，先走了。"这一次，丁一飞没再让周豪杰堵着自己，绕开对方迅速就走了。

周豪杰看着丁一飞离开的背影，眯了眯眼，好一会儿才嗤笑了一声。

那跟着他的两个年轻军官立刻上前一步，其中一个年轻军官奉承道："科长，那丁副团长真的是太不识好歹了，科长你明明好意，他居然都不领情，我们就等着看他继续闹笑话好了。"

"是啊。"另一个年轻军官也道，"科长，我看那姓丁的就是不撞南墙不回头，我们就等着看他撞得头破血流的样子就好。"

周豪杰笑了笑，一副很大度的样子："那人啊，就是死倔。哎，我好心帮他他居然不要，这时候了都不愿意放弃，算了算了，我们先走吧，免得在这儿惹人嫌。”

“科长，是那姓丁的不能体会科长的好意，我们赶紧走，这地方，我们还不想待呢。”

“就是。”另一名年轻军官跟着附和。

周豪杰这才满意地跟着两个军官一起离开了，他的心中忍不住暗道：丁一飞，还道你是个聪明的，真没想到你能做出这样的蠢事来，看你这一次还怎么出风头！

要说对于丁一飞这个人，随着时间过去，周豪杰看对方是越发不满意了。

尤其是自家岳丈也老拿自己跟对方比，这让他更是看丁一飞怎么看都不顺眼。如今，丁一飞在这个重要的改革项目上吃了瘪，周豪杰是怎么想都开心。

发生了意外炸伤事故，再加上有人“刻意宣传”，所以，袁建秀和王玲等人第二天的时候也都知道了这个消息。

袁建秀想到了昨天晚上丈夫回来时候的疲惫，眉头都皱了起来。

昨天晚上丁一飞回来并没有说白天的事故，而她看对方那么疲惫的样子也就什么都没问，没想到竟然出了这样的事。

“建秀，信，有你家的信，我给你带来了。”

正在袁建秀为丈夫的事情担忧着的时候，王玲带着一丝激动的声音从外头传来。

袁建秀连忙从厨房走了出去，也激动了起来：“是吗？有回信了？我看看。”

王玲连忙把信递给了袁建秀，高兴道：“我看了眼信封上的地址，是从我们老家那里寄来的。”

袁建秀也看见了，带着一丝激动、一丝期待，甚至手都有点颤抖地打开了那封信。片刻后，袁建秀的眼睛都瞪大了，里面的喜悦溢于言表，她激动之下差点把纸都给撕裂了一角。

“王玲，成了，成了，我们通过层层关系网想找的那几个技术人员，他们有回信了，他们愿意过来！”

第五十章

★★★★★

原来，就在丁一飞的这个改革研究项目开始之后，袁建秀和王玲经过商量就确定要帮助丁一飞，那就是帮他寻找懂激光电子这方面的技术人才，让他们可以以专家研究员的身份，过来帮助丁一飞一起攻克难关。

可是，技术人才哪里是这么好找的。

好在，袁建秀在省城上大学，有些人脉，王玲帮着出主意，于是，两人写了信回去，辗转通过几道关系网，联络了好些以前的同学、认识的朋友等，终于在省城一家军工企业找到了这方面的技术人才，又送了礼，表明了他们的诚意，等等，做的事情真的不少。

如此，终于，在刚才，他们收到了苏南老家那边的联系人的回信，那几位都愿意过来帮助丁一飞，帮助丁一飞一起攻克难关!

那可是这方面的专业人才啊，袁建秀和王玲能不激动吗?

此时，王玲就激动地喊了起来："这真是太好了！太好了！那些人愿意过来，那么丁一飞的压力就能小很多了。今天早上听说丁一飞的实验出了事故，我都急坏了，终于有了一个好消息。"

袁建秀也很是激动，一个劲地道："是啊，太好了，太好了，他们愿意来，真的太好了。"

晚上的时候，疲惫的丁一飞回到家里，袁建秀便将这个好消息迫不及待地告诉了丈夫。

丁一飞听完后都呆住了，半晌都没办法回过神来。

袁建秀见状碰了碰丈夫的胳膊：“你这是高兴傻了吗？怎么都呆住了？”

丁一飞这才回神过来，一下紧紧抱住了袁建秀，抱得十分紧，仿佛要将人嵌进自己的身体里一样。

虽然被抱得有点疼，但是丈夫那激动的心情袁建秀自然也感受到了，安抚地拍了拍对方的后背：“之前没说是不能确定可以说动他们，也想着可以给你一个惊喜，现在这是惊喜变成惊吓了吗？”

“没有。”丁一飞把头埋在了袁建秀的脖颈间，轻轻摇头，“没有变成惊吓，这是我收到的最大的惊喜礼物。建秀，谢谢你。”

他是真的没想到，在自己承担着压力，疲惫又忙碌的这些时间里，在自己内疚着都不能顾家的这段时间里，他的妻子也在为自己的事业忙碌着，甚至给自己带来了这么大的惊喜。

这就是他的妻子。

这就是他的妻子啊！

这一瞬间，把脸埋在袁建秀脖颈间的丁一飞只觉得眼眶都忍不住酸涩了起来。

袁建秀笑着轻轻顺着丈夫的后背：“说什么谢谢，我们是夫妻，志同道合，夫妻本就是一体的，这有什么好谢的，等那些专家到的时候，我们可得亲自去接。”

“这是当然！”丁一飞狠狠点头，“一定亲自去接！”

果然，之后的数天，当那些人才陆陆续续到来，丁一飞每一个都亲自去接了，袁建秀也跟着。有了这些专家的加入，丁一飞更加忙碌了。

该项目涉及部队所有兵种的十几个专业，涉及部队的不同单位和人员，涉及不同训练课目，数据结构相当庞大和复杂，需要录入相关数据。丁一飞与研究人员废寝忘食地工作着。

但是，袁建秀明显地发现，虽然现在丈夫依然忙碌，依然回来的时候会带着疲惫的色彩，可是，丈夫的眼中有了光。

那种带着自信，带着勇气，不再是压抑，而是希望的光芒！

…………

谁都没有想到丁一飞的这个改革项目竟然能成功。

当初，他选择了这个改革研究项目的时候，有多少人在背后嘲笑他！有多少人觉得他的脑袋被门夹了！

出了事故，捅了娄子，没有设备，没有专业人才，手下技术兵都跑了几个，丁一飞却始终不改初衷，愣是一点点地把那些困难解决了。

当丁一飞在部队做改革训练成果汇报展示的时候，那些在他背后曾经嘲笑过他的人全都闭上了嘴巴，不可思议的情绪在每个人的眼中展现。

大礼堂里，热烈的掌声响起，经过丁一飞带领团队的精心研究，全力攻关，激光电子交战模拟系统竟然真的成功了！

掌声，是从几个领导那边最先传来的，紧跟着，就是更加热烈的鼓掌声。

听着那一阵又一阵的鼓掌声，周豪杰的眼神都阴郁了。

成功了？竟然又成功了？这怎么可能！然而，周围的那无数掌声告诉他，这就是事实！听到这些掌声，周豪杰都有种巴掌甩在脸上的感觉，火辣辣地疼。

这整整两年的时间，丁一飞承受的比外界想象的要多得多，尤其是一开始的那段时间，真的是太艰难了。若非妻子的支持，若非后来那些专业人才的帮助和攻关，自己的这个改革研究项目根本不可能有成功的这一天。

此时，站在台上，听着那些如潮的掌声，丁一飞有一种终于尘埃落定的满足感。并且，他迫切地想要见到自己的妻子，那个在这两年给予自己最多帮助的妻子。

傍晚，丁一飞回到家的时候，蒋勤业夫妻都在这里了。

他们两个过来自然是庆祝丁一飞的成功的，晚上，丁一飞和蒋勤业都喝了不少酒。这两年可真是不容易啊，而现在，终于苦尽甘来。

喝得醉醺醺的丁一飞和袁建秀躺到一起的时候，他激动地抱住了妻子："建秀……我、我今天在台上的时候，听到了好多掌声，你知道，那个时候我最想见的是谁吗？"

"谁？"袁建秀的声音温柔。

"你，我最想见的是你。谢谢，谢谢你这两年来对我的所有支持！建秀，你不知道，若是没有你，我真不确定自己是不是能坚持下来……尤其是出事故的那会儿，我是真的想过放弃的。是你后来帮我找来了懂激光的专家，是你带给了我希望……"

丁一飞说得有些絮絮叨叨，但是声音里的感慨和感激真切无比，袁建秀听着丈夫的絮叨声，温柔地枕在对方的胳膊上，轻拍着对方的后背。

"我没那么好，再说了，我是你的妻子，支持你本就是我应当做的。"

她要的，也从来不是丈夫的感激，而是对方的爱。

而现在，她只觉得自己每一天都很幸福，这就够了。

这边的丁一飞因为高兴而喝多的时候，那边的周豪杰也喝多了，但当然不是因为高兴。

当他喝得醉醺醺上床的时候，他的妻子郑莉莉嫌弃地推了推他。

"喂，醒醒，你还没有洗脸洗脚呢，这就上床了？"

周豪杰躺在床上不动弹，郑莉莉不高兴地又推了推对方，周豪杰忽然一下甩开了对方的手:“别、别碰我！”

他的舌头都大了，可见是喝高了。

郑莉莉不是个能受气的，刚才被周豪杰这一推也推疼了，顿时喊了起来:“周豪杰！你干什么啊！”

听着耳边的大喊声，周豪杰迷蒙间睁开了眼睛，看着妻子的这张脸，想到的却是自己学生时代在树林里无法忘记的那张脸。

芳华……林芳华。

可是，这不是她。

周豪杰忽然觉得十分意兴阑珊，于是闭上了眼睛，更不动弹了。

这把郑莉莉真是气得够呛，一边抱怨着一边推开门去了隔壁的房间，她才不要跟醉鬼睡呢!

周豪杰躺在床上一动不动，眼眶在他自己都不知道的时候却有些湿了……

年底，丁一飞带领研究的这项改革成果荣获军队科技进步二等奖，军衔职务自然是往上又升了升，他提升团长了。

然而次年，中央军委决定裁减军队员额，实行精简整编的决定，也在丁一飞所在部队全面实施了。而蒋勤业所在的招待所也在被裁减的序列当中，所在部队再不编制招待所，顿时，整个部队大院里许多人家染上了忧愁。

袁建秀得到这个消息后和丁一飞立刻带着女儿前往蒋勤业家中。

王玲的脸上带着愁绪，倒是蒋勤业，显得很平静，看到丁一飞和袁建秀过来还高兴地打了招呼。

一会儿后，两个孩子在院子里玩了起来，丁一飞和蒋勤业在外头说话，袁建秀和王玲在里头说着话。

丁一飞道:“你领导找你谈话了吗？”

蒋勤业点头："嗯，谈了，坚决听从命令，叫走就走，回去转业到县里的建筑公司上班，听说那个岗位还是不错的，转业回去之后工资待遇还可以。"

蒋勤业觉得参军十多年来，是部队这个大熔炉的培养，是军营的训练，给了他不折不挠的坚毅，给了他战胜困难的勇气，给了他面对未来的从容，给了他实现人生梦想的平台。因此，虽然面临转业，但他初心依旧，岁月情深，不忘初衷。

丁一飞抿了抿嘴角，拍了拍蒋勤业的肩膀："这就是我们当兵的人，要是有什么困难，写信来跟我们说。"

蒋勤业笑了："铁打的营盘、流水的兵，服从命令是军人的天职，转业回地方一样为国家做贡献！你放心，好着呢。"

"这就好。"丁一飞略放心了些。

第五十一章

★★★★★

房间里头，袁建秀和王玲也在说着蒋勤业转业的事。

“王玲，我真舍不得你走。”袁建秀难过道。

王玲笑了一下，拍了拍袁建秀的手，“我也舍不得离开你啊，国家政策，没办法，我们只能服从，在部队这么多年，我们很知足了”。

袁建秀轻抿了下嘴唇，小声道：“如果转业后的待遇跟你说的一样，收入倒是比现在高得多，说不定也是好事。而且我们那里的物价比这里低一些，同样的钱在那里能买到的东西比这里多多了。”

“可不是！”王玲笑着道，“说不定也是好事。”

不管这是好事还是坏事，军令如山，政策下来了，那么下面的人唯一能做的也就是服从。

送蒋勤业转业那天，招待所的官兵一早就到大门前列队等候，部队的领导来了，王亮等同期入伍的战友来了，周豪杰和郑莉莉也在欢送的队伍里。

蒋勤业眼睛肿肿的，王玲坐在轮椅上被丁一飞夫妇推出来。袁建秀眼泪不住地往下流。丁岚太小了，还不知道什么叫离别，看着母亲哭成那样，自己也跟着哇哇大哭。只见周豪杰和郑莉莉从欢送的人群中走出来，紧紧抱住蒋勤业和王玲，足足抱了有五分多钟。这时，王亮朗诵起早就写好的欢送词：

战友情　战友义

十七八，十七八，
我们豪情满怀，
乘敞篷，坐闷罐，我们来当兵。
立正、稍息，向前看，
齐步、正步，跑步走，
我们昂首挺胸走直线。
举止正，方块被，我们整军容；
训练场上勇争先，摸爬滚打练武功；
学雷锋，做好事，人民宗旨记心中；
好战友，好兄弟，不分东西南北兵；
战友情，战友义，我们期盼再重逢。

十七八，十七八，
我们投笔从戎，
穿戈壁，走大漠，我们来军营。
站岗、放哨，同值勤；
投弹、射击，练冲锋；
我们同患难生死与共。
赴前线，戍边关，我们荣立战功；
交堑壕里猫耳洞，英勇顽强称英雄；
抗大洪，抢险情，危急关头向前冲；
好战友，好兄弟，无论南北家乡音；
战友情，战友义，来世还做好弟兄。

数个月之后，丁一飞要参加全军组织的战役集训，在战役集训期间丁一飞遇到了朱平，两人顿时都激动坏了。

晚上，两个人找到机会小聚了一下。两人说了许多事，各自的家庭，这些年的经历，然后，又说到了蒋勤业。

朱平道："蒋勤业转业回去也好，我也是想转到地方去工作的，出来这么多年，感觉还是自己的家乡好，铁打的营盘、流水的兵，我想转业为家乡做点事。"

丁一飞虽然有点意外，朱平也有想转业回去的念头，但是仔细一想又并不觉得意外了。"你这是个好想法，用我们所学到的知识报效祖国，报效家乡人民，回馈家乡，这思想觉悟比我高多了啊！"丁一飞笑着，转而又问，"那，你跟上级领导反映了吗？"

"反映过了，不过没被批准。"朱平苦笑。

"咦？为何？"丁一飞惊讶，不明白怎么会没被批准的。

"组织说我还年轻，在部队能发挥更大的作用，我服从组织的安排。"

丁一飞闻言笑了一下，拍了拍朱平的肩膀："组织说得对，你想转业的话以后机会多得是，现在趁着还年轻，在部队再好好干两年，哈哈。"

朱平被丁一飞的这个说法逗笑了。

两人又说了一会儿，丁一飞翻口袋的时候从自己衣服内侧口袋中找出了女儿的照片："我家岚岚。看看，可爱吧？"

朱平的眼睛一亮，忙把照片拿了过来："可爱，我家芸芸比你家小一岁多，可惜我就没想到把照片带在身上。"

"是挺可惜的，我还没见过那小姑娘呢。"

朱平看着丁岚的照片，忽然悠悠地叹了口气。丁一飞见状斜睨了对方一眼："这是怎么了？怎么还叹上气了？"

"我也不怕你笑话，家里啊……有点闹。芸芸刚出生的时候，我爸妈来我这里住了几个月，我爸有病，只能两位老人一起过来，照顾我老婆坐月子，那时候就有点矛盾。我老婆刘婷香我跟你说过，当时是我在那边驻军的时候旁人介绍认识的，那时候她在物资局上班，我比较忙，在家的时间不多，芸芸出生后我更忙了，在家的时间更少，她性子急，也有些……看不上我们这些乡下人……"

说着，朱平苦笑了一下，眼中有着一丝阴霾。

"我爸妈你是知道的，就是很老实本分的乡下人，刘婷香就对他们有些嫌弃，说他们做饭不干净，习惯不卫生什么的，我本来还想着让爸妈一直住在那里带孩子，愣是没成。我爸妈住了几个月，伺候完了香香的月子，照顾孩子到三个月就回去了。"

丁一飞皱了皱眉头，张了张嘴，想说，乡下人怎么了，我们都是乡下人，现在不都过得挺好吗？看不上乡下人这算是怎么回事？

但看着朱平有些苦涩的样子，丁一飞的话说不出口了。

朱平许是这几年都憋着，憋狠了，难得碰到一个可以吐露心事的，于是继续道："但在年前，我爸的老毛病又犯了，在我们那医疗条件不大成，我就把我爸接了过来，在城里给他看病，我妈自然也跟着来了。这不，家里又闹上了。"

丁一飞不高兴了，忍不住道："叔叔生病，你带叔叔看病这不是理所应当的吗？闹什么？"

对于那个还没有见过面的朱平媳妇，丁一飞的心里也有了一丝不喜。

朱平抿了抿嘴角，也不知想到了什么，眸色有些晦暗，轻轻道："我爸看病花了一些钱，我妈的身体也不大好，吃药也花了点钱，都是这些家长里短的，有时候，我想想，其实生活啊，挺没意思的，我爸妈那么辛苦把我拉扯大，我却连照顾他们晚年、让他们开心都做不到。”

想到家里的父母因为自己数次退让，甚至有时候反被儿媳妇教训，朱平就觉得憋得慌。父母为他受的委屈，让他体会到了自己的无能，这样的无能也让他自我厌弃。

丁一飞没想到朱平家里竟然还有这样的问题，原本他还以为朱平过得很幸福。

好一会儿后，丁一飞拍了拍朱平的肩膀道：“找个机会跟你妻子好好谈谈，孝敬老人本就是应该做的事，百善孝为先，即便两代人生活习惯不大一样，但是住在一个屋檐下，做小辈的退让一些不是也理所应当吗？好好谈谈吧。”

朱平闻言苦笑了一下，最终没再说什么。

丁一飞不由得想到了袁建秀，想到了自己家，虽然父亲已经去世了，但自己未能实现父亲遗愿，心里还是难以释怀的。建秀现在没有和母亲住在一起，但是丁一飞觉得，即便她们住在一起，建秀也不会跟那刘婷香一样。

看着朱平这苦恼的样子，丁一飞都同情了。

这次集训活动结束后，丁一飞回到家便和袁建秀说了遇到朱平的事。

袁建秀挺高兴的，询问朱平的情况，丁一飞略犹豫了下，还是说了些对方家里的事，但这毕竟是人家的私事，也不敢说得太详细，但袁建秀多聪明啊，一下就听明白了。即便丁一飞没说太清楚，这也足够让她明白朱平目前家中的情况。

不过，袁建秀只道：“那叔叔阿姨他们的病怎样了？”

“应该是没有大碍，就是有些老年病真的都只能养着。”丁一飞想到了自己家，看着袁建秀，“建秀，要是我妈身体不好了，我们把她接身边来好吗？”

袁建秀在结婚前就已经知道丁一飞父亲离世了，丁母带着两个妹妹在家不容易，好在现在大妹丁小敏的病治好了，而且已经与袁建刚完婚，丁母的生活压力减轻了不少。

丁小敏与袁建刚结婚后，两人生活得很幸福，丁小敏经过自己的努力考上了县里的师范专科学校，毕业后就可以成为一名小学教师了。

这时，袁建秀笑了，美目看着丁一飞，带着明显的笑意，仿若有流光在里面闪烁。

“这是当然啊，你还怕我不养公婆吗？放心，我也是农村的，百善孝为先嘛，没有那么多乱七八糟的事儿。”

丁一飞闻言顿时傻傻地笑了。果然！自己的妻子就跟他想的一样，呵呵，比起朱平来，自己真的是幸运多了啊！

…………

这边，集训回来后，朱平想到跟丁一飞的谈话，决定找时间跟妻子刘婷香好好谈谈。但，妻子刘婷香也是个事业心很强的女强人，朱平在部队工作忙，妻子刘婷香有时候甚至比他更忙。

这让朱平一直没有找到好的交谈机会。

之后，朱平的父亲病情反复。就在朱平参军前一年，他父亲被公社保卫科叫去审讯批林批孔运动标语时，身体留下重病，现在反复发作。因此，朱平忙着在父亲和部队两头奔波，更是跟个陀螺一样，连休息的时间都没有，如此，一过便是两年多的时间了。

这天，朱平被上级领导叫了过去，为的是工作岗位调任的问题。

上级考虑他军事素质好，带兵管理有经验，有意将朱平调到一个驻地较偏远的团任团长，朱平本人并没有意见，但他知道，恐怕家里会有意见，想了想，他当时并没有立刻答应下来。上级也很通人情，给了朱平一星期考虑的时间。

回到家，刚打开门，朱平就看到了在偷偷抹眼泪的母亲，朱平连忙上前一步："妈，你怎么了？发生什么事了？是不是哪里不舒服？"

朱母擦拭着眼角摇头，有点不愿意说。

朱平急了，连声追问母亲到底发生了什么事情，他没在家里看到妻子，于是道："是跟香香吵架了吗？爸和芸芸呢？"

"你爸带芸芸出去玩了。"朱母说，站起来去倒水。

对于儿子所问的和儿媳妇吵架这个问题，朱母明显有所回避。

朱平看着母亲喝了点水后才又执着地问道："妈，到底出了什么事情，我是您儿子，这还有什么不能说的吗？"

朱母似乎有些犹豫，也不知道想到了什么，眼眶竟然又泛红了。

朱平看着母亲这样顿时更忧心了，一连声地追问，朱母终于说了实话。

原来，今天朱母出去街上市场买菜的时候，意外地看到了儿媳妇刘婷香，对方跟一个男人举止有些亲密，巧笑言兮的样子跟在儿子面前的霸道完全不一样，当时，朱母看着就很不舒服。眼见儿媳妇刘婷香要跟那个男人上车，朱母就跑了过去出现在了刘婷香面前。

刚开始，刘婷香被吓了一跳，但是很快就趾高气扬了起来，说那个男人是客户，而且是大客户，他们正赶着去谈什么业务，还让她别挡道，总之态度非常不好。

朱母那时候只能眼睁睁地看着车子扬长而去，回来想想，真怕儿媳妇给儿子戴绿帽子，又想到这几年和儿媳妇的矛盾，儿媳妇对他们老两口的看不起，想着想着就悲从中来，这才忍不住抹起了眼泪。

朱平闻言脸色微微黑了黑，眼底都染上了一丝煞气。他不想吓着母亲，只能柔声安抚对方，好不容易把母亲安抚好了，看着在外面玩转回来的父亲和女儿，朱平抱了抱女儿，决定今天晚上跟妻子好好谈一谈。

然而，晚饭的时候刘婷香也没回来。朱母忍不住又多想了点，甚至有些犯嘀咕，难道还跟那个什么客户在一起吗？这都几点了啊，总不会在外面过夜吧？

朱母是真的害怕自己的儿媳妇会出事，会给儿子戴绿帽子。

第五十二章

★★★★★

晚上十点的时候，刘婷香终于回来了，朱平父母已经带着孙女睡了。

朱平一直坐在客厅里等着刘婷香回来，当他发现对方这么晚回来，身上还带着一身酒气的时候，朱平的眉心便跳了跳。

刘婷香看到丈夫坐在客厅椅子上也有点意外，但她就跟没看见似的，径自往卫生间走了去，这是要去洗澡了。

朱平忍耐着等对方洗完。等着刘婷香终于都洗完回到了卧室，朱平这才跟着进去，并且锁上了房门。

“香香，我们谈谈。”朱平沉声道。

刘婷香不耐烦道：“这么晚了有什么好谈的，我都累死了，赶紧睡吧，明天还要上班。”

说着，刘婷香往床上躺去，朱平当然不会任由对方这么睡去，他已经决定要跟对方好好谈谈了，所以他一把将人拉了起来。

“先谈，谈完了再睡。”朱平的声音更沉了一点。

刘婷香被拉扯得有些痛，顿时更不耐烦了：“你到底要谈什么啊？还让不让人休息了！”

“你今天和谁去喝酒了？”朱平问。

刘婷香猛地瞪大了眼睛，像是一个被刺激到了的猫儿一样差点跳了起来，手指指着朱平："我说呢，你怎么大晚上的不让人睡觉，朱平，你这么说是什么意思啊，我还不能喝点酒吗？应酬，应酬，懂吗？"

"今天跟单位的合作商吃饭了，喝点酒怎么了，我说，你是不是听你妈说了什么啊？你妈是怎么回事啊，她这是在挑拨离间！她是不是想搞得我们离婚才开心啊？"

刘婷香越说声音越高，盛气凌人的样子。

她今天跟那人出去喝酒了，还做了点亲密的事才回来的，这当然不能让朱平知道！她虽然有离婚的心思了，可是，过错方必须不能在自己！

在外面工作这么久的时间，刘婷香很明白声音大就是真理这个道理，所以，现在，她半点不心虚地指着丈夫。

朱平的脸更黑了黑，压抑道："我妈没说你什么，你别这样的态度，那是我妈！"

"你妈怎么了，我就不信她没说什么，没说的话你会在这里问我什么喝酒的问题？这又不是我第一次喝酒，单位里有点应酬不是正常的吗？她没说什么你在这里朝我问什么，这么晚了还不让我睡觉，你不知道我工作有多么辛苦吗？"

刘婷香还在不停地喊着："你倒好，总在部队里面待着，家里你也顾不着，我为家里忙碌着，还要养着你的父母，给他们看病吃药，哪样不要花钱，我不努力挣钱家里就揭不开锅了！你还有什么不满意的！"

这倒是事实，朱平父亲因被公社叫去审查时致重病，留下严重的后遗症，每月吃药就要一笔不小的开支，刘婷香也贴了不少钱。

刘婷香越说越理直气壮，说到气愤处更是伸手在朱平的胳膊上掐了一把。

朱平眉头皱得死紧，忍不住道："我的工资不是全用在家里了吗？

我父母看病吃药的钱根本用不到你的！”

“你这话什么意思！”刘婷香不干了，瞪着朱平，“难道家里都不要其他开支的吗？每天吃饭不要花钱的吗？家里的物件摆设添了都不要钱的吗？养女儿生活不要钱吗？孩子的开支就不算了？你的钱只用负责你的父母看病还不够，孩子是我一个人的，都该我养着的是吗？”

朱平语塞。

刘婷香疯了一样地对着朱平的胳膊和身体，捶打了起来。

“朱平！你还有没有良心！你就知道你父母，你想过我吗？你把我当成什么了！”

朱平自然不好跟女人动手，任由刘婷香捶打了好几下，等到对方发泄了一通才有些疲惫道：“我今天有另外一件事跟你说，师党委决定调我去一个偏远的塔塔沟团任团长，我答应领导了。”

刘婷香闻言先是一愣，然后，真的要疯了。

“你说什么？你要去那个穷山沟？朱平，你疯了吗？那样的穷山沟有什么前途？你领导让你去你就去吗？你不会拒绝吗？你是不是傻？”

朱平面无表情：“我是军人，服从组织决定本就是军人的天职。”

刘婷香才不认什么天职不天职，她现在只后悔当初跟当兵的朱平结婚，当时瞧着他老实本分、又很能干的一个人，没想到家里的父母身体有病，还赖在她家不走，她这个老实本分的丈夫只会愚孝，还把他们接来住，简直愚不可及！

现在，竟然还要去那么偏远的地方，刘婷香只觉得自己真是受够了，当即大喊了起来：“这日子没法过了，那么偏远的地方，我不同意，你要是去的话我们就离婚！”

朱平的眸色暗沉无比，看着有些歇斯底里的妻子，只觉得陌生得可怕，这几年来自家庭的疲惫全部涌上心田，然后，他沉声说了几个字：

“好，离，我们离婚。”

…………

丁一飞收到朱平那边来信的时候已经是这一年的年底，彼时，朱平婚都已经离了几个月，并且带着父母和女儿去了偏远的塔塔沟团任团长了。

看完信的丁一飞拿着信回去的时候心情有些沉重。

那时候，他和朱平在全军战役集训中谈了许多，虽然那时便预感到对方的家庭有些问题，怕是以后会有变故，却没想到这个变故会来得这么快。

两年多的时间，竟然就离婚了吗？

“怎么了，怎么心事重重的样子？”袁建秀从厨房出来就看到丁一飞一脸有心事的模样，不由得挑眉问。

“岚岚呢？”丁一飞回过神来，这才发现没在家看到女儿。

袁建秀指了指丁岚的小房间：“放学回来后就在屋里画画了，学校里的作业。”

他们的女儿丁岚现在已经上学了，虽然还只是幼儿园，但岚岚挺喜欢学习的，每次老师布置的作业她都踏踏实实地完成，这让丁一飞和袁建秀都觉得很欣慰。

“哦，哦，在画画啊。”丁一飞往女儿的房间那边看了一眼，但是并没有走过去。

袁建秀在丁一飞身边坐了下来，柔声道：“怎么了，是发生什么事了吗？”

丁一飞沉默了一会儿，幽幽地叹了口气：“就是觉得有点世事无常，今天收到了朱平那边的来信，我这才知道他已经离婚了，并且离了几个月了。现在，他带着父母和女儿去了偏远的山沟团里任团长了。”

袁建秀一愣："离婚了？"

之前就听丁一飞说过一些朱平家庭的情况，那时候她对朱平的婚姻就有点不看好，没想到，短短两年多的时间竟然就离婚了！袁建秀不禁感到有点唏嘘。

但仔细一想的话，好像也不意外，也许，这样对老人和孩子会更好一些。

"是啊。"丁一飞把信给了袁建秀。

袁建秀看过后，沉默了片刻才道："你也别太担心，朱平也不是孩子了，他知道自己在做什么的，人家现在的级别跟你一样，调任的位置虽然偏僻了点，可是，他毕竟是一团之长，想来能照顾好家里的。孩子有爷爷奶奶带，没有了跟妈妈那边的矛盾，说不定老两口还能更轻松一点。"

那种家中总是不断争执吵闹的环境未必就适合孩子成长，更不适合老人养老，还不如人口简单一点呢。

丁一飞一愣，仔细琢磨了片刻，不得不承认妻子说得有道理，于是心情也好了点。

"你说得是，没有了争执和矛盾，说不定反而能更好一点。"

袁建秀拍了拍丈夫的肩膀，笑着转移了话题："还有一个菜炒一下就可以，等着，马上可以开饭了。"

"好。"丁一飞赶紧把信一收，把公文包放到了该放的地方，然后就也跟着进入了厨房。

袁建秀扫了对方一眼，摆摆手："你进来干什么，在外头歇着吧，一个菜而已，一会儿就好了。"

丁一飞没有出去，硬是凑到了妻子的身边："不出去，我给你打下手。"

袁建秀无奈，没好气地白了眼丁一飞，眼睛里却是满满的笑意。丁一飞看清了妻子眼中的笑意，想：这大约就是平凡的幸福吧。

所以，他要好好地维持这份幸福，不要和朱平一样。

几天之后，丁一飞所在部队召开军官大会。如今，郑海峰这位丁一飞的老上司已经提升副军长了。为提高部队作战能力，尤其是在海湾战争爆发后，针对现代战争的特点，全军要注重重点、难点、弱点课目的训练。会上，郑副军长要求各部队要结合未来的作战方向，进行战役课题集训和演习，拟制出符合现代战争特点的作战方案。

此次会议研究的重点便在这方案上。

这对丁一飞来说，真的是一个很大的考验。他也知道，这个方案的好坏，对所在部队未来作战有很大的影响力。

这个课题显然并非简单的课题，里面所牵涉的方方面面都关乎未来作战，这甚至是未来军队建设和发展的风向标，完全容不得半点马虎！

第五十三章

★★★★★

从会议结束后，丁一飞就在思考要如何入手这个课题。

这天，丁一飞回到家，脑中还在想着方案的事，然后，他就看到了妻子激动地从外面快步走了进来，手中还拎着一瓶酱油，看样子是出去买酱油了。只是，买个酱油有这么值得高兴吗？

丁一飞有些疑惑。

袁建秀看到桌边坐着的丁一飞，顿时眼睛更亮了几分。她一下坐在了丈夫的跟前，激动地摇晃着对方的胳膊。

“一飞，一飞，我接到林芳华的信，她考上大学了，哈哈！”

丁一飞闻言顿时也一喜，终于明白他妻子怎么这么高兴了。

“考上大学了，这是好事啊！”

“可不嘛，林芳华以前在学校就很聪明，这些年边工作边自学，我给她可是寄回去了很多复习资料，哈哈，功夫不负有心人啊，终于考上大学了。”

看着妻子这么激动的样子，丁一飞知道她跟林芳华的关系多好，因此只有祝福。

“怪不得你这么高兴，我看你乐得连酱油瓶都要拿不住了。”

袁建秀闻言顿时才有点不好意思了起来，想着自己的确是太激动了一点，但这真的不怪她啊，谁让她这些年一直担心着林芳华那边的问题，现在得知对方不只是抑郁症好了，而且还考上了理想的理工大学，她当然为老同学高兴了。

袁建秀絮絮叨叨地说起了林芳华信中写的内容，丁一飞在旁边安静地听着，难得看到这么欢乐的妻子，他自然乐意多看一会儿。

晚饭后，丁一飞才说了郑海峰已经提升副军长了，并说了研究课题的事，表示自己这段时间又得忙碌了，要是有家中照顾不到的地方，请妻子多担待。

袁建秀自然是一点意见都没有，关心地询问了关于课题的事，又问："你确定方向了吗？"

丁一飞摇了摇头："暂时还没有，我现在脑中有点乱，想着要把那些细节点都理顺。我觉得，理顺了我就知道要怎么做了。"

"这样吗？那就是有方向了。"对于自己的丈夫，袁建秀还是很有自信的，她想着，这方面她是帮不上忙的，所以做好后勤保障工作吧。

果然，之后，丁一飞就忙得简直有点昏天暗地了。他带回来了好多书，许多资料都是战役军事理论方面的，夜里经常熬夜到凌晨。有时候，袁建秀都睡了一觉了，醒来还能看到丈夫在书房忙碌的身影。袁建秀心疼的同时，也只能多做点好吃的给丈夫补补身体。他们家现在的条件比起过去来，真的是好了许多，想要吃点肉是完全没问题的。

就这样过了好些天，终于，当丁一飞晚上开始十点就入睡的时候，袁建秀就知道，她丈夫大概已经有了明确的方向了，所以，才会缓了下来。

事实上也的确如此，丁一飞查了众多的资料，脑中的那些小细节点全都理顺了，现在，就是笔上的功夫了，自然不用那么拼了。

但相对地，另一边的周豪杰已被提升为师副参谋长，却显得有些郁闷。他的课题和丁一飞一样，对此，他的岳丈不仅没有给他开小灶，反而还对他说希望他这一次可以发挥出彩，这关乎之后的升迁。在浓重的压力下，周豪杰只觉得自己的头都要秃了。这些天，他翻阅的资料也不少，可是总觉得在动笔的时候就是有些地方不得劲儿。

越是着急，越是做不好，思路还是比较乱。

尤其，这一次他和丁一飞又形成了竞争关系，他被丁一飞已经比下去过好几次了，这让周豪杰更有一种无形的焦躁感。等郑莉莉发现丈夫的状态不大对的时候，周豪杰都瘦了好几斤了！

“豪杰。”郑莉莉惊讶地看着消瘦的丈夫，“你这段时间是怎么了？人都瘦了许多！”

周豪杰看着郑莉莉，目光微微闪烁了下，低下了头来，有点烦躁道：“没什么，有个课题要完成，我不大有把握，所以烦了点。”

“什么课题这么重要，你不会的话可以问我爸啊，爸爸肯定会的！”

在郑莉莉看来，自己的老爸是无敌的，丈夫年轻，有不会的问题很正常，问老爸不就可以了吗？

周豪杰暗道：我倒是想问，那你爸也得愿意跟我说啊！他就知道给我压力！

当然，这样的抱怨周豪杰肯定是不能讲的，只能敷衍道：“不能问爸爸，这是部队给我们这些团以上军官的考验，我去问爸爸的话成什么了？”

“好吧。”郑莉莉笑了，她就喜欢她丈夫不靠别人只靠自己的性子。虽说夫妻这么多年，感情已经没有热恋时期那么好了，但是总体来说，郑莉莉对自己的丈夫还是满意的。于是她道：“那要怎么办？不问爸爸，还有什么办法能帮到你吗？”

周豪杰闻言目光又微微闪了闪，故意别开了视线，苦恼道：“没什么办法，需要我自己想呢。这一次我和丁一飞又成了竞争对手。哎，希望这一次我可以表现得更好一点，这样爸爸才不会失望。”

丁一飞？郑莉莉一愣，眼珠子微微转了转，心里有了个主意。她却没有看到丈夫眼里那一闪而过的算计的光芒。

周豪杰当然不是无意的，他就是故意在郑莉莉面前提起丁一飞的名字。因为他知道，只有自己提了，他的好老婆才会去帮他“打探敌情”啊……

不得不说，要论了解女人，周豪杰是在丁一飞之上的，要不然当年他也不能哄得林芳华愿意在那样的年纪，就跟他发生关系偷吃禁果，并且还怀上了孩子。

跟郑莉莉在一起这么多年，周豪杰对于自己的妻子自然非常了解，他知道怎样会让对方喜欢，知道怎样会让对方心疼，也知道怎样才能让对方帮助自己。这些年，他一直做得挺好。即便他的岳丈有时候对他不是很满意，但是对于这个唯一女婿的前途，他岳丈也是真心在意的，不然，周豪杰各项成绩都不算顶级，又哪里能年纪轻轻就坐到正团级位置呢？

此时，一个小小的暗示之下，郑莉莉如周豪杰所愿来到了丁一飞和袁建秀的家中，偏偏郑莉莉还不自知，压根没察觉到自己被利用的事。

“建秀，下班在家啊。”郑莉莉热情地走了过去。

袁建秀笑了笑，对于郑莉莉这个女人，即便这些年来相处得不算多，但是也了解了对方的性格，这是个大大咧咧的，敢做敢说的女人。郑莉莉转业后在经商做生意，也许有些商人的市侩，但本质来说还是爽朗大方的，袁建秀倒是觉得，这样的女人配周豪杰有点可惜了。

“嗯，在择菜，今儿怎么过来了？”袁建秀问道。

“这不是刚好休息吗？昨天看见我家豪杰为了忙个什么课题，人都瘦了好多，也怪我，这段时间太忙，都没顾到他。我问他什么课题他还不愿意说，但是他那情况我看着担心啊，我便想着来你家问问你们家一飞，这什么课题这么重要啊，他那样子我是真不放心。”

郑莉莉说着，人已经自己往袁建秀家里走去了，袁建秀嘴角微微抽了抽，见状，也只好放下了手中的菜，跟着进屋。

来者是客，袁建秀招呼郑莉莉坐下，自己则去厨房那边倒水。

郑莉莉眼神在袁建秀家中瞄着，很快瞄准了丁一飞书房的方向，抬脚便往那边走去，书房的门是打开的，郑莉莉直接就进去了……

袁建秀从厨房倒水出来便看到郑莉莉不在客厅待着，竟然去了书房，顿时不高兴地皱了皱眉头，她快步往书房那边走去。到了书房那边，她便看到郑莉莉瞄着丁一飞带回来的一些书本资料，顿时便也明白了对方过来的意图。

原先还只以为这人真的关心丈夫，所以来问问丁一飞课题什么内容，现在想来恐怕不止“问问”这么简单啊！

袁建秀走了进去，淡淡笑了下，然后麻利地将书桌上的书本都收进了抽屉里，速度快得让郑莉莉都没看清楚到底是哪些书。然后她便见袁建秀转头对她道：“房子里很乱，不好意思啊，我们出去说吧。”

郑莉莉觉得可惜，但袁建秀都过来了，她也没办法，总不能说自己就是过来看丁一飞查了哪些资料，有没有手稿的吧。

跟着袁建秀到了外面的客厅，郑莉莉只好喝了点水，道：“一飞不在啊？”

“嗯，去部队了，应该晚上才会回来，他在团里工作我也不懂，你要是想了解的话可以晚上再过来看看。”

“这样啊，行吧。”郑莉莉有些失望，又跟袁建秀聊了几句，之后才有点不甘心地离开了。

袁建秀看着郑莉莉离开，微微嗤笑了一声。那周豪杰，就是喜欢玩些见不得人的手段，有本事倒是自己来啊，让自己的老婆来算怎么回事！

这也是袁建秀一直看周豪杰不顺眼的原因，那人啊，太小肚鸡肠不说，而且还不地道！

第五十四章

★★★★★

郑莉莉在回到家后立刻就去找了周豪杰，周豪杰还埋首资料当中。郑莉莉连忙道："豪杰，我刚才去了一趟丁一飞家里，倒是看到了一些他查的资料和书本。"

周豪杰抬起了头来，故作惊讶道："丁一飞？你去他那儿干什么？"

郑莉莉扁了扁嘴巴："我这不是想着你不肯告诉我你在忙什么课题，我就去问问丁一飞嘛，我就看到了他在看……什么高技术战争……还有什么防御作战问题。"

郑莉莉说了几本自己瞄到的书本名字，可惜了就是没看到手稿内容。

周豪杰故作不高兴道："莉莉，我知道你是关心我，担心我，但是我不需要你这样做的，我和丁一飞就算有竞争关系，我也希望我能堂堂正正地赢他，你看到的那几本书对我来说也是没用的，每个人研究课题的内容都不一样！"

郑莉莉哪里知道这么多啊，以前就算在部队待过，但是很显然，基层和部队机关是不一样的，看到丈夫不高兴的样子，她便忙道："我知道了，豪杰，我也不是想帮你作弊啊，我就是想问问他是什么课题而已，你别生气了嘛。"

周豪杰看着撒娇的妻子，终于脸上带了一丝笑意。

“行，我不生气，你以后也别做这样的事了好吗？”

郑莉莉忙不迭地点头，连连保证自己以后绝对不做这样的事。她却不知，她以为她的丈夫是自尊心极高，根本不屑作弊这样的伎俩，其实不过是他伪装的保护色而已。

把妻子哄得离开书房后，周豪杰想着刚才妻子说的那几个书名，脑中灵光一闪，顿时有了主意。

这几本书吗？这么看来，丁一飞选择的方向应该是……而他，只需要比对方思路新颖就行！

周豪杰自认为想到了一个不错的主意，然而，等到几天之后，他们的课题方案上交，上级全都阅览完毕召开讲评大会的时候，一个晴天霹雳直接劈到了他的头上。

丁一飞的那个课题，竟然受到了上级领导的一致好评，好多个领导说他的方案思路可行，总体设想又很符合未来部队作战实际，是不可多得的一个好方案，只待理论和实际相结合了。这还不算，周豪杰竟然被点名批评了！

上级领导说，周豪杰的这个方案看似新颖，实则天马行空、不知所云，与实际应用差距较大，跟现实和未来作战的实际都相差甚远，不切合未来作战的要求。这个方案被当成了一个反面教材点名批评！

当时，周豪杰简直不知道自己是怎么熬过来的。他只觉得，所有同事的目光落在自己身上都仿佛针刺一般，他真的恨不得直接晕倒了事！

丁一飞对自己的方案会被通过并不感到意外，对被点名表扬他也是想过的，毕竟自己查了那么多的资料，用了很大的心思，更是对所在部队的实际情况做了深入调研，征求了方方面面的意见。但让他感到意外的是，周豪杰这一次怎么这般“纸上谈兵”，这有点不像他啊。

而且，总觉得，两个人的课题方向有那么一点点诡异地相似……他知道，郑莉莉到过他们家，建秀跟他说了，但是，郑莉莉什么都没看见啊，顶多就是看到几本自己的参考书籍而已，这根本没用！

所以，周豪杰想要跟他课题“相似”本就不可能，更别说，周豪杰的这个“相似”都不知道歪到哪边去了，想想都有点诡异……

晚上，丁一飞带着这个疑惑回到了家里，忍不住跟袁建秀说了这事。

袁建秀也不明白，但她对周豪杰的事情本就不感兴趣，于是只道：“谁知道他怎么想的，这就跟学生写作文审题一样，兴许他一开始就偏了。”

丁一飞想了想，觉得妻子这话也有些道理，笑了笑便不理会了。

管他周豪杰为什么会犯这么“低级”的错误，反正自己是过了这个难关了。

而这个“难关”带来的影响也是巨大的，半年后，丁一飞被提升为副师长。任命下来的时候，丁一飞收到了许多恭贺道喜，他都一一笑着应对，更被官兵们捉去聚会请客、付账。对此，丁一飞也是一点意见都没有。但在他心内，其实，他最想一起庆祝的还是自己的妻子。

外头虽然热闹，他却极喜欢家中的宁静。

丁一飞被提为副师长的这一天，周豪杰自己在书房里摔了一个茶杯。

他恨，他厌烦，为什么，为什么那丁一飞又压了他一头！不行，他就算可以输给任何人，也不能输给丁一飞这个老同学，老对手！

他觉得不能输给对方！

而他自从上一次的方案被批评后，这些日子，他总觉得谁看他的眼神都不对。不能再这么下去了，当兵时父亲的期望，人生的梦想……他必须寻找机会，寻找机会……要么就压丁一飞一头，要么，就让自己也升一升。

看着地上碎裂的茶杯，周豪杰静静地思索了起来。

这个时候，他需要冷静，冲动是魔鬼，冲动是解决不了任何问题的，他必须冷静才能有出路！

冷静下的周豪杰在“蛰伏”了几个月后，终于等到了机会。不久，部队要推荐三名团级年轻军官到北京国防大学学习两年，他对照了自己的任职条件，基本都符合选送推荐的范围，这绝对是一个累积资历、晋升发展的好机会！

而且，那可是中国人民解放军最高学府国防大学啊！从那里培养深造出来的军官，几乎都能提职任用！那是“将军的摇篮”啊！

既然在部队里面老是被丁一飞压一头，那么干脆换一个地方！

部队推荐的名额可不是那么好拿的，周豪杰静静思忖了起来，很快将目光放到了自己的妻子和岳丈的身上，他的终极目标当然是通过岳丈那边的影响力提高自己的优势，争取到这个名额，而妻子自然是他成功拿到名额的踏板了。

周豪杰暗暗发誓，这一次，自己一定要成功！

几天后，丁一飞傍晚要从部队回家的时候被领导叫住了，他跟着来到了领导的办公室。一开始，丁一飞还疑惑什么事情，直到领导隐晦地说出了推荐名额的事。

“一飞啊，你现在条件正好，再多努力一把，若是能去人民解放军国防大学学习两年，这未来可期！我看过你写的那些论文报告，很不错，把握住机会，这段时间再交上两份报告出来，给你加加分。”

“是，多谢领导。”丁一飞真诚感激道。

领导拍了拍丁一飞的肩膀：“加油，去吧，好好努力。”

丁一飞敬了一个军礼离开了，把这件事情放在了心上，刚回家就着手准备论文。袁建秀看到丈夫又忙碌起来，不由得有些奇怪，问：“你昨天不是还说最近可以清闲几天吗？怎么又在看书查资料了？”

丁一飞自然不会隐瞒妻子，当即说了国防大学推荐名额的事，袁建秀闻言顿时高兴了起来。

“这可真是太好了，那你好好努力，我不打扰你。”

丁一飞笑了笑，握着妻子的手晃了晃：“那这几天又要辛苦你了。”

袁建秀嗔怪地看了眼丈夫：“说什么呢，我就是照料一下家里，有什么辛苦的。”

她一直都不觉得照顾丈夫、照顾女儿是辛苦的事情，她只觉得满满的幸福！

丁一飞忙了十多天，终于上交了两份自我感觉很不错的论文报告。领导看过后当即就称赞了两句，表示会将报告给更多的人看，让他回去等消息。

丁一飞一边上班一边等着，他觉得，自己的希望是很大的。然而，现实给了他一击，狠狠一击。

公布国防大学进修名单的时候，丁一飞没有看到自己，反而看到了周豪杰，还有另外两个是其他部队的，都是赫赫有名的人物，丁一飞都认识。

“副师长没在？”

“看到了，好像是没在，怎么会呢？副师长年轻，又那么厉害。”

“不知道啊。咦？那周豪杰竟然在名单里！”

“不是吧，竟然真的是周豪杰？他何德何能啊，这里面该不会有什么猫腻吧？”

“嘘，别瞎说！这是组织决定的。”

顿时，四周围的官兵都不敢吱声了，但还是忍不住心里犯嘀咕，毕竟，论影响力、论实力的话，怎么看都是他们副师长比那周豪杰厉害啊！但，现在名单上的名字是周豪杰。

也有人过来安慰丁一飞："副师长，您别难过啊，不过一次学习的机会罢了，没有这一次还有下一次呢，副师长这么厉害，今年不成明年肯定成的！"

"没错，没错，副师长，这次不行还有下次呢，我们都相信您！"

有一个两个开口了，接下来开口的就更多了，瞧着这些年轻的手下官兵你一言我一语，说的都是宽慰自己的话，丁一飞刚才看到名单时的一丝不甘心和难以置信顿时也烟消云散了。

他笑着用手指在几个官兵头上虚点了点："行了，我还能不知道吗？别在这儿看热闹了，还不回自己的岗位去？"

官兵们闻言都是嘿嘿一笑，这才三三两两地散开了。

不过，离开前，还有官兵调皮留下。

"副师长，现在是我们的休息时间，我们可不会耽误本职工作的！"

"对！对！我们可不会犯错误，哈哈！"

"副师长，我们不会给您训斥我们的机会的！"

丁一飞闻言顿时失笑。

看着那些官兵离开，瞧着他们青春年少的样子，丁一飞不由得想到了自己刚入伍的那时候，觉得外面的阳光都灿烂了几分，心里也不见半分阴霾了。

傍晚，他要回去的时候，领导来了他的办公室。丁一飞站起行礼，这一次，领导什么都没说，只是拍了拍丁一飞的肩膀。

虽然什么都没说，又仿佛一切尽在不言中。

丁一飞对着领导嘿嘿一笑，高声道："请领导放心，我会继续努力，不懈奋斗，这是军人的使命！"

领导被逗乐了，哈哈大笑了两声，又拍了拍丁一飞的肩膀，离开了。

第五十五章

★★★★★

晚上，丁一飞回到家跟袁建秀说了自己没有在名单上的事。袁建秀有些失望，但很快笑了起来："没事，这一次不成还有下一次呢，我相信你，以后的机会肯定还有的。"

丁一飞看着妻子无比信任自己的模样，不由得笑了："你这么相信你老公我啊，这要是以后没机会了，我就止步于此了呢？"

袁建秀不以为意道："那也没关系啊，想当初，你刚参军，我们刚结婚的那时候，谁能想到你会走到这一步呢？若不是你的运气和能力都不错，恐怕我们早就和蒋勤业一家一样回家乡了吧？"丁一飞笑了笑："是啊，人生的胜者决不会在挫折前失去勇气，只要坚持初心，笃行不怠，踔厉奋发，就会有美好的未来。"

说到蒋勤业，袁建秀又想念王玲了。自从王玲他们一家子离开后，虽然两边还是会经常写信，但是联系比起以前在一个大院的时候终究是少了很多。

上一封信都是两个月前的了。

而且，袁建秀还很怀疑王玲有些报喜不报忧，但他们相隔太远了，要不然，真想回去看看她。

"你说的是。"丁一飞有些感慨，"我其实也没想到自己能走到这一步。”

“一飞，我有些担心王玲，也不知道他们现在日子过得怎样。我觉得吧，以王玲和蒋勤业那两人的性子来说，很有可能对我们报喜不报忧啊。”袁建秀担忧道。

丁一飞想了想，说：“应该还不错的，勤业转业后在建筑公司的收入挺好的，只要一直干着，养活家里肯定没问题的。”

“希望如此吧。”袁建秀幽幽叹气。

两人却不知，蒋勤业所在的建筑公司是不错，但蒋勤业是被部队转业分配回去的，他本身并没有建筑公司需要的技术，他在那公司工作其实有些艰难。

熬了几年，企业改制，蒋勤业被裁员了。

而这个时候的丁一飞和袁建秀本来有一次回去探亲的机会，偏偏在丁一飞要打申请的时候他被选中前往上级机关！

原来，周豪杰去国防大学学习后，丁一飞虽然没能去，但他没有自暴自弃，反而在部队里更加勤奋好学。他善于思考，努力探索军队建设发展改革问题，撰写的军事论文和学术文章在全军中屡次获奖。这时，军事学院刚好需要选调一批具有作战经验、有一定军事理论研究能力的年轻军官从事军事理论研究工作，丁一飞被选中了。

于是，丁一飞在领导的推荐安排下，经上级组织考核，被批准选调到北京军事学院工作，因袁建秀随调的工作安置需要一个过程，暂时只能丁一飞先前往北京。

丁一飞到了新地方，需要适应新环境。不管是袁建秀的工作，还是女儿丁岚上学，都需要协调安排。北京是首都，住房安置特别紧张，很多军官调北京工作几年都没有住房，只能住在集体宿舍。丁一飞在进入军事学院工作之后，他的忙碌程度直线上升。好在丁一飞部队的所在地是双拥模范区，袁建秀的工作和丁岚的上学问题很快就落实好了，但住房只能几家合住一套几十平方米的房子。一家人终于能到北京工作生活了，这让袁建秀感到自己就像做梦一样甜美。

在北京的工作生活刚刚开始，袁建秀每天都要早早起床，把女儿丁岚叫醒，第一件事是排队上厕所，而后排队做早餐，再送丁岚上学……一家三口蜗居在十多平方米的一个小房间里，这样的生活一直持续了好几年。

时间到了第二次世界大战暨世界反法西斯战争胜利五十周年，丁一飞忙于研究工作，经常到图书馆查阅资料，刚进图书馆大门就碰见了在军校时的女同学秦海霞，两人多年不见喜出望外。

这时的秦海霞与在上军校时的学生模样完全不同了，亭亭玉立，温婉高雅，身着军装更显成熟和知性，也不像已过而立之年的女子。

秦海霞邀丁一飞到办公室坐坐。“丁一飞，毕业后去哪啦？干得不错嘛，现在都大校了，真是年轻有为，前途无量啊！”秦海霞在赞扬丁一飞。“过奖了，你呢？也很好吧，军校毕业能到北京，在军事学院工作，真是了不起！”丁一飞也在夸秦海霞。

两人在一起聊起了军校毕业后的情况，十几年不见，两人有很多话题可聊。在交流和聊谈中，丁一飞得知秦海霞情路坎坷，至今还未结婚成家。

“你最近忙什么呢？我能帮你做什么吗？”秦海霞问丁一飞。丁一飞有点不好意思地回答：“不用，我最近在研究第二次世界大战，想找点这方面的研究资料。”“这不成问题，我给你找好后送去。”秦海霞很愿意为丁一飞帮忙。

“谢谢！”说完，丁一飞起身向秦海霞致意告别。

两天后，秦海霞把丁一飞需要找的资料送到他的办公室，并对丁一飞道："不知是否满意，还需要什么资料，我随时可以为你服务。"丁一飞看着秦海霞，一再表示感谢！

丁一飞因忙于研究工作，晚上经常加班加点，有时加班回到家里袁建秀都睡着了，第二天一大早袁建秀已上班离开家了。来北京工作后，夫妻两人在一起的时间少了许多。

来到新的单位，工作上的压力加之家里事务的劳累，让袁建秀经常感到全身疲惫无力，小腹也经常疼痛，经初步诊断是妇科疾病，还需要做进一步的检查。

袁建秀自己是医生，她知道身上的疾病可能比较麻烦，想到一家人刚来北京工作生活，自己的检查还是等等再说。

一天晚上，袁建秀带着丁岚去院里军人服务社购物，路过丁一飞的办公室，窗户内灯光通明。她看到丁一飞在加班，身旁还坐着一位女军人，两人交谈密切，还像在争论什么问题。袁建秀心里知道丁一飞在外不会拈花惹草，所以她根本就不往心里去。

自从丁一飞来军事学院工作，见到军校同学秦海霞后，秦海霞经常主动地给丁一飞办公室送资料。一次丁一飞向秦海霞提出一个问题："你如何看待诺曼底战役的胜利，这是不是第二次世界大战的转折点？"秦海霞稍做深思，谈了她的三点见解："一是第二次世界大战中最重要的转折点是斯大林格勒战役；二是诺曼底登陆使第二次世界大战的战略态势发生了根本性变化；三是诺曼底战役的胜利使盟军进入欧洲的第二个战场，减轻了苏军的压力，从而加速了二战的结束。"

丁一飞听后，很受启发，夸她道："你的见解很独到，也很有见地。"经过这段时间的相处，秦海霞对丁一飞已经产生了崇拜感。她想，男人就应该像丁一飞这样，有才华、有志向、有作为、有担当，作为现代军人就应该坚持初心、不负时代、不辱使命。于是，她主动对丁一飞表白：

“你一直是我崇拜和追求的偶像，是我心中的白马王子，我喜欢你！”说着，秦海霞的身体越加靠近丁一飞。

这时，丁一飞感到十分惊诧：“你不要胡思乱想，这是不可能的，是绝对不可能的呀！你还年轻，有更好的白马王子等着你呢！”

丁一飞回答得非常坚决。这使秦海霞感到十分羞涩和失望，顿时起身就跑了。

一个星期后的一天，夜色快要降临时，袁建秀回到了家里，重复着循规蹈矩的生活。突然听到室外有人敲门，袁建秀急忙去开门，推门进来的是一位女军人，她一下愣住了。

“你是袁建秀吧，在军校的时候我见过你，我是丁一飞军校同学秦海霞。”

秦海霞在做自我介绍。袁建秀立即招呼客人：“请坐，请坐！”然后即到里屋给客人倒水。

这时，秦海霞稍做平静便开了口：“袁建秀，我们都是女人，都有追求爱情的权利。在军校时，我就追求丁一飞，现在我想好了，请你把丁一飞还给我。我可以为他丁家生子，传承丁家香火。”

听了秦海霞这番话，袁建秀的心里像被炸裂一样难受，世上哪有此种事，气愤的怒火在心中涌动。但此时她又仔细想想，秦海霞为什么找自己？在军校时秦海霞的条件应该就很优越，如今作为女军官身姿婀娜，风华正茂，至今还未婚嫁人，可能是她的感情遭到了挫折。遇到秦海霞这种突如其来的要求，袁建秀只能故作冷静，显得十分淡定。

她对秦海霞说：“你是个很优秀的军人，我欣赏你的眼力，你喜欢丁一飞，但丁一飞喜欢你吗？你可以为丁一飞生子，丁一飞愿意吗？”

听后，秦海霞很不好意思，只能无奈地离开了。

就在丁一飞在军事学院工作很忙的期间，一天下班回到家中，他和袁建秀正忙着做饭，突然接到学院警卫室的电话，说门卫那儿有个女孩要找他。丁一飞大吃一惊，哪里来的女孩找他？

他在这里应该不认识什么女孩子才对，袁建秀为此也很惊讶，丢下手中的活，叫丁一飞赶紧去门卫处接人，想着是不是他们的什么亲戚过来了。

丁一飞飞快地跑到大门警卫室，见到了一位眉清目秀的小姑娘，十八九岁的样子，坐在门卫椅子上。对方见到丁一飞立即起身："丁叔叔，您好！"

小姑娘非常有礼貌，并且直接自我介绍说："我是徐荣昌的女儿，我爸爸做过您的指导员。我叫徐小萌，今年刚刚考上大学，是中国人民大学的新生，大学就在北京北三环边上，离您单位很近，所以开学第二天我就来拜见丁叔叔了。您是我们家的大恩人，听我妈妈说，自从我爸爸牺牲以后，您每个月都给我们家寄钱，我上学的学费都是您提供的，我非常感谢您，真的，我非常非常感谢您。"

小姑娘说着，对着丁一飞下跪致谢！

丁一飞这才知道了姑娘的身份，原来就是在南疆战场上自己的徐指导员的女儿，是革命烈士的女儿。

徐指导员牺牲时交给他的那份血书，给了他很大的触动。徐指导员为祖国尽忠，他要为徐指导员尽孝。

从那之后，丁一飞每个月都会从工资中拿出部分寄到徐指导员的家中。他本来是想尽一份自己的心意，却没有想到这份心意如今还能得到这样惊喜的回报。

他所有的付出是被人深深记在心里的，所以，这孩子才会在考上大学之后第一时间来找他。

丁一飞看着小姑娘激动得热泪盈眶的模样，赶紧扶起她，自己也不禁有些眼眶泛酸。他拉了拉对方的手，忙道：“孩子，跟我回去吃饭，我们边吃边说。”

徐小萌“嗯”了声，跟着丁一飞走了。

这时，警卫室的那些战士都露出了赞许的目光，心中忍不住感慨起丁一飞的善良。

随后，丁一飞把徐小萌领到了家里，一番介绍说明情况之后，袁建秀也很是激动。这件事情她其实是听过丈夫说了一嘴的，但是并没有详细过问，如今见到这小姑娘过来，袁建秀也有一种巨大的惊喜感。相信任何人做了好人好事之后，被这么记住都会开心的。

夫妻两个邀请徐小萌留下来吃饭，吃过饭之后，丁一飞和袁建秀详细地询问徐指导员牺牲后徐小萌家里的生活情况。得知他们家中的生活还是很艰难，丁一飞当即表示要继续资助徐小萌上完大学。

徐小萌一开始是拒绝的，表示自己一定会勤工俭学，会在上大学期间打零工支付学费，但是丁一飞和袁建秀都不同意，表示在学习期间只要好好学习就行，报答他们完全可以等到大学毕业之后。

最终，在丁一飞和袁建秀的一片真心感动下，徐小萌再次接受了他们的资助。她直掉眼泪，觉得自己实在太幸运了，碰到丁一飞和袁建秀这样的好人，自己长大后也要做像丁叔叔这样的好人！

等到这姑娘离开之后，丁一飞忍不住抱了抱妻子。

“建秀，谢谢你一直以来都这么支持我。”

袁建秀扑哧一声笑了：“还用谢吗？”

晚上，袁建秀把他军校里的同学秦海霞来家里找她的事告诉了丁一飞。丁一飞开始很震惊，但又很坦然自信地对袁建秀说：“你是我的唯一，我是你的全部，我会爱你到永远！”听了丈夫的这番话，袁建秀心里甜滋滋的。

丁一飞又接着说："秦海霞是个优秀的女军人，她的个人情路坎坷，婚姻不顺，我们以后要多关心她才是。"袁建秀点了点头表示同意。

丁一飞当即亲了亲妻子的额头："我的建秀，你真好，就算以后我变成老头子了，我也永远爱你。"这话逗得袁建秀顿时乐不可支，看着丈夫的眼中也都是满满的笑意。

几个星期后，袁建秀在医院的检查报告也出来了，子宫内膜肿瘤，需要做手术。这时丁一飞丢下手头的工作，全程陪护袁建秀在医院进行了手术治疗。手术很成功，经医生诊断还属于早期阶段。所以袁建秀很快就可以出院了。

从医院出来的那天，袁建秀含着眼泪对丁一飞说："一飞，我再不能生子了，你父亲的遗愿……丁家的香火再不能延续了，你是否很遗憾很后悔，我俩离婚吧。"

丁一飞给袁建秀一边擦眼泪，一边安慰道："你真傻，人生从来就没有十全十美，每个人的人生都会留有遗憾，总会遇见挫折磨难，但人生没有过不去的坎，走过了，便是一种收获，便会让自己成长起来。拥有的时候多加珍惜，无论是亲情、友情、爱情，平安就是福，且行且惜，且走且悟。人要做的，就是尽人事、听天命，尽力而为后随缘。既然这样，你为什么不放过自己，更加自信一些呢？"

听了丁一飞所讲的道理，袁建秀既感动又兴奋。

丁一飞接着说："人生本来就没有多少时间让我们互相埋怨，人和人的相遇相识相伴都是难得的缘分，那便好好珍惜吧。"袁建秀微笑地点了点头。

…………

如此，转眼又是两年多过去了，这一年香港回归祖国，经历了百年沧桑的香港回到了祖国的怀抱。香港回归祖国是彪炳中华民族史册的千秋伟业，全国人民都为此欢庆鼓舞。

也在这一年，周豪杰从国防大学毕业了，他被留校工作。郑海峰副军长，他的老岳丈，也在这年退居二线了。不过，虽然退居二线了，影响力还是在的，所以，周豪杰顺利地在北京“被留校”工作。

此时的丁一飞虽然已经来到军事学院工作近两年了，但因为学院里头的生活节奏紧凑，研究的课题项目又多，所以，他忙得两年来都未能好好休过一个假期。

但这样的忙碌也不是没有回报的，两年的时间里，他研究的纪念第二次世界大战胜利的课题获得了全军一等奖；他在积极推进中国特色军事变革，以及打赢信息化战争军事理论研究中发挥了不小的作用，有几篇论文在全军获奖，甚至写下了一部军事专业理论专著，更有上级领导说可以当作全军干部学习军事理论的教材使用，使他声名鼎鼎。

面对军功章和荣誉，丁一飞觉得自己的一切付出、努力都是值得的。在军人的心目中，荣誉是军人的最高追求，是最崇高的精神褒奖；荣誉所蕴含的精神价值，是任何物质所不能取代的。

丁岚现在已经小学快毕业了，长大的她似乎也习惯了失去旧朋友和结识新朋友，在学校适应得还不错。

进入九十年代末期，军队开展积极推进中国特色军事变革的大讨论，丁一飞和周豪杰分别代表各自的单位在大会上做了交流发言。两人都从着眼于维护国家安全稳定的高度，积极应对世界新军事变革的挑战，按照打赢现代技术特别是高技术条件下局部战争的要求做好战争准备发了言。两人的发言都得到了上级的一致好评。

这一次见到周豪杰，丁一飞意外地发现，他竟然没在周豪杰的眼中看到多少敌意了，难道是因为对方留院工作，跟自己已经分属两地的缘故？

别说，还真有点那个因素。

人总在一起，就会被拿出来比较，比较这种东西便有输赢。都在一起的时候，抬头不见低头见，还老有人在你身边念叨着别人如何如何。周豪杰本身就不是个多大气的人，那样的环境下，总是被丁一飞比下去，那真是让他想不厌恶丁一飞都不行。

但这几年，跟丁一飞分开了，他俩不在同一个单位，没人老在他耳边拿他和丁一飞做比较了，自然地，生活也就舒心了，以至于现在看到老对手，周豪杰眼中的敌意都少了许多。当然，最重要的还有一个原因，那就是，要论级别的话，他现在比丁一飞要高上半级。

这让周豪杰终于有了一种压了丁一飞一头的畅快感。

交流间隙，大家休息的时候，周豪杰甚至主动走到了丁一飞这边来。

“老同学，好久不见啊。”周豪杰笑着说。

丁一飞见状也笑着伸出了手来。两人握了握手后，丁一飞道：“的确好久不见。”

“这么久没见，一会儿请我们一家子吃顿饭？”周豪杰不客气地说。

丁一飞诧异道：“咦？你太太和儿子也来了？”

“嗯，他们不是跟我一起来的，莉莉出差，把儿子也带过来了。”

郑莉莉现在是成功的商人，全国各地经常跑地出差。因此，不提级别上比丁一飞高半级，就算是家庭条件，周豪杰家也比丁一飞家优渥多了，这让周豪杰更有了一种优越感。

“那行，没问题。”丁一飞爽朗道，“今晚可以吗？”

“成，我和莉莉说一声。”周豪杰也笑了一下。

下午，丁一飞回去的时候便和袁建秀说了请客吃饭的事，这时，丁岚刚放学到家。

“爸爸，这么说今天我们去外面吃饭？”

“是啊，请你去饭店吃好吃的好不好？”丁一飞揉着女儿的头发，对于自己的女儿越发喜爱了。平时他的工作忙，教养孩子基本上是妻子做的，这让丁一飞在面对女儿的时候隐隐有点歉疚感，所以就更加倍地宠爱着。袁建秀便老说女儿要被宠坏了，但丁一飞看自己女儿真是哪里都好，压根儿不觉得这么可爱的宝贝女儿会被宠坏。

所以，丁岚现在最喜欢的就是爸爸，每次见到爸爸都忍不住撒娇。

“好，好，当然好了。”丁岚开心地摇晃着丁一飞的胳膊，“就是要时常改善伙食嘛，我最喜欢去饭店吃好吃的了。”

丁一飞被逗得哈哈笑。

一家人收拾了一下后便提前去了饭店，地址跟周豪杰那边已经约好，他只需要带着家人直接去就行。

周豪杰和郑莉莉的儿子叫周干将，也不知道是周豪杰有个当将军的梦还是郑海峰这个外公的主意，总之，周干将这个名字就这么定下了。

都说不想当将军的士兵不是好士兵，当年，周豪杰参军的时候，他的爸爸也是对他有渴望的，渴望他能成为一个将军，大将军！

再加上周豪杰本人的野心，所以，儿子出生后就起了这么个名字，刚好他的岳丈也觉得这名字不错，小孩的名字便这么叫了。

以前两家同住在一个部队大院，丁岚和周干将自然是认识的，如今虽然三年多没见，但儿时的记忆犹在，见面都能认出来。

不过，丁岚并不喜欢周干将，以前在院子里玩的时候他老捣乱不说，还会推蒋艳。这让丁岚很不喜欢他，经常一看到周干将就把蒋艳拉走了。

有一次，为了蒋艳，丁岚甚至还和周干将干过架！只是，她没打得过对方，还被周干将揪了头发，所以，从那时候丁岚就更不喜欢周干将了。

此时，两个小朋友见面，周干将倒是挺热情的，丁岚对人就有点爱搭不理了。但她也不敢做得太过，老师说了，要懂礼貌，尤其是作为主人招待客人的时候更要讲礼貌。因此，即便不待见周干将这个小时候的玩伴，丁岚也跟对方说了话，并且在家长说话的时候给周干将递了水果。

第五十六章

饭吃完了，两边的大人依然在聊天，周干将过来跟丁岚玩游戏，丁岚觉得对方有点幼稚，因为他们都这么大了，周干将竟然跟她说要玩丢手绢！两个人怎么玩丢手绢啊！而且，他们都长大了好吗？

丁岚真是觉得无语得很，但想到老师所说的话还是忍耐了下来，陪着周干将玩那幼稚的游戏。

两个小朋友说着话，玩着游戏，很自然而然地就说到了各自的爸爸。

周干将表示自己的爸爸最厉害了，现在是大官。

丁岚闻言当然不乐意啊，便说我爸爸才厉害呢，也是大官，比你爸爸大。

周干将平常在家里就是个小霸王，几乎没有谁“推翻”他的话，一听丁岚说自己说的是错的，她的爸爸比他爸爸官大，那还能乐意吗？于是，你一句我一句地就吵了起来。

不过，周干将的口才比起丁岚差上那么一点点，所以，他吵输了，但这没关系，他还有手。爸爸说了，吵不过就打，男孩子，还是应该拳头厉害才行。

于是，周干将一拳头砸在了丁岚的脑袋上，顿时，丁岚哇哇大哭了起来。

周干将则大吼道："我爸爸说了，他的官就是比你爸爸大，你爸爸是笨蛋！"

小孩吼得太大声了，整个包厢都寂静了。

本来在谈话的两家家长都静默了一瞬后，才赶紧跑向了各自的孩子。

周干将毕竟也只是个小朋友而已，虽然砸了丁岚一拳，但也真没严重到哪里去，就是丁岚哭着要回家，这气氛就难免尴尬了。

好在现在饭也吃完了，于是，两方客客气气地道别。

丁一飞心疼地抱起女儿离开，安慰着还在抽泣的女儿，走出包厢还能听见周干将不服输地说："爸爸，本来就是你说的啊，你说你比丁叔叔官大，丁岚非要说她爸爸官大，她是骗子！"

丁一飞："干将说得对，是你爸爸官大。"

袁建秀："干将小朋友，再见！"

周豪杰："干将，长大后你也要当官哦，要当大官。"

郑莉莉："我家儿子肯定的，一定能当大官。"

小孩子童言童语没错，但是大人听见就尴尬了啊！尤其是周豪杰，他就是随口在儿子面前得意地说了一句，虽然是他的心里话，但是被儿子这么说出来，尤其他还只高人半级，真的有点羞耻啊！

更不用说，当年他们在一块儿的时候，他一直都被丁一飞压一头，现在更觉尴尬了。

周干将压根不觉得自己说错了什么，还拽着周豪杰的袖子要对方承认自己的话，他周干将说什么都是对的！丁岚那家伙就是撒谎的坏蛋！

周豪杰被拽得没办法，看到丁一飞和袁建秀已经飞快离开，只好胡乱点了点头。

"是，是，你说得对，本来就是爸爸官大。"

这话说得周干将终于破涕为笑，郑莉莉在旁边略无奈地摇了摇头，她隐约觉得儿子的性子过于急躁，这种喜欢动手的习惯也不好，但又想着孩子还小，算了，等儿子上初中再教育吧！

相比较她这边觉得孩子还小，另一边袁建秀正在教育孩子。

“岚岚，攀比是很要不得的行为，谁的官大谁的官小这样的话以后不能再说了，知道吗？”

丁岚在丁一飞的怀里抽泣着，不说话。

袁建秀放柔了语调：“你要知道，现在还有很多地方的小朋友都吃不上饭呢，你呢？却能每天吃白米饭，还能自己挑菜吃，你真要比的话，怎么不跟那些小朋友比比呢？”

丁岚眨了眨眼，有些不敢置信道：“现在还有小朋友吃不上饭？”

“是啊，很多山区的小朋友现在连吃饭都吃不上。所以，不管是比家里爸爸谁的官大，或者是穿的衣服谁好谁坏，用的东西谁新谁旧，这些都没有比的必要，知道吗？”

丁岚年岁还不算大，其实不大听得明白妈妈的话，但还是若有所思地点了点头，至少她已经知道了，小朋友不应该攀比。

丁一飞听着妻子教育女儿，一句话都没有说，只是微微带着笑容听着。

他的妻子三观一直都很正，他很放心。虽然女儿是他的心头肉，看到宝贝被打他是生气的，可是打人的也是个孩子，他也不能怎样，好在孩子没事，现在看到妻子和女儿的互动，他觉得挺有趣。

回到家，袁建秀带着女儿洗了澡，小家伙没多久就睡着了。

丁一飞和袁建秀也很快洗了澡，躺在床上后才说起了悄悄话。

“那周豪杰铁定是在儿子面前说官比你大了，不然他儿子能记得那么清楚？”袁建秀嘀咕道。

丁一飞笑了笑："算了，孩子的话你还能当真。"

"这倒是。"袁建秀撇撇嘴，她已经知道周豪杰去国防大学那一次的名单可能有点猫腻，要不是丁一飞运气不错，现在哪里能到这儿来工作？

反正以后见面的机会少之又少，袁建秀也懒得理会了。

次年，丁一飞和袁建秀听说周豪杰被调至新成立的总部机关工作了。在总部机关工作，这可更是能得到晋升了不得的"平台"了，想进入其中的不知凡几。

丁一飞和袁建秀听后为他感到高兴，现在的他们还有开心的，因为，他们终于联系上蒋勤业和王玲了。

从去年开始，手机就进入了许多人的视野，因为之前搬来新的单位工作的缘故，一来适应新环境，二来也是通信的不便，袁建秀他们这边已经跟蒋勤业他们失联了。

他们最后得到的消息就是蒋勤业从单位下岗了，因为县建筑公司改制了，企业裁减员工，加之蒋勤业不懂建筑专业，只能服从大局，下岗在家。

丁一飞夫妻两个很担心，可是他们回不去，只能托那边的人继续打听消息，却得知蒋勤业已经带着王玲搬了家，之后去了哪里竟然没人知道！

这两年，丁一飞夫妻一直在打探蒋勤业夫妻的下落，终于，就在前段时间，他们和蒋勤业夫妻再次联系上了！

原来，当年蒋勤业在下岗后，他们一家子为了减轻负担便去了隔壁县，那边的消费水平更低一点，小孩上学交费也要少点。

他们一家子是着实过了一段艰难的日子。王玲的双腿瘫痪，不能在外面做活，只能负责家里的一些琐事，而且还老是生病。蒋勤业虽然在建筑公司上班期间略有积蓄，但是那点钱若是论看病的话真是太不经花了。

又因为蒋勤业本身性格老实不会钻营，后来寻的两份工作都没能干多长时间就被辞了，再加上蒋艳还要上学，所以一家子着实困难了许久。后来，被逼无奈下，蒋勤业做起踩三轮车拉客的活计，靠出苦力挣钱。

那段时间，真的是艰辛无比。有一次，蒋勤业在拉客的时候，跟旁的车子在路口发生碰撞，出了车祸，交警赶过来处理。本来蒋勤业拉的客人趾高气扬地骂着蒋勤业不小心，要他给予赔偿，交警在询问经过的时候，蒋勤业拿出了自己的退伍证，那竟然是荣立过战功二等一级伤残军人证。顿时，那交警都肃然起敬，朝着蒋勤业敬礼，而那蒋勤业拉的客人也有点被触动到，最终并没有索要赔偿之类，还说蒋勤业是个好人，这个上过战场荣立二等战功的伤残军人，真是个了不起的好人！

因此，那段时间，蒋勤业一家子真是不容易。好在后来，在一次在火车站拉客人的过程中，蒋勤业偶然碰到了朱平。彼时，朱平刚刚从部队转业回来两年，分配的机械总厂效益低下，正是发愁的时候，就碰到了蒋勤业，两人那时候都是感慨良多。

原来朱平从部队转业回地方工作，按照国家政策规定，是可以去党政机关任职的，但他主动放弃领导职务安排，去了县机械总厂任党委书记，实现他年少时的人生梦想。

朱平的机械总厂那会儿效益还不行，但是安排蒋勤业进去工作肯定是没问题的。所以，蒋勤业这才不再做苦力，进了机械厂干活，就连王玲也同样进了机械厂上班。

王玲的双腿的确不良于行，可她的双手没问题啊，机械厂总有她可以做的事，因此，她也有了一份工作。纵然收入没有普通人来的高，但王玲一家已经很满足。

此外，还有更巧的事。就在前几天，朱平到机械总厂各分厂调研时还意外地碰到了工程师林芳华，对方在那分厂竟然都工作两年多的时间了。她在厂里因为专业能力强的缘故，旁人都称她“林专家”呢！

几个老朋友都聚集在了一起，袁建秀这边联系上了蒋勤业一家不说，还和朱平、林芳华也有了直接联系，她能不开心吗？

不管是袁建秀还是丁一飞，这两口子都很高兴！

晚上，袁建秀还兴奋地和丁一飞絮絮叨叨说着同学们的事：“一飞，我是真的没想到，林芳华竟然在朱平的厂子里上班，这可真是太巧了。蒋勤业和王玲也是多亏了朱平啊，这两年，我们跟王玲他们失去联系，没想到他们生活过得这么苦。”

说着，袁建秀有些伤感了起来，更多的还是自责。

她觉得，弄断了两边的联系，责任在她。

丁一飞连忙安慰地拍着妻子的背，柔声道：“别难过，他们现在不是好好的吗？相信我，他们的日子会越过越好的！”

袁建秀吸了吸鼻子，轻轻地“嗯”了声：“一飞，我们今年可以回去看看他们吗？”

丁一飞想了想，道：“应该可以，到时候看有没有时间。我们也好几年没回去了，今年我一定尽最大的努力把假期申请下来。”

袁建秀闻言又忙道：“尽力就行，反正也不差这一年，还是工作为重。”

她是知道丁一飞的工作多忙的，这两三年，她丈夫加起来的休息时间都不超过半个月！

丁一飞笑了笑，心疼地亲了亲妻子的发顶：“我知道，我不会耽误工作的，也不会让组织对我有意见，放心吧，我有分寸。”

袁建秀闻言终于放心了些，只轻轻又“嗯”了声。

周豪杰调到总部机关工作后，不久就当上了局长，担负着大量军用物资的采购供应保障任务，经手的物资上百种，周转的资金上亿元。手中掌握着这么大的权力，这对周豪杰来说真是个不小的考验，也是他展现能力、满足个人欲望的好时机。

手中握有巨大的权力，有求于他的肯定不少。但他对自己严格要求，约法“三章”：从不自作主张决定重大事项，不徇私情采购调拨物资，不违规开支经费。

他的自律和模范行动，确实起到了好的成效，单位风气有了明显好转，办事效率也大有提高。周豪杰也因此得到了提升，很快就提升为副军职主任，被授予了少将军衔。

就在周豪杰被授予少将军衔不久，丁一飞在军事学院的研究成果也越来越多，那些专著许多都被当作军队教材使用，有些论文还在全军获奖。所以，丁一飞被评为“军事理论研究专家”，同样在这一年被授予专业技术少将军衔。

第五十七章

★★★★★

朱平一开始转业回到地方工作的时候，也是经历了许多坎坷和艰难的。

地方机械厂效益不好，而地方上的这一片机械厂都成了他的责任。机械总厂有两千多员工，如何保证员工能吃上饭不下岗、每月能发到工资都是问题。他开始任总厂的党委书记，两年后，总厂改制为集团有限公司，他改任集团有限公司董事长兼党委书记。他组织开展集团公司技术改造和创新，便在各个分公司活动了。为了提高下面分公司的效益，朱平大胆进行改革，做了很多的努力，但依然成效不大。不过自从遇到了林芳华，并且得知对方是理工大学毕业的工程师之后，他和林芳华的接触就多了起来。

尤其，当朱平发现，林芳华熟悉公司的技改情况，她是理工大学机械制造专业毕业，脑子真的很好使，转得比别人快，想得比别人多，思想很新颖，这样朱平更喜欢找林芳华了。在几次集团公司遇到了难题，林芳华都帮着他解决后，朱平便将林芳华当成了自己的主要助手，并且把她从分公司调到了总公司。

这年，将近年关的时候，朱平和林芳华外加其他几个公司高管商议着明年公司的规划。蒋勤业的身影忽然在会议室外面出现，朱平和林芳华都很惊讶，他们都很了解蒋勤业的性格，知道这人对工作多么上心，而且从来不会偷奸耍滑。这在上班这种工作时间找过来还一脸隐藏不住的喜气的样子，那可真是少见了。

因此，朱平从会议室走了出来，和蒋勤业走到了一边。

“勤业，是有什么事情吗？”

“朱董。”现在，蒋勤业已经习惯了跟公司里的人一样喊朱董。虽然朱平几次说过不用如此，蒋勤业却不改，朱平也无奈了，干脆任由对方。

“一飞和建秀回来了，他们来看我们了，现在就在厂子外面呢！”

“什么？”朱平先是一惊，然后立刻大喜。他立刻进了会议室，吩咐今天的会议到此结束，明日再继续，然后又叫上了林芳华出来。

林芳华得知袁建秀回来了也很激动，即和朱平一起赶往公司外头。

好姐妹相见，王玲已经在这儿了，袁建秀和林芳华抱在了一起。

朱平也和丁一飞狠狠拥抱了一下，都以用力拍打对方背部这样的方式表达着自己的激动。

林芳华和袁建秀这边更是泪眼汪汪的。这些年只有通信，许久没有见过面了，此时见面，哪里能不激动呢？

很快，朱平将人都领到了酒店，订了一个豪华的包厢，众人聚集在一起吃饭，喝酒，聊天，气氛十分热烈，聊到后来的时候，也不知说到了什么话题，隐约有哽咽声传出。总之，这一天，一行人聚到了很晚，差点都在酒店里过夜了。

这一次，丁一飞和袁建秀虽然回来了，却并没有太多天的假期。

他们首先各自回家看了亲人，丁一飞母亲身体还好，就是袁建秀家的情况很凄惨。丁小敏和袁建刚结婚不久，家乡发生了一场特大洪水，农民的房子都被冲垮了。袁建刚为抢救村民邻居家一名被洪水冲走的男孩，自己跳进大河中把男孩救了出来。可袁建刚被洪水冲走三公里，待村民把他捞上来，他已经停止了呼吸。

袁建秀母亲身体不好，袁建秀这一次回来陪了母亲许久，好在现在母亲有袁建美和丁小敏照应着，除了身体不大爽利，倒是也没太大问题。母亲见到大女儿回来也很是高兴。

假期短暂，相聚的时间不长，陪了家里人后，丁一飞和袁建秀决定再去南通徐指导员老家看看。徐指导员母亲患有严重的心脏病、风湿性关节炎，长年卧床不起。

袁建秀从北京给老人带了专治这两种病的特效药，给老人使用。他俩还在老人家住了两天，守护在老人床前，为老人倒痰盂、擦身子、梳头发、剪指甲。老人吃力地拉着丁一飞的手，颤动着嘴唇说："你真好，比亲儿子还亲，你为徐家出了不少力，花了不少钱，我们全家感谢你呀！"丁一飞和袁建秀两眼都湿润了。

丁一飞对老人说："大娘，我是代你亲儿子荣昌来尽孝的，他活着的话一定比我做得好。"一年后老人离世时，丁一飞按当地的风俗，为老人办理了丧事。

快要回去时，袁建秀和丁一飞才又约了蒋勤业他们。

不过这一回是聚集在了办公室，为的也不是聚会这种私事了。

丁一飞其实听说了朱平公司遇到的困难，为此，他还想了许多，有些想法想要跟朱平说说，不管能不能成，总要说说。

这些年，丁一飞毕竟都在外头大城市，在机关里头，所以他的眼界还是很广的。丁一飞认为公司危机跟生产品种有关系。其实朱平也是这样的想法，当他发现自己的某些想法竟然跟丁一飞不谋而合的时候，两人顿时都激动了，讨论也更热切了。

这时，蒋勤业车间那边有人找他有事，他便出去了。

袁建秀看那两个男人讨论得那么热火朝天的样子，干脆也不理会他们了，拉着林芳华到自己身边来，和王玲三人便说起了女人间的话题。

这些年来，袁建秀虽然知道并且高兴于林芳华走出了过去的阴影，但是，对方一直还是单身，这让她有些心疼。

都是女人，袁建秀干脆握着林芳华的手开口了："芳华，这些年了，没遇到合适的吗？看你一个人孤孤单单的，我和王玲都心疼你。"

袁建秀故意带上了王玲，她说得直白，并没有给人戳了隐私的感觉，更不用说她们三人本就是要好的闺蜜。

不是关系极为亲密的，这话绝对不可能这么直白地说出口。

林芳华顿了顿，倒不是为难的样子，反倒像是想到了什么。她不自觉地朝着朱平的方向飞快地看了眼，她的动作真的很快，若不是袁建秀一直注意着她，恐怕都未必能发现。

顿时，袁建秀的眼睛微微一亮，难道……

林芳华并不知道自己刚才下意识的反应被袁建秀瞧见了，她只淡然笑了笑，道："想要遇到一个真的合适的何其艰难，我的情况你们也知道，反正我啊，这辈子是不强求姻缘这种东西了。"

王玲不喜欢林芳华这么说，当即不赞同道："这叫什么强求，每个人都有自己的姻缘，正确与否虽然命中注定，但是我相信只要心诚又努力寻找的话，上天一定会善待她的。就像我，当初我昏迷不醒的时候，不是连医生都放弃了吗？但是勤业一直坚持着，建秀也没有放弃，后来，我不就醒了吗？"

王玲找的理由实在太强大，林芳华无法反驳，顿时哑然。

袁建秀笑了笑，也拍着林芳华的手，笑道："看，王玲都从来没有放弃过希望，你凭什么放弃希望呢？你说你不强求，照我说，这就是放弃，芳华，这可不成。依我看，朱平就很好嘛，他现在单身，你也单身，你们有没有意思啊？"

袁建秀这话说完，不只是林芳华，连王玲都愣住了，显然王玲并没有往这方面考虑过。

愣过之后，林芳华慌忙摇头："建秀，你胡说什么呢，我是什么人？我怎么配得上朱董……"

袁建秀一听这话便皱起了眉头："怎么配不上？芳华，你别妄自菲薄好吗？你现在是大学毕业的优秀工程师，你脑子好，人聪明又漂亮，现在还是单身，就连户口都是城市户口了，你哪里配不上别人了？"

王玲闻言便赞同地点头："没错，没错，之前我是没往这方面想，现在我忽然觉得建秀说得对啊，我看你们就很般配。朱平现在家中有个孩子，父母年纪大了，你温柔又善良，要是真的跟他在一起的话一定能善待他的孩子。而他，我仔细想来，这段时间，他可是对你照顾得紧，还让你做了他的助手。有一回，你忘记吃午饭，胃疼，我可是亲眼看到他跑去给你买药，给你买饭的！"

"哦？"袁建秀挑起了眉头，意味深长道，"还有这样的事啊，我怎么不知道呀？"

这一听，就带着些微的取笑意味。

林芳华的脸都红了，小心地看了眼丁一飞和朱平那里，见那两个人依然激动又热烈地讨论着什么，并没有注意到她们这边的谈话，这才松了口气。

袁建秀看林芳华的模样便肯定了对方心中定然是存了心思的，于是笑着又道："芳华，那看来，朱平现在很关心你啊。"

林芳华还没说话，旁边的王玲便赞同地点头："没错的，朱平是真的很关心芳华。你别说，以前我还没多想，现在听你往那边一扯，啊，我觉得，这很可能啊！"

林芳华的脸都红了，赶忙让王玲别说了，让朱平听到了多不好意思啊！

袁建秀也知道过犹不及，于是压低了声音，小声又郑重地问林芳华："芳华，那你老实说，朱平这人怎么样，若是他追求你的话，你能答应吗？"

王玲也认真地看着林芳华，等着她回答。

林芳华先是哑然，然后，仔细想了片刻，只道："他怎么可能来追求我，他虽然离异，还有个女儿，但是，他是集团公司的董事长啊，喜欢他的女孩多了去了……"

袁建秀和王玲一听便知道林芳华这是真的动了心思，但是，她还是自卑的，所以，并不自信朱平真的会喜欢她。袁建秀和王玲都觉得很有门，如果朱平的关心并没有假，那么对方可能真的对芳华有意思！

不过，朱平毕竟是男人，这种话，她们女人不好开口，袁建秀决定，还是让丁一飞去试探下朱平的态度。

因此，等到丁一飞和朱平这边激动地商议完，袁建秀送上了两杯茶。

"说了这么久，口渴了吧？喝点水。"

丁一飞和朱平都没有客气，操起茶杯喝了大半杯，他们也的确是口渴了。

喝完水，难免就要上厕所，袁建秀便在丁一飞要去洗手间的时候堵住了他。丁一飞惊讶地看着妻子："建秀？"

袁建秀凑近了丁一飞耳边，小声道："朱平和芳华最近相处得都挺不错的，他们都单身。我看芳华对朱平并非无意，我听王玲说，朱平对芳华很是照顾，你试探下朱平的口风，看看他是不是对芳华有意。若是有意，你让他鼓起勇气赶紧追求林芳华！"

这一段话信息量真的太大了，丁一飞听完都不由得呆了呆。

朱平和林芳华？这是他从前并未想过的，但是现在仔细想想的话，那两人好像……还挺配？

他妻子说得对，两人现在都是单身，外形也配，又这么熟悉了，嗯……说不定，真的有戏！

于是，丁一飞还真的找机会试探了朱平。

第五十八章

★★★★★

彼时，他们在朱平的办公室里说着关于未来集团公司生产军工产品的计划。空隙的时候，丁一飞状似闲聊地说到了朱平现在的感情问题。

这要是朱平对人没有想法的话，那肯定会说无意感情这样的话，但是丁一飞明显地看到对方迟疑了。

于是乎，丁一飞仿佛不经意道："怎么，你这是有心上人了吗？"

朱平顿时哑然，犹豫了片刻，还是对丁一飞说了自己对林芳华生了好感的事。

丁一飞心下一喜，面上也不由得带了出来："真的？既然生了好感，那你追了吗？"

"追？"朱平摇了摇头，苦笑道，"我身上的担子太重了，忙啊，当然，最重要的是，你也知道，我还有个女儿芸芸呢，我怕芳华会介意。"

敢说这两个都担心自己配不上对方吗？那可真是让他们这些"看客"急死了！

丁一飞当即道："有个女儿怎么了，芸芸那么可爱，芳华不是已经认识芸芸了吗？我听说她们相处得还挺不错的，多个疼你女儿的还不好吗？你要是担心芳华会介意的话那更加大可不必，你了解芳华的为人，她最是心善不过，旁的后母或许需要担心什么，但若是芳华，你绝对不用担心自己的女儿芸芸会被欺负。”

这话朱平当然是相信的。事实上，她的女儿对林芳华的印象的确不错，虽然见面不多，但是，他女儿老是芳华阿姨芳华阿姨的，想来应该不反对林芳华做她的妈妈。当年他和妻子离婚早，女儿虽然记事了，但是对于生母的印象并不深刻。

但是，他担心的并不是自己这边的情况啊！

朱平苦笑地看着丁一飞：“我不担心我女儿会被欺负，我是担心芳华……”

“刚才不是说了吗？芳华肯定不会介意的，要是介意的话能跟你女儿玩这么好？而且，朱平你什么时候这么胆小了，碰上了喜欢的那就追啊，这要是错过了你当心哭都没地方哭去！”

朱平闻言顿时哑然。

在朱平哑然的时候，丁一飞的大道理更是一套一套的：“你看，你都没有尝试过，没有努力过，你竟然就自以为别人会不答应。朱平，我们是同学，又都是军人，这可不是军人的行事风格啊，你该不会转业了之后连军人的心气儿都没了吧？”

朱平的嘴角微微抽了抽，被丁一飞挤兑得有些说不出话来了。

丁一飞继续道：“我和建秀这一回在家里也待不了几天，你赶紧的啊，是爷们儿就上，不要瞻前顾后的，希望我和建秀回去前能收到你的好消息。”

朱平闻言都无奈了：“哪可能这么快呢？”

“你不试试怎么知道不能快？”丁一飞很是“得寸进尺”的模样，“你赶紧向芳华告白啊，错过了这村就没那店了！”

朱平简直怀疑丁一飞现在是不是改行做了媒婆，但不得不说的是，他还真让丁一飞说得起了一点心思。最后，在丁一飞的“逼迫”之下，朱平只能答应自己一定会趁早行动的，让丁一飞这边别乱来，否则的话，要是嚷嚷到林芳华跟前去了，自己多尴尬啊！

丁一飞也知道过犹不及，之后便继续和朱平讨论集团公司生产发展的事了。这次老同学、老战友相见，谈谈公司今后的发展，真是个难得的机会。当丁一飞问到公司产品生产情况时，朱平说："这几年，公司顺应改革大潮，积极开展技术创新和科技研发，先后从日本、德国、美国等国家引进了先进的生产技术和设备，使产品设计和制造发生了质的飞跃，先后有十五个产品出口东南亚、欧美等地，公司被评为省级'明星企业''市纳税大户'"。

朱平接着说："现在公司要科学发展、绿色发展，面临激烈的市场竞争，困难确实不少，你是军事学院的专家，见多识广，帮助公司出出点子。"

丁一飞说："市场竞争，是产品质量的竞争，说到底是人才的竞争，要多培养像林芳华这样的专业人才，以及创新人才。"朱平点了点头表示赞同。

当天下午，丁一飞和袁建秀先回去了，他们要回爸妈那里呢。不管是丁一飞的妈妈还是袁建秀的家里，都需要去。这一次回来，本就是为了多陪陪他们。马上要走了，更要多陪陪他们！

回去的时候，得知朱平对林芳华也有意，袁建秀的心情更好了。

很快，丁一飞和袁建秀的假期也就结束了。

要离开的时候，袁建秀非常不舍得，简直都想留下来不回去了，但又知道这是不可能的。这些天，他们在家里住得很舒服。那种被亲人包围的温馨感是外面所没有的。

好在，离开前，他们还是又得了一个好消息。

朱平告白成功了，林芳华答应跟他在一起了，并且让他们等着他们结婚的喜帖！

这个好消息冲淡了和家中离别的伤感，一家子返回城里的时候，袁建秀还在念叨着要回来参加朱平和林芳华婚礼的事。

当初朱平和刘婷香结婚的时候，条件不允许，而且袁建秀连刘婷香人都不认识，没去参加婚礼也就没去了。现在，这可是朱平和她的好同学林芳华的婚礼！那当然是无论如何都要回来的！

丁一飞和袁建秀回到家中两个月的时候收到了朱平寄来的喜帖，婚礼的时间在两个月后的节日，之所以这么提前给他们，就是怕他们会安排不了时间。

拿到喜帖后，袁建秀就开心得不行，丁一飞这边也早早请到了假，不止如此，他还尽可能多地联系到了许多当年的同学，请他们一起出席朱平的婚礼。

当天，丁一飞和袁建秀带着女儿丁岚出现在了婚礼现场。袁建秀惊讶地看到了不少当初的同学，那些同学竟然都很给面子地来了，仔细数数，没来的反而是少数！

同时，袁建秀还得到了一个消息，那就是，其实朱平还邀请了周豪杰，给那边也是寄去了请帖的，只是周豪杰没有来罢了。

听到这个消息的时候，袁建秀的心情便有那么一点微妙了。她也不知道朱平是傻还是大方，虽说过去的事情的确不需要记住，释怀为好，但这好歹也是他的婚礼啊，该是他人生中很重要的一个日子吧，让那么一个影响心情的人来做什么呢？就因为那人也是同学吗？

袁建秀不知道别人怎么想，反正她没看到周豪杰参加婚礼她是高兴的。若是那人真的来了，她反而会憋闷。

不管如何，这个婚礼，丁一飞和袁建秀都是开心的，见到了多年不见的同学，还有战友。丁一飞见到了同在一起多年的部属战友王亮。王亮在两年前已从部队转业，自主择业去广州经商，目前在一家房地产企业，都当上副总经理了。虽然第二天一早袁建秀和丁一飞就回去了，都没能多跟王亮和林芳华多说几句话，但心情还是很愉快的。

没办法，丁一飞的工作真的太忙了。

在这样的忙碌中，转眼又是一年过去。三月的一天，袁建秀接到了林芳华那边的电话，电话里，林芳华的声音带着一丝无奈、一丝苦涩。

袁建秀的心都揪了起来，她忙道："怎么了芳华，发生什么事了吗？快跟我说说，是你和朱平吵架了吗？"

除了感情方面的事，袁建秀想不到还有其他的能让林芳华露出这样的情绪来。她知道，其实现在的林芳华很坚强。芳华或许在以前还有一点自卑，但是自卑不代表不坚强。她了解林芳华，知道这个女子的坚强韧性超过自己的想象。

但对方在感情上面毕竟受过伤，所以，袁建秀能想到的可以打败她的也只有感情，她很担心是她和朱平的感情出现状况。

"也不算吵架。"林芳华的声音有些低，苦涩和无奈更明显了，"这两年，公司的效益虽然好了很多，但是，因为公司生产军工产品的缘故，业务合作方不是那么好找。他……想去找周豪杰。"

袁建秀闻言都呆住了："去找周豪杰？找他做什么？"

"周豪杰在去年下半年的时候不是在总部升为主任了吗？他所在的位置，跟我们公司产品的定位关联性很高。朱平认为，开展业务合作不过是周豪杰一句话的事情，举手之劳而已，互惠互利。"

袁建秀简直想撬开朱平的脑门看看他的脑子里到底塞了什么，那年他毫无芥蒂地给周豪杰那边发了请帖她就觉得这人思想异于常人，没想到还有这事在这等着呢！

深呼吸了两口气，袁建秀才道："芳华，你没跟他说你和周豪杰的恩怨吗？纵然那都是过去的事情了，彼此双方两不相见，老死不相往来不是更好？他这求上门去干什么啊！难道就没有其他办法了吗？”

林芳华苦笑道：“我说了，他只是觉得那些过去的事情根本不值一提，他和周豪杰还是老同学的关系，更是在部队里都多次见过面，总之，他大概认为周豪杰是多年的同学，老同学上门，一句话的事情，对方不会不答应。”

袁建秀闻言都无语了，觉得这事情真的是太不靠谱了。

但是，她还是只能先安慰林芳华，于是忙道：“不管他，他想找的话让他自己找去好了，我就不信他能不碰壁！”

林芳华不知自己该说什么才好，不管朱平碰不碰壁，她都无法开心啊。

这边，朱平的确是碰壁了，他想得也真是太简单，他觉得一句话的事情，都是老同学，对方肯定不会不答应，并且，这也可以算作周豪杰的一个政绩。自己这边成功了，那就是互惠互利的事，这对谁都好不是吗？然而，他第一次找周豪杰就被拒之门外了。

不过，第一次的时候，朱平并没有多想，既然那边的警卫员说周豪杰不在，他就以为对方是真的不在，他连续去了三天，一连三天警卫员一口咬定周豪杰不在，这就让朱平觉得有些不对了。

但他当时也还没想到是周豪杰故意晾着自己，只以为是那个警卫员看碟下菜，故意没给自己通报什么的。所以，之后，朱平干脆也不让那个警卫员通报了，自己在那边大门口不远处等着，终于，让他等到了周豪杰，他直接过去了。

然而，迎接朱平的并非周豪杰的热情，对方虽然笑着，却是皮笑肉不笑。

不过，周豪杰还是答应了跟朱平见面，只是，在朱平提出公司做产品业务合作的请求后，周豪杰一口便拒绝了。对方的理由十分正当，比如，他来晚了，已经有业务合作单位了；又比如，朱平公司生产的那些产品达不到技术要求什么的，以此搪塞朱平。

就算朱平再傻也知道周豪杰对自己并没有善意了。这让他不禁想到了来之前跟妻子林芳华之间不算争吵的争吵，那时，林芳华便反对他来找周豪杰，还直说以周豪杰的性子不会帮他。但他只以为妻子多想了，年轻时代的那事都是多少年前的陈芝麻烂谷子的事了，周豪杰早就有妻有子不说，婚姻听说还非常幸福，所以怎么可能再忌讳那么多年前的事儿?

他把人想得太好，想得太理所当然，现实给了他狠狠一巴掌。

当朱平看着周豪杰转身离开的时候，他连苦笑都不能够了，他是真的没想到，这都过多少年了，周豪杰对于学生时代的事情竟然还没放下!

可，为什么?

朱平怎么都想不通。

带着这种想不通的心情，朱平来到了丁一飞这儿，在晚上的时候把丁一飞约出去喝酒了。

两瓶酒下肚，朱平有些醉了，舌头都大了。

“我、我就是想不明白……都、都是多少年前的事了……我都没介意，他介意什么？呵呵！我想不明白，真是想破头也想不明白！”

丁一飞其实也不大明白，但是他跟周豪杰相处的时间还算多，所以他知道那不是个大气的人，而且很记仇。于是也就安慰道：“好了，想不明白就别想了，不过，你别说，这件事情，朱平，是你做得不地道。不管你自己介不介意从前的事，你总该多想想芳华啊，当初芳华受了多大的伤害，虽然她现在也有你了，日子也过得很好，可你去找周豪杰，这不是揭开芳华的疮疤吗？我真不明白你怎么想的，怎么就能心大到这种程度！”

朱平听到这话都愣然了，瞬时间，酒都醒了大半。

“你、你说什么？芳华……真的很介意吗？”他忽然想到了自己来之前跟芳华的那不算争执的争执，也许，在自己看来那不是争执，可是，芳华认为那就是争执？

这么一想，朱平有点坐不住了。

丁一飞感慨一般地说：“建秀还老说我不懂女人，我看啊，你才是个傻子。哪有女人不介意伤害自己的那些人和事呢？你做人家丈夫的，我知道你很想公司的效益能更好一点，但也要看方式方法啊，你无论找谁也不能找周豪杰啊。”

朱平闻言不由得讷讷道：“我、我就是不想找别人，周豪杰是我们同学、战友，他所管着的，跟我的公司对口，对他来说，那就是一句话的事！他要是帮我也能合作共赢呀。”

丁一飞还在做朱平的工作：“你也不要为难周豪杰了，越是同学战友，他才越不能帮这个忙。”

丁一飞何尝不明白朱平的心思，他拍了拍对方的手背，“我知道你怎么想的，我只是觉得吧，这种事情，男人还是应该让着女人，总之，这一次你做得不地道。”

朱平也后悔了，他是真的没想到周豪杰居然是那样的人啊！

最终，丁一飞还是说服了朱平，对于丁一飞的感激，朱平记在了心里，而他回到家的第一件事情就是对林芳华致歉。

袁建秀在送走了朱平后忍不住跟丁一飞抱怨：“朱平那人，上学的时候是学校有了名的‘小能人’，我现在倒觉得他有时候实诚得有点轴。人是可以变化的，希望他以后不要再做这样让芳华难堪的事了。”

丁一飞笑了笑，只道：“吃一堑长一智，朱平只是以前没有想到而已，他本身不是小气的人，自然以为别人都跟他一样，他大概也是没想到自己会被拒绝得这么狠。”

袁建秀实在同情不了朱平，只摇了摇头：“希望他多长点心吧。”

丁一飞微笑地抱住了妻子：“建秀，不说了，只要我不让你为难便罢了，你看，老公我有这觉悟够了吗？”

袁建秀微笑地挑眉，眼中含着满满的笑意，在丈夫的嘴唇上亲了口。

“这是自然，我袁建秀的老公总是最好的。”

这话，她说得真心实意，神采间都是飞扬的喜意，看着丁一飞的目光更是水润又含情。丁一飞见状，反手搂住了妻子，深深拥抱住了她。

这是他的妻，从学生时代到如今跟自己风雨同舟的女人，他爱她，他无比确定。

这是她的夫，从学生时代到如今跟自己风雨同舟、一直爱护着自己的男人，她爱他，她无比确定。

二十一世纪初的时候，由于国内外环境发生深刻变化，朱平所在的公司又一次面临转型升级改造，淘汰落后产能实行科学、绿色发展。正值年关，朱平带领员工奋战在工地，“撸起袖子加油干，拼搏进取创新业”，是所有公司人的真实写照。正在这时，想不到的意外发生了，朱平从五米多高的高炉上摔倒了，救护车直达厂区实施抢救。由于抢救及时没有生命危险，但腰间椎骨留下了严重的后遗症。

治疗和康复的过程是漫长的，林芳华对朱平照顾得无微不至，细心周到。这使朱平非常感激，见到同学战友他就说：“林芳华给了我第二次生命，她既是我的好助手，更是我的好夫人哪。”

就在公司面临困难之际，王亮从广州回来看望朱平，老同学、老战友相见，免不了在一起聚会。酒桌上，王亮对朱平道：“这几年南方房地产发展前景很好，南方军区那边是你战斗过的地方，熟人多，关系广，我俩好好合作一把，你看怎么样？”

听了王亮发出的邀请，朱平对公司转型开发经营房地产，并不是没有考虑过。近两年很多做制造业的老板都丢弃实业，转向经营房地产，赚了大钱。但朱平又一想，自己在学生时代就立志要搞科研，发展国家工业，当工程师发明创造新装备，自己离开部队脱下军装时说要实观“报效祖国、回馈家乡”的人生梦想，还正在努力之中。一个人如果忘记初心，没有人生的理想追求，就会浪费美好的青春韶华。

作为一个曾经当过兵的军人，立下了的志向，就要坚其志，心中有志，才能成就人生，今天的坚持才是走向成功的必然，不能只讲赚钱、舍弃初心。想到这里，朱平对王亮说：“挣钱，不是我人生的目的，钱这东西，固然是宝贵的，但我是个当过兵的人，我不能为了钱而改变初心，舍弃我的事业。”王亮听后很是为此感动。

朱平连续三届光荣当选全国人民代表大会代表，他认真履行人大代表的光荣使命，切实反映人民的心声和意愿，连续两次在全国人民代表大会会上提出“实业报国，产业兴国，加快发展我国现代制造业”的建议。

在他的带领下，公司很快走出了困境，开拓了国内外的销售市场。公司坚持把最强的专业技术人才放在军品研制和生产这个“大头”上，使军品生产与民品生产并驾齐驱。公司被评为“省级文明单位”，获得省级“十大明星企业”的称号，朱平董事长作为全国人民代表大会代表，受到党和国家领导人的亲切接见。

这几年的时间里，朱平为反馈家乡，感恩家乡人民，更为了完成自己离开军队时说的人生梦想，为家乡做了不少实事和善事，为母校中学捐赠新建教学大楼，更是创办了一所老年人颐养中心。这个中心专门为八十岁以上的老人免费提供养老场所，为丁一飞及袁建秀、蒋勤业等的父母提供养老服务，还特聘周豪杰父亲周志宏老书记当颐养园名誉园长，在当地受到了人民群众的一致好评。

他的夫人林芳华的名字经常出现在当地的报纸上，夸赞他们心善的群众多不胜数。

就在朱平、林芳华正在筹备颐养园开园和母校新建教学大楼落成庆典之际，他们向周豪杰发出的邀请函被退回了。周豪杰出事了……

周豪杰自从担任总部某部主任以后，遇到的诱惑更多了，尤其是当上了将军后，头上悬着的鞭子松懈了，他手中的权力越来越大，有求他的人也越来越多，有人三番五次打电话乃至专程看望邀请他，有一些老板、企业请他剪彩、庆典“赏光”。

有一次，一位公司经理通过上级的熟人找来，要洽谈一项业务。那位经理要送给他一套书，两人推来推去，只能收下了。事后数月，他才发现书中夹了一张卡，他赶紧将书和卡退了回去。

权力这东西能使人高尚，也能使人堕落，形形色色的诱惑无一不是冲着他手中的权力而来，千万要当心，防不胜防，要有长距离较量的韧劲才行啊。

还好，周豪杰经过两个月的配合调查，问题终于查清楚了，职务违纪。由于他积极配合调查问题，上级给予他相应的组织处理。

周豪杰的问题被查清楚恢复工作后，他的岳父大人郑海峰副军长专程来北京看望他一家，见到外孙周干将心情很是开心。郑海峰激动地说：“干将，都长得这么高了，都超过外公了，长大想干什么？”“我爸妈说了，上大学，当大官，要跟外公一样当将军！”周干将回答得很是自信。

坐在旁边的周豪杰、郑莉莉脸上都露出了笑容。这时，只见郑海峰把周豪杰拉到一边，满怀深情地对他说；“水能载舟，亦能覆舟。权力这东西啊，是把双刃剑，可以成就你，也可以毁了你，千万得当心啊，官做再大，要始终牢记权力是人民给的，只能用来为人民服务。”

郑海峰接着说：“记得世界诺贝尔文学奖获得者萧伯纳说过，每个人的内心世界，都隐藏有一匹脱缰的野马，如果你不去紧勒缰绳，时刻都会有大祸降临。你要吸取教训呀，自己管好自己啊！”周豪杰点头表示赞同。

从此，周豪杰在主任岗位上更加严格要求自己，勤勉工作，得到了上级组织和大家的好评，不久提升为正军职部长。丁一飞也从技术少将研究员提升为正军级研究部部长。人的一生还真是这样：人生最强劲的力量都是对手给的，对手有多强，你就有多强，甚至更强。只有不断超越自我，才能使自己不断强大，不负韶华，不负时代。

他们的孩子丁岚、周干将、朱芸、蒋艳分别考上了中国人民解放军军队院校，毕业后又将成为国家和军队建设的栋梁之材。

大家的日子都在变好，这一年，丁一飞、朱平、蒋勤业、周豪杰和王亮等同学战友同时受到了家乡母校中学五十周年校庆的邀请，恰是丁一飞、周豪杰、蒋勤业和王亮等同学参军入伍三十周年。先是丁一飞和朱平他们联络，然后又联络更多的同学，一传十、十传百这样地传开。当日，这个校庆竟然聚集了绝大部分当年的校友。

就连王亮携夫人秦海霞也来出席，秦海霞在四年前从军事学院图书馆转业，自主择业去了广州经商，并与王亮相识在广州结为伉俪。

校长很是激动，开场致辞的时候便着重点了丁一飞、周豪杰、朱平、蒋勤业、袁建秀、王玲和林芳华等校友的名字。

丁一飞作为校友代表，上台发言。

他从容而淡定地说：

“那一年，我们从这里毕业，前往未知的远方，当兵入伍；那一年，我们告别亲人，告别家乡，踏上青春的远航路。都说青春是美好的，韶华是灿烂的，我们的青春韶华联结着祖国和人民。青春韶华就是我们战斗的地方。南疆战场，我们不怕牺牲，勇往直前；祖国边陲，我们不怕艰苦，顽强拼搏；初心和使命就是我们的青春韶华，责任和担当就是我们追逐的梦想！”

此时，坐在台下的周志宏老书记和儿媳郑莉莉带头举手鼓掌。

丁一飞又说：“人生的价值在于奋斗，奋斗创造幸福，奋斗赢得未来。儿时爸妈教育我们人贵有志，没有志气，干任何事情都没有动力，将会一事无成。青年人要有志气，有为崇高理想和事业奋斗的志向！心中有志，才能成就人生，今天的坚持才是走向成功的必然！”

台下又一次响起齐刷刷的掌声。

朱平作为对学校有突出贡献的企业家代表也做了发言。

他慷慨激昂地说：

“那一年，最为青春年少的时候，我们将鲜红的领章两边挂，五星帽徽闪金光，我们脚踏祖国的大地，背负民族的希望，舍小家顾大家，兢兢业业奉献自己的青春。

青春灿烂的梦啊，总在我心上；吃苦，奋斗总在我耳边回响；苦难就是成就人生的最好跳板，当一个人熬过了人生的苦难，经受了岁月的洗礼和历练，将会变得坚强和勇敢，独立而自强；磨炼才能让你知道人间正道是沧桑。”

他接着又说：

“我们保卫祖国书写忠诚，我们抵抗侵略一往无前，我们抢险救灾一马当先，我们富国强军冲锋陷阵，我们是新中国的热血男儿。

我们用青春和汗水迎接挑战，用忠诚保卫国家的安宁，用无私践行自己的誓言，用奉献创造人民的幸福，用激情书写无悔的人生，这就是我们当兵的人的青春韶华。”

台下又一次响起齐刷刷的掌声。

掌声过后，校长盛邀同学们一起合影，袁建秀不着痕迹地隔开了周豪杰和林芳华，还拉着丁一飞一起。丁一飞看着做起女儿态来依然可爱的妻子，不由得唇角便弯了起来。他们看着熟悉的场景、熟悉的面孔，不由得哼唱起年少时的歌曲：

韶华

告别家乡的亲人，身穿绿色的军装；
把所有的苦和累，从此担在自己肩上；
我们是共和国军人，
矢志军营，不懈奋斗，
践行初心，牢记使命；
这就是我们追逐的梦想；
热血青春写人生，拼杀疆场不畏惧；
山巍巍，路漫漫；
我们把最美好的青春韶华，
献给祖国，逐梦无悔。

沿着亲人的目光，背负爹娘的期望；
把恋您的情和爱，融入火热练兵场；
我们是共和国军人，
英姿勃发，忠诚担当，
不怕牺牲，英勇顽强；
这就是我们追逐的梦想；

毕生不忘佑国任，报国从戎建荣光；

情切切，梦悠悠；

我们把最美好的青春韶华，

献给人民，逐梦无悔！

这一张合影，定格住了丁一飞等同学们走过的青春年华，定格住了他们不忘初心、不负韶华的奋斗历程。